Bachtyar Ali

Perwanas Abend

Bachtyar Ali

Perwanas Abend

Roman

Aus dem Kurdischen (Sorani) von
Ute Cantera-Lang und Rawezh Salim

Unionsverlag

Die Originalausgabe erschien 1998.
Die Übersetzung aus dem Kurdischen (Sorani) wurde vom SüdKulturFonds in Zusammenarbeit mit Litprom e. V. – Literaturen der Welt unterstützt.
Deutsche Erstausgabe

Im Internet
Aktuelle Informationen, Dokumente und Materialien zu Bachtyar Ali und diesem Buch
www.unionsverlag.com

Originaltitel: Ewaray Parwana

Neptunstrasse 20, CH-8032 Zürich
Telefon +41 44 283 20 00
mail@unionsverlag.ch

Umschlagbild: Lukman Ahmad, *Fragrant,* Acryl auf Leinwand (Ausschnitt)
Umschlaggestaltung: Sven Schrape
Lektorat: Hans-Ulrich Müller-Schwefe
Satz: Greiner & Reichel, Köln
Druck und Bindung: CPI – Clausen & Bosse, Leck
ISBN 978-3-293-00553-2

Der Unionsverlag wird vom Bundesamt für Kultur mit einem Verlagsförderungs-Strukturbeitrag für die Jahre 2016–2020 unterstützt.

Auch als E-Book erhältlich

Für Saniya

I

Ich, Klein Khandan, habe all dies vor einigen Jahren erlebt. Damals war es schwierig für mich, denn ich war noch nicht reif genug, um die Ereignisse zu begreifen und niederzuschreiben. Inzwischen sehe ich, wie sie alle zusammenhängen. Und ich weiß nun auch, wie alle Beteiligten miteinander verbunden waren.

»Keine vorschnellen Schlüsse«, warnte mich Süßduftender Nasradin immer wieder. Auch meine Freundin Fatana ist überzeugt, dass wir noch nicht in der Lage sind, die Wahrheit jener Tage zu erfassen. Beide meinen, vieles sei ungeklärt und nie zu klären, weil die Beteiligten tot oder ausgewandert oder in irgendeinem Winkel dieses ausgebluteten Landes verschwunden seien. Und die meisten Orte, an denen Perwana und ich jene Tage getrennt voneinander verbrachten, sind vom Erdboden verschwunden. Dennoch spürte ich einen Drang in mir, die Geschichte zu erzählen. Möglicherweise ist es der Drang, nachzudenken über die Welt, in der man gelebt hat, ohne sie zu verstehen. Die vergangenen Tage durch das Erzählen von Geschichten zurückzuholen. Der Drang, dem, was wir nur als Fata Morgana, als verschwommenen Nebel wahrgenommen haben, eine Form zu geben.

Und doch sind meine Erinnerungen ganz deutlich. In den langen Nächten, die ich mit Maasuma in der Schule der Reumütigen Schwestern verbrachte, klärten sich viele der Geheimnisse auf, die Perwanas letzte Tage umgaben. Maasuma ist bereits tot. Vor ihrem letzten Atemzug sagte sie mir, dass sie gesehen habe, was ein Mensch sehen muss, und schließlich habe es nichts mehr gegeben, was sich noch zu sehen gelohnt hätte. Aber sie hätte nicht so früh gehen dürfen, denn nun kann sie diese Geschichte nicht mehr bezeugen. Die Hefte der Traurigen Midiya, die sie in der hoffnungslosen Wildnis vollgeschrieben hatte, gaben mir weiteren Aufschluss. Als ich sie, eingewickelt in einen weißen Schal, in die Hände bekam, begann ich, darüber nachzudenken, in welcher Weise von unserem Schicksal zu berichten wäre, diesem gnadenlosen Schicksal, das uns vor sich hertrieb bis zu jenem kalten, verschneiten Abend, den wir heute in Trauer »Perwanas Abend« nennen.

Doch so weit sind wir noch nicht, denn der Ursprung der Geschehnisse liegt ein paar Jahre zurück. Alles begann an einem kühlen Frühlingsabend. Perwana und ich trugen auf großen Tabletts Fleisch aus, das mein Vater wie jedes Jahr zum Opferfest verschenkte. Ich weiß noch genau: Die grünen Tage kündigten sich an und erfüllten uns alle mit dem Glücksgefühl des Neubeginns. In jeder Ecke dieser Stadt schlachteten die Menschen Opfertiere. Es schien uns, als wären noch nie so viele Tiere geopfert worden. Die Vögel kehrten in Schwärmen aus dem Süden zurück und torkelten trunken über diesem Blut-Karneval, der in der Stadt tobte. Aus allen Gassen stieg der Blutgeruch empor und verhieß ihnen Beute.

Perwana war fasziniert. So hatte ich sie noch nie erlebt. Stundenlang stand sie am Fenster und starrte ohne einen Wimpernschlag auf den Marktplatz, auf den hünenhafte Männer pechschwarze Stiere zerrten. Wir sahen zu, wie die Käufer sich ins Getümmel warfen, bis schließlich ein jeder seinen Stier durch das hölzerne Markttor und dann durch die staubige Stadt bis zum eigenen Haus hinter sich herzog.

Seit vielen Jahren lebten wir nun schon in diesem Haus gegenüber dem Marktplatz, wo Viehhändler und Metzger ihre Tiere kauften und verkauften. Aber noch nie hatte es vor dem Opferfest auf dem Markt so einen Rummel gegeben. Die Stadt schwamm in Blut. Erwachsene wie Kinder, alle rochen nach Blut. Für Perwana und mich war der Schulweg eine Qual. Eine Blutlache nach der anderen, von der Haustür bis ins Klassenzimmer.

»Puh, das ist eklig«, beschwerte ich mich.

Perwana reagierte nicht, aber als ich den Satz mehrmals wiederholte, zischte sie: »Sei still und pass auf, dass du dich nicht schmutzig machst!«

Als der Tag der Fleischverteilung kam, schien kein einziger Stier verschont geblieben, alle waren geopfert worden. Es war ein einziges Blutbad. Man würde Straßen, Wände und Bäume nie wieder sauber bekommen.

»Das geht vorbei. Für die meisten Menschen ist solches bald wieder vergessen und vorbei. Nur für ganz wenige haben gewisse Dinge Dauer und Beständigkeit«, sagte Perwana. Sie balancierte das Tablett mit dem Opferfleisch auf dem Kopf und versuchte, über die Blutlachen hinwegzuspringen. Perwana und mich machte es wütend, mit anzusehen, wie die Kinder ihre Hände in das Blut tauchten und damit Wände, Bäume, ihre Körper, die eigenen und die Gesichter ihrer Freunde beschmierten. Die Menschen wirkten wie blutrote Dämonen.

Perwana achtete darauf, keinen Tropfen dieses ekligen Bluts abzubekommen. Es beschämte sie schon genug, dass sie auf Geheiß des Vaters und gegen ihren Willen mit dem Tablett auf dem Kopf unterwegs sein musste, um das Fleisch Haus für Haus zu verteilen. Achtlos stapften die Leute durch das Blut, es klebte an Schuhen und Kleidern. Sie trugen es in die Häuser, in die sauberen Parks, die kleinen Teehäuser, zu den Ausflugsorten und in die Kinos der Stadt.

Es wehte eine angenehme Frühlingsbrise. Dem Fleisch entstieg noch der Dunst des Lebens, wie ein letzter Atemzug nach dem Tod. Das Bild der Männer, die mitten auf der Wiese unseres Vorhofs den mächtigen Ochsen häuteten, hat sich in meine Erinnerung eingebrannt. Das abgebrochene

Horn, die heraushängende, lange schwarze Zunge, die Qual in den hervorquellenden Augen, all das war beängstigend. Mein Vater war in Blut getaucht, meine Brüder von Kopf bis Fuß blutverschmiert. Auch die Kleidung des kleinen Metzgers, der lächelte wie ein Kind, war blutgetränkt. In dem Moment, als das Messer die Kehle des Tiers durchtrennte, begann meine Mutter, die taubstumm, gebückt und krank dabeisaß, zu kreischen. Es war die Stimme eines kranken, wütenden Geschöpfs, das nicht mehr in der Lage war, Worte zu artikulieren. Auch Perwana wurde unruhig, lief ins Schlafzimmer, kehrte zum Fenster zurück, eilte auf die klagenden Laute meiner Mutter zu ihr hin, hastete dann wieder zum Fenster zurück, wie um ja nichts zu verpassen.

»Klein Khandan, weißt du, dass ich beim nächsten Opferfest nicht mehr da sein werde?«, fragte sie in einem plötzlichen Gefühlsausbruch.

Mein Vater verteilte das Opferfleisch. Perwana und ich hoben die Tabletts mit den Almosen auf unsere Köpfe und verließen das Haus. Bei unserer dritten Runde betraten wir eine abgelegene Gasse, die wir noch nie gesehen hatten. Eine stille, saubere Sackgasse, die nach Frühling roch und in der unverhofft, wie auf einer Insel mitten im Blutmeer, unzählige Schmetterlinge flatterten. Wir klopften an ein großes, beschlagenes Tor, das über und über mit Ameisen bedeckt war. Wiederholt mussten wir den alten Türklopfer betätigen und die Klingel neben dem Tor drücken, bis uns nach einer Weile ein schmaler, junger Mann öffnete.

»Ich habe euch erwartet. Willkommen, willkommen! Ach, es ist schon wieder Opferfest. Ich hatte es ganz vergessen.« Er schüttelte den Kopf.

Dieser junge Mann war Fareydun Malak. Ich würde ihm wieder begegnen, aber immer nur nachts, im Morgengrauen oder in weißem Nebel.

2

Nach dem Tod meiner Tante, der Verwüstung des Kriegs und den Umwälzungen, die unser Leben und die Heimat erschütterten, verließen Fatana, Maasuma und ich die Schule der »Reumütigen Schwestern« ein letztes Mal durch das eiserne Tor und kehrten nicht zurück. Maasuma, mit ihrer übergroßen Angst vor Gott und vor den Vögeln, trieb es in eine Nähfabrik. Meine Brüder waren nicht im Lande und meine Eltern längst tot. Ich musste allein in dem Haus mit seinem großen Wohnzimmer leben und dort wieder zusammenfügen, was die Jahre der Angst im Leben der Leute auseinandergerissen hatten.

Nicht anders als ich, träumte auch Fatana davon, diese Geschichte festzuhalten. Maasuma, die jahrelang das Geheimnis mit mir geteilt hatte, meinte, Fatana sei die bessere Geschichtenerzählerin, sie könne aber nicht so gut schreiben. Ich sagte: »Geschichten müssen aufgeschrieben werden, sonst sterben sie. Es geht nicht um eine Geschichte für mich, sondern darum, dass Perwana in die Welt zurückgeholt wird.« Beide wussten wir, dass Perwana erst dann wirklich sterben würde, wenn jene, die sie liebten und die sie liebte, sie vergaßen. Ich zeigte Maasuma die Fotos, die Perwana ihren unzähligen Liebhabern zugedacht hatte. Auf der Rückseite stand immer geschrieben: »Dir gewidmet. Aber Du musst mir versprechen, mich auch nach meinem Tod nicht zu vergessen.«

Ich wusste, dass ich nur durch meine Aufzeichnungen Perwana wieder zum Leben erwecken konnte. Aber Fatana zischte wütend: »Du bringst sie noch einmal um! Die

Heldinnen in den Geschichten sind nichts als dunkle Schatten, nur Trugbilder.«

Tag für Tag bedrängte ich Maasuma. Nur sie konnte mich zu dem Mann führen, den ich suchte. Man kannte ihn unter dem Namen »Süßduftender Nasradin«. Schließlich stellte sie ihn mir vor. Er war nach »Perwanas Abend« und nach seiner Zeit als Kämpfer in die Stadt zurückgekehrt. Nasradin, der Mann mit dem schüchternen, mädchenhaften Lächeln, lebte inmitten von Fotos schöner Mädchen, die ausgelassen zum schnellen Rhythmus der Musik im Reigen tanzten. Die Hälfte seines Lebens verbrachte er betrunken im Blitzlichtgewitter seiner Kamera und die andere Hälfte im schummrig roten Laborlicht, in dem er seine Filme entwickelte.

»Es ist wie eine Reise zur Wahrheit. Am Anfang ist das Nichts. Dann wird es wie nebliges Milchglas. Am Ende ist es ein Bild in leuchtenden Farben«, beschrieb er den Entwicklungsprozess seiner Fotos.

Seine skurrile Einstellung zum Leben, zu Liebe und Tod konnte ich kaum ertragen. Für ihn war alles wie Filme entwickeln. Besessen suchte er in allem einen dunklen Beginn und wollte ein Ende, das wie seine Fotos klar, glatt und leuchtend sein sollte. Darum sträubte er sich, über Perwana und Fareydun Malak nachzudenken, und gar ihr beängstigendes Ende.

»Wahrheit, die nicht klar, makellos und schön ist, ist keine Wahrheit«, deklamierte er.

Ich las Nasradin aus Midiyas Tagebuch vor, was Perwana gesagt hatte: »Das Leben ist ein Nebel. Die Wahrheit entsteht aus dem Zusammenfügen von Nebelfetzen.« Und ich sagte: »So ist es. Es gibt keine Gewissheit. Keine Wahrheit, die uns Seelenfrieden schenkt. Und deine Fotos helfen auch nicht weiter. Man kann sich nicht auf sie verlassen.«

Wenn er unter die Leute ging, hielt er sich immer in der Nähe der Frauen auf. Mit seinem langen Mantel und seinem mädchenhaft schüchternen Blick wirkte er tatsächlich irgendwie weiblich.

Zum ersten Mal unterhielt ich mich mit ihm auf der Hochzeit einer meiner Freundinnen. Maasuma wollte sich nicht umdrehen und direkt auf ihn zeigen. Sie hatte den Bäumen im Garten den Rücken zugekehrt, weil der Anblick von Vögeln sie immer mit Angst erfüllte. Also beschrieb sie ihn mir: »Schau, dort steht er, der Mann mit einer alten Kamera, der in einer blauen kurdischen Tracht steckt.« Ich schaute mich um. Er stand mitten unter den Tänzerinnen und Tänzern des Reigens, umringt von schlanken Frauen, plauderte und scherzte und gab einer nach der anderen einen Bon zum Abholen ihrer Fotos. So wie er lachte, in die Runde schaute und locker mit allen umging, wirkte er glücklich. Der Duft seines Parfums berauschte die Frauen und Mädchen, die ihn im Kreis umstanden. Ich fragte mich: Wie hatte sich dieser Mann in den zurückliegenden Jahren in den Bergen einen Namen als tapferer Kämpfer machen können?

Das Keyboard hatte die Stimmung im Garten so angeheizt, dass man sein eigenes Wort nicht verstand. Als ich zu ihm hinging, rief Maasuma mir hinterher: »Er wird dich nicht verstehen in dem ganzen Lärm, in diesem Wirrwarr der Lust!«

Ich murmelte nur vor mich hin: »Wirrwarr der Lust … Wirrwarr der Lust …« Es waren die Worte der strengen Seyneb Kwestani, die sich jahrelang bemüht hatte, uns vom »Wirrwarr der Lust« fernzuhalten.

Sobald Nasradin mich sah, streckte er mir die Hand entgegen und sagte: »Sehr erfreut, Verehrte!« Ich stellte mich vor und sagte ihm, ich sei das Mädchen, von dem behauptet wurde, es könne Wirbelwinde herbeizaubern. Da wurde er bleich und tat, als hätte er noch nie von mir gehört. Aber ich wusste, dass Maasuma ihm von mir erzählt hatte. Als eine Welle der Tanzenden uns voneinander trennte, sah er aus dem Abstand ungläubig zu mir herüber. Am anderen Ende des Gartens, weit entfernt vom Lärm des Keyboards und den neugierigen Augen der Zuschauer, trafen wir uns schließlich.

»Ich bin die Schwester von Perwana«, sagte ich.

Er blickte erstaunt, schien erschrocken. »Und bist auch du ein Unglückskind?«, fragte er.

»Hör zu: Ich bin kein Unglückskind, aber ich brauche deine Hilfe.«

Er antwortete nicht. Stumm drehte er sich um und verschwand in der Menge. In dieser Nacht ging er mir aus dem Weg.

Am nächsten Tag stellte ich ihn vor seinem Studio zur Rede. Es regnete in Strömen. Der Wind hatte plötzlich gedreht. Er duckte sich unter einem großen Regenschirm, wie um zu verhindern, dass Sturm und Regen ihm die Duftwolke seines Parfums raubten. Als er mich sah, wurde er wieder unruhig und wollte sich wortlos an mir vorbeidrücken. Ich stellte mich ihm in den Weg.

»Klein Khandan, lass mich! Ich will nicht mehr über die Vergangenheit nachdenken.«

Die Vergangenheit war für ihn fremd geworden. Das Leben, das er in den Bergen, im Schnee, an unzugänglichen Orten verbracht hatte, fand an Perwanas Abend ein Ende. Nun lebte er ein anderes Leben. Lachend fotografierte er Mädchen und Fußballer, und abends in den kleinen, dunklen Teehäusern tratschte er mit den Mannschaftskapitänen über das Leben und Treiben in Stadien und Schlafzimmern. Erst später erlebte ich, wie sehr ihn sein schlechtes Gewissen quälte. Er lebte unter dem Druck des Gefühls, für Perwanas Tod verantwortlich zu sein. Dass es seine Schuld war, dass Fareydun in der Schlucht blieb. Seine Schuld, dass die Liebe verging. Als ich ihn näher kennenlernte, konnte ich den Kummer förmlich sehen, vor dem er auf die Feste und ins Getümmel der Stadien floh. Sein ganzes Leben war nun ein Versuch, diesen Kummer zu verdrängen.

»Immer stand ich am falschen Ort. Nirgends gehöre ich hin«, gestand er einmal.

Sein Studio war reich bestückt mit Lampen, Strahlern und bunten Glühbirnen. Im hinteren Teil bedeckten Fotos von Frauen und Fußballern die Wände. Alles hier leuchtete und oszillierte in so ungewöhnlichen Farben, dass mir schwindlig wurde. Das also war die künstliche Welt, die er sich erschaffen hatte! Ich wollte meine Tasche nehmen, das Studio verlassen und die ganze Geschichte aufgeben. Aber Nasradin schaltete, mit seinen langen, schlanken Fingern, die wie die Finger eines satanischen Pianisten aussahen, eilig alle Lampen und Strahler an.

»Klein Khandan, was willst du?«, fragte er wütend.

»Das Tagebuch der Traurigen Midiya«, antwortete ich ohne Umschweife.

Offensichtlich wusste Nasradin nicht viel von mir. Er behandelte mich wie eine Fremde. Zunächst weigerte er sich rundheraus, mir das Tagebuch zu überlassen. Es sei ein Meer gefährlicher Geheimnisse! Nasradin hatte diese Tagebücher nach hartnäckigen Bemühungen von einem alten Mann namens Mussa Khasnnas ausgehändigt bekommen.

So ging ich nun Tag für Tag bei ihm vorbei. Oft stand ich schon bei Sonnenaufgang vor seinem Studio und offenbarte ihm alles über meine Schicksalsgemeinschaft mit Perwana. »Die Reumütigen Schwestern haben auch mein Leben zerstört. Die Fäden meines Schicksals sind verwoben sogar mit Perwanas Liebesbeziehungen. Ihre und meine Geschichte sind ein und dieselbe. In all den Jahren meiner Isolation habe ich ständig nur über sie nachgedacht. Ich büße für ihre unerfüllte Liebessehnsucht. An ihrer Stelle leide ich jetzt Höllenqualen. Die Windungen und Wendungen unseres Lebens waren die gleichen, auch wenn ich ein paar Jahre nach ihr auf die Welt gekommen bin. Ich war kleiner und nicht so hübsch wie sie. Aber meine Neugier und Lebenslust waren immer größer als ihre, nur dass sich bei mir alles, was sie wirklich tat, bloß in der Fantasie abspielte. Wenn die Laune des Schicksals anders entschieden hätte, hätte man Perwana in die Schule der Reumütigen Schwestern gesteckt, und ich wäre an ihrer Stelle in diese Schlucht gegangen.«

Nasradin schüttelte den Kopf: »Das ist alles vorbei. Perwana ist tot. Sie ist von uns gegangen.«

Er wusste nun, dass mein Leben nichts anderes war als ein Schatten ihres Lebens. Dass sie die Grenzen überschritten hatte und nicht ich. Dass ich nicht getan hatte, was sie getan hatte, und dennoch an ihrer Stelle stehen wollte. Er wusste, dass ich, wie so viele andere traurige Mädchen, Perwanas Lebensweg nur zu gern gegen mein wohlanständiges Leben eingetauscht hätte.

Schließlich zeigte er mir die in einen weißen Schal gewickelten Tagebücher. Er hatte begriffen, dass ich fest entschlossen war, in die Geheimnisse der versehrten Heldinnen und Helden einzudringen und ihre Schicksale einzufangen. Und er wusste, dass ohne ihn, ohne die Tagebücher und ohne Maasumas bittere Erzählungen niemals eine Geschichte daraus werden würde.

»Vergiss nicht, dass auch mein sonderbares Leben in diese Geschichte gehört. Ich will vor meinem Tod verstehen, was dieses Leben war, das wir führten. Es gibt in diesem leeren Haus sonst nichts, wofür zu leben sich lohnte.« Er händigte mir die Tagebücher aus und sagte: »Ein Teil der Geschichte, die du erzählen willst, ist in diesen Heften begraben. Der andere hat mit meinem Versagen und meiner Enttäuschung zu tun. Vergiss nicht, auch ich habe mein Leben und meine Zukunft verloren. Alles, woran ich glaubte, ist mir abhandengekommen.«

Ich legte meine Hand auf die Tagebücher und spürte, dass sie die Geschichte unserer weit auseinanderlaufenden und doch verschlungenen Lebenswege erzählten. Mein zerbrochenes Leben, das mit dem Schicksal der Frauen verknüpft ist, die wie ich büßen mussten für alles, was damals geschah. Verknüpft auch mit dem Leben der Verlorenen, die in jener Schneenacht den Wald der Liebenden verließen und sich über die Welt verstreuten, ohne Spuren zu hinterlassen.

Wichtig ist aber, dass ich diese Geschichte zu Papier bringe und nicht Fatana. Ich bin mir sicher, Fatana hätte diese Geschichte auf beeindruckende Weise erzählt, aber jahrelang habe ich Maasuma daran gehindert, ihr die Adresse von Nasradin zu verraten. Er war der einzige Schlüssel zu den Quellen dieser so verwickelten Ereignisse.

Fatana versuchte mit allerlei Tricks und Listen, zu den Quellen dieser Geschichte vorzudringen. Ich fühlte mich ihr gegenüber schuldig. Hatte sie mir nicht in der Schule der Reumütigen Schwestern mit größter Ausdauer jene wundersamen Märchen erzählt, um die Mauern aus Angst und Barbarei zum Einsturz zu bringen? Als wir endlich der Schule entkommen waren, suchte sie mit großem Eifer nach Spuren ihrer Schwester Maasuma, von der sie erzählte:

»Eines Nachts folgte sie wie eine Mondsüchtige dem Mond, ging aus dem Haus, aber anstelle des Mondes fand sie ein Buch, das ihr den Kopf verdrehte.«

3

Als Perwana den ersten Brief von Fareydun Malak erhielt, begann eine Zeit der Fantasien und Wunschträume. Aber damit senkten sich auch die Flügel einer tiefen Traurigkeit auf unser beider Leben. Perwana weinte ständig. Sie sagte: »Ich gehe weg.«

Ich wusste nicht, wohin sie wollte, aber ich wusste seit Langem, dass der Kreis ihrer Beziehungen sich bedenklich ausweitete. Nach der Schule ging sie selten mit mir nach Hause. In ihrer blauen Schuluniform und der weißen Bluse mit Rüschenkragen setzte sie sich im Bus weit von mir weg, sah ständig aus dem Fenster und war in Gedanken woanders. Selten schaute sie her zu mir. Sie bat mich, nicht neben ihr zu gehen, wollte allein sein, meinen Blicken entzogen. Ich wusste, wohin sie ging: in die Gassen des Bazars, zu den Schneidern, die sie kannte, oder mit einem ihrer Liebhaber vor die Tore der Stadt. All dies geschah aus Hoffnungslosigkeit und Verzweiflung und zerstörte allmählich ihr Leben. An manchen Tagen kleidete sie sich so, dass sie geradezu Ehrfurcht gebietend aussah, wie eine Königin. Kein Mann wagte es, sich ihr zu nähern. Sie strahlte eine Würde aus, die sogar die Lehrer verstummen ließ. Sie war so gut in der Schule, dass die Lehrer über ihre Unbotmäßigkeiten hinwegsahen.

An dem Tag, an dem sie mit dem Brief eines Liebhabers ertappt wurde, der ein Freund meines Vaters, aber auch eines reichen, hochrangigen Politikers war, stellte ihr niemand Fragen oder beleidigte sie auch nur mit einem Wort. Wenn ich nun daran denke, begreife ich, dass Perwana nach einem Licht in ihrem Leben suchte. Aus den schwarzen Tunnels der

Zimmer und Gänge unseres Hauses machte sie sich auf die Suche nach einem geheimen, unbekannten Licht. Die regennassen, matschigen Straßen, die anhaltenden Stürme, die nie abflauten, die zerstörerische Hitze des Sommers, der Schleim, den meine Brüder in ihren Betten hinterließen, das Geschrei und Gekreische unserer Mutter – all das war so hoffnungslos, dass Perwanas Seele nicht damit zurechtkam.

Seit sie in den Wirbel ihrer Beziehungen geraten war, tat sie meist so, als würden wir uns gar nicht kennen. Nur, wenn wir das Licht ausgeschaltet hatten und unter der Bettdecke noch tuschelten, spürte ich wieder unsere warme, schwesterliche Verbindung. Doch wenn morgens die Sonne wieder aufging, sprangen wir aus den Betten, zogen uns ohne ein einziges Wort an. In der Schule umgab sie sich mit einem Rudel der schönsten, arrogantesten und bestgekleideten Mädchen der Stadt. Mit einer Mischung aus mädchenhafter Zartheit und Hochnäsigkeit, Hartherzigkeit und Lebenshunger folgten sie dem Drang, alles in vollen Zügen zu genießen, im Mittelpunkt zu stehen, in ihren Liebhabern brennendes Verlangen zu entfachen, Eifersucht zu schüren und Aufregung unter ihnen auszulösen. Jede war in Intrigen verwickelt. Es ging um Politik, Liebe und Geld. Ich wusste, dass diese Mädchen Perwana zu ihren Beziehungen verhalfen. Selbst gnadenlose Jägerinnen, hatte jede von ihnen ihre eigene Art und Weise, Männer Perwana zuzutreiben. Und Perwana erlag jeder Versuchung und trank jedes Gift. Sie ließ sich gleichzeitig auf Dutzende von Beziehungen ein und war nicht mehr Herrin der Lage. Sie wusste, dass keiner von denen, die sie auf diesem Wege kennenlernte, der Mann ihrer Träume war oder ihr eine Zukunft bieten konnte. Aber jeden von ihnen bat sie, sie zu retten, sie in ein fernes Land zu entführen. Es waren junge, unreife Schüler, die sich durch solche Flirts beweisen wollten, aber auch reiche Männer, die Perwana auf die Liste ihrer Geliebten setzten, um sie Freund und Feind stolz zu präsentieren. Sie selbst wusste genau, in welch sinnlosem Kreis sie sich drehte. Spätnachts im Bett erzählte sie mir davon. Ich durchlebte mit ihr all ihre Ängste, ihre Zweifel und Niedergeschlagenheit.

»Sie werden dich töten, sie bringen dich um. Wieso machst du das, du bist doch keine Hure«, versuchte ich, sie zu warnen.

»Ich weiß es nicht. Aber die Vorstellung, in dieser Stadt, in diesem zerstörten Leben lebendig begraben zu werden, bringt mich um«, antwortete sie.

»Wieso kannst du nicht nur einen lieben? Warum so viele? Wieso begibst du dich in so einen Teufelskreis?«, fragte ich sie.

Sie wischte sich die Tränen ab und sagte mit einem Lächeln, das ihr das Aussehen eines unschuldigen Schmetterlings verlieh: »Vergiss nicht, Schwesterchen, ich bin nicht wie du. Ich bin anders.«

In manchen Nächten packte sie ihren Koffer und sagte: »Es dauert nicht mehr lang, bis ich weggehe. Ich gehe.«

Ich setzte mich auf die Kante meines Bettes und beobachtete sie, wie sie alles einpackte: die Fotos, ihren Schminkkoffer, ihre Haarbänder, die Erinnerungen an die Männer, deren Untreue ihr Leben überschattete, ihr Tagebuch, einige kleine Schmuckstücke aus Gold und Kinkerlitzchen, an denen lauter Geschichten hingen. Kleine Ansteckblumen, feine, durchsichtige Büstenhalter, ein paar weiße Taubenfedern, Haarsträhnen junger Männer …

Manchmal flehte ich sie weinend an: »Perwana, du musst mich mitnehmen. Was soll ich hier?«

Oft antwortete sie gar nicht, strich mir nur mit der Hand über den Kopf. Manchmal fand sie Worte: »Mit mir bist du verloren. Du bist glücklich so. Du bist nicht wie ich. Aber du musst mir schwören: Wenn ich in ein fernes Land gehe oder sterbe, darfst du mich nicht vergessen.«

Jeden beschwor sie: »Wenn ich sterbe, vergesst mich nicht!« Wie ein Windstoß fuhr sie durch das Leben Dutzender Menschen, und die einzigen Worte, die sie hinterließ, waren: »Vergesst mich nicht, wenn ich gestorben bin!«

»Ich vergesse dich niemals«, versprach ich und umarmte sie. Aber sie hatte Angst und zweifelte. Sie warf sich auf das alte Sofa, legte ihren Kopf auf den kleinen Tisch, der auf dem farbigen Perserteppich stand, und sagte: »Wie sehr ich die Kälte des Todes fürchte.«

»Wer sagt, dass der Tod kalt ist, wer sagt das?«

Sie hob ihren Kopf. »Es kommt darauf an, wo man begraben wird.«

Jedes Mal, wenn sie ihre Sachen zusammengesammelt hatte, verharrte sie in Stille und Warten. Wortlos blickte sie ins Leere. In manchen Nächten aber zog sie vorsichtig ein Buch aus ihrer Tasche und las darin bis in die frühen Morgenstunden. Ich bewunderte sie, wie sie dasaß und, ohne vom Schlaf übermannt zu werden, las und immer weiterlas. Sie war auf der Suche nach einer lebendigeren Welt, wollte vergessen, ließ sich mitreißen. Und manchmal dachte sie nach. Ich war mir nicht sicher, ob sie über das Buch nachdachte oder über etwas ganz anderes. Immer sah ich ihren Argwohn, ihr ungeduldiges Warten, ihre tiefe Enttäuschung.

Spät erst erkannte sie, dass alle Männer mit ihr gespielt hatten. Anfangs setzte sie darauf, mit einem wohlhabenden Uhrmacher wegzugehen und nicht zurückzukehren. Dieser Mann hatte ihr geschworen, er sei in der Lage, die Zeit vor- und zurückzudrehen und sie in die Zeit der alten Emirate zu entführen, wo sie glücklich zusammenleben würden.

»Ich gehe an einen Ort, wo es keine Spuren und Zeichen der jetzigen Welt gibt. In ein kleines Städtchen unter ewiger Sonne, wo die Menschen im Freien leben.« Perwana erzählte das wie ein Zaubermärchen. Der magische Klang dieser Worte machte sie trunken. In dieser einen Nacht war sie glücklich. Sie umarmte mich. »Glaub mir, Khandan, der Uhrmacher kann mit der Zeit spielen.«

»Perwana, nimm mich mit«, bat ich sie leise.

»Nein, nein, nein. Ich weiß ja nicht, was passieren wird. Ich weiß es nicht.«

Mehrere Nächte wartete sie auf ihn, tat kein Auge zu, beobachtete vom Balkon aus den Platz und die umliegenden Gassen. Aber außer den Viehhändlern, den Straßenverkäufern und diesen gebückten, alten, zerknitterten Männern, die vom Morgengebet kamen, war niemand zu sehen. Eine Woche später kam Perwana zu mir, am ganzen Leib zitternd: »Khandan, Khandan, er hat sich umgebracht, er ist tot.« Der Uhrmacher hatte sich um Mitternacht unter dem Maulbeerbaum im Vorgarten seines Hauses mit einer einzigen Kugel das Leben genommen.

Am nächsten Tag zogen Perwana und ich uns um und gingen zur Trauerfeier der Frauen in sein Haus. Dutzende Uhren hingen an den Wänden, sie waren in dem Augenblick stehen geblieben, als er sich das Leben genommen hatte. Perwana musterte sie mit kindlichem Blick. Das Zimmer roch nach dem Blut des Mannes. Der Geruch war ihr unerträglich. Perwana weinte nicht, aber in ihrem Gesicht zeigten sich Einsamkeit und Angst.

Nach dem Selbstmord des Uhrmachers tauchten in Perwanas Leben noch mehr ungewöhnliche Männer auf. Unter ihnen einer, dessen Foto sie mir eines Nachts zeigte. Perwana war davon überzeugt, dass seinen Kopf eine Aura umgab und dass er mit den Propheten sprechen und mit den Seelen der Verstorbenen kommunizieren konnte. Danach kam jener schüchterne Jüngling, der die Fähigkeit besaß, Stürme zu bändigen und die Welt um sich herum stillstehen zu lassen. Ihm folgte ein Händler, der so oft nach Asien gereist war, dass er aussah wie ein buddhistischer Mönch. Der Nächste war ein junger Mann, der eine Woche, nachdem sie sich kennengelernt hatten, mitten im Bazar von einer Kugel, einem Querschläger, getroffen wurde und tot umfiel.

»Vergiss diesen Koffer. Wirf ihn weg! Du wirst nie weggehen«, beschwor ich sie.

»Meine Seele sagt mir etwas anderes«, flüsterte sie. »Ich bin sicher, dass ich fortgehe und niemals zurückkehre.«

Mit der Zeit verkleinerte sich Perwanas Lebenskreis. Ihre Freundinnen gingen eine nach der anderen weg. Eines Abends kam sie erschrocken nach Hause und flüsterte: »Die blauäugige Nesaket ist gegangen. Mandana ist bereits auf einem anderen Kontinent. Purhan ist weg. Frishta hat uns auch verlassen. Ach, Schwester!«

Die Kette der Mädchen, welche aus der Schule verschwanden, die Stadt verließen und nie mehr gesehen wurden, riss nicht ab. Nur für Perwana zeigte sich noch kein Abschied. Wenn ich heute zurückblicke, vermute ich: Hätte Perwana in Fareydun Malak nicht den Mann gesehen, der ihr den Traum vom Weggehen endlich würde erfüllen können, wäre er wahrscheinlich auch nur einer von denen gewesen, die ihr Leben flüchtig streiften.

4

In einer lauen Frühlingsnacht wurde Perwanas Traum vom Fliehen endlich wahr. Schon seit einer Woche schlief sie nachts nicht mehr. Angstattacken überfielen sie. Ein paar Tage davor hatte sie mir angeboten: »Schwesterchen, komm mit! Wir machen Schluss mit all dem Elend.«

Ich hatte Fareydun Malak bereits einige Male nachts oder im Morgennebel gesehen, aber ich hatte nie mit ihm gesprochen. Zu jener Zeit arbeitete er in einer großen Bäckerei.

Perwana und ich klopften in einer engen Gasse ans Tor, gingen dann durch einen schmalen, dunklen Gang und einen Hof voller Truthähne und schnatternder Gänse und nahmen schließlich in einem Vorraum auf einer alten, klapprigen Bank Platz. Fareydun kam heraus, wie in eine Wolke aus Mehlstaub gehüllt. Er umarmte Perwana, doch er wirkte bedrückt. Ein einfacher Mann, ich sah in ihm nichts, das ihn vor anderen ausgezeichnet hätte. Nur in seinen Augen lag ein Zauber, aber an jenem Tag entdeckte ich hinter den mehlbestäubten Wimpern eine merkwürdige Angst in seinem Blick.

Es war zu Beginn der Massaker, die das Regime anrichtete. Wenn wir morgens aus dem Haus gingen, sahen wir überall Spuren von Blutvergießen, Glassplitter und Zeichen von Bränden. Am Tag davor waren zwei Freunde Fareyduns von einem Erschießungskommando hingerichtet worden. Unsichere Zeiten. Alle hatten Angst, ob mit oder ohne Grund. Sogar ich, obwohl ich nichts zu befürchten hatte.

Noch heute sagt Nasradin, dass er diese Angst von Fareydun nicht verstand. Denn noch nie hatte er ein Wort über

Politik oder den Freiheitskampf verloren. Seine einzige Sehnsucht war zu reisen und über die Steppe zu wandern.

Ich weiß noch, wie er in seinem staubigen Gewand verzweifelt in dem Vorraum auf und ab ging und mit erhobenen Händen klagte: »Meine beiden Freunde waren völlig harmlos; wenn sie betrunken waren, haben sie gern gesungen.«

Ich sank auf der Bank zusammen und schaute schüchtern zu den beiden Liebenden hoch, die meine Anwesenheit vergessen hatten. Perwana flehte ihn an, fortzugehen: »Bald werden sie kommen, um auch dich abzuholen und zu töten. Das sagt mir mein Herz. Fareydun, ich gehe mit dir bis ans Ende der Welt.«

Fareydun hob seinen Kopf und erwiderte: »Niemand kann mich begleiten. Ich sehe alles voraus. Am Ende sehe ich mich allein dastehen.« Er sagte es wieder und wieder. Perwana sah ihn nur sprachlos an. Sie war am Boden zerstört. Aber ich kannte das bereits. Eine wirkliche Bedrohung sah ich nicht auf uns zukommen.

In derselben Woche überbrachte ein alter Fahrer einen Brief von Nasradin. Dieser Brief stellte unser gesamtes Leben auf den Kopf. Heute bezeichnet Nasradin diesen Brief als seinen größten Fehler. Damals wollte er einen Freund aus einer misslichen Lage und eine Liebe aus ihren Fesseln befreien. Neulich haben wir diesen Brief in einem Stapel alter Papiere gefunden, und er gestand reumütig: »Alles hat mit diesem Brief begonnen. Ich habe ihn im Gebirge in einem Zelt der Peshmerga geschrieben, weil ich glaubte, damit zwei Liebende zu retten.«

Daraufhin beschlossen Perwana und Fareydun wegzugehen. Dieses Mädchen, das nur noch wie ein Schatten durchs Haus lief, hatte ihren Koffer längst gepackt. Das Leben in diesen Wänden war ihr unerträglich. Selbst der Geruch der Mahlzeiten, die sie dem Vater und ihren Brüdern täglich auf der Essmatte am Boden servierte, war ihr verhasst. Seit einer

Ewigkeit schon hatte sie sich nicht mehr dazugesetzt. In großem Abstand von uns verharrte sie in ihrer Ecke, weit weg auch von unserer Mutter, die wie eine Ausgestoßene in ihrem Winkel mit dem Essen um sich schmiss, hasserfüllt zu uns hersah und schrie.

»Dieses Mal gehe ich endgültig«, kündigte Perwana an.

Die Nacht war heller und ruhiger als die vergangenen Nächte. Das Haus und der Vorgarten schienen tief in Schlaf versunken. Außer dem Schnarchen der Brüder und des Vaters, das sich in kurzen Wellen in der stickigen Luft des Hauses ausbreitete, war nichts zu hören.

»Schmetterlinge haben keinen Ort«, sagte Perwana, während sie ihre letzten Sachen zusammensuchte. Wie eine Fremde streifte sie unbemerkt durchs Haus. Nicht einmal die Mutter erwachte. Perwana trat auf den Balkon und sah auf die schlafende Straße. Im Morgengrauen sollte Fareydun mit dem Auto eines Freundes auftauchen, um sie abzuholen und mit ihr ins Ungewisse zu ziehen.

Die Nacht war totenstill. Hin und wieder schrak die Umgebung zusammen, beim Vorbeifahren eines Militärfahrzeugs, dem Bellen eines streunenden Hundes oder dem Verglühen einer Sternschnuppe. Aber alles war in tiefen Schlaf versunken, die kleinen Dinge, der Himmel und sogar Gott. Für einen Augenblick wusste ich nicht, ob ich wachte oder schlief. Ich saß im dunklen Zimmer auf einem Stuhl und beobachtete Perwana draußen auf dem Balkon. Obwohl die Nacht lau war, verspürte ich eine tödliche Kälte. Etwas in meiner Seele flüsterte mir zu: »So glatt wird sie nicht davonkommen.« Am meisten Sorge machte mir, dass sie all die Gefahren nicht wahrnahm, die draußen lauerten. Immer wieder sah sie auf die Uhr, und ein bitteres und zugleich zauberhaftes Lächeln huschte über ihr Gesicht. Ich bemerkte, dass auch sie fröstelte.

Ich war mir sicher, dass alles sich so fügen würde, dass sie losziehen konnte. Der Vater würde beide Augen zudrücken, die Sterne würden unverrückbar für sie strahlen, und der Garten würde sich schlafend stellen. Alles wollte Perwana freigeben wie einen Schmetterling, dessen Flug den Frieden des Universums nicht stört. Doch dann dachte ich: Ein Mensch ist kein Schmetterling! Das geht nicht. Das darf nicht sein! Und dann wurde die Stille des Universums, die Ruhe der Pflanzen und der sorglose Schlaf der Rosen im Garten furchterregend, weckten in mir eine unerklärliche Angst.

Hin und wieder betrat sie das Zimmer und umarmte mich sanft. Sie trug eine schwarze Bluse und einen aschgrauen Rock und hatte die Haare mit einem schmalen weißen Band zusammengebunden. »Er kommt bestimmt, es ist noch zu früh, nicht wahr? Versprich mir, artig zu sein! Versprich, dass du auf meine Briefe antwortest! Du musst mir alles über meine Freunde berichten! Versprich mir, mich nicht zu vergessen, wenn ich gestorben bin!«

Die Hoffnungslosigkeit stand mir wohl ins Gesicht geschrieben. Sie lächelte geheimnisvoll und sagte: »Khandan, vergiss mich nicht, vergiss Perwana nicht! Denk daran: Ich bin Perwana.« Diesen rätselhaften Satz habe ich von ihr immer wieder gehört. Auch im Augenblick ihres Todes sprach sie diese Worte, als ich mehr denn je fühlte, dass hier ein Mensch zu einem Schmetterling wurde.

»Worüber denkst du nach?«, fragte sie.

»Über die vielen Male, als wir in Eile gemeinsam einen Tee tranken und in die Schule hasteten. Wie wir Seite an Seite lebten. Über das Gelächter mit deinen Freundinnen in der Schule, über deinen Schatten in den Zimmern unseres Hauses«, antwortete ich schluchzend.

»Khandan, sei nicht kindisch!« Sie legte die Hände an den Kopf und lachte mich aus.

Der Morgen brach an, und plötzlich tauchte Fareydun am Rand des Marktplatzes auf. Als Perwana ihn mit der kleinen Tasche in der Hand sah, hätte sie vor lauter Aufregung beinahe vergessen, sich von mir zu verabschieden. Ich hatte nicht das Gefühl, dass sie überglücklich war, darum ging es ja auch nicht. Es ging auch nicht um Freiheit, sondern darum, in einen Traum einzutauchen. Im Dämmerlicht wirkte Fareydun wie ein Fremder, ein Reisender. Ich trug Perwanas Koffer neben ihr her zur Tür. Es war verwunderlich, dass niemand aufwachte und sagte: Perwana, geh nicht fort!

Als sie mir vor dem Tor einen Abschiedskuss gab, brach ich in Tränen aus. Schließlich sagte sie: »Es muss so sein.« Mit ausgestrecktem Arm deutete sie auf unser Haus: »Das ist die Hölle.«

Sicher wollte sie noch mehr sagen, wollte noch mehr von dem, was sie erstickte, loswerden, aber die Zeit war um. Stumm ging sie, ohne ein weiteres Wort.

5

Die Städte in dieser Region sind wie belagerte Orte. Es ist nicht einfach, sie zu verlassen. Als ich am nächsten Abend Perwanas Brief erhielt, wusste ich, bevor ich ihn geöffnet hatte, dass sie noch in der Stadt war und den Belagerungsring nicht hatte durchbrechen können. Auf einen kleinen Zettel hatte sie geschrieben: »Schwesterchen, mach dir keine Sorgen, ich bin noch hier. Wir versuchen, in den nächsten Tagen herauszukommen.«

Schon in den frühen Morgenstunden hatte ich das Gefühl gehabt, sie sei noch da. Ich spürte sie unter den Blumen. Wenn ich mich vor das Fenster stellte und eine Brise aufkam, konnte ich sie in der Luft, im Himmel, in den Sonnenstrahlen sehen. Sie in meiner Nähe zu spüren, hat mir immer Kraft für mein eigenes Leben gegeben. Nach ihrem Tod lebte ich viele Monate lang gebrochen und gebeugt. Ich hatte keinen Antrieb mehr, Widerstand zu leisten. Wenn ich heute die Geschehnisse wieder aufleben lasse, dann, um Perwana zurückzuholen, um für mein Leben neue Kraft zu erhalten.

Zu Hause bemerkte zunächst niemand, dass sie fort war. Der Vater war wie immer im Bazar der Goldschmiede mit Armbändern, Ringen und anderem Frauenschmuck beschäftigt. Meine Brüder zogen sich am Morgen an und gingen. Erst als er am Abend zurückkehrte, fragte mein Vater: »Wo ist Perwana?«

»Ich habe sie nicht gesehen. Als ich am Morgen aufwachte, war sie nicht in ihrem Bett.«

Da begann der Vater zu weinen und schlug weinend auf die Türen, Fenster und die Einrichtung des Hauses ein.

Meine Brüder zerrten mich an den Haaren in den Keller und fingen an, wie verrückt auf mich einzuprügeln. Noch Jahre danach klebte mein Blut an den Wänden, mit dem Abdruck meiner Hände, die Halt zu finden versuchten. Der Schwall von Blut aus meinem Mund ergoss sich zwischen die Kisten, über Vorratssäcke und altes Bettzeug, das unordentlich aufgestapelt dalag. Noch jetzt höre ich meine Schreie, wenn ich in den Keller gehe.

Der Vater klagte, während die Brüder auf mich einprügelten und schrien: »Wo ist sie hingegangen?«

In schwierigen Zeiten konnte Vater nichts anderes als weinen, sich auf den Kopf schlagen und alles zertrümmern, was ihm in die Hände fiel. Auch jetzt ging er mit seiner bunt verzierten Kappe im Kreis, schlug sich auf den Kopf und klagte. Es stachelte die Wut der Brüder an. Sie begannen, gegen Tisch und Stühle zu treten und mit Fäusten auf die Wände einzuschlagen. Nichts konnte den Vater beruhigen. Seine Wut und Verzweiflung ließ er vor allem an sich selbst aus. Manchmal ging er morgens in seinem gestreiften Pyjama und mit der Kappe auf dem Kopf auf den Vorhof und schlug mit seinen Fäusten auf Brust und Kopf ein. Ich hatte nicht das Gefühl, dass er auch nur einen von uns wirklich liebte. Mir blutete das Herz, wenn ich seine Einsamkeit sah. Sein Leben lang hatte er nie einen wahren Freund. Die Jacke hing ihm aus dem Stoffgürtel seiner kurdischen Tracht, wenn er auf dem Rückweg vom Bazar durch die Gassen ging, wo ihn keiner grüßte. Bis ihn meine Tante, seine Sufi-Schwester, die geheime Herrscherin über die gläubigen Frauen der Stadt, unter die Männer der Moschee schob. Von da an hatte er ein paar Freunde im verschwitzten Gewimmel der Moschee. Mit scheu gesenktem Kopf hörten sie einander zu und nickten zustimmend. Nachts stand er stundenlang in seinen Gummipantoffeln vor dem Tor – im Mondschein, im Regen, in den Stürmen – und unterhielt sich mit seinen unscheinbaren

Freunden. Wenn er danach hereinkam, war er manchmal von Kopf bis Fuß durchnässt oder schlotterte vor Kälte, aber es war ihm gleichgültig.

Perwanas Verschwinden war nun die Schande, vor der er sich schon immer gefürchtet hatte. Eine Entehrung, die ihn in seine frühere Einsamkeit zurückzuwerfen drohte.

Jahrelang hatte niemand auf Perwanas Leben geachtet, jahrelang war sie ein stiller Schatten gewesen. Ihre einzigen Aufgaben hatten darin bestanden, die Wände, den Hof und die Teppiche sauber zu halten, die Maden zu entfernen, die unter Mutter hervorkrochen, die Essmatte herzurichten, an der sie selbst nie aß, und in den Zimmern Duft zu versprühen, den der Verwesungsgeruch der Mutter sogleich verschluckte. Niemand sah, dass Perwanas Leben zu Schmetterlingsstaub zerfiel. Jenem Staub, den ich seit Jahren wahrnahm: auf ihrem Bett, in ihren Fußspuren, auf den Blättern der Rosen, die sie goss. Aber ich verlor nie ein Wort darüber. Ich fragte nie: »Was ist mit diesem Schmetterlingsstaub, der dich umhüllt?« Und auch sie verlor niemals ein Wort darüber, aber sie wusste, dass er vom Zerfall ihres Lebens herrührte. Die verlorenen Lebensjahre wurden zu Staub. Deshalb suchte sie nach einer anderen Art Leben. Ihrem Traum folgend, wollte sie die eiserne Umklammerung der Stadt durchbrechen, die sie die Stadt des Blutvergießens, der Bigotterie und des Nebels nannte.

Am Abend der Entdeckung der Flucht von Perwana und Fareydun änderte sich mein Leben. Als meine Brüder frustriert von mir abließen, lag ich halb ohnmächtig im eigenen Blut, unter alten Bettgestellen und zerbrochenen Stühlen. In meinen Albträumen sah ich immer wieder Perwanas Bild, das auf unzähligen geschlossenen schwarzen Türen auftauchte und wieder verschwand. Ich sah sie auf einem blutigen Pferd, das durch einen eisernen Himmel flog. Sie tauchte schlafend in einem niedergebrannten Garten auf, aber Rauch und Flammen entrissen sie meinen Blicken. Wenn ich zu mir kam, wusste ich, dass diese Bilder meiner Angst entsprangen.

Um Mitternacht erfuhr ich, dass mein Vater seine fromme Schwester gebeten hatte, Perwana ausfindig zu machen. Er warf sich, die Hände flehend erhoben, vor ihrem Tor auf die Knie und beschwor sie: »Hilf mir, Schwester! Ob du bei Gott oder bei Satan Erbarmen suchst, hilf mir!«

Als meine Tante flüsternd antwortete, lag etwas Furchteinflößendes in ihrer Stimme: »Ich wusste schon immer, dass eines Nachts der Satan in deinem Haus losschlagen würde. Ich wusste, dass alles entgleisen und dass deine Tochter uns in die Hölle stürzen würde.«

Noch in derselben Nacht versammelten sich die Tamburin-Frauen, die meine Tante auch in den dunkelsten und gefährlichsten Nächten zusammenrufen konnte. Der Schwarm stummer, schwarz verhüllter Gestalten konnte leise aus der Nacht auftauchen, durch die Gassen der Stadt schweben, an eine Tür nach der anderen klopfen und sich, ausgerüstet mit großen Trommeln, versammeln. Es waren hochgewachsene, dunkelhäutige Frauen, aber auch kleine und kranke, schwache und blasse, füllige mit herabhängendem Fleisch. Sie alle stiegen hinunter in unseren Keller und bildeten einen Kreis um mich. Noch nie hatte ich solches gesehen oder erlebt. Ihre Gesichter schienen verzerrt und in die Länge gezogen, die Stimmen leise und fern, die Farben bleich, aschgrau.

Zuerst beteten sie und rezitierten verschiedene Suren, dann sah ich meine große Tante mit ihrem lockigen schwarzen Haar und dem kühlen, scharfen Blick auf mich zukommen. »Wo ist Perwana? Wohin ist sie gegangen? Wo ist diese sündige Satansbraut?«, fragte sie drohend.

Ich hatte mich dazu entschieden, nichts zu verraten, denn ich wusste, sie würden Perwana umbringen, wenn sie sie fänden. Ihr Schicksal lag in meinen Händen. Ein Schauer lief durch meinen Körper und ließ mich für einen Augenblick die Schmerzen vergessen. Ich war glücklich, dass Perwanas Schicksal auf diese Weise mit meinem verbunden war. Ich nahm wahr, wie sie um mich im Kreis gingen und Verse aus dem Koran rezitierten. Um mich hatte ich keine Angst, aber ich wusste, dass diese Frau ein teuflisches Netz über alle Gassen dieser Stadt gebreitet hatte. Ich wusste, dass sie ihre Informantinnen in jedem Winkel dieser Stadt sitzen hatte.

Während Stunden redeten die Frauen beschwörend auf mich ein. Über die Größe unserer Sünde. Über den Himmel, der über unseren Köpfen einstürzt. Über die Flammen, die überall aus der Erde schossen. Dass die Sterne auf die Erde fallen und Chaos und Verwüstung anrichten würden. Ich aber blieb stumm. Ich saß nur da und hielt die Hand auf meine Lippen, aus denen noch immer Blut rann, und weinte. Weder flehte ich sie an, noch widersetzte ich mich. Ich sah sie an wie durch den Vorhang einer anderen Welt. Meine Augen waren so verquollen, dass ich nur ihre Schatten wahrnahm. Mich erreichten lediglich die Gerüche ihrer Räucherstäbchen. Nach ein paar Stunden verließen sie mich mit ihren Tamburinen. In kürzester Zeit würden sie die gesamte Stadt über Perwanas Flucht benachrichtigen. Das ganze Land würden sie auf den Kopf stellen, um Perwana zu finden.

Am nächsten Morgen, nach dieser albtraumhaften Nacht, schleppte ich mich blutend die Treppe hinauf. Das Haus war totenstill, bis auf die Mutter, die in ihrer Sterbeecke schrie. Ich setzte mich auf Perwanas Bett und spürte die Leere, die sich um mich ausbreitete. Ich erhob mich, wusch mir Tränen und Blut von Wangen und Lippen. Nicht abwaschen konnte ich die grenzenlose Unruhe, die Angst vor den Tagen, die nun auf mich zukamen. Das waren nicht die Ängste eines unreifen, eingeschüchterten Mädchens. Es war die Stimme meiner Seele, die mir zuflüsterte: Diese Frauen werden niemals aufgeben. Sie werden wiederkommen. Du kannst ihnen nicht entkommen.

So war es schon immer mit meiner Tante gewesen: Sie verschwand abrupt und tauchte ebenso unvorhersehbar wieder auf und versetzte mich damit in Angst und Schrecken. Dennoch hatte ich nicht erwartet, was nun über mich hereinbrach. Kurz bevor die Sonne unterging, erschienen plötzlich die Tamburin-Frauen wieder, wie aus dem Nichts. Als wären sie hier zu Hause, liefen sie ungebeten im Vorhof, dem Vorzimmer, in den Zimmern und auf dem Balkon umher. Dieses Mal waren es noch mehr. Ich hatte mich neben den Pflanzen an die Wand gedrückt und wusste nicht, was nun geschehen würde. Hatte Perwana entkommen können, oder befand sie sich noch in der Stadt? Die Frauen gingen, mit ihren Trommeln an mir vorbei, ohne mich eines Blicks zu würdigen. Ich stand immer noch neben den Pflanzen, die in ihren Töpfen zitterten, und niemand sah mich. Ich wusste nicht, ob sie mich absichtlich nicht ansahen oder gar nicht bemerkten. Mitten in diesem Durcheinander, das plötzlich unser Zuhause erobert hatte, tauchten mein Vater und meine Brüder auf und mischten sich unter die Frauen, die nach einer fernen, unbekannten Welt rochen. Dieser Geruch erfüllte bereits das ganze Haus. Stumm und wie unsichtbar folgte ich ihnen. Alle schienen wütend, verstört und hilflos.

Ich sah, wie meine Brüder ihre Bündel aufknoteten und ihre Dolche hervorholten, die seit einer Ewigkeit zwischen den Kleidern geschlafen hatten. Die Dolche zeigten an, dass sie Perwana umbringen wollten. Wie von Sinnen lief ich zwischen den schwarz verhüllten Frauen hindurch auf den Balkon und wäre bei dem Anblick, der sich mir bot, beinahe in Tränen ausgebrochen. Hunderte unbekannte Menschen standen auf der Straße und warteten.

Ich wollte wissen, worauf, als ich plötzlich meine Tante herrisch fragen hörte: »Wo ist das Kind? Hat jemand das Kind gesehen?«

Ich drückte mich tiefer in eine Ecke des Balkons, um nicht entdeckt zu werden.

»Die Schamlose ist in der Bäckerei. Sie hält sich hinter den Mehlsäcken versteckt«, verriet die Tante meinen Brüdern. Und zu meinem Vater hörte ich sie sagen: »Alle Mullahs, Scheiche, Sufis und alle Geistlichen erlassen eine Fatwa, die dich von jeder Sünde freispricht.«

Ich konnte den erschöpften Gesichtsausdruck meines Vaters sehen, der unter der Kraft dieser Worte noch weiter in sich zusammensackte. Sie begab sich wieder unter die Tamburin-Schwestern, und innerhalb kürzester Zeit brachten sie das ganze Haus zum Beben.

»Wo ist das Kind?«, schrie sie wieder.

Ich wollte mich verstecken, aber blitzschnell waren die Tamburin-Frauen über mir und hoben mich hoch wie eine Strohpuppe. All die Schreie und das Furcht einflößende Getöse übertönend, rief die Tante: »Wechselt ihre Kleidung!«

Viele Hände streckten sich nach mir aus. Ihre Gesichter konnte ich nicht sehen, spürte aber Finger und Nägel an meinem Leib, als sie mich weiterreichten. Die Tante wiederholte: »Bringt sie her!«

Schließlich befand ich mich in einem Zimmer mit drei alten Frauen und ihren Trommeln. Schnell schlossen sie die Tür, zogen die Vorhänge zu und standen mir dann gegenüber.

»Zieht ihr ein schwarzes Kleid an«, schrie die Tante.

Es dauerte nur einen Augenblick, bis sie mich entkleidet hatten. Splitternackt stand ich zwischen ihnen, wie ein kranker Vogel. Ich versuchte, mich mit einem weißen Leintuch zu bedecken, aber sie ließen es nicht zu. Hastig steckten sie mich in ein schwarzes Kleid. Wie ein Stück Holz blieb ich stumm und regungslos. Kühl blickte ich meiner Tante in die Augen, die meinen Arm packte und mich hinaus auf die Straße zerrte, wo Väter und Söhne mit ihren Dolchen standen, wo Frauen mit ihren großen Tamburinen warteten, wo die gesamte Stadt unter Schreien und Verwünschungen auf das Haus blickte.

Mitten im hitzigen Trommeln schrie die Tante: »Gott ist mit euch! Die Engel sind mit euch! Die Gefährten des Propheten und die heiligen Männer sind mit euch!«

Die Menschen öffneten ihre Türen, um uns zu sehen, jene Familie, die das Ende des rächenden Zuges bildete. Um die Frauen zu sehen, die mit ihren Trommeln das Glaubensbekenntnis »Es gibt keinen Gott außer Gott« rezitierten. Um die Kinder zu sehen, die gekommen waren, um jedes Loch, jeden Weg, jede Ecke zu blockieren und das Liebespaar am Fliehen zu hindern.

Noch immer begriff ich nicht und fragte: »Was ist los?«

Aber niemand gab mir eine Antwort. Ich musste den seltsamen Zug anführen. Meine Brüder mit ihren blanken, scharfen Dolchen flankierten mich schweigend. Ich sah in den Himmel und dann auf den Boden vor meinen Füßen und fragte: »Wohin bringt ihr mich?«

Der Vater zog mich am Arm und befahl: »Geh weiter!«

Bei einem Blick über meine Schulter sah ich in den Reihen der wütenden Armee die Gesichter der Verwandten und die hasserfüllten Augen der Männer, die seit Langem Perwanas Tod herbeiwünschten. Auch der Männer, die in Perwana verliebt gewesen waren und nun kamen, um die letzten Minuten ihres Schicksals mitzuerleben. Für einen Augenblick hatte ich das Gefühl, die ganze Stadt zöge hinter uns her. Wer immer die Rufe der Frauen und den Klang der Trommeln hörte, schloss sich dem Zug an. Ich hörte den Aufruf durch die Lautsprecher der Moscheen und Schreie aus den oberen Etagen der Häuser. Fiebernd zog die Menge durch die Straßen. Überall wirbelte alter Staub auf. Ich hatte den Eindruck, dass seit Jahrzehnten geschlossene Fenster aufgestoßen und Vorhänge zurückgezogen wurden. Hinter jedem Fenster, jeder

Tür kam ein altes, ausgelaugtes Gesicht zum Vorschein und zischte wütend: »Findet sie!«

Alte Frauen, die seit einem halben Jahrhundert zahnlos ihr Essen zermahlten, nuschelten: »Findet sie!«

Männer, mit ihren Gehstöcken und schlabbrigen Westen, die Zigarettenspitzen mit längst verglommenen Zigaretten im Mundwinkel, tauchten vor den Haustüren auf und schwangen drohend die Stöcke. Aus jeder Gasse schlossen sich eine weitere Frau, ein Mädchen mit Kopftuch, junge Männer mit Dolchen dem Marsch an.

Als wir die Bäckerei erreichten, bildeten die Tamburin-Schwestern draußen einen großen Kreis. Der Vater, die Brüder und Dutzende weitere Männer, die ich noch nie gesehen hatte, die Dolche fest im Griff, stürmten hinein. Ich stellte mir das Innere der Bäckerei vor. Ich wusste, sie würden an den Lehmöfen vorbei in den Raum laufen, wo der Teig geknetet wird. Dann im Hinterzimmer zwischen den Mehlsäcken suchen. Von dort würden sie die beiden dann unter Buhrufen nach draußen zerren und unter einem nahe stehenden Baum köpfen. Bei der Vorstellung, Perwana geköpft zu sehen, ihren toten Körper mit abgetrenntem Kopf, wurde mir schwindlig. Ich wollte die Bilder verschwinden lassen, aber es ging nicht. Das Trommeln wurde wilder, und die Rufe der Alten schwollen an.

Bis zur Wiederkehr der Männer sah ich vor mir nur Perwana mit ihrem müden Blick. Für einen Moment hatte ich das Gefühl, die Finger der Trommlerinnen würden schwächer und ihre Rufe leiser. Ich hörte eine Stimme flüstern: »Hab keine Angst, Schwesterchen!« Ich drehte mich um, aber ich sah niemanden. Da trat mein Vater aus der Bäckerei: »Sie sind schon weg, da ist niemand mehr.«

»Jemand muss sie gewarnt haben. Jemand muss ihnen geholfen und sie gerettet haben«, vernahm ich eine andere Stimme.

Die Männer und Frauen schwiegen. Die Trommeln verstummten. Eine plötzliche Stille legte sich über die Straße. Als zöge sich alles in sich zurück, und als wollte der Himmel sich für einen Augenblick beruhigen.

Meine Tante, die mitten unter den Tamburin-Frauen stand, starrte mich an: »Verliert nicht die Hoffnung! Wir finden sie, noch heute Nacht.«

Die Frauen begannen wieder, zu trommeln und laut zu rezitieren, Gott und den Propheten um Beistand anzurufen. Ich stand in meinem schwarzen Kleid inmitten des Tumults und wusste nicht, was sie vorhatten. Aber ich war glücklich, blickte auf die Menge und war mir sicher, dass die Stimme, die mir ins Ohr geflüstert hatte: »Khandan, hab keine Angst!«, die von Perwanas Retter gewesen war. Aber wem sie gehörte, wusste ich nicht.

Die Dunkelheit brach herein. Plötzlich veränderte sich die Farbe des Himmels, und es begann zu regnen. Das Trommeln der Finger klang, untermalt von den aufprallenden Regentropfen, noch beängstigender. Sie schoben mich wieder an die Spitze des Zugs. Der Regen tropfte von meinen nassen Haaren. Ich schritt voran und die Menge hinter mir her. Das Kleid klebte an meinem Körper. Je mehr Zeit verging, umso mehr schrumpfte ich. Ich hatte das Gefühl, das Kleid wäre mir viel zu groß. Das Schubsen und Drängen der Herde wurde schneller und heftiger, sodass ich keine Zeit hatte, mir Gedanken zu machen. Manche Männer fühlten sich in ihrer Ehre so sehr verletzt, dass sie weinten, andere schritten im Rauschen des Regens unter drohenden Schreien und Gottesrufen einher. Als Symbol des Teils der Familienehre, der unbefleckt geblieben war, musste ich vorneweg marschieren.

Als wir den Innenhof der größten Moschee der Stadt erreichten, waren wir alle vom Regen bis auf die Knochen durchnässt. Ich hob meinen Blick und sah den Himmel in einer beängstigenden Farbe. Noch nie zuvor hatte ich ihn so gesehen. Die Nähe zu den Kuppeln wirkte bedrohlich. Noch nie war ich einer solchen Kuppel so nah gewesen. Im Hof der Moschee nahmen die Schatten, die Stimmen, die Gesichter eine härtere Form an. Die Derwische wurden durch den Donner und die Stimmen der wütenden Menschen in ihrer Abendruhe gestört und erschienen wie einem blauen Meer entstiegen. Noch nie hatte ich einen so weitläufigen Hof gesehen. Alles Leben darin hatte einen metallenen Klang, sogar die Rufe der Vögel. Auch die kleinen Fische im Becken sahen aus wie ein Schwarm blaumetallener Geschöpfe.

Das Gesicht meiner Tante strahlte blau, heller als alles andere um sie herum. Sie stand unter den Tamburin-Frauen und erhob ihre Stimme über den Donner, das Trommeln und das Gluckern der Wasserrinne: »Betet, bis wir sie gefunden haben! Betet, damit wir uns von dieser Schande reinwaschen!«

Wir standen in dem Gedränge aus Unbekannten, die sich in der ganzen Moschee verteilt hatten, inmitten Tausender Hände, Augen und Münder, die plötzlich in unser Leben eingedrungen waren. Wie eine Welle breiteten sie sich unter den Säulen, Kuppeln, den Schirmen der Derwische, in den Gängen zur Trauerhalle und dem Raum für gemeinsame Gebete aus.

Meine Tante schrie so laut, als käme ihre Stimme aus der Kehle der hohen Minarette: »Rezitiert das Gebet der Reinheit! Bittet Gott, uns zu helfen, die Knoten zu lösen, die der Satan geknüpft hat!«

Während sie diese Worte sprach, beugte sich das Meer der Gottesgeschöpfe und betete. Eine Frau mit bläulichem Gesicht packte mich hasserfüllt am Arm und zog mich in den hohen Bogengang. Mir war, als ließe der Regen die schwarze Farbe meines Haars an meinem Leib hinunterfließen. Ich stand da wie ein Stück durchnässte Kohle. Die Frau schubste mich auf einen Gebetsteppich neben einer Säule und befahl mir zu beten. In meiner Ecke hob ich zum ersten Mal meinen Kopf und blickte in den Himmel, der aussah, als wäre er aus blauen Ziegelsteinen gemauert, tief hängend und düster. Ich betrachtete die Ränder der Wolken, von denen manche in Mondlicht getaucht waren, und die brennenden Wolken, die im Feuer der Blitze über den Moscheehimmel fegten.

Verängstigt kniete ich nieder und legte meine Stirn auf den Gebetsteppich, aber eine Stimme flüsterte mir zu: »Hab keine Angst, Perwana ist auf dem Weg zu einem Ort, wo niemand sie findet.«

In dieser Nacht sprach ich ein Gebet nach dem anderen. Nach jeder Gebetsrunde stand ich auf und blickte auf das Feuer, von dem ich meinte, es müsse hinter den Wolken brennen.

Die Menschen um mich herum hatten ihre Gebetsteppiche zusammengerollt und hockten unter den Eisenstreben und zwischen den Säulen, auf den Steinbänken und Stiegen, zwischen dem Becken und den Minaretten. Manche von ihnen waren schutzlos dem Regen ausgesetzt. Alle starrten mich an. Ich schloss meine Augen und wollte weder das Grollen des Donners noch das Gezischel der Frauen hören, die über mein und Perwanas Leben lästerten, und auch nicht das Prasseln des Regens, der in dieser metallenen Nacht niederging. Manchmal hob ich den Blick und sah in meiner Vorstellung viele Vögel auf den Minaretten, geformt aus dem Schatten der Minarettspitzen, den Wolken und der Nacht. Von Zeit zu Zeit trommelten die Tamburin-Trägerinnen, und die Derwische unter ihren Regenschirmen tanzten. Aber all dies nahm ich nur wie aus der Ferne wahr. Ich legte meinen Kopf auf die angezogenen Knie und dachte an Perwana.

Die Tante wanderte mit einer blau leuchtenden Laterne in der Hand durch die Menge. Dunkelblau wie alles andere in dieser Nacht. Ein Gesicht nach dem anderen sah sie sich an. Alle Frauen, Jungen und Mädchen, die zur Reinwaschung von einer unbekannten Sünde gekommen waren und um sich am Rachezug dieser Nacht zu beteiligen. Schließlich fand sie mich neben der Säule. Sie stellte sich hinter mich und blieb dort. Alle warteten auf etwas, auf eine Neuigkeit. Die Nacht kroch dahin, aber niemand kam mit einer Nachricht durch das Tor der Moschee in den Hof.

Mein Vater ging unter den Minaretten auf und ab, und meine Brüder standen wie aufgefädelt unter den großen blauen Kuppeln. Bereits seit den frühen Abendstunden hielten sie die Griffe ihrer Dolche umklammert. Die ganze Nacht lang regnete es auf die Klingen herab, die hin und wieder im Gewitterschein aufblitzten. Neben meinen Brüdern gab es noch Hunderte andere, die stumm mit ihren Dolchen in der Hand zwischen den Säulen auf und ab wanderten. Einer von ihnen schlug von Zeit zu Zeit mit der Klinge gegen eine Eisenstrebe. Der metallische Klang ließ uns auffahren, und jedes Mal erhob einer der Mullahs mahnend seine Stimme: »Seid vorsichtig mit den Säulen!«

Bis zum Morgengrauen wachte meine Tante hinter mir, als würde sie eine Gefangene beaufsichtigen. Die Nacht verging, aber die Welt wurde kein bisschen heller. Als es dämmerte, trat eine große, schwarz verhüllte Frau durch das Tor der Moschee. Leise bahnte sie sich ihren Weg durch die Männer. Kurz blieb sie unter den Regenschirmen der Derwische stehen und schüttelte ihren langen schwarzen Umhang, in dem sie offensichtlich die ganze Nacht dem Regen ausgesetzt gewesen war. Nachdem sie sich bei einigen der Frauen erkundigt hatte, kam sie zu uns, stellte sich hinter mich und flüsterte meiner Tante etwas ins Ohr.

Ich wagte nicht, mich umzudrehen. Mir war, als würden die Wolken in Fetzen herabstürzen, und als höben meine Tante und alle anderen den Blick und sähen sich das Schauspiel verwundert an. Meine Tante löste sich von ihrem Platz, ging geräuschlos an mir vorbei zu den Tamburin-Frauen und flüsterte ihnen nacheinander etwas zu, woraufhin diese leise sagten: »Dem Herrn sei Dank!«

Sie ging in den Regen und rief nach meinem Vater, der meine Brüder herbeirief, die wiederum die Männer mit den Dolchen zum Kommen aufforderten, und diese riefen die Männer zu sich, die unter den Säulen und Minaretten warteten. Plötzlich erhob sich ein Aufschrei aus zahllosen gleichzeitigen Rufen. Die Trommeln begannen erneut zu donnern.

Ich saß still zusammengekauert auf meinem Gebetsteppich. Nach drei schlaflosen Nächten wünschte ich mir den Tod. Ich wollte verschmelzen mit dem Regen, der Schwärze der Nacht und dem Vergessen. Aber ich sah, wie mein Vater in seiner durchnässten Kleidung auf mich zukam. Unbarmherzig packte er mich und zerrte mich durch den Hof. Ich strauchelte immer wieder und riss mir das Kleid auf. Kieselsteine bohrten sich in meine Knie. Wie eine zerbrochene Puppe hoben sie mich auf und zerrten mich durch den Regen und das beängstigende Blau des Morgens. Ein lautes Geschrei erhob sich von allen Seiten. Eine Welle aus Menschen schwappte in Richtung Tor. Fast unsichtbare Wesen kletterten über lange Leitern herab von den Kuppeln. Plötzlich wurde ich Vaters eisernem Griff entrissen und geriet unter die blinden Mullahs, die mit ihren Blindenstöcken der wütenden Menge folgten. Aus den Kehlen drang ein seltsamer Laut des Schmerzes und des Zorns. Ich befreite mich aus dem Kreis der Stöcke, der verschlungenen Mäntel und Turbane und wurde von den Menschen mitgerissen, die durch das Tor drängten. Auf einmal befand ich mich im Geschiebe der Bettler, die an diesem nassen Frühlingsmorgen das Tor belagerten. Ich wurde herumgewirbelt und geriet unter die neu dazugestoßenen verhüllten Frauen, die in Schwärmen von den Gräbern und Schreinen kamen. Der Himmel öffnete wieder seine Tore, und es begann, in Strömen zu regnen.

Erneut hatte ich das Gefühl, dass der Regen alle Farbe aus meinen Haaren an mir ablaufen ließ. Ich stolperte. Das grellgoldene Licht des Blitzes blendete mich, und in diesem Lärm, Regen und Donnergrollen flüsterte eine Stimme in mein Ohr: »Khandan, hab keine Angst, ich werde sie retten.«

Die Stimme eines Mannes, nur dieser Satz. Ich drehte mich um, konnte aber sein Gesicht nicht sehen. Nur seinen Gehstock. Es war ein Mann in einer schwarzen Jacke mit einem Stock in der Hand, und eine mir fremde Stimme flüsterte diese Worte in mein Ohr. Finsternis und Regen trugen sie davon. Mitten hinein in das Klopfen der Gehstöcke, die an die Tore schlugen, schrie ich: »Geh voraus, geh voraus! Eil ihnen zu Hilfe!«

Ich wusste nicht, ob er mich hören konnte, aber viel später, als ich mit dem Herrn dieser traurigen Stimme bei einem Glas Saft in seinem Getränkeladen saß, fragte ich ihn: »Hast du mich in jener Nacht rufen gehört?«

Er erwiderte: »Ich habe dich nicht nur gehört, dein Schrei gellte noch viele Jahre in meinen Ohren.«

Mein Schrei steckte mir noch in der Kehle, als mich eine Hand am Arm packte und mich aus der Menge herauszog: »Meine Tochter, du sollst vorausgehen. Deine Zukunft hängt davon ab.«

Es war Mullah Kauser, in dessen Händen mein Schicksal so viele beängstigende Wendungen nahm. Diese Hände waren unfassbar kalt. Mich überkam ein Hustenanfall. Manchmal musste mich eine andere Hand vorwärtsziehen. Immer wenn ich stehen blieb, stellte sich meine Tante neben mich und starrte mich an. Erneut marschierten wir durch die Straßen der Stadt. Erneut ließen die Tamburin-Spielerinnen mit ihren Rufen die Mauern erbeben. Dann erreichten wir die Gasse, die zum Rückweg von unserer Schule gehörte. Dort kam der Duft der Bäume, des Himmels und der Mauern mir vertraut entgegen.

Verwundert fragte ich mich: Was hat der Zug in dieser Gasse verloren? Sie war schöner als jede andere Gasse der Welt. Plötzlich stoppten wir vor einer Buchhandlung.

Meine Tante hob ihre Hand und verkündete: »Sie sind hier. Die zwei Sündigen verstecken sich zwischen den satanischen Büchern.«

Blitzschnell umstellte die Menge die Buchhandlung, und gemeinsam schrien sie: »Kommt heraus!«

Aber nichts rührte sich. Als Nächstes brachen sie das Schloss des Rollladens auf und schoben ihn rasselnd nach oben. Mein Herz zitterte wie eine Taube, die in einen Sturm geraten ist. Die Menge drängte auf die Tür zu. Ich kauerte mich in eine Ecke, senkte den Kopf und umklammerte ihn, denn ich wollte nicht hören noch sehen. Ich wollte glauben, alles wäre nur ein böser Traum, aus dem ich später erwachen würde. Aber ich hörte, wie die Fensterscheibe der Auslage zersplitterte. Sie stürmten in das Geschäft.

Doch außer einem Halstuch von Perwana und einem alten Handschuh von Fareydun fanden sie nichts, sodass ich die Augen öffnete und rief: »Danke! Danke!«

Aber die wütenden Gesichter machten mir Angst, und ich schloss die Augen wieder. Meine Tante nahm das Halstuch, und ein anderer nahm den Handschuh an sich. Mullah Kauser schüttelte den Kopf und stellte fest: »Das zeigt, dass sie wie zwei verwundete Tiere geflohen sind. Zwei sündige, verletzte Kreaturen.« Aber Mullah Kausers Stimme wurde von dem Gekreische der Tamburin-Frauen übertönt, die ihre Trommeln niederlegten und anfingen, die Bücher auf die Straße zu werfen. Stapelweise brachten sie die Bücher nach draußen und warfen sie auf einen Haufen. Manchmal hoben Mullah Kauser und andere Gelehrte Bücher auf, drehten sie in der Hand und warfen sie zurück auf den Berg. Was nicht hinausgeschafft werden konnte, steckten sie im Laden in Brand. Flammen schossen empor.

Aus meiner Ecke betrachtete ich das Geschehen. Plötzliche Kälte und Zittern überfielen mich. Dennoch beobachtete ich das Feuer, das die Gläubigen aus dem Buchladen trieb, mit Erleichterung. Sie hatten die Regalbretter Reihe für Reihe abgeräumt, die Bücher auf dem Bürgersteig aufgestapelt und sie in Brand gesetzt. Zum ersten Mal hatte ich das Gefühl, viel Wärme zu brauchen. Das Feuer lockte mich mit seinem magischen Licht zu sich. Allmählich erhellte sich die Welt, und der rastlose Regen verstummte. Ich stand auf und ging mit einem Lächeln auf das Feuer zu und stand dann vor dem Schein der Flammen. Dampf stieg von meinen Kleidern und meinem Körper auf und machte aus mir eine Wolke. Aber ich hob die Hand unter mein Kinn und betrachtete das Brennen der Bücher. Die morgendliche Brise spielte mit der hochwirbelnden Papierasche. Ich sah in die Flammen und erkannte plötzlich kleine Schmetterlinge, die im Feuer glühten. Zwischen den Seiten der offenen Bücher zerfielen sie zu Staub. Große Schmetterlinge stiegen aus den Büchern auf, als wollten sie vor dem Feuer fliehen. Aber kaum hatten sie sich aus den Blättern gelöst, wurden sie vom Feuer gefressen. Plötzlich schien mir, als nähme der Morgenwind statt Asche den Staub der Schmetterlinge mit sich. Als flögen die verbrannten Schmetterlinge auf mich zu, landeten auf meinem Gesicht, setzten sich auf meinen Kopf und prallten gegen meine Brust. Wie hypnotisiert starrte ich in die Flammen, und unverhofft breitete sich ein Lächeln auf meinem Gesicht aus.

Als ich mich umdrehte, sah ich nur den sanften Schatten des heraufziehenden Morgens. Vor mir, in der Nähe des Feuers, standen meine Tante und mein Vater. Das Feuer umrundend, kamen sie auf mich zu und versuchten erschrocken, mein plötzliches Lächeln zu ergründen. Jenes Lächeln, das unkontrollierbar immer stärker wurde. Es sollte mich eine Zeit lang begleiten, bis es in der Trauer über einen anderen Brand erlosch.

6

Nach dieser Nacht war es mit dem ruhigen Leben von früher vorbei. Noch am Tag, an dem mein Vater das Lächeln auf meinen Lippen entdeckt hatte, sagte er zu meiner Tante: »Nimm sie zu dir! Zieh sie mit deinen Töchtern groß und bring ihr bei, was eine anständige Frau wissen muss!«

Es war aber bereits zu spät, mich zu zähmen. Ich war an dem Punkt angelangt, an dem ich den Dingen mit kindlichem Trotz entgegentreten konnte. Nach außen lächeln, aber im Innern voller Wut über Unrecht, Hartherzigkeit, Einschüchterung und Lüge. Erst später begriff ich, wie sehr dieses doppelbödige Lächeln mit seiner verborgenen Kraft die Männer irritierte. Es verstieß gegen die Regeln und verletzte die Sitte.

»Nimm sie zu dir«, drängte mein Vater. Ich ahnte, was die vier Worte bedeuteten, was nun von mir verlangt werden würde und in welcher Welt ich würde leben müssen: in der Welt der Furcht einflößenden Trommeln, der unablässigen Gebete und dem ewigen Geruch von Räucherwerk. Nicht das wilde Trommeln, bei dem die Frauen, in Ekstase zuckend, aus ihrem Körper heraustraten, machte mir Angst, sondern der durchbohrende Blick der Tante. Ihr Kopf war viel zu klein für ihren imposanten Körper. Auch passten ihre riesengroßen Augen nicht zu ihrem schmalen Gesicht unter dem weißen Schal, der ihren Kopf bedeckte. Am meisten Angst machten mir ihre übergroßen perlmuttfarbenen, bleckenden Zähne im schmallippigen Mund. Ich kann mich nicht erinnern, dass Perwana und ich je ein Wort mit ihr gewechselt hätten. Immer versuchte sie, uns einzuschüchtern. Sie wusste

Bescheid über Perwanas Liebesgeschichten und hatte sehr wohl bemerkt, dass Perwana sie verachtete. Schon als Kind fiel mir auf, dass die beiden einander verabscheuten. Wenn die Tante uns besuchen kam, trug Perwana immer ihr freizügigstes Kleid, schminkte sich provokativ, hob arrogant ihr Kinn und sah von oben auf sie herab. Dabei wusste Perwana sehr wohl, dass die Tante schon längst aufgegeben hatte, sie in ihre Welt zu locken. Aber nun hatte sie es auf mich abgesehen. Ich sollte nicht wie Perwana auf die schiefe Bahn geraten und in Sünde enden. So führten meine Tante und meine Schwester über Jahre einen stillen Kampf um mich.

Wenn sie uns besuchen kam, zerrte Perwana mich hastig in unser Schlafzimmer und sperrte mich ein. »Mach keinen Mucks, Khandan! Du hast keine Ahnung, wie gefährlich diese Frau ist.«

Nun war ich ihr ausgeliefert. Ich war ihre Beute. Und zweifellos war sie überzeugt, dass ich zur gleichen Spezies gehörte wie meine verruchte Schwester.

Das Haus der Tante hatte ich erst wenige Male gesehen. Nach den vorangegangenen schrecklichen Nächten betrachtete ich es mit anderen Augen. Als ich die engen Zimmer sah, an deren Wänden überall Trommeln, Schwerter, Rosenkränze und abgeschnittene Haarsträhnen hingen, überfiel mich kalte Angst. Kein Licht fiel in das Haus außer durch einen schmalen Schacht zwischen einem Fenster und der hohen Mauer im Hinterhof. Hinter dem Haus führte ein verlassener Weg, der mit gelblichem Sand, ähnlich dem Wüstensand, bedeckt war, zu einem Acker, auf dem alte Autoteile und rostiges Eisen lagen. In der Siedlung stand eine kleine Moschee.

Sofort nahm sie mir meine einzige Freude im Leben: die Schule. Doch die Hoffnung, dass Perwana entkommen war, ließ mich insgeheim jubilieren.

Vom ersten Tag an spürte ich um mich herum nur eisige

Ablehnung. Die Tante hatte acht Töchtern das Leben geschenkt, aber keinem Sohn. Sie war eine herrische Witwe, und ihr großer Einfluss unter den Sufi-Frauen der Stadt verschaffte ihr mystischen Respekt bei ihren Töchtern. Alle acht waren Bettnässerinnen, stumm wie die Fische und kannten außer der Moschee keinen anderen Ort als dieses finstere Haus.

Perwana war vor mir mit dieser Welt in Berührung gekommen. Dieser einmalige, kurze, höllische Aufenthalt in dem Haus war die Ursache für die erbitterte Feindschaft der beiden. Eine von Perwanas Liebesbeziehungen war ans Licht gekommen, und sie wurde ins Reich der Tante geschickt, um dort unter den acht gottesfürchtigen Mädchen wieder auf den rechten Weg zu finden. Doch die Tante fürchtete, ihre rebellischen Lebensträume könnten die Töchter infizieren. Sie sagte zum Vater: »Ein Satan lebt in ihrer Seele. Kein Derwisch, kein Heiliger oder Prophet kann ihn zähmen.«

Erst nachträglich begriff ich, dass für sie »Satan« kein Sinnbild war. Nein, sie sprach von einem realen Wesen, vom Teufel, der aus dem Himmel verstoßen worden war. Sie war felsenfest überzeugt, dass Perwana und auch ich seit Langem mit ihm im Bunde lebten. Auch in der Nacht ihrer Flucht, als die Tante ihre Tamburin-Freundinnen und die Kalifen der Stadt zusammenrief, sprach sie in dieser Sprache: »Der Satan hat sich seiner Ketten entledigt und ist entflohen. Er muss wieder eingefangen werden.«

Den Satan wieder einzufangen, wurde seit jener Nacht zu ihrem großen Ziel. Es gelang ihr, alle Mullahs, Kalifen und Derwische dazu zu bringen, sich an der Satansjagd zu beteiligen. Ich konnte mich dem nicht entziehen. Ich hatte nicht Perwanas rebellische Seele, die mir den Weg aus dieser Welt gewiesen hätte. Als die alten Frauen und jungen Mädchen in Scharen ins Haus strömten, als sie mich im Kreis umzingelten und ich ihre Macht und Kraft zu spüren bekam, beugte ich mich ihnen. Ich hatte keine andere Wahl, wenn ich überleben wollte.

In der ersten Nacht hielt die Tante mir stundenlange Vorträge. Über die Größe der Sünden, die Perwana begangen habe. Über die reinen Frauen, die den Glauben in dieser Stadt hüteten. Über die religiösen Zeremonien, die Rituale, das Rezitieren von Koran-Versen, den Dhikr und die gemeinschaftlichen Freitagsgebete, bei denen sich die Seelen einander nähern und miteinander verbinden. Sie sprach mit ruhiger Stimme, aber ihr Blick war kalt und hart und rechthaberisch. »Jeder Muslim ist für seine Mitmenschen verantwortlich. Ich leide und klage schon seit einigen Jahren wegen Perwana. Ich will dich retten, denn vor Gott bin ich für euch verantwortlich. Ganz besonders für dich.« Dies wiederholte sie so nachdrücklich, dass ganz klar für mich war, dass sie mich bis zum Jüngsten Tag verfolgen würde.

Ich sah sie mit leisem Lächeln an, während sie sprach. Als sie betonte: »Ich bin für dich verantwortlich«, wurde das Lächeln breiter. Sie tat, als hätte sie es nicht bemerkt. Ich aber wusste, dieses Lächeln entschied über mein Schicksal und meine Zukunft.

Am nächsten Tag zog sie mir ein Kleid an, wie es auch ihre Töchter trugen, und brachte mich mit einem Rudel Mädchen mit Trommeln zu einer großen Trauerfeier, wo die schwarz verhüllten Frauen, getrennt von den Männern, klagten, weinten und Verse rezitierten. Es war als eine Ehre gedacht, die die Tante nicht jeder zuteilwerden ließ. Ihren Töchtern hatte sie nie erlaubt, einen Fuß in die Welt des Dhikr, der großen Freitagsgebete und der religiösen Feste zu setzen. Schnell erkannte ich die Gründe: Die Mädchen brachten kein Wort aus sich heraus und rochen ekelhaft nach Urin. Um sie fernzuhalten, erklärte sie ihnen: »Die höchste Stufe des Glaubens wird nicht nur durch andauernde Anbetung erlangt, sondern durch Entsagung von dieser Welt.«

Dabei war ihre Leidenschaft für diese Welt unübersehbar. Gleich beim ersten Dhikr spürte ich, dass ihre Reaktion auf den Klang der Trommeln nicht frei war von Lust, die aber nie ihr wahres Gesicht zeigte.

Meine kurze Zeit als Tamburinmädchen war merkwürdig. Ich hatte beschlossen, alle Aufgaben zu erfüllen, die sie mir zuteilte. Mit den Tamburin-Frauen nahm ich an den Feierlichkeiten teil. Ich sah, wie die Frauen sich geißelten und schlugen, ihre Wangen zerkratzten und in Trance fielen. Wenn ich zurück nach Hause kam, hallte ihr Kreischen in meinen Ohren nach, und ich sah die Schatten weitertanzen. Aber mein Lächeln begleitete mich. Ich saß in der Reihe der Tamburin-Mädchen und beobachtete die Frauen, die sich wie von Sinnen schlugen. Und lächelte. Irgendwann war es so weit, dass ich auch im Schlaf lächelte. Ich stand morgens auf, und das Lächeln ließ nicht von mir ab.

Meine Tante wusste, dass ich mit diesem Lächeln immer ein Wesen aus Perwanas Welt bleiben würde. Sie machte davon kein Aufhebens, aber Tag für Tag zog sie mich tiefer zu sich herüber: mit Privatstunden bei einem halb blinden Mullah zu den Themen Jüngstes Gericht, Wundertaten der Sufis und die Sühne bei Unzucht und Ehebruch.

An manchen Morgen gingen wir alle gemeinsam zu der weißen Moschee im Viertel, deren Minarette hoch in den Himmel ragten. Es war der einzige Ort, zu dem ihre Töchter gehen durften. Für den kurzen Weg von der Haustür bis zur Moschee trugen sie ihre schönsten Kopftücher. Sie schritten schweigend. Dieser Gang war ihnen eine lange, mystische Reise.

Wenn ich versuchte, mit ihnen zu sprechen, steckten alle acht ihre Köpfe zusammen und zischelten. Oft setzten sie sich wortlos vor mich und lachten hämisch los. Als Antwort schenkte ich ihnen mein satanisches Lächeln. So kam es, dass wir nie Worte wechselten. Das Schlafzimmer teilte ich mit den älteren vier Töchtern. Sie waren kaum zu unterscheiden, denn alle waren gleich groß, von gleicher Statur und sahen einander ähnlich. Sie legten nachts eine Matte auf ihre Betten, um die Matratzen nicht zu durchnässen. Es wunderte sie, dass ich keine Matte benötigte und mich nicht einnässte. Morgens standen alle acht Schlange vor dem kleinen Becken im Hammam, um ihre Unterwäsche auszuwaschen. Sie gingen immer sehr früh zu Bett, ihr Tag endete um acht Uhr abends. Auch ich schlüpfte früh unter die Decken, um Zeit für mich zu haben und nachzudenken. Und um den Blicken meiner Tante zu entfliehen. Die Nacht war die einzige Zeit, in der ich nachdenken konnte – auch über Perwanas Schicksal. Ich wusste, sie war noch am Leben. Die Bilder unserer Kindheit stiegen in mir auf, ich hörte ihr Lachen unter ihren schönen Freundinnen, durchlebte ihr plötzliches Verstummen und den Kummer, der sie so oft überfiel. So erfüllte ich mein Versprechen, sie nicht zu vergessen.

Bald entdeckte ich ein großes Geheimnis des Hauses, hinter das ich nicht hätte kommen dürfen. Von der ersten Nacht an hatte ich geübt, auf Zehenspitzen geräuschlos durch die Gänge zu schleichen. In der Dunkelheit sah ich die Schatten von Männern, die meine Tante im hintersten Zimmer versteckte. Der erste Mann kam in einer regnerischen, nebligen Nacht. Er war in Begleitung zweier Frauen, die ich nicht kannte. Meine Tante öffnete leise die Tür des hinteren Zimmers, hieß sie eintreten und versteckte sie dort. Aus ihrem Geflüster konnte ich heraushören, dass der Mann die eigene Frau abgeschlachtet hatte und aus Angst vor Rache einen Unterschlupf suchte. In den folgenden Nächten bemerkte ich, dass er ging, aber andere Männer kamen neu hinzu. Meine Tante brachte selbst Essen und Getränke in das Zimmer, und tagsüber durfte die Tür nicht geöffnet werden. In den Augen der acht Mädchen konnte ich lesen, dass sie von den fremden, Schutz suchenden Männern wussten.

Die flohen nachts aus der erstickenden Luft des Zimmers in den Hof, um ein wenig freier zu atmen. Ich konnte sie nicht nur sehen, sondern aus der Ferne auch ihren verschwitzten Geruch wahrnehmen. Regelmäßig tauchten diese seltsamen Gäste auf, blieben ein paar Nächte und verschwanden wieder. Manche hatten ihre Ehefrauen umgebracht, manche ihre Schwestern geköpft, manche Schulmädchen mit Säure verätzt. Andere hatten die Fatwa eines Mullahs erfüllt und einen Ungläubigen oder einen Ehebrecher erstochen. Es verging keine Woche, ohne dass einer auftauchte. Nachts legte ich mein Ohr an die Tür des Zimmers mit den Trommeln, heiligen Talismanen und Haarsträhnen verstorbener Kalifen. Ich hörte, wie eine Männerstimme über die Ermordung eines unzüchtigen Mädchens oder eines jungen Mannes berichtete. Oder über das Abfackeln eines Hauses, das zu einer Lasterhöhle geworden war.

Mehr und mehr hatte ich das Gefühl, in der modrigen Luft dieses Hauses, in der Moschee und bei den Trauerfeiern allmählich zu ersticken. Der Geruch der Tamburin-Frauen machte mich schwindlig. Die langen Monate ohne Neuigkeiten von Perwana stürzten mich in Unruhe. Nach einer Weile bemerkte ich, dass auch ich, wie die anderen, mehr und mehr meine Angst und Unruhe im Rhythmus der Trommeln ertränkte. Ich begann, die Klänge zu genießen. In der Ferne sah ich meine früheren Mitschülerinnen unter den Trauernden, aber sie erkannten mich nicht.

Die Frauen, die wie besessen ihre Trommel bearbeiteten oder im Tanz ihre Haare wirbeln ließen, mieden mich. Ich wusste, dass sie mich aufgrund meines Lächelns für eine Komplizin des Satans hielten. »Wie lange müssen wir einen dreckigen Satan wie dich unter uns noch ertragen?«, zischte mir eines der Tamburin-Mädchen zu.

Dabei spürte ich selbst mit jedem Tag, wie mich ein Verlangen erfasste. Der Geruch der fremden Männer, die in der

Dunkelheit, bei Vollmond oder in stürmischen Nächten herauskamen, um im Hof frische Luft zu schnappen, zog mich immer mehr an. In den warmen Sommernächten hörte ich in der Finsternis ihren Atem und das Pfeifen in ihren Lungen, wie bei einem verletzten Tier. Das Haus war so dunkel, dass man die Hand vor den Augen nicht sah. Ich wusste, dass auch die anderen Mädchen unter ihren Decken wach lagen und in ihren Gedanken bei den fremden Männern waren, die sich in dem kleinen Hof an die Mauer lehnten und in den Himmel starrten. Ich wusste, dass sie kein Auge zutaten, sich an ihre Decken klammerten und den Atemzügen lauschten. Verstörende Gelüste stiegen in mir auf. Ich erhob mich und beobachtete durch einen Spalt im Vorhang die Schatten, die im Mondschein ins Weite starrten und rauchten.

Hunderte Male schon hatte ich an Flucht gedacht, hatte mir vorgestellt, ich könnte meine Trommel wegwerfen und meine Tante erpressen: Wenn du mich nicht gehen lässt, dann fahr zur Hölle! Ich werde dich bloßstellen, du falsche Heilige. Lass mich frei, oder ich erzähle allen, dass du solchen Männern in deinem Haus Schutz gewährst … Aber etwas in meinem Inneren hinderte mich daran. War das nun dieser Satan in mir, von dem die Tante immer redete?

Nach vielen schlaflosen Nächten kam er eines Nachts: der Mann, der nach Purpur-Basilikum roch. Er war von der gleichen geheimnisvollen Dunkelheit und Stille umgeben wie alle anderen Männer. Aber wenn er durch die Gänge ging, füllte sich das Haus mit Basilikum-Duft. Wie die anderen auch durfte er das Zimmer nur verlassen, wenn die Nacht am schwärzesten war. Wer er war, was er war, wie er hieß, wusste ich nicht. Er war der erste Mann, der es wagte, durch das Haus zu laufen und es zu erkunden. Er trank Wasser aus dem Krug, der im Schlafzimmer der Mädchen stand. Berührte die Trommeln, die an der Wand hingen. Öffnete die Kühlbox, um Eis zu entnehmen, das er sich in den Mund schob.

Über die schmale Leiter stieg er hinauf auf das Dach, um den Mond zu beobachten. Manchmal kam er geräuschlos in unser Zimmer, ging an den Matratzen vorbei, die nebeneinander auf dem Boden lagen, stand über uns, sah uns eine Zeit lang an und entfernte sich wieder. Manchmal konnte ich ihn bei seinen Streifzügen seufzen hören.

Eines Nachts wartete ich auf ihn. Es war so dunkel, dass ich ihn erst wahrnahm, als er dicht vor mir stand. Einen Schritt vor mir blieb er stehen. Ich hörte sein Herz schneller schlagen, sein Atem ging stoßweise. Ich lächelte das schwarze Wesen an und war mir sicher, dass er es sah. Er streckte seine Hände aus, die nach Basilikum rochen, und umarmte mich. Es war das erste Mal, dass mich ein Mann berührte.

Er flüsterte in mein Ohr: »Wo warst du?«

Für wen hielt er mich? Meinte er mich oder eine Frau seiner Fantasien und Träume? Er konnte mich nicht sehen und würde nicht wissen, mit wem er geschlafen hatte, wenn er das Haus wieder verließ.

Er drang auf mich ein: »Wo warst du? Wo?«

Sein Geflüster, sein Duft und sein Atem raubten mir den Willen. Mein Widerstand brach zusammen, und ich überließ mich ihm. In der bodenlosen Schwärze dieses Hauses, zwischen Trommeln und den Haarsträhnen verstorbener Kalifen beendete ich das eine Leben und trat in ein anderes ein.

Ich wusste nicht, wie lang diese Nacht dauerte, aber für mich war sie so lang wie mein bisheriges Leben. Wer war er? Wie sah er aus? Ein schwarze Schattengestalt … Aber er war wirklich. Eine sanfte Brise von Purpur-Basilikum hüllte ihn ein. Als er sich in mir bewegte, schien er mit jeder seiner Bewegungen die ganze Welt in Bewegung zu versetzen, als sei sie durch Fäden mit ihm verbunden. Mit jeder Bewegung seines Körpers schwang alles rund um mich mit: die Wände, das Haus, die Sterne, die fernen, schlafenden Städte, die Minarette, Moscheen, Berge, Meer und Himmel. Als die schaukelnde Welt wieder zur Ruhe kam, lehnte er den Kopf an die Mauer und stieß einen Seufzer aus. Dann verschwand er im Dunkel.

Ich kann mich nicht mehr daran erinnern, wann ich in mein Bett zurückkehrte und einschlief. Aber am Morgen, als ich aufwachte, war ich in Basilikum-Duft gehüllt. Hatte die Tante etwas mitbekommen? Sie schaute mich durchdringend an. Ihre Töchter kamen nacheinander aus dem Hammam, wrangen ihre Unterwäsche aus, schüttelten sie, hängten sie auf die Wäscheleine und beäugten mich mit Blicken, die Hass und Neid verrieten. Ich tat, als würde ich nichts bemerken, und beschäftigte mich mit den kleinen Trommeln, deren Schellen wie die Glocken am Höllentor klangen. Je ausgiebiger sie mich musterten, desto stärker roch ich das Basilikum. Meine Tante hatte im Hof Weizen ausgebreitet und verscheuchte zischend die Spatzen, die davon fressen wollten. Sie ließ mich nicht aus den Augen, durchbohrte mich mit ihren Blicken.

Ich erhob mich mit meinem Lächeln auf den Lippen, hängte die Trommel an die Wand, lockerte den Knoten meines Halstuchs unter dem Kinn und bemerkte: »Es ist heiß. Dieser Morgen ist unerträglich heiß.«

Auf einen Schlag wurde es totenstill. Es war das erste Mal, dass ich es wagte, an einem Morgen meine Stimme zu erheben. Die Umarmung des Mannes hatte Mut in mir geweckt. Ich fasste eine der Haarsträhnen an der Wand und wiederholte: »Gott, wie warm es ist! Woher kommt bloß diese Hitze?«

Die Hände des Mannes schoben mich mit unsichtbarer Kraft hin zu einer schattigen Ecke. Ich wandte mich meinen Cousinen zu: »Warum tragt ihr Winterkleidung? Es ist doch Sommer.« Als ich diese Worte sprach, begann um mich herum alles zu vibrieren. Ich wusste, ein Sturm war im Anzug. Mein Lächeln wurde breiter, und ich fragte lauter: »Warum schlüpft ihr im Sommer in Winterkleidung? Sommerkleider sind dünner. Winterkleider ersticken einen Menschen im Sommer. Habt ihr überhaupt Sommerkleider?«

Mit jedem Satz veränderte sich die Welt um mich herum. Ein Windstoß fuhr zwischen die Seiten der verschiedenen Ausgaben des Korans, die auf Buchstützen ruhten. Je mehr ich sprach, umso stärker wurde das Rascheln der aufgeblätterten Seiten. Alle standen da wie erstarrt. Die Böen ließen die Schellen der Trommeln klirren, spielten mit den Haarsträhnen, blähten und wellten die heiligen grünen Tücher. Der Wind wurde immer wütender. Er warf uns die Weizenkörner ins Gesicht, fegte die heiligen Gläser von den Regalen, warf meine Cousinen an die Wände, löste mein Kopftuch und ließ mein Haar frei fliegen.

Ich schrie gegen den Wind an: »Warum in diesem heißen Sommer in solchen Kleidern herumlaufen?«

Von meinen Schreien angetrieben, fegte der Wind durch die Zimmer. In einer Wolke von Weizenkörnern versuchte die Tante, ihr Kopftuch festzuhalten. Es war, als wollte eine diabolische Macht die Seiten aus den heiligen Schriften reißen, sie zerfetzen und dem Sturm übergeben. Die Tante und ihre Töchter wollten die Türen schließen, die der Sturm aufgestoßen hatte. Vergebens. Die heiligen, seltenen Exemplare des Korans, die aus dem Besitz von Schutzheiligen und verehrten Scheichs stammten, wurden mitgerissen. Darunter die von Scheich Marif Nodi, Kak Ahmed Btschkola, Scheich Sirajddin und Scheich Mohammed Aulan! Die Tante und ihre Freundinnen hatten sie über viele Jahre hinweg zusammengetragen. Die geflochtenen Haarsträhnen der Kalifen flogen durch die Hintertür auf die Steppe hinaus. Dutzende Trommeln tanzten im Wirbelwind, schlugen aneinander und zersplitterten.

Meine Tante begann zu schreien. Der Wind riss auch mich beinahe mit. Ich klammerte mich an den Türstock und schrie zurück: »Wieso lässt du deine Töchter in der Sommerhitze nicht in Ruhe? Wieso dürfen sie nicht anziehen, was ihnen gefällt? Wie lange müssen sie noch hier sitzen und verrotten?«

Als wollte sie einen Satan zur Strecke bringen, stürmte sie auf mich zu. Aber der Wind stieß sie zurück. Sie fuchtelte herum und versuchte vergebens, die zerfetzten Bücher, fliegenden Trommeln und Haarsträhnen einzufangen. Vor ihren Augen zerfiel in einem Augenblick das Reich, für das sie ihr Leben geopfert hatte.

Die Töchter, die nicht stumm waren, schrien: »Mutter, das ist der Fluch des Satans! Mutter, warum hast du das Teufelsweib nicht hinausgeworfen? Mutter, wusstest du nicht, dass du diese Teufelsbraut nicht zähmen kannst? War dir nicht klar, dass sie nicht reinzuwaschen ist?«

Ich hörte ihre gellenden Stimmen, und ein freudiges Erschauern ließ mir Flügel wachsen. Endlich war der große Hass entfesselt. Dieser Sturm durfte erst aufhören, wenn er das ganze Haus verwüstet hatte. »Oh, großer Gott! Wind, Sturm! Lass nicht nach, hör nicht auf!«, rief ich. Inmitten der fliegenden Trommeln, Bücher und Gebetsketten brach ich in schallendes Gelächter aus.

Schließlich hatte der Sturm sein Werk getan, das Haus war verwüstet. Er wurde sanfter, wodurch das Gekreische der Cousinen umso lauter an mein Ohr drang. Ihre niemals gekämmten, verfilzten Haare lagen offen, verzweifelt suchten sie nach ihren Kopftüchern.

Mit einem solchen Sturm, der wie vom Ende der Welt kam, hatte meine Tante nicht gerechnet. Sie dachte, ihr Haus sei sicher, aber dieser Wind machte nicht einmal vor verschlossenen Türen halt. Glücklich stand ich da, breit lächelnd, die Haare voller Staub und Weizenkörner.

Mit Trauer in den Augen sah die Tante mich an. »Du bist Satans Schwester. Ja, Satans Schwester.«

7

Ich bin nicht verantwortlich für diesen Sturm. Stürme habe ich immer gehasst. Aber ich weiß, dass mich schon immer die Menschen um mich herum mit Stürmen in Verbindung bringen. Man erzählt, der Sturm habe an meinem Geburtstag die Hälfte der Stadt verwüstet, aber das ist nichts weiter als eine Mär, die in die Welt gesetzt wurde, um eine Verbindung zwischen Perwana, mir und dem Satan herzustellen.

Ich muss allerdings zugeben, dass nicht alle diese Geschichten frei erfunden sind. Perwana pflegte zu sagen: »Auch du bist vor Satans Zuneigung nicht sicher.«

Sie erzählte mir von meinen kindlichen Trotzanfällen, bei denen immer auch die Stürme wüteten. An manches kann auch ich mich erinnern. Als mich in der Volksschule ein Lehrer vor Hunderten Schülerinnen der Prügelstrafe unterzog, wegen eines Diebstahls, von dem ich nicht einmal wusste, fegte unmittelbar nach dem letzten Peitschenhieb eine Sturmböe durch das Schulhaus, riss Vorhänge, Fotos und alles, was nicht niet- und nagelfest war, mit sich. Und bei der Abschlussprüfung, als mich ein Lehrer mit rostiger Brille hasserfüllt aus dem Prüfungssaal warf, obwohl ich nicht einen Mucksre getan oder auch nur den Kopf gehoben hatte, geschah es wieder. Ich war noch nicht draußen, als sich im Saal ein Wirbelsturm zu drehen begann. Er entführte Hefte und Unterlagen, hob die Röcke von Mädchen und Lehrerinnen und entblößte ihre Beine. Ich konnte doch nichts dafür! Viele behaupten, ich würde den Stürmen befehlen. Nie und nimmer! Ich war immer eine friedliche Seele. Schuld ist die Lage dieser Stadt. Die Stürme ruhen hier nie.

Die Ereignisse im Haus meiner Tante nahmen einen tränenreichen Ausgang. Alles war verwüstet, und es musste ein Leintuch zerrissen werden, um neue Kopftücher für die acht Mädchen daraus zu machen. Die Tante hinderte alle daran, mir etwas anzutun. Nicht, weil sie mich für unschuldig hielt, sondern weil sie nun wusste, dass sie ihren Krieg nicht gegen mich, sondern gegen den Satan in meiner Seele zu führen hatte. Und sie hatte Angst, dieser Satan könnte sich ein weiteres Mal auf sie und ihr Haus stürzen.

Noch am selben Abend schob sie mich vor sich her zurück zum Haus meines Vaters, das ich seit drei Monaten nicht mehr gesehen hatte, zurück zu dem kleinen Vorgarten, in dem seit Perwanas Verschwinden alle Pflanzen verwelkt waren. Die Enttäuschung war ihr anzumerken. Auf dem Weg sagte sie nicht viel, außer dass sie es aufgeben würde, den Satan, der ihren Clan in Unehre stürzen wolle, zu bekämpfen.

»Du brauchst nicht aufzugeben. Wer hat gesagt, dass du es sein lassen sollst«, knurrte ich.

Ich hörte mir nicht an, welche Geschichten sie dem Vater auftischte. Ob sie ihm von dem Mann erzählte, mit dem ich in jener Nacht schlief? Oder nur von dem Sturm, von dem sie glaubte, der Satan in meinem Herzen habe ihn herbeibefohlen?

Meine Rückkehr nach Hause vollzog sich still und kühl. Die einzige Freude war das fröhliche Gekreische meiner Mutter, die noch immer in ihrer Ecke verweste und zu Madenfleisch zerfiel. Der Vater wechselte kein Wort mit mir, und die Brüder fingen gleich am ersten Abend an, mir die Befehle zu erteilen, denen früher Perwana hatte nachkommen müssen. Perwanas Namen zu erwähnen, war verboten. Ich wusste nicht, was ihr passiert sein mochte. Eines Nachts entnahm ich einer lauten Diskussion zwischen den Männern, dass sie noch immer nach Perwana suchten.

Von mir wurde erwartet, dass ich ständig arbeitete. Also begann ich, das Haus zu putzen, Wände zu weißen, Blumen zu gießen, den Hof zu schrubben und die Bettgestelle auf dem Dach herzurichten, auf denen die Brüder im Sommer schliefen. Im Gegensatz zu Perwana genoss ich es sehr, mich um den Haushalt zu kümmern. Jeden Tag wusch ich Teller und Gläser, die alten Schöpfer und die Servierplatten, von denen seit bestimmt zehn Jahren niemand mehr gegessen hatte. Ich verbrachte auch viel Zeit damit, meine Mutter zu pflegen. Seit vielen Jahren hatte sie das Zimmer nicht mehr verlassen. Ich war sechs Jahre alt, als sie beim Wäscheaufhängen von einer hohen Leiter fiel. Von da an war sie gelähmt und stumm. Außer ein paar kehligen Lauten brachte sie nichts mehr heraus. Ich sehe sie noch vor mir, wie sie auf der hohen Leiter balancierte, mit dem Eimer, schwer beladen mit Vaters Scherwal-Hosen, den Unterhosen meiner Brüder und den kurzen Kleidchen von Perwana und mir.

Vor ein paar Jahren wollten wir sie töten. Ja, wir alle einigten uns darauf, ihrem Leben ein Ende zu machen. Ich kann mich erinnern, wie die Brüder und der Vater sie aus dem Zimmer zerrten. Perwana und ich sahen tatenlos zu. Wir hinderten sie nicht, standen nur stumm da. Wir wussten beide, dass sie Mutter umbringen wollten, aber wir verspürten kein Mitleid. Eine Stunde später brachten die Männer sie wieder ins Haus und begannen, sich zu beschimpfen. Keiner hatte den Mut gehabt, sie endgültig zum Verstummen zu bringen. Die Hände hatten angefangen zu zittern. Schließlich warfen sie Mutter wie einen Lumpen zurück in ihre Sterbeecke. Nach meiner Rückkehr empfand ich mehr Mitgefühl mit ihr. Schreiend und kreischend siechte sie dahin, und ich konnte ihr nicht, wie eine Tochter es soll, beistehen.

Ich fügte mich den Gegebenheiten. Aber die tödliche Stille, die ohne Perwana über dem Haus lag, war schwer zu ertragen. Es war schrecklich, ohne sie zu leben, zu schlafen, am Fenster zu stehen und in den Garten zu blicken. Abends brachte ich einen Stuhl auf den Balkon und beobachtete von dort aus den Marktplatz. Ich sah die stillen Straßen, die vereinzelten Passanten. Stundenlang saß ich so da und beobachtete die Schmetterlinge und lauschte dem Rauschen des Windes, der in mir einen leichten Schauer hervorrief. Ich stellte ein Glas Tee vor mich auf den Tisch und vergrub mich in die Vergangenheit.

Manchmal hatte ich das Gefühl, als läge eine Ewigkeit zwischen den Jahren mit Perwana und meinem jetzigen Leben. Würde es für immer so still und nichtssagend verlaufen? Ich vergaß meine Schwester nie, doch meine Verbindungen zur Außenwelt waren abgerissen. Ohnehin wusste niemand, wo sie sich aufhielt. Um mich von diesen Sorgen zu befreien, gab ich schließlich alle Hoffnung auf und verbrachte die kühlen Sommerabende Tee trinkend auf dem kleinen Balkon – bis eines Abends Shirin auftauchte. Sie war eine aus dem Klub der glamourösen jungen Damen, obwohl sie nicht so arrogant war wie der Rest und nicht gar so viele Liebesbeziehungen hatte.

Als sie ans Tor klopfte, stand ich auf einem Tisch im Garten und pflückte reife Früchte vom Feigenbaum, die herabfielen, ohne dass jemand Notiz nahm. Das Tor ging auf, und eine Woge von Feigenduft traf Shirin. »Gott, es ist genau so, wie ich es im Traum gesehen habe. Vor zwei Monaten träumte ich von dir. In einem weißen Kleid hast du Feigen in einem großen Garten gepflückt.« Sie umarmte mich und fuhr fort: »Wo bist du verschwunden, du Geisterwesen?«

Überglücklich erwiderte ich ihre Umarmung. »Das ist eine lange Geschichte. Komm doch herein!«

Shirin zeigte mir gleich ihren Verlobungsring. »Ich habe mich verlobt, du Äffchen. Hast du nicht davon gehört? Sieh mich an, bin ich nicht eine wunderschöne Braut?«

»Natürlich habe ich nichts davon erfahren. Woher sollte

ich auch? Ich bin von den Neuigkeiten der Welt abgeschnitten.«

Shirin dachte, alle wüssten über die mystische Geschichte ihrer Verlobung Bescheid. »Ich war an einem anderen Ort, sehr weit weg.« Sie lachte und flüsterte: »Ich habe Neuigkeiten von Perwana.« Sie legte ihre Tasche auf den Stuhl. Es war eine von der Art, wie junge Bräute sie tragen, wenn sie an Sommerabenden ausgehen. »Khandan, Nachricht von Perwana!«

Auf einen Schlag war das bisschen Ruhe, das ich durch mein Arbeiten und das abendliche Teetrinken auf dem Balkon gewonnen hatte, dahin. Nur schon der Name »Perwana« erschreckte das Obst an den Bäumen, ließ die Vögel aufhorchen, weckte die im Garten schlafenden Schmetterlinge und ließ sie von Blättern und Blüten auffliegen. Auch Shirin wirkte, als seien ihr Flügel der Freude gewachsen. »Du Verrückte, weißt du, wo sie leben? In einem Wald, in einer Schlucht, an einem sehr besonderen Ort.« Sie streckte ihre Hand aus und nahm eine Feige vom Teller. Shirin war ein rasches, temperamentvolles Mädchen. Sie sprach, ohne Luft zu holen. »Herrgott noch mal, wo hast du dich versteckt? Ich dachte, du bist tot.« Sie umarmte mich. »Khandan, sie sind in einem Wald. Ganz weit weg. Niemand weiß, wo er liegt. Und niemand weiß, dass sie sich dort aufhalten.«

»Und was machen sie dort? Was ist das für ein Wald, von dem du sprichst?«, fragte ich verwundert.

An jenem Abend war Shirin von Kopf bis Fuß weiß gekleidet. Auch ihre Füße steckten in weißen Schuhen, nur um die Schulter hatte sie einen schwarzen Schal gelegt. Sie war in eine Duftwolke von Make-up und teurem Parfum gehüllt. Aus ihrer Tasche holte sie eine kleine Plastik aus Holz, die zwei glücklich Verliebte darstellte, und überreichte sie mir.

»Sieh mal, das hat sie dir geschickt.« Mitleidig sah sie mich an und versuchte, mich zu trösten: »Sei nicht traurig!

Wichtig ist, dass wir ein Lebenszeichen von ihr haben, findest du nicht?«

In den Sockel hatte Perwana ihren Namen in feinen Buchstaben eingeritzt. Sofort erkannte ich ihre Schrift. Die Plastik war durch einen jungen blauäugigen Hausierer zu Shirin gelangt. Ich musterte sie eingehend, erst Jahre danach sollte ich die Geschichte dahinter erfahren. Bevor er ging, hatte der Hausierer Shirin mitgeteilt, dass er eine lange Reise unternehmen und am Ende Perwana unsere Nachrichten überbringen würde.

Aufgeregt beschlossen Shirin und ich an jenem Abend, auf die Rückkehr des Jungen zu warten, in der Zwischenzeit lange Briefe an Perwana zu schreiben und ihm die dann zu übergeben. Als Shirin mich zum Abschied abermals umarmte, sprach sie beruhigend auf mich ein: »Hab keine Angst, wir werden nie zulassen, dass es ihr an irgendetwas fehlt.«

Wenn ich mich heute an die freudige Aufregung zurückerinnere, die Shirin und mich damals überfiel, werde ich traurig. Denn es fügte sich so, dass Shirin und ich einander nie wieder begegneten. Viele Jahre später, als sich die Gelegenheit bot, nach ihr zu fragen, erfuhr ich, dass sie auf der Südhalbkugel, in einer kleinen Stadt in Australien lebt. Als sie mich an jenem Abend im Kleid einer jungen Braut verließ, ahnte ich nicht, dass wir nie wieder Feigen der Freundschaft teilen würden. Wenn ich die Plastik jetzt in der Hand halte, kehren die Erinnerungen an die kühlen Abende meiner Einsamkeit auf dem Balkon zurück. Es waren die letzten, die ich wie ein normaler Mensch verbrachte, bevor ich wieder im Strudel der Ereignisse unterging.

Außer dieser Statue ist mir nichts geblieben, das mir Fareydun, Perwana und Shirin in Erinnerung ruft. Es ist ein Wunder, dass sie unbeschädigt blieb. Ich wusste, dass man meine und Perwanas Habseligkeiten verbrannt oder weggeworfen hatte. Als ich schließlich in das leere Haus zurückkehrte, in dem weder die Trauerfeier für meine Mutter noch die für meinen Vater abgehalten worden waren und dessen Türen meine Brüder vor ihrer Abreise verschlossen hatten, fand ich in den nackten Fluren und Zimmern nur eine Vase. Ich schob sie beiseite, und dahinter lag die Plastik. Man hatte sie achtlos in die Ecke geworfen. Nun steht sie in einem kleinen Regal über meinem Bett.

8

Die Stadt quoll über von Geschichten unerfüllter und gescheiterter Liebe.

Süßduftender Nasradin lief durch die Stadt und sann vor sich hin: Du lieber Gott, warum all diese misslungenen Liebesbeziehungen? Warum gibt es so viele Menschen hier, die ihre Liebe nicht leben dürfen?

Bevor ihn diese Frage fast in die Verzweiflung trieb, war er einfach ein neugieriger Mann gewesen, der alles über die Frauen dieser Stadt in Erfahrung bringen wollte. Das bewog ihn, sich als Fotograf sein Geld zu verdienen. Denn nur ein Fotograf hat Zugang zu Orten, die anderen verschlossen bleiben. Mit seiner umgehängten großen Kamera war er allgegenwärtig: Er ging zu allen Festlichkeiten, besuchte Schulen, Spiele und Fußballplätze, wurde zu den unangekündigten und den von der Regierung befohlenen Demonstrationen gerufen und sogar zu Geheimsitzungen von Politikern bestellt. Auch ohne Einladung war er bei Versammlungen und an Vergnügungsplätzen dabei. Er schoss seine Fotos wie ein scheues Gespenst, immer im Hintergrund, verborgen hinter seinem Lächeln, die Rehaugen immer hinter dem Sucher. Im Sommer war er oft auch im öffentlichen Schwimmbad der Stadt zu sehen, wie er in einer Badehose, die Kamera umgehängt, das Becken umrundete.

Mit seiner Neugier drang er zu den Wurzeln der verborgensten Geschichten unserer Stadt vor. Und er entwirrte die Knoten unzähliger Liebesbeziehungen, indem er den Mädchen zutrug, was die Männer sich nicht auszusprechen trauten.

»Weißt du eigentlich, wer deinetwegen nachts kein Auge zutut? Und du, du bemerkst nicht einmal, wer da in Leidenschaft für dich brennt und bereit ist, für dich zu sterben. Hast du wirklich keine Ahnung, wen der Liebeskummer auffrisst und wer durch die Straßen streunt in der Hoffnung, einen Blick auf dich zu erhaschen?«

Aber die Sportler, Schwimmer, Dichter und anderen Männer der Stadt verschonte er ebenso wenig, wenn er sie tadelte: »Was bist du für ein Dummkopf! Ich weiß, welches Mädchen nach dir verrückt ist. Wach auf, lies in ihren Blicken! Sei mir nicht böse, auch wenn es sich bei ihr um eine verheiratete Frau handelt: Sie begehrt dich! Weißt du überhaupt, was es bedeutet, von jemandem begehrt zu werden?«

Jahrelang drehte sich Nasradins Leben in diesem Kreis, bis er eines Tages den dringenden Wunsch verspürte, sich statt der Enthüllung von verborgenen Liebessehnsüchten der Rettung hoffnungsloser Liebesgeschichten zu widmen. Solange er in der Stadt lebte, verlief alles ruhig und wenig spektakulär. Manchmal war er selbst der Überbringer der Liebesbriefe zwischen den Schulhäusern der Mädchen und der Jungen. Oft stellte er den Paaren sein Studio zur Verfügung, weil es keinen Ort gab, an dem sie einander ungestört hätten treffen können. Er war der lächelnde Glücksbote aller verzweifelten Liebespaare und schenkte ihnen ein klein wenig Seelenfrieden und Sicherheit.

Durch Gowand den Schwimmer lernte Nasradin am Rande des Schwimmbeckens Fareydun Malak kennen. Gowand war der Sohn eines alten Schmieds und hatte die Hälfte seines Lebens im Bazar der Schmiede verbracht. Anfänglich hatte sich Gowand dem Gewichtheben gewidmet, später dann dem Schwimmen. Als auch diese Leidenschaft erkaltete, sah man ihn im Sportverein nur noch abends, wenn er gedankenversunken gegen den Lehrer Ismail Schach spielte. Gowand war ein stattlicher Mann und hatte seit seiner Geburt grau meliertes Haar. Er hielt das für das Kennzeichen eines Propheten. Früher hatte ihn seine Mutter auf einen Stuhl gesetzt, zwei Handschuhe übergezogen und ihm das Haar schwarz gefärbt. Aber seit er Student der Fakultät der schönen Künste in der Hauptstadt war, zeigte er sich mit seiner langen, auffällig grauen Mähne auf den Straßen, in den Teehäusern und am Rande des Schwimmbeckens. In der Hauptstadt lernte er wie alle Künstler, übermäßig zu trinken, überlaut zu sprechen, sich hemmungslos über Frauen wie über die Kunst zu äußern, in den Bazargassen mit Flaschen um sich zu werfen und nachts am Straßenrand zu schlafen. Doch lernte er in diesen vier Jahren auch viel über Bildhauerei.

In einem kleinen Kiefernwäldchen am Stadtrand stieß Fareydun Malak zum ersten Mal auf Gowand. Seit seiner Rückkehr aus der Hauptstadt saß Gowand gern allein im Schatten der Bäume und trank. Obwohl er wie besessen Sport getrieben hatte und Schach spielte, musste er sich am Wochenende auf diese Art berauschen.

Fareydun, der nach Schmetterlingen suchte, fand stattdessen den betrunkenen Gowand zwischen zwei großen Kiefern liegend. Zunächst dachte Fareydun, es handle sich um einen getöteten Derwisch, denn die langen wilden Haare bedeckten Gowands Gesicht vollständig. Als er aber die Haare beiseiteschob und ein junges Gesicht mit schwarzem Oberlippenbart zum Vorschein kam, vermutete er, ein Fremder habe sich im Rausch hierher verirrt. Seltsam verrenkt lag er unter den Nadeln und Zapfen der Bäume.

Fareydun war sich sicher, Gowand würde von den Spezialeinheiten des Regimes, die regelmäßig patrouillierten, aufgegriffen werden und in Schwierigkeiten geraten, wenn er ihn hier liegen ließ. Auf unerklärliche Weise zog ihn Gowands eremitenhafte Erscheinung an. Mit großer Mühe schleppte er ihn auf die Straße und brachte ihn im Auto nach Hause.

Zu dieser Zeit war Gowand daran, im Keller seines Vaterhauses ein Atelier einzurichten. Unzählige künstlerische Projekte schwirrten ihm im Kopf herum. Jedoch überschattete ein Kummer sein Leben. Wer ihn im Sportverein dasitzen sah, wie er versunken auf das alte Schachbrett starrte, hielt ihn für einen glücklichen Mann. Aber seine Besuche in dem Verein hatten nichts mit Training oder Schachspiel zu tun, nein, er kam, weil er sich in ein Mädchen verguckt hatte. Jeden Abend tauchte sie auf, in engen Jeans, mit langem, glattem Haar, um im Mädchen-Volleyballteam für die Landesauswahl zu trainieren. Ihr Name war Dilaram, sie war gerade achtzehn geworden. Als sie merkte, dass Gowand Gefühle für sie hegte, flog ihr Herz vor Freude, denn das Bild dieses derwischartigen und dennoch sportlichen Mannes mit den langen Haaren hatte seit Langem ihre Gedanken und Träume erobert.

So kam es, dass die Volleyballmädchen, sobald sie ihr Training abgeschlossen hatten, Abend für Abend nacheinander in den Raum der Schachspieler schlichen. Wie aufgefädelt, ließen sie sich Gowand gegenüber nieder. Das ergab eine heitere Szene, aber Dilarams Benehmen und ihre scheuen Blicke führten dazu, dass Gowand zwei Wochen in Folge gegen den Lehrer Ismail verlor. Am fünfzehnten Tag packte Ismail das Schachbrett zusammen und fragte leise: »Sag mal ehrlich, Gowand, auf welches der Mädchen hast du ein Auge geworfen? Snauber oder Bane?«

Gowand strich sich mit der Hand über das Haar und holte tief Luft, um die Antwort ein wenig hinauszuzögern: »Unglücklicherweise habe ich mich in Dilaram verliebt.«

Zwei Wochen darauf spazierten Gowand und Dilaram über den kleinen Fußballplatz. Da er aber an eine viel befahrene Straße grenzt, mussten sie, um ja nicht miteinander gesehen zu werden, einen anderen Treffpunkt finden. Und damit begannen die Schwierigkeiten. Dilaram war weder mit

Gowands Haus noch mit den Gärten am Rande der Stadt einverstanden. Beide Plätze hielt sie für unsicher. Als Fareydun Malak an jenem Abend Gowand zwischen den Kiefern auflas, lebte Gowand in der Zerrissenheit all jener Verliebten, die keinen Ort für ein Stelldichein haben. Gowand, der ein begabter Redner war, beschwerte sich lauthals: »Was ist das für eine Stadt, in der es kein Plätzchen gibt, an dem junge Männer und Frauen einander auf einen Tee treffen können? Was für einen Sinn hat eine Stadt, in der es nicht einen Winkel gibt, wo der Mensch frei atmen kann?«

Gowand entwickelte Visionen. Ein Ort für Verliebte! Ein Reich musste gegründet werden, das von Liebenden regiert wurde! Er schlenderte durch die Gassen, kickte herumliegenden Müll mit dem Fuß beiseite und murmelte vor sich hin: »Der Mensch ist nicht dazu geschaffen, in einer Stadt gefangen zu sein, die aus Kerkertürmen und Stuben besteht, in denen Strenggläubige herangezüchtet werden.«

Fareydun, Gowand und Nasradin – wenn ich heute über diese Dreiecksbeziehung nachdenke, so fallen mir die großen Unterschiede der Charakterzüge und Lebenswelten dieser drei Männer gnadenlos auf. Aber sie verstanden sich von Anfang an blendend und schlossen gleich beim ersten Glas Freundschaft.

Damals verkaufte Fareydun jeden Morgen frische Brötchen. Ab halb acht spielte er im schummrigen Licht der kleinen Teehäuser Backgammon, mittags ging er im Sommer schwimmen, und im Winter lehnte er am Geländer vor der Buchhandlung, die in der Nacht von Perwanas Flucht durch die Tamburin-Frauen und die anderen Gläubigen in Brand gesteckt worden war. Abends lief er meistens hinaus in die Steppe vor der Stadt, um Schmetterlinge zu fangen, die je nach Jahreszeit in anderen Farben schillerten. Lange gehörte er zu den Stadtstreichern und Messerhelden der Stadt, aber nachdem er Gowand kennengelernt hatte, hörte er damit auf, vor Kinos, in Teehäusern und staubigen Gassen herumzulungern oder sich wie ein rebellischer Rüpel auf den Fußballfeldern herumzutreiben. Von nun an wurde sein Tagesablauf ganz anders. Die meiste Zeit stellte er sich Gowand als Gehilfe zur Verfügung und half ihm in dessen Atelier, wo Gowand unermüdlich und mit glühender Leidenschaft Skizzen für Statuen zeichnete und Gussformen anfertigte. Oft, wenn ihm die Arbeit missfiel, zerstörte er wieder alles, und die Reste, Gips, Mörtel und Holz mussten weggeschafft werden. Fareydun lernte allerhand über Bildhauerei, vor allem aber schenkte ihm die Berührung mit der Welt der Kunst Selbstbesinnung und innere Ruhe.

Nasradin erzählte mir das alles. »Fareydun war ursprünglich ein Sohn der Stille, aber der Umgang mit den jungen Grobianen der Stadt und seine Jahre unter den Brötchenverkäufern hatten seine Ruhe im Chaos ertränkt.«

Fareydun war seit seinem zehnten Lebensjahr in einem menschenleeren Haus auf sich allein gestellt gewesen. Nach dem Tod der Eltern hätte ihn sein Onkel aufziehen sollen, aber er war ausgerissen und in sein Elternhaus zurückgekehrt, das versteckt in einer Sackgasse lag. Mit zehn hatte er bereits die Statur eines Fünfzehnjährigen. Die langen, einsamen Nächte in diesem Haus hatten ihn mit Stille und Nachdenklichkeit vertraut gemacht. Doch im Morgengrauen stand er vor den Bäckereien inmitten der jungen Brötchenverkäufer, deren schrilles Geschrei die Kämpfe eines neuen Tages ankündigte. Auf sich allein gestellt, hatte er schnell gelernt, sein Messer einzusetzen. Innerhalb kürzester Zeit war er zu einem der gefährlichsten Messerkämpfer im nördlichen Teil der Stadt geworden, dem sogar die erfahrenen Messerhelden Respekt zollten. In den Wäldern und in der Steppe rund um die Stadt lernte er Wein trinken. Wenn er mit seinen Freunden laut und betrunken in die Gassen der Stadt zurückkehrte, plärrte aus einem kleinen Kassettenrekorder das endlos wiederholte Lied Aziz Sharokhis, »Wenn mich dein Fernbleiben dieses Mal nicht umbringt«. Wenn er sich damals verliebte, so in eines jener schüchternen, unterdrückten Mädchen, die sich kaum vor die Tür wagten. Die meisten waren erst kürzlich aus ihren Dörfern vertrieben und umgesiedelt worden und rochen immer noch nach Land. Auf seinen Streifzügen verliebte er sich in Dutzende von Mädchen, doch alle Liebesaffären gingen schnell, hoffnungs- und ergebnislos zu Ende, sie scheiterten an geschlossenen Türen. Die längste Beziehung dauerte gerade so lang wie der Schulweg eines Mädchens, das in seiner blauen Schuluniform mit scheuen Seitenblicken sein Kommen und Gehen registrierte. Das größte Übel war aber, dass Fareydun bei jedem Mädchen schon auf das nächste aus war.

In seiner schwarzen kurdischen Tracht, bedeckt mit dem Staub der Steppe, das kleine Messer in seiner Tasche, streifte er mit seiner Bande durch die Gassen, wo sie sich mit anderen Jugendbanden prügelten. Stets trug er irgendwo an seinem Körper einen Verband.

Eines Tages stritt er mit einem Freund über ein Fußballspiel, bei dem seine Mannschaft haushoch verloren hatte. Er verlor die Kontrolle über sich und verpasste dem anderen acht Messerstiche. Die folgenden Tage waren eine Wende in seinem Leben. In der Intensivstation des Krankenhauses, unter den Augen der Ärzte, beugte er sich über den verletzten Leib seines engsten Freundes und küsste ihn. Alle Anwesenden spürten die Reue und sahen die Tränen in seinen Augen. Von da an begann er, Abstand von den Messerhelden zu nehmen, die das Leben in der Stadt in eine Hölle verwandelt hatten.

Nachdem er das Messer weggelegt hatte, meldete sich in ihm eine innere Stimme. Wenn er durch die Gassen zog, murmelte er vor sich hin: »Ich gehe fort, bevor ich zum Monster werde. An einen Ort, wo mich niemand kennt. Am besten an einen Ort ohne Menschen, wo ich allein bin. Nichts ist schöner, als allein zu sein, an einem Flecken, den man sich selbst ausgesucht hat«, murmelte er vor sich hin, wenn er durch die Gassen schlenderte.

Wenn Süßduftender Nasradin heute sein Album hervorholt, sind darin Dutzende Fotos von Fareydun: am Rande des Schwimmbeckens, auf den Fußballplätzen während eines Spiels, im Gewimmel der Straßen und in den schmalen Gassen in seiner schwarzen kurdischen Tracht. Dabei wiegt Nasradin den Kopf: »Das Ganze war ein Zufall. Wenn ich ihn nicht kennengelernt hätte, wäre mir Gowand nicht über den Weg gelaufen, und wenn ich Gowand nicht getroffen hätte, wäre diese Geschichte anders verlaufen. Kleine Dinge haben große Auswirkungen.«

Zufällig stieß Nasradin an einem Abend vor der Buchhandlung auf Fareydun, überreichte ihm ein Foto und sagte: »Hier, nimm das. Ob du willst oder nicht, da bist du drauf.« Dies war der Anfang all der außergewöhnlichen Ereignisse, die aus der Erinnerung wieder zusammenzusetzen mich jahrelang beschäftigt hat. Ja, alles begann vor dieser Buchhandlung. Nun begreife ich, warum die Menschen sie in jener Nacht anzünden mussten. Dort standen immer die jungen Dichter und Künstler der Stadt herum, lasen in Zeitungen, die sie ausgebreitet in Händen hielten, lachten und intrigierten gegenseitig gegeneinander. Nasradin entdeckte, etwas abseits auf dem Geländer hockend, eine bärtige, junge, schmale Gestalt. Der erschöpfte Blick und die staubige, abgetragene Kleidung reichten aus, um ihn für die Runde, die sich vor der Buchhandlung versammelt hatte, unsichtbar zu machen. Sogar Nasradin fiel er trotz seiner wachen Augen erst auf, als er ihn auf einer Fotografie von der Szene sah. Ein schwarz gekleideter Schatten im Hintergrund und mit melancholischem Gesichtsausdruck – so war Fareydun mit darauf. Beim Entwickeln war er von diesem jungen Mann, der so düster direkt in die Kamera blickte, fasziniert. »Ich muss ein Foto von jemandem sehen, um ihn zu verstehen. Nur auf den Fotos kann ich Verlogenheit und Ehrlichkeit erkennen.«

Und genau diese Erfahrung weckte in Nasradin den Wunsch, Fareydun kennenzulernen. Als Fareydun das Foto von Nasradin entgegennahm, bedankte er sich kühl und verschwand blitzschnell, als nähme er Reißaus, und tauchte einige Tage nicht mehr auf. In der Buchhandlung sah er ihn dann wieder. Ruhig stand Fareydun vor den Bücherregalen, überflog die Buchrücken, nahm von Zeit zu Zeit ein Buch heraus und sah sich das Inhaltsverzeichnis oder den Klappentext an. Vorsichtig näherte sich Nasradin und fragte: »Suchst du ein bestimmtes Buch?«

»Ein Buch, das nicht zu finden ist, wie es scheint«, antwortete Fareydun. »Ich suche ein Gedicht, das nirgends gedruckt ist. Ich suche eine Erzählung, die es leider hier nicht gibt.« In der Folge verbrachte Fareydun viel Zeit in der Buchhandlung und stöberte nach einem Buch, das er nie fand. Dieses anhaltende Suchen machte ihn zum Freund des Buchhändlers. Der hörte ihm geduldig zu und wollte ihm helfen. Er fand aber nie heraus, nach welchem Gedicht oder welcher Kurzgeschichte Fareydun suchte.

Durch die Freundschaft mit Gowand änderten sich seine Gewohnheiten. Er tauchte weniger häufig an den Orten seines früheren Lebens auf und hörte während des Arbeitens mit Gowand dessen Geschichten aus der Zeit im Bazar der Schmiede und unter den Künstlern der Hauptstadt an. Wenn Gowand das Gefühl hatte, genug von sich erzählt zu haben, strich er sich das Haar aus der Stirn und bat Fareydun, ihm von seinem eigenen Leben zu erzählen.

»Es gibt nichts Nennenswertes in meinem Leben, außer ein paar Messerstechereien, ein wenig Fußball und dass ich Schmetterlinge jage«, erwiderte Fareydun. Erst als Gowand ihn drängte, mehr von sich preiszugeben, sprach Fareydun ausführlich über seinen Traum vom Reisen. »Ich möchte auswandern. In welches Land, spielt keine Rolle. Hauptsache, es ist ein anderes.«

Auch in der abendlichen Runde vor der Buchhandlung sagte er manchmal unvermittelt: »Ich will fort von hier.« Die Dichter, Maler und Journalisten sahen sich dann verwundert an und schwiegen dazu.

Der Einzige, der sich für Fareyduns Traum interessierte, war Reza, der Bruder des Buchhändlers, der ein wenig jünger war als Fareydun. So wurden Fareydun und Reza der Glückliche zu Freunden. Wenn sie zusammen waren, sprachen sie nur noch über das Auswandern, über utopische Städte und unbekannte Länder.

Die enge Dreierfreundschaft zwischen Nasradin, Gowand und Fareydun begann mit einem Picknick in einem Wäldchen am Stadtrand. »Alles begann, als ich dieses Picknick im Freien organisierte«, erzählte mir Nasradin. Zwischen den beiden fühlte sich Fareydun etwas fremd und unbehaglich, ließ die Blicke schweifen und schaute den flatternden Schmetterlingen nach. Gowand sammelte in einem langen braunen Hemd Reisig zwischen den Bäumen, um Feuer zu machen, während Nasradin die Essmatte deckte und hin und wieder Fotos schoss. Noch nie in seinem Leben hatte er so viele Fotos an einem Ort gemacht. Dutzende davon, aus unterschiedlichen Perspektiven, lagen immer noch in seinem Album. Auf jedem Foto blickte Gowand, der Jesus ähnelte, in die Kamera und lächelte, aber Fareydun wirkte verwirrt und befremdet. Unter der satten blauen Farbe des spätnachmittäglichen Himmels erzählte Gowand seinem neuen Bekannten Nasradin von seinem Liebeskummer, während er Wein in sich hineinkippte.

»Sag mir alles, ich bin das Meer der Geheimnisse der Verliebten«, ermunterte ihn Nasradin mit vertrauenerweckendem Lächeln. Gowand klagte immer wieder über die Not der Verliebten, die sich nirgends treffen konnten, und überhaupt über die Hoffnungslosigkeit des Lebens von Verliebten. Auf Nasradin wirkten Gowands Worte wie ein noch nie gehörter Zauber. Mit schüchternem Lächeln hob er sein Glas und tröstete Gowand: »Das lässt sich einfach lösen. Ab heute kannst du dich in meinem Studio mit Dilaram treffen.« Gowand traf sich dann tatsächlich oftmals mit Dilaram in dem Studio. Und wenn sie wieder gegangen war, debattierten Nasradin und Gowand stundenlang über Politik, Liebe, Kunst, Sport, Fotografie und Bildhauerei.

Heute erzählt Nasradin von jener Zeit: »Unsere Gespräche waren wie ein zielloses Kreisen. Manchmal sprachen wir stundenlang miteinander, standen schließlich auf und wussten nicht, worüber wir gesprochen hatten. Oft saß Fareydun uns regungslos gegenüber und verlor kein Wort, aber wenn er sprach, erzählte er nur von den imaginären Städten und Ländern, die in seiner Vorstellung umherschwirrten.« So wurde das Studio zum Lebensmittelpunkt der drei Männer nach Feierabend.

Zu dieser Zeit war Fareydun sehr oft unterwegs, um Schmetterlinge zu fangen. Doch niemals verriet er, wo und wie er diese Schmetterlinge fing.

Nasradin und Gowand wollten Fareydun überreden, das Jagen von Schmetterlingen aufzugeben: »Such dir lieber eine Frau, die dich von deiner nutzlosen Leidenschaft befreit.« Fareydun antwortete bedrückt: »Ich habe den Schmetterling, den ich suche, noch nicht gefunden.«

Diese Antwort brachte Gowand derart aus der Fassung, dass er Fareydun anschrie, bis das ganze Studio bebte: »Was fehlt dir? Was für eine Krankheit hat dich um Himmels willen befallen?«

»Mir fehlt nichts, es ist keine Krankheit. Ich will nur den einen bestimmten Schmetterling finden, den ich suche«, antwortete Fareydun ruhig.

Reza der Glückliche erzählte uns später, dass Fareydun Schmetterlinge zwischen die Seiten der Bücher legte, die in den Regalen der Buchhandlung standen. »Wir müssen sie in den Gedichtbänden aufbewahren«, sagte er ihm.

Da brachen die Erinnerungen wieder über mich herein. Plötzlich hatte ich jede einzelne Sekunde jenes Morgens vor Augen, an dem ich das trunkene Flattern der verbrannten Schmetterlinge vor dem zerstörten Buchladen sah. Ich griff nach Rezas Kragen und schrie ungläubig: »Stimmt das? Hat Fareydun wirklich die Schmetterlinge zwischen die Buchseiten gelegt?«

»Ja, sicher, glaub mir, es war genau so. Ich lüge nicht.«

»Also waren die Schmetterlinge, die ich am Morgen des Brandes sah, keine Fantasiegebilde! Es waren echte Schmetterlinge aus der Steppe, die Fareydun mit deiner Hilfe in die Bücher legte«, schrie ich.

»Natürlich, das sagte ich doch«, antwortete Reza erschrocken.

Überglücklich sprang ich auf und rief aufgeregt: »Ich sah Fareyduns Schmetterlinge, wie sie sich mit den Regentropfen, dem Feuer und dem Rauch mischten. Großer Gott, ich sah sie tatsächlich. Fareyduns Schmetterlinge!«

Nasradin begreift bis heute nicht, was es mit der Geschichte von Fareydun und den Schmetterlingen auf sich hatte.

Damals waren Fareydun und Perwana, deren Name Schmetterling bedeutet, einander noch nicht begegnet.

Niemand wusste, wie es kam, dass die Dinge sich zu verändern begannen. Gowand hielt einige Male bei ihrer Familie um Dilarams Hand an, aber vergebens. Dann schickte er eine Gruppe angesehener Persönlichkeiten, um Dilarams Vater zu beeindrucken und ihn zu überzeugen, ihm seine Tochter zu geben. Aber ihr Vater hatte jedes Mal dieselbe Antwort: »Ich höre nicht auf sinnloses Gerede! Tausende Jahre nach der Zerstörung der Götzenskulpturen durch Abraham soll ich jetzt meine Tochter einem langhaarigen Nichtsnutz von Bildhauer geben?«

Die drei Männer saßen bis in die frühen Morgenstunden beieinander, betranken sich, weinten, schmiedeten neue Pläne und überlegten, welche einflussreichen und mächtigen Männer sie noch zu Dilarams Vater schicken könnten. Aber nichts half.

Auf dem Höhepunkt dieser Hoffnungslosigkeit passierte etwas Schreckliches. Eines Morgens war Nasradin verschwunden. Fareydun und Gowand durchkämmten die ganze Stadt auf der Suche nach Nasradin, konnten ihn aber nicht finden. Als hätte ihn der Erdboden verschluckt. Damit begann, was uns dann alle auseinanderriss.

9

Nach Nasradins Verschwinden gab Gowand alle Projekte auf und versank in Trunkenheit. Fareydun sah hilflos und stumm dabei zu, wie Gowand vor Liebeskummer und unter dem Schmerz des Verlusts zusammenbrach. Gebeugt ging er durch die Straßen, meistens mit einer langen Zigarette im Mundwinkel, und erwiderte nicht einmal den Gruß derer, die ihn aus seiner Verlorenheit herauszuholen versuchten. Am befremdlichsten war, dass er sich ganz abkapselte und die Türen seines Lebens nun auch für Fareydun nicht mehr offen standen. Nach dem Verschwinden von Nasradin und dem Rückzug von Gowand hatte sich Fareyduns Leben in eine menschenleere Wüste verwandelt.

Eines Tages fand Fareydun ihn unter einem Haufen heruntergekommener Säufer in einem Wäldchen am Stadtrand. Fareydun war von Gowands Zustand so betroffen, dass er vor sich hin flüsterte: »Schaut ihn an, dünnes, vertrocknetes Reisig ist aus ihm geworden!« Mit jedem Schluck schien Gowand dem Untergang näher zu kommen.

Schlurfend kehrte er neben Fareydun durch die verschlafenen Gassen zurück. »Ich bin ein hoffnungsloser Fall. Ein Mensch ohne Zukunft. Lass mich los! In dieser dreckigen Stadt der Gossen, der Abwässer, der Stürme und der Lügen kann aus einem wie mir nur ein heimatloser Trinker werden. Ich weiß, dass alle Wege und Richtungen falsch sind, ob Osten, Norden, Westen oder Süden, aber tritt nicht in meine Fußstapfen! Geh deinen eigenen Weg und lebe dein eigenes Leben!«

Fareydun dachte: Du zerbröselst langsam zu Kies und

Sand. Der Tag wird kommen, an dem du dich nicht mehr einsammeln kannst. Damals machte Gowand seine dunkelste Zeit durch. Jeden Abend betrank er sich an den kleinen, schmutzigen Picknick-Plätzen oder in dunklen Bars mit abgewrackten Sängern und Barkeepern.

Fareydun bemerkte, wenn er sein leeres Leben unter die Lupe nahm, dass es außer Reza dem Glücklichen niemanden mehr gab, zu dem er »mein Freund« sagen konnte. Weil er nichts Besseres zu tun wusste, kehrte Fareydun an den meisten Abenden zum Geländer vor der Buchhandlung zurück und nahm in seiner schwarzen Sherwal-Hose und dem schwarzen Hemd neben Reza Platz. Sie hockten auf dem Geländer wie zwei kranke Vögel und fantasierten über mystische Orte. In der Sehnsucht nach einem anderen Boden mischten die beiden ihre Träume. Ihnen öffneten sich unzählige Türen zu neuen Kontinenten, unentdeckten Ozeanen und fantastischen Orten. Von ihrem Geländer aus reisten sie über Meere, auf deren Wellen wunderschöne Meerjungfrauen schaukelten, die sie mit ihren Blicken betörten und auf paradiesische Inseln entführten. Sie sahen Orte, an denen die Vögel in allen Sprachen der Welt sangen, betraten Städte, wo Menschen statt in Kleidung in Regenbogenfarben gehüllt waren, sie öffneten die Tore zu Gärten, unter deren Bäumen Mädchen lagen, mit denen die beiden sich unermüdlich vergnügten. Sie besuchten Städte, deren Mauern aus Olivenkernen zusammengefügt waren, sahen Throne, auf denen Könige saßen, deren Köpfe aus Kirschen bestanden. Und wenn sie auf dem Höhepunkt ihrer Träume erwachten, fanden sie sich auf dem harten, kalten Eisengeländer sitzend wieder.

Es hätte alles wahr werden können. Zumal Fareydun beim Bummeln durch die Bazargassen und bei seinen Besuchen in den Teehäusern einige Schlepper kennengelernt hatte. »Wir bringen dich überall hin, wohin du willst, und seis das Paradies«, hatten sie ihm versprochen.

Aber danach geschah etwas Unerwartetes. An einem späten Herbstnachmittag tauchte ein junger Mann vor der Buchhandlung auf und fragte mit ruhiger Stimme nach Fareydun. Das plötzliche Erscheinen dieses Mannes unter den Dichtern und Journalisten war höchst irritierend. Er hatte das Aussehen eines stillen, traurigen Greifvogels. Sein Blick auf die Bücher verriet, dass er noch nie im Leben eine Buchhandlung betreten hatte. Es stellte sich bald heraus, dass er tatsächlich Analphabet war. Trotzdem lag etwas in seinem wachen Blick, das ihn scharfsinniger und respektabler aussehen ließ als die in ihren langen Mänteln dort herumhängenden Intellektuellen, die ihn erstaunt anstarrten. Als Fareydun am Geländer aufkreuzte und den Mann musterte, nahm er gleich den Duft von Blättern nach dem ersten Herbstregenschauer wahr, der ihn umgab. Seine Augen mit den übergroßen Pupillen hinterließen ein unheimliches Gefühl, sie zeigten eine Mischung aus Geheimnis, Verschwiegenheit und Furcht. Als er Fareydun sah, schritt er leichtfüßig auf ihn zu, streckte seine Hand mit den schmalen Fingern und klauenartigen Nägeln aus, griff nach Fareyduns Ellbogen und zog ihn in eine Gasse nahe der Buchhandlung.

Fareydun war sofort klar, dass dieser Mann von weit her kam. Die Art, wie er blickte, atmete, konzentriert schaute und wie er gekleidet war, deutete auf einen Fremden hin. »Ich heiße Siyamand Vogel, ich komme mit einer Empfehlung vom Süßduftenden Nasradin.« Bis zu diesen Worten hatte Fareydun angenommen, Nasradin sei nicht mehr am Leben. Vielleicht heimlich hingerichtet, oder aus politischen Gründen lebendig begraben worden. Zutiefst erleichtert einatmend, lehnte sich Fareydun an die Mauer. »Willst du mir sagen, Nasradin ist gar nicht tot? Er lebt?«

Der junge Mann war angespannt wie ein wilder Vogel, sah unruhig nach rechts und links und fuhr fort: »Nasradin befindet sich in den fernen Bergwäldern.« Dieser junge, vogelartige Mann, der nach Bäumen roch, erstaunte Fareydun, der vor Bäckereien und in baumlosen Straßen groß geworden war. »Du riechst nach einem frischen Garten!«

Siyamand Vogel hatte eine Adlernase und dichtes, langes Haar, das nur vorn sein Gesicht freigab. Er sah Fareydun an und sagte: »Ich betrete zum ersten Mal eine Stadt. Ich habe bis jetzt Städte nur aus der Ferne gesehen, noch nie von innen.«

»Schau, dass du dich nicht an ihre Luft und ihren Anblick gewöhnst. Trink nicht vom Wasser der Stadt und schau ihre Frauen nicht an! Diese Stadt ist wie eine Droge. Hast du sie einmal genommen, wirst du sie nicht mehr so schnell los«, warnte Fareydun den wilden Mann, während er dessen vogelartige Klauen ansah.

Wie ein schwermütiger Falke schüttelte Siyamand den Kopf: »Ich lasse nicht zu, dass mich Städte verführen. Bis jetzt habe ich es geschafft, aber Nasradin meinte, ich solle herkommen, um etwas von der Welt zu sehen. Und ich begreife jetzt, warum mich Nasradin in diese Stadt geschickt hat.«

Fareydun fragte neugierig: »Warum hat er dich hergeschickt?«

»Eigentlich hat er mich geschickt, um dich und einen anderen Mann namens Gowand zu suchen. Aber auch, weil alle meinen, dass ich ein wenig gezähmt werden muss, ich sei zu wild.«

»Du riechst nach Bäumen«, sagte Fareydun.

»Gewiss rieche ich nach Bäumen. Ich lag die ganze Nacht unter einem Blätterdach.«

Fareyduns Herz sprang vor Freude. »Nasradin lebt noch?« Ohne den vogelartigen Mann antworten zu lassen, nahm diesmal er ihn beim Ellbogen und zog ihn durch die Straßen. »Wo könnte Gowand wohl sein, wo versteckt sich dieser verfluchte Bildhauer? Ich glaube nicht, dass er an einem so bewölkten Abend mit seinen Trinkgenossen am Stadtrand herumhängt. Siyamand, lass uns in den Weinstuben nach ihm suchen!«

Siyamand folgte ihm, und sie suchten Gasse für Gasse nach Gowand ab. Wo auch immer sie auf Betrunkene stießen, fragten sie: »Habt ihr Gowand den Bildhauer gesehen?« Jedes Mal antworteten die Kneipenbesitzer und die Trinker mit Spott und Hohn. Fareydun wurde klar, dass Gowand all seinen guten Ruf verloren hatte. Diese trostlosen alten Männer, diese Spieler mit schlecht sitzenden Gebissen, die Streitlustigen und die Drogenhändler mit ihren goldenen Zähnen verstanden die Seelennöte des feinfühligen Bildhauers nicht.

Schließlich fanden sie Gowand in einer Kneipe, wo er unter dem Tisch liegend vor sich hinplärrte: »Ich wünschte, ich hätte sie niemals gesehen, niemals kennengelernt, ta-ta-ba-ba…« Er war so betrunken, dass er niemanden erkannte. Als sie ihm unter die Arme griffen und ihn ins Freie zogen, begann es, wie aus Eimern zu schütten. Im Regen packte ihn Fareydun am Kragen: »Gowand, sieh mich an! Dieser junge Mann hier kommt mit einer Empfehlung von Nasradin, er kommt vom Süßduftenden Nasradin.«

Gowand konnte die Augen kaum offen halten, er lachte und lallte: »Was ist denn Süßduftender Nasradin? Ein Mensch, eine Blume oder der Titel eines Filmes? Ich habe vom stinkenden Nasradin gehört, vom dreckigen Nasradin, Kuhfladen-Nasradin und Schafsköttel-Nasradin. Die waren meine Freunde. Bei meiner Ehre, sie waren meine Busenfreunde. Aber Süßduftender Nasradin? Nie gehört!« Sie schleppten ihn, dem die nassen Haare ins Gesicht hingen, nach Hause und legten ihn in seiner triefenden Kleidung aufs Bett, das unter Bruchstücken von Skulpturen begraben war. »Es hat keinen Zweck. Er bekommt nichts mit. Wenn er morgen aufwacht, versuchen wir es noch einmal. Geh schlafen!«, sagte Fareydun zu dem jungen Mann.

Siyamand hatte einen Ort wie diese Werkstatt noch nie gesehen. Fareydun rollte sich in einer Ecke zusammen und schlief sofort ein, aber Siyamand saß bis zum frühen Morgen auf einem Sofa und staunte die Gegenstände um ihn herum an. Angefangen bei den Fragmenten eines Rehs, eines Phönix, den Flammen entsteigend, von Kaninchen aus Marmor, bronzenen Störchen, Kindern aus Wachs, hölzernen Staren, bis hin zu einem gläsernen Simurgh.

Gowand schlief neben der zerbrochenen Gussform eines Pferdes seinen Rausch aus. Als er in den frühen Morgenstunden aufwachte, sah er als Erstes Siyamands glänzende Augen. Erst dachte er, es wären die gläsernen Augen einer dieser Eulen, die er von Zeit zu Zeit für entfernte Verwandte anfertigte, um ihnen einen Gefallen zu tun. Er bemühte sich, genauer hinzusehen, konnte aber die Gestalt nicht einordnen. »Wer bist denn du? Ein Mensch oder ein Vogel? Bist du aus Fleisch und Knochen, oder bist du aus Stein?«, fragte er.

Ohne darauf einzugehen, erhob sich Siyamand und sagte: »Ich soll dir schöne Grüße vom Süßduftenden Nasradin überbringen. Er wünscht dich dringend zu sehen.« Gowand starrte ihn mit offenem Mund an und schlug sich dann mit beiden Händen auf den Kopf: »Um Gottes willen, um Teufels willen, um der Propheten willen! Ist Nasradin am Leben? Er ist nicht tot?«

»Ich sagte dir doch, Süßduftender Nasradin will euch sehen. Morgen Nacht wird er euch am Stadtrand erwarten.«

An diesem Morgen wachte Fareydun von Gowands Freudenschreien und Gelächter auf. Die Nachricht beflügelte ihn so sehr, dass er beinahe abgehoben wäre. Wie ein Kind drehte er sich auf einem Bein um die eigene Achse. Ein kleines Messer in der Hand schwingend, tanzte er einen Kriegstanz. Weder schön noch elegant geriet der Tanz, aber er befreite die Seele des langhaarigen Bildhauers. Er umarmte Fareydun und jauchzte: »Jetzt wird alles anders. Ab sofort kannst du wieder jeden Tag in meine Werkstatt kommen – wann immer du möchtest.«

Am nächsten Abend brachen Siyamand, Gowand und Fareydun auf. Von der Buchhandlung aus brachte Siyamand die beiden zu einer Hütte in einem Feld mit verdorrten Sonnenblumen. Dort fand die Wiedervereinigung der drei Freunde statt. Sie umarmten einander und vergossen, aneinandergelehnt, Tränen. Nasradins Haut war verbrannt von der Sonne der langen Reise. Er wirkte schwächer und trauriger. Um seinen Hals lag ein rotes Tuch, und im Gürtel steckte eine kleine Pistole. Sein Haar war gewachsen, und sein Lächeln war kühler als früher.

Aber er erzählte rätselhafte Dinge von einer mysteriösen Welt. Die ganze Nacht über sprach er von der Liebe. »Alles ertrinkt in unerfüllter Liebe. Auf meinem Weg fand ich in den Städten nichts als vergebliche Liebesbemühungen.« Nasradin hielt inne und seufzte, bevor er fortfuhr: »Ich bin nun bekannt als Kämpfer für mein Land, ein Land, das, genau besehen, nur aus betrügerischer, sinnloser, unterdrückter Liebe besteht. Meine Freunde, ich möchte die Liebe befreien, an einem Ort, wo verliebte Paare, die sonst keine Möglichkeit haben, sich zu treffen, zusammenleben können.« Das war seine Hauptsorge gewesen in der Zeit seines Umherirrens. Auch in den Bergen stand er den Verliebten zur Seite. Manchmal unterrichtete er Männer in Fragen der Liebe, die nichts anderes als Kämpfen und Viehhüten gelernt hatten. Jungen brachte er bei, wie sie sich ihren Angebeteten nähern sollten. Wenn Verliebte dann zueinandergefunden hatten, war er glücklich. Abgesehen davon, hatte ihm sein Leben als Peschmerga eine beeindruckende Ausstrahlung geschenkt und ihm das schüchterne Lächeln vom Gesicht gewischt.

»Unser Treffen damals in der kleinen Hütte auf dem verlassenen Sonnenblumenacker brachte vieles ins Rollen«, sagt Nasradin heute.

Gowand gewann seinen Seelenfrieden zurück und begann erneut, Dilaram lange, leidenschaftliche Liebesbriefe zu schreiben: »Wir müssen gemeinsam fortgehen. Die Stadt der Ängste und der Unsicherheit verlassen.« Ihre Verbindung zu Gowand hatte sich gelockert, aber nicht einen Augenblick lang hatte sie ihn vergessen. Ihre Freundinnen erzählten ihr immer neue Geschichten über den langhaarigen Hünen, der voll Kummer durch die Straßen streifte, ohne die Grüße der Passanten zu erwidern. Dilaram schenkte dem Gerede keinen Glauben, bis sie ihn eines Abends sah, wie er, eine Flasche unter den Arm geklemmt, vor einem Alkoholladen herumlungerte. Sein Äußeres war vernachlässigt und heruntergekommen, aber in seinem Antlitz leuchtete immer noch müde Schönheit. Im Bus brach Dilaram in Schluchzen aus. Als sie dann Gowands ersten Brief erhielt, weinte sie vor Glück. Ohne Zögern schrieb sie zurück: »Ob in die Hölle, in den Tod oder zum Jüngsten Gericht, ich werde mit dir gehen.«

Gowand war nicht einfach ein Trinker, der zu seinem früheren Leben zurückgefunden hatte, sondern strahlte, wo immer er auftrat, eine ansteckende Seelenruhe aus. Er war wie der Prophet einer neuen Zeit. Doch die Zuhörer rätselten, ob seine Worte ernst gemeint waren. »Die Zeit ist reif für ein neues Reich. Die Gründung eines Staats der Liebe wurde mir offenbart. Wir alle müssen uns der Liebe unterwerfen und ihre Gebote erfüllen«, predigte er.

So vieles geschah in jenen Tagen. Nasradin fand in den Bergen jenes verzauberte Tal. Fareydun und Perwana verliebten sich ineinander. Unzählige Paare brachen mit ihrem kleinen, gewöhnlichen Leben und folgten ihrem Traum vom mythischen Paradies. Es war, als sei eine Epoche der Fantasie angebrochen. »Alle Liebespaare, die keinen Zufluchtsort haben oder durch die Tyrannei der Familie und Stammessitten auseinandergerissen wurden, werden in diesem Tal einen

Garten der Freiheit finden.« Mit diesen Worten zog Nasradin durch die Stadt.

Auch Perwana wurde von ihren Höhenflügen angesteckt. Ich kann mich an ihre Fantasien erinnern: »Ich werde jemanden finden, der für mich leuchtet wie eine Blume, dessen Gefühle zärtlicher sind als Rosenblätter und dessen Worte duften wie Goldlack, Narzissen und Jasmin.« Ich lachte schallend, denn solch sinnloses Gerede gab unser kurdischer Schrottsender zum Besten, den Perwana zuweilen anstellte. Aber natürlich wusste ich, dass ihre Worte aus tiefstem Herzen kamen.

»Dies waren Tage, in denen Träume sich mit der Realität mischten und kaum mehr auseinanderzuhalten waren. Diese Zeiten sind selten, meist liegt zwischen der Traumwelt und der Wirklichkeit eine klare Grenze. Und immer gibt es dann Menschen, die diesen Zustand nie wieder aufgeben wollen. Aber es gibt auch andere, die davor zurückschrecken und keinen Fuß in die neue Welt hineinsetzen.« So erklärt mir Nasradin heute jene kurze Epoche.

Damals geschah es denn auch, dass Perwana und ich am Abend des blutgetränkten Opferfests an Fareyduns Tür klopften. Mir schien, Perwana hatte noch nicht bemerkt, dass Fareydun seit geraumer Zeit in sie verliebt war. Aber als wir uns mit den leeren Tabletts in der Hand auf den Rückweg machten, war Perwana plötzlich sehr glücklich. Versonnen schritt sie neben mir her, ein Lächeln auf den Lippen. Jahrelang dachte ich, die zwei Verliebten seien einander an jenem Abend zum ersten Mal begegnet, aber später stellte sich heraus, dass zwischen den beiden längst verborgene Fäden geknüpft waren.

Wenn ich die Puzzleteile jener Tage zusammensetze, wird mir klar, dass Fareydun Perwana bereits vor der Buchhandlung gesehen hatte, in der sie und ich manchmal Stifte, Hefte und Packpapier kauften. Reza meint, Fareydun habe dort ständig auf dem Geländer gehockt, und nur seinetwegen sei Perwana immer wieder in der Buchhandlung aufgetaucht.

Fareydun selbst gestand es später Perwana. »Anfangs empfand ich nichts für dich, aber eines Abends sah ich, wie du von einer Wolke aus Schmetterlingsstaub umgeben warst. Als seien deine Kleidung, Hände, Gesicht und Augenbrauen mit dem weichen Staub der Schmetterlinge bedeckt. Ein so zarter Staub, dass niemand außer mir ihn sehen konnte. Nie hätte ich gedacht, dass dies bei Menschen vorkommen kann. Als du weitergingst, zweifelte ich noch, ob dieser Staub wirklich von dir aufstieg. Doch dann musste ich dir folgen, dir und diesem weichen Schleier, den du hinter dir herzogst.«

Bei ihrem ersten Stelldichein gab er ihr statt eines Liebesbriefs ein Buch, zwischen dessen Blättern gepresste Schmetterlinge lagen. Das Buch selbst war eine Sammlung bedeutungsloser Bilder von Gärten und von Skulpturen mythischer Figuren.

Ich kann mich noch genau an den Abend erinnern, an dem Perwana ins Haus gerannt kam, sich aufs Bett warf, ohne die Schuluniform ausgezogen zu haben, das Buch aus ihrer Tasche zog und anfing, einen Brief, einen Satz, ein Wort oder irgendein anderes Zeichen einer Liebeserklärung darin zu suchen. Doch da war nichts. Vielleicht konnte dieser Junge gar nicht schreiben? Dann aber überwältigte sie die stille Schönheit der toten Schmetterlinge. Sie las sie als ein Füllhorn geheimer Botschaften und verborgener Symbole. Noch in der Nacht begann sie, in das unbekannte Reich ihrer Wunschträume zu entschwinden.

»Töte keine Schmetterlinge mehr«, flehte sie Fareydun am nächsten Tag an, als er wie immer auf dem eisernen Geländer vor dem Buchladen hockte. Fareydun schwieg bockig, aber nach ein paar Tagen erklärte er Perwana: »Die Schmetterlinge sind mir die Boten aus dem Land der Wünsche.« Das klang ihr doch sehr, als habe er es in irgendeinem Buch gelesen.

Oder waren das tatsächlich seine eigenen Gedanken? Jedenfalls jagte er von da an keine Schmetterlinge mehr.

Bei aller Liebe wirkte Fareydun auf sie wie ein Fremdling, wie ein Schatten, der auftaucht und wieder verschwindet. Seine Spielsucht, sein Herumhängen in den Teehäusern, die sinnlosen Besäufnisse mit seinen Kameraden und das endlose Herumhocken auf dem Geländer vor der Buchhandlung, all das sah sie lediglich als lärmende Fassade. Was Perwana anzog, war die magische Stille in seinem Blick. Sein Schweigen und seine außergewöhnlichen Reisefantasien, daran konnte sie sich halten, das schien ihr das einzig Ernsthafte an seinem Leben.

Bei den wenigen Malen, wenn ich Fareydun begegnete, merkte ich nichts von dieser »magischen Stille«.

»Du bist noch ein Kind. Du kannst solche Dinge nicht sehen«, warf Perwana mir vor. Sie hatte sich verliebt in das Schweigen eines Nomaden, der stumm bis ans Ende von allem gehen will. »Das Zusammenleben mit einem Reisenden ist schöner als das mit einem Mann, der sich nicht vom Fleck rührt«, flüsterte sie mir nachts im Bett zu. Sie hasste die Männer, die nicht weggehen wollten. Gleich in der ersten Woche begann sie, mit Fareydun über die Wünsche zu reden, über die sie schon mit ihren früheren Verehrern gesprochen hatte: zu reisen, fortzugehen aus dieser Stadt. Täglich fühlte sie sich stärker zu diesem jungen Mann hingezogen, der in seiner verstaubten kurdischen Tracht genau das Gegenteil ihrer früheren Verehrer war, dieser geschniegelten Besitzer protziger Autos.

Jahre später, als ich manchmal abends kurz in die Saftbar von Reza ging, um einen frischen, kalten Saft zu trinken, erzählte er mir Stück für Stück die Geschichte jener vergangenen Tage. »Perwana saß oft abends auf dem Stuhl in Fareyduns kleinem Zimmer und sinnierte über ferne, fantastische Orte«, erzählte mir Reza. Und ich dachte immer,

Perwana unterhielt sich nur in den Gassen oder über das Telefon ihrer Freundinnen mit Fareydun! Aber nun erzählte mir Reza lachend auf seine Krücken gestützt, dass Perwana viele Abende mit ihm und Fareydun verbracht hatte. Zu dritt schmiedeten sie Pläne, studierten mögliche Fluchtwege.

»Wäre mir nicht mitten in der Zeit der Wunschträume diese Katastrophe passiert, hätten wir gemeinsam bestimmt eine Lösung gefunden, denn zu jener Zeit waren die Grenzen noch nicht komplett dicht gemacht, um der Flut der Auswanderer den Weg zu versperren«, erklärte Reza schüchtern.

Rezas Schicksal war im Grunde das Ergebnis jenes Traums, von dem damals so viele angesteckt waren. Mehr als jeder andere brannte in ihm der Wunsch des Auswanderns. Er war wie besessen und wurde davon bis zum Äußersten getrieben. »Ich werde nicht warten, bis ich genug Geld beisammenhabe, um einen Schlepper zu zahlen, der mich über die Grenzen bringt«, hat er immer wieder beteuert. Und so geschah es, dass er versuchte, beeinflusst von Büchern und Legenden über das Fliegen, wie Ikarus und Abbas ibn Firnas mit zwei selbst gefertigten Flügeln vom Dach eines Hotels davonzufliegen. Sein kurzes Abenteuer endete ganz unheroisch, mit einem Sturz in die Baumkronen des Parks nahe dem Hotel.

War Rezas Absturz mitten auf die Bäume des Stadtparks das Ende der Zeit der Illusionen? An jenem Tag, als die Parkwärter Reza mit ihren Leitern aus dem Baum holten, wieder auf den Boden brachten und mit einem kleinen Dienstwagen in die Klinik fuhren, legten sich auf Fareyduns Seele tiefe Betrübnis und Hoffnungslosigkeit. Nicht nur weil sein Freund für den Rest des Lebens mit Krücken würde gehen müssen, wie ihm Chirurgen versichert hatten, sondern auch der Druck unerträglich wurde, den die Religion, die Gesellschaft, die Familie und die Mediziner auf ihn ausübten. Alle waren einhellig davon überzeugt, dass der Wunsch, auszuwandern, eine ungewöhnliche Krankheit sei, die unbedingt geheilt werden müsse. Monatelang sollte er in ärztlicher Quarantäne oder bei heiligen Stätten angekettet werden, bis er sich wieder in einen normalen Menschen verwandelte. Viele Monate traktierten ihn Ärzte, Psychologen und Heilerinnen, um den Wunsch nach Reisen in seinem Kopf auszulöschen. Als er endlich aus der Finsternis der Quarantäne freigelassen wurde, war aus Reza ein gebrochener, schüchterner, fantasieloser und ängstlicher Mann geworden. Doch im tiefsten Winkel seiner Seele konnte er seine Liebe für Perwana und Fareydun bewahren. Wäre diese Liebe nicht gewesen, wäre er an jenem Tag des Aufruhrs, als die ganze Stadt das Liebespaar jagte und in jedem Winkel suchte, als sei das Jüngste Gericht gekommen, nicht hinkend und hastig mit seinen Krücken der Menschenmenge vorausgeeilt, um die beiden Verliebten vor dem sicheren Tod zu retten.

In derselben Woche, als Reza seinen verzweifelten Flug versuchte, an einem kalten Morgen, flohen auch Gowand und Dilaram mithilfe eines alten Taxifahrers aus der Stadt in Richtung der fernen Bergketten. Dort wartete Nasradin, seine kleine Pistole im Gürtel und um den Hals ein grünes Fernglas, auf einem Felsen sitzend, zwischen verschlungenen Wegen und dichtem Wald.

10

Die Zeit der Fantasie ging zu Ende. Es begann die Zeit des Gemetzels. Wer gehen wollte, der musste jetzt gehen. Zahlreiche Liebespaare und alleinstehende Männer machten sich auf den Weg.

Als die religiösen Eiferer den Exodus bemerkten, beschränkten sie sich zunächst auf zornige Predigten. Jene, die bis vor Kurzem ihre Gebete friedlich auf ihren Gebetsteppichen verrichtet hatten, blickten auf und beobachteten gebannt, was sich da anbahnte. Für eine Weile verliefen die Dinge noch ruhig, und wir bildeten uns ein, es würde nichts Schlimmes passieren. Nichts deutete darauf hin, dass blutige Tage auf uns zukamen, bis wir eines Morgens die Köpfe eines Liebespaares zu beiden Seiten einer großen Verkehrsinsel mitten in der Stadt hängen sahen. Wie zwei blutüberströmte Glocken.

Das waren die ersten Boten der dunklen Epoche. Perwana und ich begriffen nicht, was vorging. Und wir wussten nicht, wie uns verhalten.

An den Grenzen war der Krieg aufgeflammt. Kämpfe im Inneren verwüsteten die Heimat. In manchen Nächten hinderte uns der Lärm der Geschütze am Einschlafen. Aus Angst liefen wir in den Keller und verkrochen uns dort bis zum nächsten Tag. Noch mehr Furcht flößten uns die Gerüchte von Massakern ein. Statt sich abends mit ihren Verehrern zu treffen, forschte Perwana nach Nachrichten über grauenvolle Massentötungen mitten in unserer Stadt. Wenn sie nach Hause kam, erzählte sie mir von Liebespaaren, die aufgespürt und lebendigen Leibes in Brand gesteckt worden waren. Von

Mädchen, die am Fluss enthauptet wurden, von Galgenreihen, die man rund um die Städte für die Sünder errichtete. Sie erzählte auch von Familien, deren Mitglieder mit Äxten zerstückelt wurden, und brach in Tränen aus.

Verängstigt bat ich sie: »Hör auf, hör auf, ich kann es nicht mehr hören!« Vor unserer Schule wurde ein Mädchen erstochen. In der Nacht wurde eine Nachbarin an einem Baum beim Viehmarkt aufgehängt. Meine Tante kam, um Perwana mitzunehmen. Sie weinte leise, während sie ihre Sachen packte. Ich wollte wissen, was los war, aber sie antwortete nur: »Es ist nichts, Khandan, keine Sorge! Schlaf einfach!« Als die Tante mit ihr losging, kam sie mit der Ausrede, sie habe etwas vergessen, noch einmal zurück und flüsterte mir zu: »Wenn du Fareydun siehst, sag ihm, dass ich zurückkomme. Ich komme bestimmt zurück.« Aber ich traf Fareydun nicht.

In dieser Zeit tauchten die Tamburin-Frauen auf. Männer lauerten mit Säureflaschen vor den Mädchenschulen. Und meine Tante trat als die Anführerin der gottesfürchtigen Frauen auf. Viele Mädchen verließen die Schule, die sie als Stätte der Ketzerei und Gotteslästerung bezeichneten. Sie wollten Kopftücher tragen und gegen die Ungläubigen kämpfen. »Wir ziehen in den Jihad gegen die Schamlosen, Unreinen und Verdorbenen.«

Frauen mit weißen Kopftüchern stürmten die Schule, zerrten eine Schülerin heraus und schleiften sie durch die Gassen. Sie steckten einen Friseursalon für Frauen in Brand und töteten einen Schneider, der einem Mädchen empfohlen hatte, ihr Kopftuch abzulegen.

Noch konnte ich nicht erkennen, was dahintersteckte. Was mich am meisten beunruhigte, waren die Vögel, die in Mengen starben. Sie flogen durch die zerbrochenen Fensterscheiben in unsere Klassenzimmer, um dort zu nächtigen, aber am nächsten Tag fand ich sie tot unter den Schulbänken.

Das Laub der Bäume begann zu welken. Auf den Straßen wimmelte es von Männern mit langem Haar und Bärten, die mit Schwertern bewaffnet waren. Vor den Moscheen versammelten sich Tausende, was seit den Zeiten des Kalifats nicht mehr vorgekommen war. Epidemien brachen aus. Mädchen fielen in der Schule in Ohnmacht. Frauen kippten während des gemeinsamen Gebets vornüber.

Handleser und Wahrsager füllten die Gassen und Straßen der Stadt. Es tauchte ein Mann auf, der behauptete: »Ich bin Muhammad al-Mahdi, der Erlöser!« Einem neuen Propheten wurden Verse in einer Mischung von Arabisch und Kurdisch offenbart. Die Regierung ließ um die Stadt eine Ringstraße bauen und spickte die Äcker mit Minen.

Inmitten dieser finsteren Epoche verließ Perwana eines Tages unser Elternhaus, begleitet von Fareydun. Nasradin erzählte mir niemals, wie es ihm gelungen war, die Umzingelung durch die Gläubigen zu umgehen und die beiden aus der Stadt zu schaffen. Auch wollte er mir die Namen jener Personen nicht verraten, die ihm dabei geholfen haben, die Verliebten zu retten. Ja, diesen Teil der Geschichte behielt er als ein Geheimnis immer für sich. Aber eines Tages stiegen Perwana und Fareydun über eine lange Leiter ins Tal der Liebenden hinab. Heute bin ich mir sicher, dass sie die Stadt niemals vermissten und auch keine Sehnsucht nach ihrem früheren Leben verspürten.

Uns ließen sie zurück in unserem alten Leben mit all seinen Ängsten, seiner Einsamkeit, seinen Sorgen und Gefahren. Uns, die kleinen verängstigten Schwestern. Ich bin mir sicher: Als sie später aus diesem Tal wieder hervorkamen, hatten sie vor, weiterzureisen und sich einen besseren Flecken Erde zum Leben zu suchen. Aber es wurde Perwanas letzte Reise, und an einem verschneiten, kalten Abend versammelten wir uns zu einem letzten Abschied. Ein Abschied, der die ganze Welt in Schmetterlingsstaub hüllte.

II

Als Fareydun die tausend Sprossen der Leiter hinunterstieg, fühlte er sich an all die Orte erinnert, die er sich in seiner Fantasie ausgemalt hatte. Ja, dort unten war ganz bestimmt ein Leben möglich, das ganz anders war als jenes, das sie bisher geführt hatten.

Ein kühler, frischer Windhauch umspielte sie. »Als ob er aus den nördlichen Tälern einen Hauch von Schnee und Eis mit sich brächte«, bemerkte er.

»Ja, der Wind weht meistens von Osten, und da der Luftdruck unten niedrig ist, kommt er durch alle Schluchten und Täler und Höhen bis hierher«, sagte Nasradin.

Perwana stand über ihnen, sie setzte ihren Fuß ängstlich auf die nächste Sprosse und hielt inne, um sich auf den folgenden Schritt vorzubereiten. »Seid still, ihr beiden. Wenn ich abrutsche, zerhaut es mich da unten in tausend Stücke.« Sie vermied es, in die Tiefe zu blicken.

Der Blauäugige, der sie führte, versuchte, Perwana zu beschwichtigen: »Hier ist noch niemand abgestürzt. Schau doch, wie prächtig die Wolken, Wälder und Flüsse sind. Dort unten sind noch mehr Frauen. Alle sind sie gekommen, um in diesem Wald zu leben.«

Fareydun schaute erstaunt dem Vogelschwarm nach, der in ihrer Höhe vorbeiglitt. Er sah die Blüten, die, vom Wind emporgetragen, in der Luft tanzten. Und dann sah er die Herbstschmetterlinge, die Perwana umgaukelten und in ihrem Haar und auf ihren Kleidern landeten. »Perwana, schau, Schmetterlinge! In dieser Höhe habe ich sie noch nie gesehen!« Sein Ruf hallte durchs Tal und kam als Echo zurück.

Sorglos streckte er eine Hand nach einem Schmetterling aus, der auf seiner Schulter gelandet war.

»Lass dich nicht ablenken«, warnte Nasradin.

»Ich sehe keine Schmetterlinge, was für Schmetterlinge?«, fragte Perwana, die sich in einem Anfall von Schwindel mit geschlossenen Augen an die Leiter klammerte.

Als sie dem Boden näher kamen, wurden die Schreie und das Zwitschern der Vögel derart laut, dass sie einander kaum mehr verstanden. Spatzen tschilpten, und Hunderte andere Vögel schwirrten umher. Schon mehrere Male war Nasradin in dieses Tal abgestiegen, aber noch nie hatte er hier so viele Vögel gesehen. Als wären sie soeben geschlüpft und flügge geworden und wollten erschrocken und verwirrt nach oben fliehen.

Auf der untersten Sprosse umfasste Fareydun Perwana und half ihr beim letzten Schritt. »Liebste, lass deine Augen noch geschlossen und rieche! Hier fühlt sich alles anders an.« Als sie nach einer Weile die Augen öffnete, ragten um sie mächtige Bäume in den Himmel, das Gold der Sonnenstrahlen blendete sie, und leuchtendes Grün löste sich wie flüssige Farbe sanft aus den Baumkronen und schlug Tropfen für Tropfen auf dem Felsboden auf.

Riesige, vertrocknete Steinpilze standen am Fuß der gigantischen Bäume. Die Bäume waren gesprenkelt mit Nestern. Pfade wanden sich kreuz und quer durch den Wald. »Was soll das alles bedeuten?«, fragte Perwana mehr sich selbst als die anderen. Keiner der drei Männer verstand ihre Frage. Später stellte sich heraus, dass es Hinweise waren auf etwas, von dem die vier noch nichts wussten.

Als sie sich durch Wald und Gebüsch schlugen, berichtete der Blauäugige: »Ursprünglich war dieser Ort leer und verlassen. Die ersten Menschen, die ihren Fuß hierhersetzten, waren zwei Liebende. Das ist schon viele Jahre her, erzählt man. Die Leiter wurde damals aus Tauresten aus iranischer

Produktion zusammengesetzt, solche Seile wurden von persischen Seeleuten zum Hissen der Segel verwendet. Bestimmt floh der Unbekannte mit seiner Geliebten in die Schlucht, um dem Schicksal verliebter Paare zu entgehen.« Als er kurz verstummte, hörte man die Vögel zwitschern und schreien. »Danach flohen weitere Paare in die Schlucht. Manche sind nie wieder nach oben gestiegen. Andere kehrten in die alte Welt zurück, nachdem sie Kinder bekommen hatten und ihre bösen Erinnerungen verblasst waren.«

Nasradin stellte sich mitten auf eine Wiese und begann, so laut zu sprechen, dass die kleinen Blumen erschraken: »Wo findet man heute noch menschenleere Orte? Überall in den Bergen haben die Deserteure ihre Verstecke eingerichtet. Unzählige, die vor der Staatsgewalt geflohen sind, haben in der Wildnis Siedlungen gegründet. Derwische und Einsiedler haben sich am Fuß der Berge niedergelassen. Sogar die Mörder fliehen in die Steppe und beginnen dort ein neues Leben. Soll den Liebespaaren kein Stückchen Erde gegönnt sein?«

Die Entgegnung des Blauäugigen klang wie die Rezitation eines alten Poems: »Liebe ist ein Quell von Gefahren! Wer sich ihr unterwirft, widmet sein Leben nicht Gott, sondern dem Mond, den Sternen und der Schönheit. Sie blendet den Menschen, macht aus ihm einen weltvergessenen Träumer. Liebe geht Hand in Hand mit dem Kummer. Sie kennt keine Erfüllung. Nur eine tote Liebe ist eine glückliche Liebe.«

»Natürlich kann Liebe glücklich sein. Die Liebe ist das Glück!«, erwiderte Nasradin leidenschaftlich.

»Nein, Süßduftender Nasradin, Liebe ist Illusion. Sie lebt vom Trugbild der Geliebten«, deklamierte der junge Mann.

Sie verstummten und tauchten ohne weitere Worte wieder in den Wald ein, vorbei an Wasserfällen und Teichen, die wirkten, als hätten sie noch nie ein Menschenwesen gesehen. In der Tiefe des Waldes führte eine schmale Holzbrücke zur ersten kleinen Kolonie. Dort hatten Dutzende Paare Hütten und hölzerne Lauben errichtet. Man konnte sehen, dass die Siedlung erst kürzlich gegründet worden war, die frischen Spuren menschlicher Eingriffe in die Natur wirkten noch wie Fremdkörper.

Früher waren die Verliebten mit Karawanen und Schmugglern in den Iran und in ferne Länder geflohen, aus dem Schatten eines Imperiums in den nächsten, von einem Emirat in das nächste. Aber nun gab es keine Handbreit sicheren Bodens mehr. An allen Grenzen standen sich die Armeen gegenüber. Überall wurde gekämpft. Auf der Suche nach einem Zufluchtsort für die Liebenden hatte Nasradin wie ein wandernder Bote die Region durchkämmt. Bei Stammesoberhäuptern und Politikern sprach er vor und klagte: »Ist es nicht schrecklich, dass die Liebespaare in diesem Reich mit seinen Tausenden Stämmen und Fürsten und wahren und falschen Propheten keinen Ort für sich finden? Schande über ein Land, das der Liebe seine Tore verschließt! Welch ein Jammer, dass unsere Heimat, an deren einem Ende die großen Felsreliefs von Farhad und an deren anderem Ende die Grabsteine des Liebespaars Mem und Zin stehen, keinen Ort bietet, an den sich die Liebenden zurückziehen können!«

Ein alter Mann, der einst mit seiner Geliebten in die Berge geflohen war, führte Nasradin nach einem Marsch, der einen Tag und eine Nacht dauerte, schließlich zu dieser Leiter. »Die Schlucht war lange Zeit mein Versteck«, erklärte er. »Sie liegt außerhalb von Zeit und Raum. Ein Gott, der dem Himmel entfloh, hat sie für die Liebenden geschaffen. Schau, diese endlose Tiefe! Auch ein Satan findet nicht ohne Führer hierher!« Nasradin war beeindruckt. Aber der Alte fügte hinzu: »Glaub es nicht, glaub nicht, dass diese Festung unauffindbar ist! Wer das glaubt, ist ein Dummkopf. Es gibt keinen Flecken auf der Welt, der vor den Menschen verborgen bleibt. Ich warne dich!« Überrascht sah Nasradin den alten Mann an und schwieg. Aber er fragte sich: Wo denn ist die unerfüllte Liebe sicher?

Auf dem Rückweg wartete Siyamand der Vogel wie ein erschöpfter Falke auf einem bläulichen Felsen auf Nasradin, der ihm von der Schlucht berichtete. »Zeig mir, wo dieser Flecken Erde ist. Ich werde der Erste sein. Noch heute Nacht mache ich mich auf und nehme meine geliebte Maasuma mit«, sagte Siyamand. Er war tatsächlich der Erste, der in den Wald zog. Nach und nach folgten weitere Paare, für die es keine andere Aussicht gab. Auch die verzweifelten Paare kamen, die Nasradin schon kannte, die sich in Höhlen und unter Felsen versteckt gehalten hatten.

Perwana, Fareydun und die anderen Neuankömmlinge waren ganz verzaubert vom Flüstern der Blätter und dem Rauschen der Bäche. Bei der ersten Laube wurden sie von Gowand dem Bildhauer empfangen: »Herzlich willkommen in diesem Land!« Seine grau melierten Haare waren noch länger geworden, und Fareydun bemerkte auch eine Veränderung in seinem Inneren. Gowand wirkte ernsthafter, aber auch aktiver als früher. Offensichtlich lag nun eine breite Kluft zwischen ihm und der Welt. Seine Freude über Fareyduns Ankunft wollte er sich nicht anmerken lassen. Tiefer beugte er sich über die kleinen, runden Steine, die er bemalte und zu bunten Miniaturhäusern und kreisförmigen Festungen um die Teiche herum auftürmte. Auf Schritt und Tritt begegnete man seinen skurrilen Kreaturen: violett geflügelten Schakalen, farbenprächtigen Schweinen, orangeroten Bären, weißen Wildziegen, schwarzen Eulen, lila Tauben, gelben Mardern und roten Truthähnen. Nasradin sah die Lauben und die Hütten, die von den Paaren errichtet worden waren, und bedauerte, selbst nicht verliebt zu sein. Der blauäugige Führer starrte die olivgrünen Störche zwischen den Bäumen an und wandte sich an Gowand: »Letztes Mal waren die Störche und die gepunkteten Kamele noch nicht da. Wenn ich deine bunten Fabeltiere sehe, wird mir bewusst, warum die meisten Menschen die Offenbarung der Propheten nicht begreifen. Sie muss nicht in Form von Büchern – ich meine: in Worten – erfolgen. Vielleicht kommt die Botschaft auch in anderen Formen an?«

Alle hatten fragend die Augen auf Gowand gerichtet, der stumm vor ihnen hermarschierte. Plötzlich sagte er: »Seht euch die Figuren nicht so genau an! Ihr kommt sonst auf seltsame Gedanken. Sie sind meine Schöpfungen und haben nur mit mir zu tun, mit niemandem sonst.« Perwana verstand nicht, was er meinte. Dieser Mann, der sich wie ein Prophet gebärdete, war ihr vom ersten Augenblick an unheimlich. Aber auch Gowand, der so viel über ihre Schönheit gehört hatte, wagte kaum, ihr in die Augen zu schauen. Er ging voran und ließ seinen Blick über die Frauen und Männer schweifen, die vor ihren Hütten saßen oder noch in ihren Lauben lagen, die Köpfe unter den Decken hervorstreckten und die Neuankömmlinge neugierig beäugten.

Nasradin nickte ihnen zu. An einem Ofen blieben sie stehen und beobachteten, wie die Frauen Teig aus Mais, Eicheln und Gerste herstellten und Fladenbrot buken. Am warmen Backofen begann Gowand, die Geschichte seines Abstiegs mit Dilaram zu erzählen. In seiner Stimme hörte Fareydun nicht mehr den vertrauten Klang von früher, wenn er in den Teehäusern oder den Ausflugslokalen rund um die Stadt betrunken fluchte, mit Flaschen um sich warf und tanzte. Vor sich hatte er nun einen Mann mit einer Aura wie ein heiliger Scheich. »Als wir abstiegen, saßen die Sprossen alle locker. Wir hatten Angst, sie könnten unter unseren Füßen herausrutschen, und wir würden in den Abgrund stürzen. Eine Wolke, groß wie wir, sank mit uns bis auf den Boden. Wir konnten nichts sehen außer dieser Wolke, durch die die Schatten unzähliger Blumen, wie Gravuren in Stein, schimmerten. Als Dilaram und ich ankamen, hatten sich erst vereinzelte Paare angesiedelt. Sie waren neu hier. Wir alle waren neu. Seit Jahrzehnten war dieser Wald verlassen. Wir fanden Knochen, offenbar von Liebespaaren, die niemand mehr begraben konnte. In der ersten Woche mussten wir die Skelette beisetzen, erst dann konnten wir mit einem normalen Leben anfangen.«

Wortlos wühlte er mit seinem Stock in den Steinen und Blättern, dann sagte er: »Als ich ankam, fühlte ich mich wie ein Gefangener, schuldig und einsam. Nächtelang starrte ich in den Himmel. Dilaram und ich schrien in unserer Verzweiflung, aber die Bäume schluckten jedes Echo. Ich musste diese Welt Stück für Stück neu erschaffen. Ich musste mir Gedanken machen über Feuer, Jagd, Ackerbau, Vorratshaltung inmitten dieser Natur, die ich nicht verstand und sie mich auch nicht. Ich war gezwungen, zu den Steinen, Bäumen, Vögeln und Gewässern zu sprechen und Antwort von ihnen zu fordern. Wir sahen, dass Politik und Religion mehr und mehr Liebespaare in diese Wildnis trieben. Schließlich spürte ich, dass hier eine eigene, andere Stadt entstehen könnte: schöner, weitläufiger und freier als in der Welt, aus der wir kamen. Jeder sollte die Möglichkeit erhalten, seine eigenen Regeln aufzustellen.« Gowand sprach ruhig und gemessen. Mit seinem Stock deutete er zu den steilen Bergflanken, über die niemand herunterklettern konnte. Dann zeigte er nach Norden, wo raue Berge in den Himmel ragten. Der Weg dorthin war durch hohe Wasserfälle versperrt. Am Ende des Waldes strömten Bäche und Flüsse zusammen und bildeten einen See. Offenbar hatte Gowand alles gründlich erkundet. Er wusste, dass man nur über die Leiter hergelangen konnte. Bis der Tag sich neigte, zeigte er ihnen Bäume, Teiche, Vögel und Felsen und beschrieb ihnen die Wege im Wald. Seine Augen strahlten vor Zufriedenheit und Zuversicht.

Perwana aber konnte ihre Unruhe und Angst nicht abschütteln. Als die Paare einen Kreis um ein Feuer bildeten, beschlich sie das Gefühl, etwas Gefährliches lauere ihnen auf. Sie musterte die Gesichter, und in ihrem Kopf hämmerte die Frage: Ist das hier das Paradies oder die Hölle?

Gowand konnte verzaubern. Jeden Abend erzählte er am Feuer von den Träumen, die er gehabt hatte, von einer Traumwelt, die wahr werden könnte, von seinen Plänen für eine paradiesische Stadt und von den freien Orten der Liebe, die der Entdeckung noch harrten. Perwana aber konnte nichts anderes sehen als ein feuchtes, finsteres Tal. Nichts Glück Verheißendes sah sie, sondern lauter unbekannte, fremde Gesichter. Am befremdlichsten wirkten auf sie die Kinder der Paare, die vor dem Abstieg ins Tal in den Höhlen und auf den Bergen zur Welt gekommen waren. Ihre Körper waren mit dem Schlamm der Teiche beschmiert. Sie schienen dem Wind, den Bäumen, dem Gras, der Natur näher zu sein als den Menschen. Als hätte die Erde sie geboren, dachte Perwana bei sich.

Man brachte die beiden zu einer kleinen Laube. Fareydun schlief friedlich ein, während Perwana kein Auge zutat. Sie hörte fremdartige Geräusche und das Brüllen der Flüsse. Wenn sie ihren Kopf hob, sah sie ein Gewirr von Blättern und Ästen und die Kronen der dämonischen Bäume. Sie beobachtete Leuchtkäfer, die wie kleine fliegende Laternen aussahen, große Heuschrecken, die in rauschenden Schwärmen durch den Wald flogen und deren Flügel feuerrot schimmerten. Sie sah seltsame Wesen, die aus hochwirbelnden Blättern entstanden und wieder zerfielen. Teiche, die wie Kohle glühten und wieder verloschen. Wenn sie die Augen schloss, hatte sie bedrohliche Baumwesen vor sich. Wenn sie die Augen wieder öffnete, zerfielen die Gebilde und verschwanden.

In den folgenden Tagen mischte sie sich unter die Frauen, die im Wald Körbe flochten. Sie folgte Gowand und Fareydun zu einer Werkstatt, wo Männer wie in einem seltsamen Ritual Skulpturen von Paaren schnitzten, die sich sanft umarmten. Hier konnte Fareydun umsetzen, was er in Gowands Werkstatt in der Stadt gelernt hatte. Er verwandelte sich zurück in einen Bildhauer und arbeitete wie im Rausch vor sich hin, singend.

Siyamand der Vogel nahm an den Zusammenkünften mit Gowand nicht teil, sondern beobachtete des Nachts von einem Baum herab mit funkelnden Augen die Kolonie der Liebespaare. Seine Aufgabe bestand darin, Bäume für die Bildhauer zu fällen und vorzubereiten. Als Fareydun ihm, Axt in der Hand, begegnete, ging er freudig auf ihn zu, um seinen Freund aus alten Tagen zu begrüßen. Doch Siyamand machte blitzartig kehrt, kletterte auf einen Baum und versteckte sich im Laub. Alle im Tal waren sich einig, dass Siyamand der stillste und scheueste Mann der Schlucht sei. »Er hält sich für ein Waldwesen und meint, wir hätten ihm seine Heimat geraubt«, erklärte Gowand.

In der Werkstatt lernte Fareydun Aziz kennen, den einzigen Mann mit einer Waffe, der sich für den besten Scharfschützen der Welt hielt. Er begegnete Mahdi Rose, der die Blüten der Wildrosen in einem großen Glas sammelte und daraus Rosenwasser gewann. Dann gab es einen, den sie den Betrübten Glücklichen nannten, dessen Stimmung von einer Minute zur nächsten vom Lachen ins Weinen kippen konnte. Und da waren auch Kilpa, der alle Lieder und Symphonien nachpfeifen konnte, Asaad Namo, der nur Gras aß, Tahir Papagei, der nur Laute nachahmen konnte, weil er zu lange allein in der Wildnis gelebt hatte. Sie alle und viele weitere Männer schnitzten tagaus, tagein jene Statuetten von Liebespaaren, die der blauäugige Bote zusammen mit den handgefertigten Körben hinaufzog. Er trug sie in die Städte, wo er sie verkaufte. Für das Geld erstand er die notwendigsten Dinge und schaffte sie in die Schlucht.

»Sieh, Fareydun, die Liebe verwandelt die Männer in Künstler! Die Figuren gehen hinaus die Welt, gehen in die

Häuser und treten in das Leben einfacher Menschen ein«, sagte Gowand. Fareydun sah sich alles an und wollte glauben, dass er hier nun seine Heimat gefunden hatte. »Von hier aus können wir in die Welt reisen. Von hier aus können wir heimlich davonfliegen«, sagte er zu Gowand.

Ohne zu reagieren, hob der seine Hand, stellte sich in die Mitte der Gruppe, zog seine kurdische Weste aus, flocht seine Haare zu zwei Zöpfen und sprach mit der Autorität eines Propheten: »Lasst uns diesem Holz Seele einhauchen!« Jeder nahm sich einen Holzklotz und begann zu schnitzen. Gowand ging von einem zum anderen, gab Anweisungen. »Schenkt dem Holz eine Seele! Versetzt euch in es hinein, überwindet seine Scheu, verwöhnt es, liebt es!« Sobald die Helfer ihren Teil erledigt hatten, setzte Gowand sein Können ein, um jedem Stück den letzten Schliff zu geben. Die Feinarbeit beim Schnitzen und Polieren erledigte er immer selbst. Wenn die Arbeit an den ineinander verschmolzenen Körpern vollbracht war, musterte er ein letztes Mal die Skulptur und hob sie hoch: »Schaut euch das Wunder an! Ein Meisterwerk!«

Perwana lief die Wege zwischen den Häusern, Lauben und Teichen ab, um die neue Welt zu erkunden. Sie mischte sich unter die Frauen, die sich an den kiesigen Ufern ausstreckten, wenn die Körbe fertig waren. Abends beobachtete sie die Männer, wie sie auf Bäume kletterten, sangen, ins Wasser sprangen und schwammen. Sie sah, wie Aziz der Scharfschütze mit der einzigen Flinte des Tals im Wald Tauben und Spatzen jagte, wie sich Tahir der Papagei auf einem Felsen niederließ und Nachtigallen, Eulen und Spechte nachahmte, wie einige verschwanden, um Blaubeeren und Brombeeren zu suchen, und wie die Mütter, umtanzt von Mücken, ihre Kinder stillten. In einer der Lauben schloss sie Freundschaft mit Maasuma, der sie ihr Herz ausschüttete: »Ich kann daran nicht glauben. Die Liebe währt nicht ewig. Wenn sie eines

Tages verschwunden ist, verwandelt der Wald sich in ein weiteres Gefängnis.«

Sie lernte auch Dilaram kennen, die Gowands Stimme so verzaubert hatte, dass sie glaubte, außerhalb des Waldes nicht mehr leben zu können. Sie machte die Bekanntschaft der strenggläubigen Shahla, die mit einem Koran in der Hand und ihrer Kinderschar im Schlepptau durchs Tal zog, getrieben von ihrem grenzenlosen Glauben, der sich in einen Wahn verwandelt hatte. Als sie zum ersten Mal auf Perwana stieß, verkündigte sie ihr: »Bald wird aus diesem Wald eine Hölle!« Auch Klein Miruari lernte sie kennen, deren einziges Ziel es war, ausreichend Früchte zu trocknen, weil sie Angst vor Schneefällen und den Stürmen des Winters hatte.

Wenn im Wald die Winde rauschten, das Wasser zornig brauste, die Vögel schrien, fühlte sich Perwana bedrückt, verlassen und einsam in dieser Wildnis. Ihr war, als würden die verliebten Frauen im Schatten des Waldes verwelken, als würden sie zu fahlen Gestalten verwandelt, die sich mit jedem Tag zwischen den dunklen Bäumen und schwarzen Felsen mehr auflösten. Eines Tages beobachtete sie Frauen, die sich in einem Teich wuschen, der versteckt hinter einem großen Felsen lag. Ihre Gesichter waren kaum mehr sichtbar. War das ein Albtraum oder Realität? Als sich der dunkle Schleier vor ihren Augen klärte, sah sie, wie die Frauen ihre Kinder aus dem Schlamm zogen, und beruhigte sich ein wenig.

Ein paar Tage später kam sie der Frau näher, die alle Traurige Midiya nannten. Seit ihrer Geburt war sie stumm, nie hatte sie sprechen gelernt. Meist saß sie auf einem großen Felsen, Heft und Stift in der Hand, die Geschichten aufschreibend, die sie täglich in der Schlucht erlebte. »Dies ist der Dschungel der Abgeschiedenheit. Hier stirbt die alles umarmende Liebe«, schrieb sie auf ein Blatt und hielt es Perwana hin, die erstarrte. Ein eisiger Wind hatte sich plötzlich erhoben.

Von einer alten Feuerstelle nahm Perwana ein Stück Kohle und schrieb damit auf einen Felsen: »Ich will weggehen. Weitergehen. Der Mensch soll nie an ein und demselben Ort bleiben.«

Midiya las Perwanas Worte. Sie begriff, dass auch Perwana den Wald hasste. Die beiden erkannten, dass für sie die Suche noch nicht zu Ende war. Von da an schrieb Perwana diese Sätze überallhin. Midiya folgte ihr auf Schritt und Tritt. Beide konnten sich nicht aus dem Kopf schlagen, dass es einen Ort geben müsse, der ganz anders war.

12

In der Stadt wuchs die Unruhe. Die Flut der Frauen und Männer, die ihre Heimat verließen, schwoll weiter an. Auf den Gehsteigen drängten sich die Menschen und verhökerten ihren Hausrat. Familienerbstücke wurden auf dem Markt angepriesen. Tausende standen Schlange vor den Läden der Goldschmiede, um ihren Schmuck abzustoßen. Witwen verkauften ihre einzige Halskette, junge Mädchen bezahlten mit ihrer Jungfräulichkeit, um über die Grenze gebracht zu werden. In der Stadt fand ein riesiger Ausverkauf statt. Auch der Viehmarkt war nur noch ein einziges Feilschen. Ich setzte mich auf den Balkon und beobachtete, wie Betten und Sofas billig die Besitzer wechselten. Ich sah, wie Männer Deckenventilatoren, Fensterscheiben, Armbanduhren und die Unterwäsche ihrer Töchter losschlugen und wie Mädchen ihr Make-up, ihre Spiegel und ihre Schönheit feilboten. Auch Kinder kamen, um ihre Handschuhe und Fellmützen, die sie auf dem Schulweg vor der winterlichen Kälte schützten, zu Geld zu machen. Alle wollten sich der Karawane anschließen, die zu Fuß über Berge, durch die Steppe und weiter übers Meer ins Ungewisse floh.

Ich schaute auf das Treiben hinunter und beschloss, die Stadt niemals zu verlassen und hier zu sterben.

Wenn ich morgens mit dem Haushalt und dem Waschen des verfaulenden Körpers meiner Mutter beschäftigt war, hörte ich mir die kurdischen Nachrichten im Radio an. Sie berichteten immer wieder über das Zusammentreffen geistlicher Gelehrter mit hochrangigen Militärs. Die Politiker beauftragten die Geistlichkeit mit der Wiederbelebung religiöser und humaner Werte, wie das genannt wurde. Die Moscheen waren die neuen Schulen.

Es war also kein Zufall, dass meine Tante wieder in unserem Haus auftauchte, um nach dem Rechten zu sehen und lautstark alle zu verfluchen, die ihre Religion verkauften, um in das Land der Sündigen zu fliehen. Doch da hatte sich meine Familie bereits wortlos, wie die Welt da draußen, geschieden: Meine Brüder wollten auswandern, denn nach Perwanas Flucht konnten sie aus Scham den Kopf nicht mehr heben. Perwana hatte Schande über die Familie gebracht. Mein Vater hingegen kroch Tag für Tag, gemeinsam mit geduckten, gottesfürchtigen Männern, tiefer in die dunklen Löcher der Moscheen, er versank im Meer des Flehens und Betens. Alle paar Tage rief er mich zu sich und sagte: »Wir müssen eine Lösung für dich finden, bevor es zu spät ist.« Ich wusste, dass das nicht seine Worte waren, sondern die seiner Tamburin-Schwester, die ihm täglich im Bazar der Goldschmiede einen Besuch abstattete und ihn warnte: »Du musst über das Schicksal deiner Tochter nachdenken. Sie ist nun über vierzehn, und wenn auch sie mit einem Mann durchbrennt, wie wirst du dann den Leuten jemals wieder ins Gesicht blicken können? Wie willst du dann beim Jüngsten Gericht vor Gott treten?«

Meine mürrischen Brüder wechselten selten ein Wort mit mir. Für sie war ich nichts als ein Hausmädchen. Kannten sie überhaupt meinen Namen? Sie riefen mich immer mit »he, du«. Aus Trotz vertauschte ich manchmal ihre Namen. Aber ich rebellierte nicht. Ich war nicht listig wie Perwana. Sie hatte ihnen alles heimgezahlt. Hatte ihre Wut an ihnen ausgelassen, sie gegeneinander aufgehetzt, ihre Socken versteckt, mit Zigaretten Löcher in ihre Kleidung gesengt und ihre Schlüsselbunde verschwinden lassen – ohne jemals Verdacht auf sich zu lenken. Ich dagegen war immer bemüht, ihren Wutausbrüchen aus dem Weg zu gehen und jeden

Blickkontakt zu vermeiden, denn manchmal sahen sie mich mit einer solchen Gier an, dass ich dachte, sie wollten etwas Anstößiges von mir.

Eines Nachmittags wurde meine Welt erneut auf den Kopf gestellt. Vater kam früher vom Bazar nach Hause und forderte mich sanft auf: »Zieh dich um! Nimm ein langes schwarzes Kleid und binde dein Kopftuch. Wir gehen.« Es war das erste und letzte Mal, dass ich allein mit meinem Vater das Haus verließ. Unser Weg verriet mir, dass er mich wieder zu der Moschee brachte, unter deren Arkaden ich in der Nacht der Suche nach Perwana gezittert hatte. Aber als ich diesmal den Fuß über die Schwelle setzte, kam es mir vor, als hätte ich diese Kuppeln und Minarette noch nie gesehen. Der Hof der Moschee wirkte viel weitläufiger. In der Hitze der untergehenden Sonne, mit Kopftuch und dickem Kleid, glühte und schwitzte ich so sehr, dass ich nicht auf die Blüten achten konnte, die traurig von dem einsamen Baum im Moscheehof hingen. Gleich am Tor nahm ich die lärmenden Tamburin-Frauen wahr, vor denen die kleinen Vögel erschreckt aufflatterten. Die Schatten der Kuppeln fielen auf zwei große Rechtecke, zwei Welten, die einander niemals hätten berühren sollen: unsere Welt und die der Männer. Dort, mitten auf dem Hof, in der Nähe der eisernen Säulen, neben den heiligen Schreinen, in denen unter gewölbten Dächern die Gebeine jener heiligen Männer ruhten, die seit Jahrhunderten, Tag um Tag, die Geschicke unserer Stadt bestimmt hatten – dort lehnte meine Tante und wartete auf mich. Sie schien schon lange gewartet zu haben. Dutzende Frauen umringten sie, ihre Trommeln in Händen. Ich erkannte sie alle wieder. An ihren Blicken war zu erkennen, dass sie von dem Sturm wussten, der das heilige Museum meiner Tante zerstört hatte. In ihren Augen sah ich Hass, Wut und Verdammung. Bei ihnen standen schon Dutzende anderer junger Mädchen. Die meisten von ihnen waren jünger, aber viel größer als ich.

Warum hatten sie uns hier zusammengetrieben? Bedrückt und misstrauisch musterten wir uns. Mein Vater lockerte seinen Griff nicht, bis er mich der Tante übergeben hatte. Ihr Blick lag auf mir wie auf einem gottlosen, sündhaften Wandrelief. Missbilligend musterte sie mein blasses Gesicht, auf dem trotz meiner Angst ein strahlendes Lächeln lag. Die verängstigten Mädchen und die schüchternen Väter nahmen es nicht wahr, ihr aber entging es nicht.

Mein Vater ging hinüber zum Rechteck der Männer. Ich schaffte es gerade noch, ihm einen traurigen Blick hinterherzuschicken, bevor die Menge ihn verschluckte. Bis zu seinem Tode sah ich ihn nur noch einmal wieder; das war an »Perwanas Abend«. Als die Tante mich so sah, befahl sie mir: »Geh weiter! Dreh dich nicht um!« Sie zerrte mich am Arm in die Gruppe der Frauen, hinein in eine neue Welt, die ich in den kommenden Jahren nicht wieder verlassen würde. An manchen Tagen fühlte ich mich als Gefangene, an anderen war ich mit meinem Schicksal einverstanden. Sie zog mich in die Welt der Reumütigen Schwestern. Die Welt jener Mädchen, deren Schicksal es war, die Sünden ihrer Schwestern auf sich zu nehmen und für sie zu büßen. Die sich beugen, das Heilige Buch lesen und beten, um sich von dem Schmutz reinzuwaschen, der ihren Körpern anhaftet.

Mein Vater verschwand im Rechteck der Männer, und ich tauchte in die Menge der Mädchen ein, von denen ein erstickender Geruch ausging. Sie rochen nach ihrem Zuhause, dem Geschirr und den beschmierten Essmatten, mit denen sie ihr Leben zugebracht hatten. Sie rochen noch nach den Töpfen, die sie nach dem Mittagessen unter die Wasserhähne gestellt hatten.

»Sieh sie dir an«, wisperte ein Teufel in meinem Herzen, »sind sie nicht schrecklich?«

Die Tante lief mit den Trommlerinnen, einem Schwarm weißer Bienen gleich, auf und ab. Ich sah, wie manche

Mädchen kicherten und tuschelten. Für sie war das alles ein Spiel, denn sie hatten das Reich dieser Frauen noch nie betreten. Ich hingegen hatte Angst, hob meinen Blick und suchte die Augen meiner Tante, die mich ständig beobachtete. Je länger sie mich musterte, desto düsterer senkte sich der Schatten dieses Abends über mich. Dann war es so weit. Die Frauen fingen an, die Trommeln zu schlagen, und die Vögel stoben von den Kuppeldächern auf. Wir Mädchen saßen auf langen, schmalen Teppichen, senkten die Köpfe und lauschten den endlosen Gebeten, welche die Frauen hinter uns rezitierten. Die Mullahs schritten an uns vorbei. In den Reihen der Religionsgelehrten erkannte ich den Mann, der in der Nacht von Perwanas Flucht die Hand ausgestreckt hatte, um mich aus dem Getümmel zu ziehen. Ich hatte das Gefühl, etwas Schreckliches käme jetzt auf uns zu. Sobald die Trommeln schwiegen, würden diese Männer das Wort ergreifen. Ich nahm den Geruch ihres Schweißes, ihrer Roben und Turbane wahr. Die jüngeren Mädchen warfen einander verstohlene Blicke zu und unterdrückten ein Kichern, sie waren strahlender, offener und lebhafter. Die älteren hielten ihre Köpfe aus Scham und Angst gesenkt.

Ich sah mich um: Zu welcher Gruppe gehörte ich? Der Anblick der Älteren ließ mich erstarren. O Gott, erwachsen zu werden ist ein Übel, dachte ich.

Die Anrufungen Gottes hielten lange an. »Steh uns bei, o du Gott, von allen geliebt! Steh uns bei, Herr über Land und Meer! Steh uns bei, Allwissender unter den Weisen!«

Mir war, als würden manche Mädchen in Trance fallen, als zöge eine magische Kraft sie in diesen Kreis. Die Mullahs ließen unablässig die Perlen der Gebetsketten durch ihre Finger gleiten. Bei ihrem Anblick wurde mein böses Lächeln breiter. Ich konnte es nicht mehr beherrschen, es brach einfach aus mir heraus, während ich alles genau beobachtete. Ich bemerkte, dass mich die Tamburin-Frauen nicht aus den Augen ließen. Auch die Mullahs verfolgten mich, obgleich sie versuchten, es zu verbergen: Ihr Blick ging zum Himmel, zu den Spitzen der Minarette, dann auf die Ameisen vor ihren Füßen, kreiste über die in sich gekehrten Mienen der Menge, doch dann waren sie schon wieder bei mir, plötzlich, als wären sie über einen Stein gestolpert, wurde ihr Blick starr und ruhte auf mir.

Meine Tante ließ mich nicht aus den Augen, sie befürchtete, mein Grinsen könnte in einem Augenblick der Unaufmerksamkeit in ein schallendes Gelächter umschlagen. Dabei war ich dem Weinen näher als dem Lachen.

Die Trommeln schwiegen, die Anrufungen verstummten, die Tauben schwangen sich zurück auf die Kuppeln, die alten Männer erhoben sich mühsam, das Klicken der Perlen der Gebetsketten verebbte, und Tränen, die eher vom Alter herrührten als von Traurigkeit, standen in ihren Augen. Mullah Kausar erhob sich und schritt auf die Kanzel zu. Die Ruhe nach dem Sturm legte sich über uns wie über ein Meer. In dieser Ruhe hob eine Tamburin-Frau ihre Hand und zog ihr Kopftuch zurecht. Plötzlich erhob sich eine Brise. Ein einziges Blatt glitt über die Köpfe der Väter dahin und landete vor mir. Als Mullah Kausar die kleine Kanzel erreicht hatte, wechselte er seine Brille und begann zu sprechen, ohne jedoch ein Papier aus seiner blauen Robe hervorgeholt zu haben. Die Frauen in Weiß standen wie Statuen. Meine Tante starrte auf das Blatt, das ich aufgehoben hatte und mit dem ich nun spielte. Sie hatte Angst vor diesen plötzlichen Brisen. Sie kannte meine satanische Fähigkeit, einen Sturm zu entfesseln, und konterte mit murmelnd rezitierten Koranversen, offensichtlich mit Erfolg. Ich hob das Blatt hoch, zwirbelte den Stängel in meinen Fingern, sichtbar für alle verängstigten Frauen, die sich nun ebenfalls vor jeder kleinen Brise fürchteten. Jedes Lüftchen wurde für mein satanisches Spiel gehalten. Niemand wusste, dass ich damit rein nichts zu tun hatte. Ich war schon immer ein sanftes Mädchen.

Mullah Kausar begann seine Predigt. »Es gibt der Sünden so viele, dass die Städte sie nicht mehr fassen können. Auch nicht die weiten Steppen und grenzenlosen Wüsten. Seht, ihr Männer, Sünden regnen auf unsere Köpfe, Sünden wehen wie die Winde über uns hinweg, Sünden legen sich wie Schnee auf unsere Seelen.« Der Mullah sah in die erstaunten Gesichter in seiner Nähe und fuhr fort: »Zwischen zwei Sündern sitzt ein weiterer Sünder. Zwischen zwei verstorbenen Schuldigen liegt ein weiterer Schuldiger begraben. Das Leben selbst ist zu einer Sünde geworden. Die Luft ist von Teufeln erfüllt. Das Wasser ist voller Frevel; Gottesgaben wurden befleckt, auf unsere Körper warten Wunden, Fäulnis und Verfall. Die Seele wird übermannt von ihren gefräßigen Gelüsten. Der Leib ist nur noch ein Stück Fleisch, das diesem Übel eine Heimstatt schenkt. Darum befehle ich euch, dass ihr es auf euch nehmt, den Himmel zu reinigen, die Erde zu reinigen, nicht aus den verbotenen Wasserquellen zu trinken, die Seele zu heilen, den Körper zu bezähmen und Gottes Namen in unsere Herzen und auf unsere Zungen zurückkehren zu lassen.«

Nun verstand ich, worum es hier ging. Ich begriff: Alle Anwesenden waren Ehemänner, Väter und Brüder von Mädchen und Frauen, die gesündigt hatten, die mit Männern durchgebrannt waren, Unzucht getrieben hatten, ihre Jungfräulichkeit verloren hatten. Ich begriff, dass die um mich herum allesamt Schwestern sündiger Mädchen waren oder Töchter von gefallenen Frauen, die ihren satanischen Gelüsten gefolgt waren und haram und halal nicht mehr unterschieden hatten. Wir bildeten also eine einzige Familie, Angehörige von Mädchen und Frauen, die mit dem Teufel im Bunde waren.

Man hatte uns herausgegriffen, um uns von dieser schmutzigen Welt zu trennen. Mein Herz schrie auf, ich wollte aufstehen und davonrennen. Aber dann hörte ich eine Stimme in mir: »Wo gehst du hin? Du gehörst hierher. Es gibt keinen Ausweg aus dieser Umzingelung.«

Die Nacht brach an, die Öllampen wurden entzündet. Mullah Kausar erhob seine Stimme und rief: »Ihr seid Väter von sündigen Töchtern. Ihr seid Schwestern von Mädchen, die Schuld auf sich geladen haben. Alle habt ihr Flecken auf eurer Ehre, die so groß sind, dass ein einfacher Diener Gottes wie ich nicht davon sprechen kann. Wenn ihr geht, geht ihr in Sünde. Wenn ihr Kinder auf die Welt bringt, dann tragen sie Schuld. Euer Herz mag noch so rein sein, allein, dass ihr da seid, kommt einem Verbrechen gleich. Wenn ihr euch verbergt, schöpfen alle reinen Seelen Verdacht. Wenn ihr vor die Gebetsnische tretet, tragt ihr einen schwarzen Fleck auf der Stirn, und noch wenn ihr der Nische den Rücken kehrt, sind eure Absichten undurchschaubar. Niemand weiß, welche Schandtaten in euren Vor- und Hinterhöfen, in euren Kellern, Fluren und Zimmern und auf euren Dächern geschehen. Es zittern die Knie der Engel und der Teufel bei dem Gedanken an das, was in euren Schlafzimmern und vor den Haustüren passiert sein könnte und so große Sünden verursacht hat, dass Sterne, Meer und Wind vor Angst erbeben.«

Die Mädchen um mich herum senkten die Köpfe wie Vögel mit gebrochenen Flügeln und lauschten. Der Mullah donnerte weiter: »Alles, was bisher geschah, ist gefährlich, gefährlich, gefährlich! Jeder von uns zog eine Tochter auf, ernährte eine Ehefrau, die mit ihren Taten eine Stadt in Schutt und Asche legen und die ganze Schöpfung zerstören könnte. Seid gewahr, dass die Frevler und die Ungläubigen den Weg der Verfehlung einschlagen. Dass sie Schlange stehen, um in die Länder der Schamlosigkeit und der Entgleisungen zu gehen. Merket: Die vorislamische Barbarei kehrt zurück. Seht nur: Sie blüht wieder auf und dringt ein in unsere Häuser.

Der Mensch kehrt zurück in die Zeit, da er den Namen Gottes nicht kannte, da seine Zunge den Namen des Herrn nicht bilden konnte, da Gottes Funke noch nicht in sein Herz gedrungen war. Wir kehren in die Jahrhunderte zurück, in denen der heilige Duft der Propheten noch nicht die Gärten der Menschen durchzog. Weh mir, weh mir! Die wahren Sünder seid ihr! Ihr müsst zuerst Buße tun, denn euren Höfen und Häusern entsprang diese Barbarei.«

Bei diesen Worten weinten die Väter. Ringsum wurde geseufzt und nach Luft geschnappt. Die Mädchen neben mir zitterten am ganzen Körper. Sie kämpften gegen den Druck des Kummers in ihren Kehlen. In mein Lächeln mischten sich Angst und Scham. Aber ich weinte nicht.

In diesem Moment flüsterte mir ein kleines Mädchen ins Ohr: »Khandan, weine! Es ist besser, wenn du weinst.«

»Ich will aber nicht«, antwortete ich leise.

»Sei nicht so dickköpfig! Niemand weiß, was auf uns zukommt. Wenn du heute schon anfängst, stur zu sein, so ist das nicht gut, glaub mir.«

Das Mädchen war Fatana, mit der gemeinsam ich eine lange Wegstrecke zurücklegen sollte. Sie war die Geschichtenerzählerin, die mit mir um das Recht, diese Geschichte zu erzählen, streiten würde. Wenn sie eines Tages kommt und ihre Geschichte erzählt, dann wisst, dass es sich um die Geschichte eines Mädchens handelt, das wie ich in den Strudel dieser Zeit geriet. Hätte sie nicht in diesem Land gelebt, und wäre sie nicht in diese Finsternis mit hineingezogen worden, hätte sie ihre Fantasien ausleben können, ohne dafür bestraft zu werden.

In dieser Nacht sprach sie nicht mehr mit mir, sie weinte bitterlich. Sie schluchzte lauter als die anderen, aber ich wusste, dass sie uns etwas vorspielte. Später sagte sie mir grinsend, dass keine Macht der Welt sie gegen ihren Willen zum Weinen bringen könne.

Mullah Kausar stellte die Väter vor die Wahl: Entweder würden sie als verdammte Sünder sterben oder der Schwere ihrer Verfehlungen entsprechend Buße tun. »Opfert Gott eure Töchter! Ja, opfert sie, opfert sie, opfert sie«, brüllte der Mullah. Er schrie so laut, dass die Bäume ihre Blätter abwarfen, dass die Kuppeln und Minarette wankten, dass die Fische in dem großen Becken hinter uns ihre Schuppen verloren, dass es Federn aufgescheuchter Tauben auf uns regnete. Er drehte und wendete seine Wörter und wiederholte sie so oft, dass ihm die Kehle austrocknete. Er beugte sich über die Kanzel und stierte uns wütend an. Er reckte sich wieder, räusperte sich und legte erneut los: »Ja, opfert sie Gott! Wenn ihr euch von dieser Last und Schuld befreien wollt, so müsst ihr diese schwachen weiblichen Wesen, in deren Körpern das gleiche Blut wie in ihren sündigen Müttern und Schwestern fließt, aus dem schmutzigen Sumpf der Welt ziehen. Holt sie aus diesem Morast, dieser Quelle aller Begierden. Rettet sie, befreit sie!« Seine Stimme übertönte sogar die Lautsprecher.

»Die Welt verheißt Lust. Die heutige Erziehung verheißt Lust. Jedes menschliche Lieben, jede Nicht-Besinnung auf Gott bedeutet Lust. Es gibt nur einen Weg der Errettung. Nur dieser Weg wird die armen Sünderinnen reinigen und sie vom Ruch der Schamlosigkeit erlösen.«

Mullah Kausars Predigen schwankte zwischen Ruhe und Raserei. Er nahm sein Taschentuch und wischte sich Nacken und Stirn.

»Nein, ich bin nicht gekommen, um zu predigen. Ich bin gekommen, um die schuldbeladenen Seelen zu retten, und heute ist der Abend der Errettung. Wir sitzen unter den reinen Kuppeln Gottes, um an den Seelen der Mädchen zu arbeiten und sie von ihren Sünden und Fehltritten reinzuwaschen. Damit wir aus ihnen keusche Menschen machen. Damit sie nicht den Weg ihrer unzüchtigen Schwestern und Mütter beschreiten. Damit ihre kleinen Körper und ihre

Jungfräulichkeit kein Übel befällt. Ich bin gekommen, um im Schatten der heiligen Minarette die Gründung einer Schule für eure Töchter zu verkünden. Für diese Mädchen hier, die im Schoß unzüchtiger Mütter und neben wollüstigen Schwestern aufgewachsen sind. Ich bin gekommen, um euch den Orden der Reumütigen Schwestern vorzustellen, einen Verband für Frauen, die mit dem Satan gelebt haben und deren Seelen von ihm vergiftet wurden. Satan spielte auf den Saiten ihrer Herzen und Körper.«

Schluchzend standen die Väter auf und beugten sich über seine Hände. Auch die Mädchen erhoben sich und beugten sich über den Saum seiner Robe. Er aber schrie:

»Eure Rettung liegt nicht in meiner Hand. Ich habe keine Macht. Die großen Sünden, die ihr begangen habt, können durch das Mitleid eines kleinen Gottesdieners nicht ungeschehen gemacht werden. Ich kann euch nur Wege aufzeigen. Ich kann euch nur einen Ort zur Verfügung stellen, wo die Seelen mit Gott Zwiesprache halten können. Eure Errettung liegt also in euren eigenen Händen.«

Mit diesem Abend begann für mich ein neues Leben. Ich wurde zu einer der Reumütigen Schwestern, die für ihre Frömmigkeit bald landesweit bekannt wurden. Ich war Teil dieser Institution, zu der Jahr für Jahr angeblich schlechte, unartige, unzüchtige Mädchen gebracht wurden, um aus ihnen gläubige, reine Menschen zu machen. Manche kamen freiwillig, andere wurden von ihren Brüdern und Vätern gezwungen. Ich, Klein Khandan, lebte viele Jahre in der finsteren Abgeschiedenheit dieser Schule, denn als mein Vater und meine Mutter gestorben und meine Brüder ins Ausland ausgewandert waren, gab es keinen anderen Ort, der mich aufgenommen hätte. Hinter verschlossenen Toren und hohen Mauern verbrachte ich meine gesamte Jugendzeit. Mich einzugewöhnen, war nicht einfach. In den Nächten dort lernte ich die Wahrheit über mich kennen. Dort lernte ich, alle meine Wünsche zu töten. Dort wurde mir beigebracht, in Einsamkeit und Stille zu leben. Dort wurde mir klargemacht, dass ich keine eigene Welt hätte, nicht für mich lebte. Im Reich der Schwestern begriff ich, dass es mein Schicksal war, zur Erzählerin einer Zeit der Katastrophen zu werden, in der ich nur ein winziger Schatten, eine zu vernachlässigende Größe war. Ich, Klein Khandan, lebte niemals mittendrin. Als ich mit Fatana und Maasuma die Schule verließ, besaß ich den Körper einer erwachsenen Frau, aber meine Fantasie war die eines Kindes.

Wenn ich heute diese Geschichte niederschreibe, will ich damit nichts anderes als die zerrissenen Geschehnisse zusammenfügen, die mich betrafen, die ich aber nicht bemerkte, deren Bedeutung ich nicht verstand. Ich, Klein Khandan, suche noch heute in meinem Leben nach Perwanas Schatten. Bis zum Ende unserer Geschichte werde ich von mir und meiner Schwester berichten, von der ich durch das Schwert der Liebe und der Religion getrennt wurde. Ich, Klein Khandan, hatte mir nie vorgestellt, dass ich zu einer Geschichtenerzählerin in einem leeren Haus werden würde, wo es nichts gab außer den Schatten vergangener Tage und wohin die, die dort gelebt hatten, nie mehr zurückkehren würden.

13

Die Zeit, in der die Paare ihre Lauben und Hütten errichteten, wird auch die Zeit der Flucht genannt. Das Land stand vor dem Zerfall, denn der Staat hatte sich in einen selbstmörderischen Krieg mit den Nachbarländern verwickeln lassen. Tausende Soldaten desertierten und flohen in die Berge. Der Krieg verwüstete unzählige Dörfer, die von ihren Bewohnern aus Angst aufgegeben worden waren. Peschmerga richteten ihre Basislager in Höhlen und auf Bergen ein. Auch die Nomaden zogen in den Norden, und einige Aghas, Stammesoberhäupter und Scheichs erhoben sich gegen den Staat und wichen ebenfalls ins Gebirge aus. Alle Geflohenen suchten Unterschlupf in der Wildnis. Dieser Teil des Landes war schon immer Rebellengebiet. Selbst der Teufel hätte sich mit einer großen Armee in den unzähligen Tälern und Schluchten verstecken können.

Nasradin, den man in der Stadt als bescheidenen Fotografen und fürsorglichen Freund der Verliebten kannte, wurde beschuldigt, den Boten zwischen den Frauen in der Stadt und den Rebellen in den Bergen zu machen. Daraufhin floh er. Als dann die Angriffe auf die Verliebten begannen, verließ er sein Versteck bei den Peschmerga und machte sich unter Todesgefahr auf die Suche nach einem Ort für die Verfolgten. Seine Wege führten ihn durch das ganze Land, das ein einziges Gräberfeld war. Da waren die Leichen der Soldaten und Peschmerga, die nach den Gefechten auf den Äckern, in Obsthainen und auf den Straßen liegen geblieben waren. Da waren die Grabstätten der Mädchen und Frauen, die durch die Dolche ihrer Brüder, Väter und Ehemänner oder durch die Schwerter religiöser Fanatiker und blutrünstiger Stämme ums Leben gekommen waren. Region für Region, besuchte er die Aghas in ihren Empfangsräumen, erkundete die Meinungen von Machthabern und Intellektuellen der verschiedenen Parteien. Aber er konnte nirgends Offenheit finden. Auch seine Kameraden unter den Peschmerga sprach er darauf an, aber alle waren der Meinung, dass die Prinzipien des Kampfes keine Rücksicht auf Liebesprobleme erlaubten.

Wenn Nasradin sich heute in seinem kleinen Studio über Fotos und Negative beugt, die auf dem Schreibtisch liegen, spricht er immer wieder reuevoll über sein Versäumnis: »Ich habe zu spät an die Rettung der Liebenden gedacht, viel zu spät.« Manchmal wird er auch wütend, aber immer klingt Verbitterung an. »Es war nicht nur meine Aufgabe, diese Menschen zu retten, sondern die Aufgabe von allen.« Wenn seine Wut verflogen ist, lacht er schallend über seine Pläne: »Das waren lauter Luftschlösser. Wir sind damit gescheitert. Eine Illusion kann noch so verlockend sein – und in der Wirklichkeit dennoch scheitern.«

Heute ist Nasradin mehr mit verbotenen Verhältnissen zu berüchtigten, verwöhnten Frauen beschäftigt als mit der Vision allumfassender Liebe. »Du sprichst ständig von Perwana. Ist dir bewusst, wie die Zeiten damals waren? Du hast ja keine Ahnung von alldem. In einem Meer des Hasses darf man nicht schwach sein!«, fuhr er mich eines Tages aufgebracht an. Er glaubte, ich würde hier über seine Unzulänglichkeiten schreiben. Stundenlang erzählte er mir in seinem Studio vom Hass jener Tage, den er auf seinen Wanderungen erlebt hatte. »Damals konnten sich die unterschiedlichen Glaubensrichtungen nicht einigen, zwischen den verschiedenen Ethnien schwelte der Hass, die Mehrheiten rotteten die Minderheiten aus, die Parteien kämpften pausenlos gegeneinander, jeder Stamm befand sich wegen einer Blutrache im Krieg gegen einen anderen Stamm, die Nachbarn lagen sich in den

Haaren, und man war bereit, den eigenen Bruder aufgrund von Meinungsverschiedenheiten mit Kugeln zu durchsieben. Die Zustände waren unbeschreiblich.« Er gestikulierte verzweifelt. Die Erinnerungen quälten ihn, die Worte sprudelten nur so aus ihm heraus, als wollte er die Geschichten ein für alle Mal hinter sich bringen – was ihm aber nicht gelang.

»Die Menschen, die dagegen sind, dass eine Religion friedlich neben einer anderen besteht, eine Nation neben einer anderen in Freiheit existiert und junge Leute in Freiheit miteinander leben, sind alle dasselbe Stück Scheiße. Doch solche Scheißtypen regierten schon immer dieses Land. Schwingen sich auf den Thron und bleiben drauf kleben. Legen sich einen Umhang um die Schultern und werden zu Imamen. Heften sich Sterne auf die Schulter und werden zu Offizieren. Setzen Brillen auf und werden zu Professoren, tragen Kopftücher und werden zu heiligen Schwestern, ziehen Anzüge an und werden zu Politikern, entblößen ihre Ärsche und werden zu Huren, aber sie alle sind dasselbe Stück Scheiße.«

»Nasradin, wir sitzen auf den Ruinen unseres eigenen Lebens. Wir können doch nicht einfach die Augen verschließen. Wir müssen darüber reden!«

Er legte niedergeschlagen den Kopf auf den Schreibtisch und antwortete: »Das Problem ist, dass ich nachts nicht ruhig schlafen kann.« Ich wusste, dass er die Erinnerungen ausradieren und nur noch in den fröhlichen Bildern leben wollte, die er von den jungen Frauen bei Feierlichkeiten und Hochzeiten schoss. Alles andere wollte er verdrängen. Wenn das schüchterne Lächeln auf seinem Gesicht erlosch, wusste ich, dass ihm nicht danach war, sich an die traurige Zeit zu erinnern. Aber wenn es zurückkehrte, nützte ich das aus und versuchte, ihm die Geschichten zu entlocken. Dann saßen wir zusammen, gingen die Vergangenheit Szene um Szene durch, schrieben die Namen der Beteiligten auf kleine Tafeln und rekonstruierten ihr Schicksal. »Von Anfang an waren die

Liebespaare zu unterschiedlich. Es gab verwöhnte Söhne und Töchter aus großen Städten, und andere kamen aus dem Gebirge. Sie waren aus unterschiedlichen Gründen geflohen. Einige wollten nicht von der Hand religiöser Extremisten sterben. Andere waren vor den Massakern, vor den Messern der Schlächter geflohen. Manche waren von ihren Verwandten mit glühender Kohle gezeichnet oder durch Säure verätzt worden. Wer aus den Dörfern kam, war meist vor der Blutrache der eigenen Sippe geflohen. Viele fühlten sich von den Dolchen ihrer Cousins, Brüder oder Väter bedroht«, berichtete Nasradin.

In jener Zeit sammelte er all jene Geschichten unerfüllter Liebe, die im Volk kursierten. Er suchte die Gräber von Liebespaaren, die Stätten, an denen Verliebte hingerichtet worden waren, auf. Verliebte ohne Aussicht und Zuflucht fanden bei ihm Rat und Unterstützung. Ihre Tragödien und Schicksalsschläge trug er, so wird erzählt, in einem großen Buch von tausend Seiten zusammen. Noch viele Jahre später fahndeten Politiker, Aghas, Stammesoberhäupter und Geistliche im ganzen Land nach diesem »Lexikon der Entehrung und der Schande«, wie sie es nannten. Die Liebenden und die gebildeten Städter aber sprachen von dieser verschollenen Sammlung als »Die Schatztruhe der Verliebten«. Für sie war es »Das heilige Buch der Liebe«. Es versammelte alle Liebesgeschichten Kurdistans seit den Zeiten des Fürstentums der Baban, von »Farhad und Shirin« und dem kurdischen Poeten Wali Dewane bis in die unmittelbare Gegenwart.

»Perwanas Abend« war darin die letzte Geschichte. Danach ließ er sich, enttäuscht von der Welt, mit seinem kleinen Bündel auf der staatlichen Polizeiwache einer fernen Kleinstadt als Soldat anwerben. Während des Golfkriegs befand er sich in der Wüste und in den südlichen Sümpfen, wo er an der Front den Tod suchte. Dann schloss er sich den Peschmerga an.

Noch heute wird nach diesem »Buch der Liebe« gefahndet.

Doch Nasradin will davon nichts mehr hören. »Es verbrannte nach iranischem Beschuss in einem Schützengraben in der Nähe der Stadt Dezful«, sagt er. Aber keiner nimmt ihm das ab. Ausnahmslos alle sind der Meinung, er bewahre es in einem sicheren Versteck auf. Wir alle glauben, er hätte es aus Angst vor den Drohungen der Aghas und Machthaber vergraben. Aber eines Tages würde er es bestimmt hervorholen.

Dazu schüttelt er nur den Kopf. »Das Thema Liebe ist für mich erledigt. Auch Liebe hat ihre guten und schlechten Zeiten«, sagt er. Er, der einst Freund aller Poeten, Maler und Musiker war, interessiert sich heute nur noch für Glücksspiel und Fußball. Er macht es sich einfach auf dieser Welt. Und doch, so merke ich, kommt er in Fahrt, wenn es um sein früheres Leben geht – wie er selbst bestätigt: »Das waren meine goldenen Tage. Weißt du, jeder Mensch hat eine schlechte und eine gute Seite. Das alles ist vorbei, aber damals lebte ich meine gute Seite.«

Er wollte um jeden Preis die Liebespaare glücklich vereinigen. Er begriff nicht, dass Liebe auch sterben kann und Menschen ihretwegen mit sich selbst in Konflikt geraten. Wenn wir gemeinsam die ganze Geschichte durchgehen, ist er skeptisch. »Du wirst das Geheimnis, warum das alles geschah, nicht ans Licht bringen.«

»Mein lieber Nasradin, mir geht es nicht um einen tieferen Sinn. Ich will nur Bilder aus dieser Zeit zusammenfügen, um mich selbst und Perwanas Tod zu verstehen. Diese Geschichte soll die Erinnerung wachhalten. Genau wie die Fotos, die du an die Wände deines Studios hängst«, erkläre ich ihm.

Mit dem kritischen Blick eines Fotografen, der sich niemals mit einem unscharfen Bild zufriedengibt, erwidert er: »Die Bilder leben nur in unserer Vorstellung. Sie entspringen meiner und deiner Fantasie. Die Welt ist eine Fata Morgana.

Versteh doch, die Wahrheit ist zart, und wenn sie zu Staub und Nebel zerfallen ist, kann nie mehr wiederhergestellt werden, wie sie einmal war.« Aber er wusste, dass er mich nicht dazu bringen würde, diese Geschichte aufzugeben. Atemlos, wie eine Besessene, verfolgte ich Perwanas Schicksal.

Die Geschichten über das Leben in der Schlucht zogen mich unwiderstehlich an. Dieser Zufluchtsort war dahin und verblichen. Für mich hingegen war das etwas, das man immer wieder, nach jeder Niederlage und jeder Zerstörung, versuchen konnte, neu zu errichten. Wenn ich an Perwana dachte, musste ich an die Welt denken, die sie umgab. Ich konnte die Frauen, die ins Land der Liebe hinabgestiegen waren, nicht ausblenden. Oft schloss ich meine Augen und wollte mir den Wald vorstellen. Ich dachte bei mir: Khandan, hör nicht nur auf die abschreckenden Stimmen. Khandan, hör auf, Perwanas Angst zu folgen. Vergleiche die Schule der Reumütigen Schwestern mit diesem Wald voll bunter Vögel. Wie prachtvoll und friedlich muss das Land der Liebe gewesen sein! Manchmal sehne ich mich danach, jeden der Liebenden kennenzulernen und ihre Geschichten niederzuschreiben, um den Weg, auf dem sie sich damals befanden, mit ihnen zu beschreiten.

Die Laube der gottesfürchtigen Shahla war ein paar Meter von Perwanas Hütte entfernt. Wenn morgens die kühle Brise vom Wald her Perwana aufweckte, hörte sie als Erstes Shahlas Stimme. Schon in der Dämmerung saß sie auf einem Felsbrocken am Teich und betete zu Gott. Nachts, mitten im Gebüsch, am Fuß der Felswände, rezitierte sie im Schein einer Laterne Koranverse. Immer wieder sprang sie ins Wasser auf der Suche nach der verlorenen Reinheit. Die kurdische Tracht mit den langen Ärmeln hing ihr, von einem lockeren Stoffgürtel gehalten, am Leib, und so ging sie wie eine Irre, ein Exemplar des Korans in der Hand, im Wald auf und ab.

Lärmend, ohne erkennbaren Grund zerrte sie ihre Kinder in der Stille des Waldes über den sandigen und steinigen Boden. In manchen Nächten kochte sie vor Zorn, während sie in anderen ruhig und entspannt wirkte, aber ihre blassen Kinder quälte sie unablässig, gnadenlos.

Es wird erzählt, Shahla habe in Angst und Reue gelebt. Anscheinend war sie die Einzige, die ihre Tage in Furcht und geplagt von Gewissensbissen zubrachte. Sie hatte eine streng religiöse Erziehung genossen in einem Städtchen im fernen Osten, wo eine scharfe Grenze die Welt in haram und halal teilte. Sie war die Tochter eines Scheichs und hatte mit Aziz dem Scharfschützen das Weite gesucht. Ihr Vater war wohlhabend, seine Ländereien waren so ausgedehnt wie die der alten kurdischen Emire.

Ich stelle mir nun Shahla vor, wie sie ihre Tage und Nächte auf dem Landsitz ihres Vaters verbrachte, wo dieser, gemeinsam mit Gott, die Regeln und die Gesetze schrieb, die für das Leben verbindlich waren. In den Rosengärten ihres Vaters, in den Empfangs- und Gästeräumen, deren Böden mit feinsten Kashan- und Täbriz-Teppichen bedeckt waren, unter all den Truhen voller Goldmünzen, mit denen seine Töchter von großen Scheichs bedacht wurden, mit den gefächerten goldenen Halsketten, den perlengeschmückten Goldgürteln und den mit Goldlira verzierten Miedern – versunken im Reichtum des Vaters lebte Shahla, erhielt Unterricht und wurde auf das Leben einer erwachsenen Frau vorbereitet. Jede Woche kam ein blinder Mullah, um sie in Lesen, Schreiben und den Lehren des Korans zu unterweisen. Nach seinen Worten waren Gottes Gesetze noch strenger als die Regeln auf dem Landsitz des Vaters.

Nur in den Gärten fühlte Shahla sich frei. Hier durfte sie gemeinsam mit ihren fröhlichen Cousinen die Flügel ausbreiten. Ihr Vater brachte von draußen die prachtvollsten und teuersten Geschenke nach Hause, verlangte aber, seine

Tochter dürfe nicht an die Welt außerhalb denken. So wuchs dieses Mädchen zur Frau heran. Jeder Schritt, von der Wiege bis zum Grab, war festgelegt. Shahla lernte, ihre Pflichten Gott gegenüber zu erfüllen. Der Mullah, der als einziger fremder Mann das Schloss betreten und sich in der Nähe der Tochter des Scheichs aufhalten durfte, erteilte ihr außer der Glaubenslehre auch Unterricht in den poetischen Werken des Mystikers Saadi Shirazi.

Abgesehen von der tiefen Stimme des Mullahs und der ihres Vaters, waren im Haus auch die lauten Stimmen aus dem großen Radioapparat zu hören, der im Empfangssaal von morgens bis in die Nacht hinein lief. Sie berichteten, dass außer dem Koran und den Büchern von Saadi Shirazi noch andere Bücher und Geschichten auf der Welt existierten. Die kurdischen Sender sendeten bis zur Schlafenszeit, danach, bis spät in die Nacht, waren die Lieder großer persischer Sänger zu hören. Ihre Gesänge drückten eine atemberaubende Liebessehnsucht aus, so kam Shahla zum ersten Mal mit der Erfahrung von Liebe in Berührung, mit einer Welt, die so ganz anders war als jene, die der blinde Mullah ihr vermitteln wollte. Die Klagegesänge flüsterten ihr zu, dass es etwas gab, das weit mächtiger war als ihr Vater. War das eine Art Krankheit, genannt Liebe, unter der unzählige Musiker und Sänger litten und deren Ursprung und wahre Ursache man noch nicht entdeckt hatte?

Da Shahlas Vater sie nicht mit den Besuchern des Guts in Berührung kommen ließ, hatte sie kaum ein Bild von Männern. Es gab nur ihren blinden Lehrer, der streng roch und falsch intonierte. Selten kreuzten andere Männer ihren Weg, und nur gelegentlich bekam sie die zu sehen, die den Obstgarten ihres Vaters bewachten.

Eines Tages nahm Shahla ihren Mut zusammen und stellte dem Mullah eine Frage: »Und was sagt Gott über die Liebe?« Der Mullah erkannte, dass dieses plötzliche Interesse auf das

Heranreifen der Tochter des Scheichs hindeutete. Er erklärte ihr, im Koran stehe über die Liebe zwischen Mann und Frau nichts geschrieben, der Koran befasse sich nur mit den Sitten des Ehelebens. Die Liebe richte sich allein auf Gott oder auf den Nächsten. Ein Muslim müsse sich Josef, den Sohn Jakobs, zum Vorbild nehmen, der sich weigerte, die Liebe von Potiphars Ehefrau Suleika und deren Nachbarinnen zu erwidern. »Meine Herrin, lieber gehe ich ins Gefängnis, als Eure Aufforderung zu erfüllen.« Sollte etwas wie Liebe im Herzen eines Menschen aufkeimen, müsse diese rasch in eine Ehe überführt werden, damit man sich nicht mit Sünde und Unzucht verunreinige.

Während der Mullah zwei Mal wöchentlich inmitten gackernder Steinhühner und unter unzähligen zwitschernden Spatzen, die auf den Bäumen saßen, über die göttlichen Strafen sprach, versank Shahla allmählich in einer großen Ungewissheit. Ohne sich ihrem blinden Lehrer zu offenbaren, wuchs in ihr die Beunruhigung: Was könnte Sünde sein? Wie wird Sünde wohl schmecken? Welches Gefühl hinterlässt Sünde? Diese Fragen erfüllten das Herz der jungen Shahla und bereiteten ihr schlaflose Nächte.

Als Aziz in ihrem Leben auftauchte, befand sie sich mitten in dieser Verwirrung.

Aziz, der sich auch »der verlorene Jäger« nannte, stammte aus einem Dorf im Osten Kurdistans und hatte Vögel und andere Tiere gejagt, bis er eines Tages auf die Gärten und die Äcker des großen Scheichs stieß, wo er sich während der Vogeljagd in Shahla verliebte. Shahla hatte die Angewohnheit, abends mit einem Koran auf der Terrasse des zweistöckigen Hauses ihres Vaters zu sitzen und sich zwischen einem Koranvers und dem nächsten ein Lied anzuhören. Vom ersten Moment an blickte Shahla mit brennender Leidenschaft und tiefer Gottesfurcht auf diesen Jäger, der in seinem Leben noch nie eine Beute verfehlt hatte.

Im Gegensatz zu Shahla, die die Ländereien ihres Vaters nie verlassen hatte, hielt es Aziz nie lange an einem Ort. Immer seiner Beute nachjagend, durchquerte er das Land von einem Ende bis zum anderen. Die Obstplantage von Shahlas Vater beeindruckte ihn wegen der vielen Vogelarten, die hier eine Heimat gefunden hatten und friedlich brüteten. Der Scheich hatte ein Jagdverbot für das gesamte Territorium erlassen. Jeder Vogel, der sich dort niederlasse oder gar brüte, gehöre ihm. So war es nicht verwunderlich, dass Aziz gleich nach dem ersten Schuss von den Männern des Scheichs gefangen genommen und zu dem großen Landhaus gebracht wurde. Aziz verbeugte sich vor dem Scheich und sagte, er habe von dem Verbot nicht gewusst und werde die Gegend unverzüglich verlassen, wenn der Scheich Größe zeige und ihm verzeihe. Der Scheich schien an der Aufrichtigkeit dieser Worte nicht zu zweifeln. Er verlangte von ihm, die Waffe auf seinem Land nie wieder auf Vögel zu richten, denn er sei der alleinige Besitzer dieser Geschöpfe, und sie zu töten, sei Frevel und Diebstahl.

Dass der Scheich all diese Tiere und Vögel als sein Eigentum reklamierte, empfand Aziz, der in der Natur aufgewachsen war, als Anmaßung, als eine Art Krankheit. Er fand, es sei sein gutes Recht zu jagen, wo immer ihm Beute vor den Lauf käme. Aber er war schlau genug, sich mit dem gestrengen Mann nicht anzulegen. Ohne ihm zu widersprechen, senkte er den Kopf und verließ das Haus. Für sich aber entschied er, das fliegende Eigentum des Scheichs statt mit der Flinte auf andere Weise zu jagen. Gott hat die wilden Vögel niemandem zu eigen gegeben, dachte er.

Von da an wurde das Jagen in den verbotenen Gärten zu seiner Leidenschaft. Tagsüber hielt er ordentlich Abstand, nachts legte er Vogelfallen aus. Eines Nachts trieb ihn seine Kühnheit bis in den Vorhof des Landhauses, wo er auf Shahla traf, die auf dem Balkon stand. Sofort war ihm klar: Dieses

Mädchen war der schönste und wertvollste Vogel im Garten des Scheichs. Wollte er wirklich seine Jagdkünste unter Beweis stellen, so musste er dieses Mädchen erbeuten. Also ermannte er sich, rief Shahla an und stellte sich vor.

Aziz war der erste fremde Mann, mit dem Shahla sich unterhielt. Sie sah sofort, dass diesen Jäger die Sünde umgab. Und da der Sünde die gleiche Magie innewohnt wie dem Glauben und der Gottesfurcht, erlag Shahla seinem Zauber. Wie sollte sie wissen, was Gott ist, wenn sie nicht wissen durfte, was Sünde bedeutet? Aus dem heimlichen Geflüster im Hof wurden bald gemeinsame nächtliche Spaziergänge. Shahla war so sehr damit beschäftigt, in Erfahrung zu bringen, was Sünde ist, dass sie kaum an die Liebe dachte. Aziz aber schwirrte der Gedanke im Kopf herum, diesen Vogel zu erbeuten und heimzubringen. Ein wahrer Jäger verkauft seine wertvollste Beute nicht auf dem Bazar. Er bringt sie nach Hause und bewahrt sie dort bis in alle Ewigkeit auf …

Bei einem ihrer Spaziergänge gab Aziz Shahla unter einem Granatapfelbaum sein Wort: »Ich schwöre bei diesen Granatäpfeln, dass Gott nichts gegen die Liebe hat und auch nichts gegen die Frauen, die mit einem Mann durchbrennen.« Der Schwur erweichte das Mädchen, sodass es beschloss, diesem Jäger, der Berg und Steppe wie seine Hosentasche kannte, zu folgen. In ihrer schimmernden kurdischen Robe, einen Koran in der Hand, folgte sie Aziz dem Scharfschützen.

Das Paar musste sich vor den Bewaffneten hüten, die der Scheich ihnen hinterhergeschickt hatte, um Aziz zu töten und seine Tochter zurückzubringen. Sie lebten in Verstecken und Höhlen. Shahla brachte zwei missgebildete Kinder zur Welt, eines mit schielenden Augen und das andere mit buckligem Rücken. Je häufiger Aziz sie wegen der Jagd verließ, desto stärker wurde ihre Überzeugung, gesündigt zu haben. War dies nicht die Strafe Gottes für ihre große Sünde? Sie las unablässig im Heiligen Buch und flehte Gott um Reinheit an. Aziz, dessen Lust aufs Jagen immer schon größer war als die auf Frauen, nahm Abstand von ihr, als sie davon sprach, ihre Kinder zu erdrosseln, ihn zu töten und zu ihrem Vater zurückzukehren.

Auch im Land der Liebenden gelang es Shahla nicht, ihre Furcht abzuschütteln. Nicht vor dem Gott im Himmel, sondern vor dem, den der Vater und der Mullah ihr eingepflanzt hatten. Je freier die Liebenden um sie herum sich benahmen, desto größer wurden Zweifel, Hass und Wut.

An manchen Abenden beobachtete Perwana, wie Shahla unter einem Baum saß, wie sie ihre zwei Kinder neben sich setzte und mit erhobenen Händen Gott anflehte: »Herr, mögen die Liebespaare bis zu ihrem Tod keinen Frieden finden! Ich weiß, dass die Liebe ein Werk des Teufels ist. Aber sag du mir, was soll ich mit meinem schielenden Kind und dem buckligen machen? Wo soll ich sie verstecken? In welcher Erde soll ich sie begraben?«

Wenn Aziz abends vom Jagen zurückkehrte, sah er mit seinen bärtigen Wangen, dem gegerbten Gesicht und dem kleinen Turban auf dem Kopf wie ein Schmuggler aus, nicht wie ein Verliebter. Er hängte sein Gewehr ins Dach der Laube, legte eine Taube oder ein schwarzes Wildhuhn in einen Korb und machte sich mit entspanntem Lächeln auf den Weg zum Bach. Immer wenn Shahlas Klagen und Gezeter ertönten, hörte man sein lautes Lachen: »Wenn du von diesem Vogel isst, wirst du von den bösen Gedanken befreit. Vogelfleisch ist das beste Heilmittel gegen Fieberwahn, Nervosität und Epilepsie. Ja, ich weiß solche Dinge. Meine Großmutter war eine Heilerin.«

Shahla erwiderte: »Das Fleisch der Vögel ist unrein, wenn sie von einem Gotteslästerer, Verführer und Lügner, wie du einer bist, geschossen worden sind.«

Perwana hörte die beiden reden, aber konnte sich keinen Reim darauf machen. Sobald sie sich nähern wollte, wurde sie von Shahla verscheucht: »Geh weg! Reinige dich, bevor du ein Kind in die Welt setzt und dich bindest. Geh und tu Buße!«

Perwana hatte nicht vor, längere Zeit im Tal zu verbringen. Sie mahnte Fareydun: »Wir müssen weiterreisen. An einem Ort zu bleiben, tötet Seele und Liebe.« Aber nach Rezas Absturz und der Hinrichtung seiner zwei Sängerfreunde sprach Fareydun nicht mehr über die Städte seiner Fantasie. Seine Vorstellung vom Auswandern war seltsam geworden. Er wollte eine Reise antreten, bei der ihn weder künstliche Grenzen noch natürliche Hindernisse noch zeitliche Hürden aufhalten sollten. Er legte sich auf die hölzerne Pritsche, starrte in die Finsternis und sagte wie zu sich selbst: »Ich kann jetzt reisen, ohne mich vom Fleck zu bewegen. Ich kann wunderschöne Plätze sehen, auf Wegen gehen, die noch niemand beschritten hat.«

Heute bin ich mir sicher, dass Perwanas Enttäuschung auch mit den schroffen Bergen und dem dichten Wald, die ihr den Mut raubten, zu tun hatte. Schon immer gab sie den Aufenthaltsorten die Schuld an ihrem Missmut. In der Schule bestand sie trotzig darauf, in eine andere Klasse versetzt zu werden, oder von einer Schulbank auf eine andere zu wechseln. Und da sie eine Musterschülerin war, wurden ihr diese Wünsche erfüllt. Ihr Zuhause, die Straßen und Plätze, die Stadt – darauf schob sie die Schuld an ihrem Unglück. Es musste doch auf dieser Welt einen Ort geben, an dem sie ihre ganze Vergangenheit abschütteln konnte! Und nun wollte sie auch aus dieser unberührten Welt im Schatten der hohen Berge und im Sprühnebel der Wasserfälle wieder aufbrechen und auf der Suche nach diesem unbekannten Ort, den sie so genau vor sich sah, weiterziehen.

Von Anfang an spürte sie, dass das Leben im Wald sich im Kreis drehte. Am überraschendsten für sie war Fareyduns Verharren. Es löste in ihr eine unerklärliche Angst vor dem Untergang aus. In einer Nacht, als die Sippe der Liebenden um ein großes Feuer versammelt saß, fragte sie laut: »Könnten wir nicht weiterziehen? Vielleicht finden wir einen weniger düsteren Ort? Könnten wir uns nicht einfach über die Erde verstreuen?« Aber die meisten Paare, die vor dem Tod geflohen waren und von den Waffen der Rachsüchtigen bedroht wurden, wollten das Versteck nicht verlassen. »An den Orten liegt es nicht. Was geändert werden muss, sind die Menschen. Die einzige Stadt, die uns beherbergt, ist die, die wir selbst aufbauen«, predigte Gowand.

Perwanas Zweifeln zum Trotz bot diese Welt den Verliebten ungeahnte Möglichkeiten. Obwohl sie Angst und Furcht mitgebracht hatten, genossen viele die Freiheit, die ihnen dieser Ort schenkte, während andere nur ängstlich staunten. Ich frage mich, ob Perwana den Unterschied zwischen den Nächten in der Stadt und an diesem Ort wirklich registriert hat. So viele Nächte hatten wir, beklommen in unsere Decken eingewickelt, kaum miteinander zu flüstern gewagt. Hier aber gab es keine Frauen mit Kopftüchern, nicht die Tränen meines Vaters, nicht das Trommeln der Schwarzgekleideten. Man öffnete sich, manche der Frauen fürchteten nicht mehr die eigene Blöße, ihre Lust, ihre Triebe. Vögel und Schmetterlinge, die sie umschwärmten, wurden zutraulich, weil die fremden Menschenkörper sich allmählich in Duft und Farbe dem Wald anpassten. Hier verschwand der unerbittliche Blick, der uns seit der Kindheit beobachtet hatte, verstummte die Stimme, die uns dauernd unsere Sünden vorgehalten hatte. Weil die Kontrolle plötzlich weg war, entstand zunächst eine verunsichernde Leere. Aber allmählich nahmen die Frauen wahr, dass die Regeln, die ihnen seit Jahrhunderten eingebrannt worden waren, dass der Stempel, der ihnen aufgedrückt worden war und sie seit einer Ewigkeit entstellte, verblassten. Ich, Klein Khandan, bin ja noch immer unter dieser Kontrolle, ich kenne das Gefühl nicht, wenn diese Last plötzlich von einem genommen wird. Ich kann nicht beschreiben, wie es sich anfühlt, wenn dein Körper wirklich dein eigener wird. Was haben diese Frauen empfunden, als ihnen die Augen aufgingen und sie ihren Körper erkannten und erkundeten? Während ich dies schreibe, wird mir bewusst: Vielleicht ist es gar nicht so einfach für eine Frau, ihren Körper in Besitz zu nehmen. Aber geht es nicht genau darum?

Perwana konnte beobachten, wie die Verliebten sich ohne Hemmungen oder Angst vor ihrer Blöße einander hingaben. In den Lauben und Hütten fielen sie einander in die Arme. Keine Gesetze schreckten sie ab. Luft und Sonne wirkten hier anders. Nicht nur die Körper erwachten in dem neuen Land, sondern mit ihnen alle Sinne. Manche wollten sich einen neuen Namen geben und suchten nach neuen Worten für ihre frischen Empfindungen.

Tief im Wald sah Perwana zum ersten Mal ein verliebtes Paar nackt auf einem Felsen. Zwei freie Körper, die einander zärtlich ihre Zuneigung bewiesen. Sie bewegten sich wie im Tanz. Ihre zarten Finger wanderten über des anderen Körper. Zwei Unbefangene, von denen nur Gott wusste, wie sie hießen, aus welcher Stadt und vor wem sie geflohen waren. Wie sehr schämte sich Perwana für ihr Hinschauen, aber sie war wie berauscht vom Anblick dieses ineinander verschlungenen Liebespaars.

Diese schimmernden Körper, denen die neue Freiheit Frieden geschenkt hatte, wussten, dass sie von Vögeln, Schmetterlingen und Bäumen beobachtet wurden. Sie waren glücklich darüber, dass Gott sie von oben betrachtete und über die Schönheit seiner Schöpfung staunte. Perwana hatte das Gefühl, dass die beiden auch deshalb so rhythmisch, harmonisch und ruhig ineinander verschmolzen, weil sie zeigen wollten, wie vollendet sich ihre Körper einpassten in Bäume und Berge, in die Klänge und Stimmen der Natur, in die Farben der Pflanzen und die Wärme der Sonnenstrahlen.

Das Schauspiel entfachte in Perwana das Verlangen, jetzt gleich mit Fareydun zu schlafen, sich unter diesem Himmel und diesen Sonnenstrahlen zu entblößen. Sie fing an, sich zu berühren, ihre Finger über ihre Brüste gleiten zu lassen. Doch statt Genuss zu verspüren, stieg Kälte in ihr hoch, ihr Körper schreckte zurück.

Beunruhigt fragte sie sich: Wie kommt es, dass ich selbst noch so tief im Dunkel stecke?

Es war, als hafteten alle Ängste ihres Lebens noch an ihren Fingerspitzen. Bebend flüsterte der Körper ihr zu, dass ihr Verlangen noch nicht befreit war. Dass sie zu dieser neuen Welt noch kein Vertrauen gefasst hatte. Das Tal der Liebe war für Perwana noch von der Welt überschattet, die sie verlassen hatte. Sie hing noch in der Vergangenheit fest.

Morgens, als die Frauen Körbe und Siebe für Reis flochten, fragte Perwana, wie lange sie noch hierbleiben wollten.

»Ich werde nichts mehr suchen außer Gott«, erwiderte Shahla.

»Ich gehe nie wieder weg«, flüsterte Dilaram ihr ins Ohr.

»Ich bin vor den Massakern geflohen. Hier bleibe ich«, schrieb ihr Midiya auf ein leeres Blatt in ihrem Heft.

Nein, niemand dachte ans Fortgehen, außer Perwana. Sie konnte nicht einschlafen und war ruhelos und gereizt. Es kam so weit, dass sie nachts kein Auge mehr zutat. Unaufhörlich musste sie den Platz wechseln und herumlaufen. Sie ließ ihre Laube verlegen und tauschte ihr hölzernes Bett aus. Wenn sie sich doch einmal zur Ruhe legte, wälzte sie sich hin und her. Fareydun musste sie nachts aus dem Wald oder vom Ufer des Teichs zurückholen, aber manchmal lief sie so schnell davon, dass er sie in der Finsternis nicht finden konnte. Auf ihren Gängen sah sie Siyamand den Vogel in einer Baumkrone sitzen, wie er mit glänzenden Augen die Umgebung beobachtete. Sie sah, wie er Maasuma zwang, bis zu den höchsten Ästen zu klettern. Manchmal hörte sie Maasumas Wimmern, das sich mit dem Rauschen der Blätter und des Wassers vermischte.

In diesen Nächten konnte sie auch Gowand sehen, der im Licht von Öllämpchen seine bemalten Figuren am Wasser aufstellte. Perwana fiel auf, dass sie von Tag zu Tag größer wurden, dass er immer hellere Farben verwendete. Und auch seine Reden über Leben und Liebe wurden immer optimistischer. Perwana spürte bald etwas Wahnhaftes in Gowands Zuversicht, eine Verrücktheit, die sich auch in seiner Arbeit und seinem Aussehen zeigte.

In einer ihrer ruhelosen Nächte schlug sie ohne einen bestimmten Grund den Weg zur großen Werkstatt ein, wo die Männer tagsüber schnitzten. Als sie die Tür öffnete und die Werkstatt betrat, tauchte sie in ein Meer von Figuren. Jede einzelne sah sie sich an, drehte sie im Licht ihrer Laterne hin und her. Es war nicht genau zu erkennen, ob diese ineinander verschlungenen Wesen einander umarmten oder angriffen, ob sie einander liebten oder bekriegten, ob sie vereint oder widerstrebend in den Armen ihres Gegenübers erstarrt waren. Jede Skulptur schien mehr die Innenwelt ihres Schnitzers auszudrücken als die mystischen Ideen, die Gowand vorgegeben hatte. Jeder Schnitzer hatte auch Hass, Zweifel und Enttäuschung auf sein Stück Holz übertragen. Manche Figuren waren verzerrt und wirkten entstellt. Nie würde Gowand es schaffen, sie entsprechend seinem Schönheitsideal wiederherzustellen. Der Anblick erschreckte Perwana. Warum kamen ihr die Skulpturen wie Monster vor? Sie rieb sich die Augen, sah aber nichts anderes als einen Haufen ineinander verschmolzener Bestien. Sie griff nach einer Figur und rannte zurück in ihre Hütte. In den Sockel der Skulptur kratzte sie ihren Namen und ließ mir diese durch den blauäugigen Jungen überbringen. Die Figur, die über Berg und Tal zu mir gelangte, hat alle Katastrophen dieses Hauses überstanden.

Noch immer verstehe ich nicht, welche Nachricht Perwana mir mit dieser Skulptur geben wollte: Vom Triumph der Liebe? Oder von ihrem Tod?

»Es ist mein Schicksal, alles zu verlieren«, klagte Fareydun, in dem die Angst wuchs, auch Perwana zu verlieren. Manchmal legte sie ihren Kopf an seine Schulter und flüsterte: »Lass uns herumgehen! Lass uns bis Sonnenaufgang einfach durch den Wald gehen!« Wenn Fareydun sie dann begleitete, bekam er ihre fieberhafte Unrast zu spüren. Keine Macht der Welt konnte sie von diesen Streifzügen abhalten, weder das Brüllen der Tiere noch Dornen am Weg noch die Stachel der Skorpione oder die Spuren von Schlangen. Auf diesen Gängen hatte sie das Gefühl, dieser Welt entrückt zu sein – als wüchsen ihr Flügel, um davonzufliegen.

Eines Nachts nahm sie eine Gestalt wahr, die ihr zwischen den Bäumen folgte. Das wiederholte sich in den folgenden Nächten, bis sie schließlich schrie: »Wer auch immer du bist, komm heraus!« Anfangs war nur ein dunkler Schatten zu sehen. Als er vom Mondschein beschienen wurde, erkannte sie die Traurige Midiya, die ein Heft in der Hand hielt, dessen Umschlag mit Mondbildern bedeckt war. »Perwana, du wirst dich in Staub verwandeln. Nimm deinen Geliebten bei der Hand, geht weg. Ich sehe, wie du zerfällst«, schrieb ihr die Traurige Midiya ins Heft.

Und der Tag kam tatsächlich, an dem der Wind im Tal der Liebe Perwanas Staub mit sich führte. Die Nomaden der Liebe sahen so viel davon in der stürmischen Luft, dass sie den Eindruck hatten, Tausende Schmetterlinge würden herumfliegen und mit den Flügeln schlagen.

Obwohl Perwana zerfiel, hielt sie sich aufrecht wie eine Königskerze und flocht morgens in der Reihe der Korbflechterinnen zarte Baumrinde zu Seilen. Trauer klang aus ihrer Stimme, wenn sie mit den anderen Frauen sprach.

Mit Midiya ging sie danach durch den Wald und ritzte

auf die Felswände ihre mysteriösen Sätze: »Meine Freundin! Nur die Liebe ist unschuldig. Schau dich um, die Welt ist erschöpft.« Kaum hatte sie es geschrieben, wurden die Zeichen vom Wind verweht. Sie verwandelten sich in Staub. Manchmal lief sie ihren Worten im Wind hinterher, vergeblich.

Midiya suchte mit ihr, aber was der Wind verweht, kehrt nicht zurück. Und Midiya schrieb: »Die Liebe ist vergänglich, was bleibt, ist dieses Heft.« Als Botschaft an Perwana schrieb sie: »Lebe ohne Erwartung! Es gibt keine Liebe, die nicht den eigenen Tod in sich trägt.«

»Meine Worte sterben, alles gerät in Vergessenheit. Die Erinnerungen an mich werden verblassen. Mein Leben löst sich im Wind auf. Ich bin ein kleines, unglückliches Wesen, an das sich niemand erinnern wird. Wie alle Menschen, die am Rand leben, wird niemand wissen, dass ich gelebt habe. Ach, Midiya, weh mir! Ich und all meine Worte werden zu nichts.«

Ja, ihre größte Angst war, in Vergessenheit zu geraten, und so geschah es dann auch. Unsere Verwandten, die Mädchen in unserem Viertel, die jungen Männer, die sich einst nach Perwanas Liebe sehnten, erinnern sich heute kaum noch an sie.

Nur Reza der Glückliche denkt bis heute an sie. »Diese Frau hätte nicht in den Tagen des Krieges und des Feuerregens auf die Welt kommen dürfen. Sie war viel zu zart, um all dies zu ertragen. Sie kam zu früh. Sie war wie ein Wein, der nach zu kurzer Gärung ausgeschenkt wurde.«

Und Nasradin wandert in seinem Studio auf und ab, streicht mit der Hand über die Plastikblumen und sagt: »Tausende Generationen, eine nach der anderen, wurden in den Bergen geboren, starben und wurden vergessen. Kurdistan ist ein Land, in dem hunderttausend Dörfer untergingen. Millionen Menschen lebten dort. Niemand erinnert sich an sie. Ich fragte mich immer, was von der Geschichte dieses

Landes zu retten sich lohnte. Wie ein Bote lief ich vom einen zum anderen Ende, geriet in Streitigkeiten mit Feinden, Stämmen von Söldnern und Landesverrätern, lernte die Anführer kennen, traf die kurdischen Aghas und die Bauern in der Steppe, in den kalten und heißen Gebieten Kurdistans. Ich saß in einfachen Zelten und Hütten Hunderter Sippen. Ich traf alle Anführer dieses Landes. Aber die Einzigen, die in diesem verwüsteten Land Erinnerung verdienen, sind die Tausenden von Liebenden. Wen wundert es, dass sie in Vergessenheit geraten, wenn das Land als Ganzes keine Selbstachtung besitzt. Dieses Land, das es nicht geschafft hat, in all den Jahren seines Bestehens die Namen von ein paar großen Frauen und Männern hochzuhalten, ist eine Fata Morgana. Seine Geschichte ist nichts als ein sich lang hinziehender Nebelschleier. Seine Revolutionen werden zu Staub, seine Aufstände zu Rauch. Wen wundert es dann, dass sich niemand an Menschen wie Perwana oder Fareydun erinnert?«

Nachts in unserem verlassenen Haus schreckte ich auf, lief aufgeregt durch die Räume, hörte am Fenster das Rauschen des Windes, das Trommeln des Regens, schob die Vorhänge zur Seite, schaute in die undurchdringliche Finsternis und erinnerte mich an Nasradins Worte. Ich flehte: »Gott, hilf mir, Perwana aus dem Meer des Vergessens zu retten! Hilf mir, die Geschichte dieses einen Menschen zu bewahren. Ist nicht ein jedes Leben einzigartig, mit seiner eigenen Schönheit? Gott, hilf mir, die wahre Geschichte einer Dienerin aus der Schar Deiner rebellischen Diener und Dienerinnen niederzuschreiben. Nichts ist bewegender als das Schicksal eines Menschen.«

Ich ging erneut zu Nasradins Studio und warf meine Tasche auf einen Sessel. »Nasradin, auch wenn die Geschichte dieses Landes jahrhundertelang in Staub und Nebel liegt, auch wenn die Revolutionen in diesem Land zu Asche und die Menschen vom Wind hinweggerissen werden, so haben wir doch die Pflicht, unsere Hand ins Dunkel zu tauchen und eine Geschichte hervorzuziehen, um die Erinnerung an ein Lebewesen zu bewahren.«

Nasradins Rehaugen zuckten, er sah die Aufregung in meinem Gesicht und sagte: »Klein Khandan, ich hatte oft Zweifel, ob ich es tatsächlich mit Menschen zu tun hatte. Waren das alles nicht nur Einbildungen? Bist du dir sicher, dass Perwana und Fareydun nicht in jener Nacht der Verfolgung getötet wurden? Bist du dir ganz sicher, dass sie nicht in der Buchhandlung verbrannten?«

Wie verrückt lief ich durch die Straßen. Vorbei am Lärm der Karrenverkäufer und der Schmalzhändler. Durch die Straße der Baumwollklopfer, am Platz der Joghurtverkäufer vorbei. Seine Worte hallten in mir nach. Ich stürzte in unser Haus, drehte Perwanas Skulptur in meinen Händen, verweilte bei ihrem eingeritzten Namenszug. Dann griff ich nach den Heften der Traurigen Midiya, rief mir Maasumas Worte in Erinnerung, dachte über ihre Geschichten in der Schule der Reumütigen Schwestern nach, erinnerte mich an »Perwanas Abend« – und all das war doch wahr. Alles! Das konnte doch nicht nur eine Halluzination sein. Ich hatte das nicht erfunden! Wie konnte Nasradin daran zweifeln!

Er aber wandte alle Tricks eines Fotografen an, um mich zu verunsichern. »Du verkettest sehr unterschiedliche Geschichten. Gibt es dieses Tal der Verliebten überhaupt? Hast du es selbst gesehen? Und seine angeblichen Bewohner, wohin sind sie gegangen, als ich sie in jener Nacht an der Leiter verließ? Welcher Wind hat sie verweht?« Das alles schleuderte mir Nasradin entgegen.

»Aber du warst doch dort? Du hast die Schlucht doch selbst entdeckt. Du selbst hast den Verliebten dieses Leben ermöglicht. Du selbst hast ihnen Nahrung, Ausrüstung und Betten über lange Taue hinuntergelassen. Du selbst hast die Geflohenen in den Bergen, Städten und an den Grenzen aufgelesen. Du hast sie beschützt in der Zeit, als Verliebte niedergemetzelt wurden. Du hast ihnen Feuer gebracht, ihnen Hoffnung gegeben, Gowand als ihren Meister eingesetzt, sodass sie sich von der Kunst ernähren konnten«, erwiderte ich.

»Aber ich bin selbst ein Nichts! Wie alles in diesem Land bestehe ich zur Hälfte aus Einbildung, Täuschung und Staub«, erwiderte Nasradin eindringlich. Er meinte, die Zeit sei noch nicht gekommen, um diese Geschichte zu erzählen. Erst wenn der Staub sich gelegt und das Dunkel sich gelichtet habe, könne ich sie niederschreiben.

Ich wusste, dass er mich verwirren wollte. Aber ich wusste auch, dass die Reise zur Wahrheit durch all die Unklarheiten und Verwirrungen hindurchführt, vor denen er heute Reißaus nimmt.

»Heute bin ich nichts als ein Fotograf. Ich beschäftige mich mit Dingen, die ich festhalten kann. Mich interessieren reale Dinge und Menschen. Was gehen mich all diese vergangenen Seelenstürme und Albträume an? Wie kam ich damals bloß auf die Idee, mich mit den Schmerzen der Seele zu beschäftigen?«

Mehr und mehr spürte ich die Gewissensqualen in diesem Mann. Manchmal riss er mich mit in den Wirbel der Verwirrung, in ein Labyrinth aus Spiegeln, sodass ich mir sagte: O Gott, in was für einen Irrgarten bin ich da geraten?

Ich nahm die Hefte der Traurigen Midiya wieder zur Hand und las eine Seite nach der anderen, bis ich Gewissheit erlangte: Dies kann keine Lüge sein. Die Wahrheit in Midiyas Heften und in Maasumas Geschichten war ein und dieselbe Wahrheit. Perwana, Midiya und Maasuma waren im Tal zu Freundinnen geworden. Midiya und Maasuma hatten mir getrennt voneinander ihre Geschichte geschildert. Als wir in der Schule der Reumütigen Schwestern waren, wusste Maasuma nicht, dass ich eines Tages Midiyas Tagebücher lesen würde. Sie glaubte zudem, dass sie gar nicht mehr existierten. Aber ihre Geschichten besagen alle das Gleiche. Heute sehe ich die Parallelen: Perwana streifte im Tal durch die Nacht, während ich im Haus der Buße litt. Sie ging in den Tod, während ich mich verlor. Ihre Furcht, in Vergessenheit zu geraten, und mein Festklammern an all den Erinnerungen an sie. Ihr Fortgehen und mein Bleiben.

14

Nachdem die Gründung der Gemeinschaft der Reumütigen Schwestern durch eine Zeremonie besiegelt worden war, sah ich meinen Vater in jener Nacht nicht mehr. Drei Frauen hatten mich umringt, als wäre ihnen ein gefährliches Raubtier in die Falle gegangen. Sie nahmen mich in ihre Mitte und brachten mich nach Hause. Den ganzen Weg über schwiegen die drei. Als wir mein Elternhaus erreichten, stürzten sie noch vor mir in mein Zimmer. Ich hörte, wie eine der Frauen meinem Bruder die Worte entgegenschleuderte: »Nichts ist gefährlicher für ein Mädchen in ihrem Alter, als ein Zimmer für sich allein zu haben.« Ich stand in einer Ecke und beobachtete die drei, wie sie den Kleiderschrank aufrissen und alles, was ich hatte, ausräumten. Da lagen nun meine langen Röcke, die Schuluniform, meine Kniestrümpfe, Unterwäsche, ein paar farbige Unterhosen, die ich nie getragen habe, duftende Tücher, zwei kleine, leere Parfumflaschen, sommerliche Kleider für meine Spaziergänge, meine paillettenbestickte kurdische Tracht und meine T-Shirts. Aus meinen Habseligkeiten machten sie ein großes Bündel, und zum Schluss stopften sie meine Schulbücher in einen Koffer. »Nimm dein Bündel und lass uns gehen«, befahl mir eine der Frauen. Ich gehorchte, und sie trugen meinen Koffer. Diese drei schwarz Verhüllten und ich marschierten durch die Nacht. Ich schritt schweigend voran. Von ihnen kam kein Laut; nur das Knirschen der Schuhe war zu hören, wenn sie über Kies und Steine gingen, und das Rascheln ihrer langen schwarzen Umhänge, die an den Mauern entlangstreiften. Sie würdigten mich keines Blicks, und ich sah von ihnen nichts als ihre schwarzen Gummischuhe. Noch nie zuvor habe ich eine so schweigsame Nacht erlebt. Ich blickte auf. Der Himmel warf Wellen, wie ich sie noch nie gesehen hatte. Und niemals zuvor hatte ich einen so harten, ebenen Boden unter meinen Füßen gespürt. Um das schwache Licht der Straßenlaternen flogen, aufgescheucht vom frühen Anbruch des Herbstes, einige Mücken, die vom Sommer übrig geblieben waren. Unterwegs setzte mir die Müdigkeit zu. Ich zog am Umhang einer der Frauen und fragte: »Tante, wohin gehen wir?«

»Wir bringen dich ins Paradies«, antwortete die Zweite. Die Dritte ergriff mit einer Hand meinen Arm, und mit der anderen deutete sie auf die Hausmauern und die zweistöckigen Häuser und sagte: »Wir evakuieren dich aus dieser Gegend der Ungläubigen und Gotteslästerer.« Ich schwieg.

Wir stiegen in einen Wagen und fuhren eine Weile, bevor wir ihn wieder verließen. Um nicht vor Angst verrückt zu werden, dachte ich die ganze Zeit an Perwana. »Wenn ich bis zu meinem Tod zu Gott bete, wird er dann Perwana vergeben?«, fragte ich sie. »Niemand wird Perwana vergeben, niemand«, antwortete eine der Frauen.

Hinter uns war die Stadt verschwunden. Ein anderer Wagen nahm uns ein Stück mit und ließ uns an einer Weggabelung aussteigen. Wir setzten den Marsch durch eine dornenreiche Einöde fort. Plötzlich wehte eine Brise, die feine Asche mit sich brachte. Wir wanderten über Äcker und sahen Viehherden verschlafen an uns vorbeiziehen. Die Erde roch. Mein Fuß verhedderte sich ständig in Unkraut, aber die drei Frauen gingen ungerührt weiter. Ich hatte das Gefühl, dass sich Büsche und Unkraut um meine Füße wickelten, um mich zurückzuhalten, aber die Frauen zerrten mich hinter sich her. Also legte ich mein Schicksal in ihre Hände. Ich sah erstaunte Gespenster, die an uns vorbeischwebten. Je näher die Morgendämmerung kam, desto weiter entfernten sich die weißen Nebelgestalten. Bei Sonnenaufgang erhob sich in der Ferne der Schatten einer Siedlung. Als wir den Rand des Städtchens erreichten, blieben wir im Dämmerlicht neben einer weißen Mauer stehen. Als Erstes empfingen uns die Tauben. Nach kurzer Wartezeit öffnete eine weiß gekleidete Frau das eiserne Tor. Wir betraten einen weitläufigen Hof. Eine schwache Öllampe brannte über einer Terrasse, die den Hof begrenzte. Wir sahen uns an. Staub hatte die Umhänge der verhüllten Frauen bedeckt. Sie begannen, sie auszuschütteln. Der Staub erfüllte die Luft, sodass die Tauben erschrocken aufflogen. Ihr Flügelschlag weckte eine alte Hyäne, die in der Nähe geschlafen hatte und nun das Weite suchte. Die Frau, die uns geöffnet hatte, brachte uns Wasser und berichtete: »Ihr seid die Ersten. Die anderen sind noch nicht angekommen.«

Kurz darauf tauchten weitere Frauen in schwarzen Umhängen auf, die Mädchen wie mich über denselben Weg heraufführten. Jede von ihnen trug ein Bündel. Vor Sonnenaufgang würden alle eingetroffen sein, hieß es. Ich saß auf meinem Bündel. Immer mehr Mädchen traten durch das eiserne Tor. Jedes wurde von Frauen begleitet, einige gehörten zu den Tamburin-Frauen, die an der Zeremonie in der Moschee teilgenommen hatten. Jemand trat aus dem weißen Gebäude mit einer Liste in der Hand. Unsere Namen wurden aufgeschrieben und mit den Namen verglichen, die bereits auf der Liste standen. Erst als die Sonne hoch am Himmel stand, traf das letzte Mädchen mit ihren Begleiterinnen ein. Der Schwarm der Frauen verließ uns, und hinter ihnen fiel das Tor ins Schloss.

Das letzte Mädchen war Fatana. Sie kam direkt auf mich zu, warf ihr Bündel neben meines und setze sich drauf. Ohne mich anzusehen, begann Fatana zu murmeln: »Ich heiße Fatana. Merk dir meinen Namen, denn sie werden vielleicht unsere Namen ändern. Wir waren beide in derselben Schule, aber in verschiedenen Klassen.« Ich sah sie an: ein dunkelhäutiges, kleines Mädchen mit strahlenden schwarzen Augen. Sie trug eine Kette mit einer blauen Nazar-Perle gegen den bösen Blick. Dann sah ich mir die anderen Mädchen in meiner Umgebung an, bis mein Blick auf eine Tür fiel, durch die ein paar gut gekleidete, gepflegte Damen mit Kopftüchern ein und aus gingen. Das Anwesen bestand aus einem großen Haus. Abgesehen von den Fensterverzierungen, ähnelte nichts einer Moschee. Später stellte sich heraus, dass es auf Wunsch der Dorfbewohner vom Staat als religiöse Schule errichtet worden war. Als die Lage in der Region kritisch wurde, übertrug man die Zuständigkeit für das Gebäude einigen frommen Stiftungen. Die hatten daraus ein »Zentrum zur Rehabilitation von Kindern aus gestörten Familienverhältnissen« gemacht. So lautete der offizielle Titel, aber Bekanntheit erlangten wir als »Die Reumütigen Schwestern«.

Niemand hatte so viel dabei wie ich. Fatana beäugte meinen Koffer und fragte erstaunt: »Hast du deine Bücher auch mitgenommen? Ich habe meine Bücher versteckt, bevor ich hergebracht wurde.«

»Weißt du, wo wir sind und wie lange wir bleiben werden?«, fragte ich sie.

»Nein, aber ich fürchte, wir werden lange hierbleiben müssen.« Fatana trug ein weißes Kopftuch, das nicht ganz sauber war, sah meines und fragte: »Trägst du schon lange Kopftuch?«

»Ich trage es, seitdem meine Schwester Perwana fortgegangen ist«, antwortete ich.

»War deine Schwester auch schlecht?«

»Ich weiß es nicht. Ich glaube nicht. Sie hatte zwar mit vielen Männern zu tun, aber ich glaube nicht, dass sie mit allen geschlafen hat.«

»Meine Schwester war keine Hure. Sie war nur in einen einzigen Jungen namens Kilpa verliebt. Sie war stumm. Sie war wie ein Fisch, sprach nie, schrieb aber ständig. Mit vier Jahren hat sie Lesen und Schreiben gelernt. Jahrelang kam dieser Junge, stellte sich nachts vor unser Haus und erfand für meine Schwester Melodien, die er ihr vorpfiff. Und Midiya schrieb ihm lange Briefe, faltete sie klein zusammen, legte sie in Streichholzschachteln und warf sie hinunter. Kilpa wusste anfangs nicht, dass meine Schwester nicht sprechen konnte. Erst als sie gemeinsam flohen, erfuhr er, dass ihre einzige Möglichkeit, sich mitzuteilen, das Schreiben war«, erzählte Fatana.

»Auch meine Schwester ist mit einem Mann geflohen, Fareydun Malak.«

»Weißt du, wo sie jetzt sind«, fragte Fatana neugierig.

»Ich weiß es nicht, niemand weiß es«, antwortete ich flüsternd. In diesem Moment tauchte eine Frau mit Kopftuch auf und befahl uns, ihr mitsamt Bündeln und Koffern in den Hinterhof zu folgen. Der Boden des Hinterhofs bestand aus gestampfter Erde, und es sah so aus, als hätte jemand versucht, ein paar Blumen zu pflanzen, die aber nie Knospen trugen. Es dauerte nicht lange, bis neue schwarz verhüllte Frauen kamen und uns aufforderten, alle Habseligkeiten aus unseren Bündeln und Koffern auf den Boden zu leeren. Wir folgten der Anordnung und kippten, eine nach der anderen, unsere Sachen auf einen Haufen. Als ich an die Reihe kam, fand ich den Anblick des Bergs unserer Besitztümer verstörend. Wir wurden dazu angehalten, uns alle in einem großen Kreis um diesen Berg zu setzen. Fatana wich mir keine Sekunde von der Seite. Eine große, stattliche Frau in blauem Mantel und weißem Kopftuch trat vor. Sie sah sich mit scharfem Blick die Kleidungsstücke, die Bücher und alle Mädchen an, hielt die Liste der Namen mit beiden Händen vor sich und begann ihre Eröffnungsrede: »Heute beginnt ihr mit einem neuen Leben. Von nun an benutzt ihr nichts mehr von dem, was ihr in der Vergangenheit benutzt habt. Ihr dürft nichts in die Hand nehmen, was Erinnerung an vergangene Tage oder frühere Gefühle zurückrufen könnte. Ab heute seid ihr Mädchen einer anderen, einer reinen Welt.«

Vom ersten Tag an wurde uns eingeschärft, das Wort Reinheit zu unserem Mantra zu machen. Alles musste rein sein: unser Handeln, unsere Seele, unser Leib, unsere Blicke, unser Lächeln und unsere Absichten. Wir lernten, dass es sich hier um eine Schule handle, die uns die Reinheit wiederschenken würde, denn wir stammten aus sündig unreinen Familien. Wir trugen in uns die Sünde unserer wollüstigen Schwestern oder anderer weiblicher Familienmitglieder. Wir sollten uns von den züngelnden Flammen jener Lüste befreien.

Die Frau, die an dem staubigen Morgen zu uns sprach, war Seyneb Kwestani. Sie hatte jahrelang in einer Tekke, dem Rückzugsort eines Scheichs, auf einem schneebedeckten Berg gelebt. Angeblich bestand sie von ihrer Hüfte abwärts aus reinem Eis. Wer sich in ihrer Nähe aufhielt, konnte die Kälte spüren, die sie ausstrahlte. Fatana allerdings meinte, die Kälte habe nur mit ihrem Blick zu tun. Die anderen strickten weiter an Märchen und erzählten, dass jeder Mann, der sich dieser Frau genähert habe, auf der Stelle erfroren, und jeder Vogel, der in ihrer Nähe gelandet, erstarrt sei.

Majestätisch sah sie auf uns herab und verkündete, sie sei die Leiterin der Schule. Hin und wieder berührte sie die Perlen der Gebetskette, die ihr um den Hals hing, und sagte: »Schüttelt eure Koffer und eure Bündel. Leert sie aus, es darf nichts zurückbleiben.« Dann wandte sie uns den Rücken zu, machte sich Notizen in einem kleinen Heft und gab ihren Assistentinnen mit dem Finger oder mit den Augen Zeichen. Ich hatte diese Frau noch nie gesehen, und auch ihre Assistentinnen waren mir unbekannt – außer einer blassen Frau mit einem großen Muttermal unter dem Kinn, die manchmal bei den Versammlungen im Haus meiner Tante dabei gewesen war. Ich wusste nicht, ob sie mich erkannte oder nicht. Sie brachte Seyneb Kwestani Benzin in einem kleinen Gefäß. »Bring mehr Benzin! Es ist viel Kleidung«, verlangte Seyneb. Mit eigenen Händen goss die verehrte Seyneb das Benzin auf den Berg aus Büchern und Kleidungsstücken. Sie befahl uns, Abstand zu nehmen. Dann zog sie aus einer kleinen Tasche in ihrem Gewand eine Schachtel Streichhölzer: »Nun ist es so weit, dies ist der erste Schritt zu eurer Läuterung.«

Als die Flammen aufzüngelten und sich der Geruch nach Verbranntem verbreitete, flogen die weißen Tauben erneut davon. Das Feuer fraß unsere Habe. In dem Rauch konnte ich eine Ecke meines Tagebuchs erkennen. »Sieh mal, wie mein Tagebuch brennt«, flüsterte ich Fatana ins Ohr. »Schon als Kind lernte ich von meiner Schwester Midiya, wie ich meine Bücher und Hefte am besten verstecken kann«, wisperte Fatana zurück. »Ich habe sie versteckt, wo sie niemand finden wird. Sie liegen unter einem Feigenbaum im Hof einer meiner Freundinnen vergraben.« Sie sprach gern, wollte ständig etwas erzählen. Ich aber hörte ihr nicht zu, denn ich wollte meine Hand ins Feuer strecken und meine Kleider und Bücher retten. Vor allem die Kleider, die ich für die Abendspaziergänge mit Perwana angezogen hatte. Alle meine Erinnerungen lebten in diesen Kleidern, aber der beißende Geruch verbreitete sich, die Flammen stiegen höher und höher, und asphaltschwarzer Rauch ragte in einer hohen Säule in den Himmel. Ein bitteres Lächeln trat auf meine Lippen. »Schade um das blaue Kleid, ich habe es gerngehabt«, murmelte Fatana, während sie ins Feuer starrte. Auch ich konnte meine Augen nicht abwenden. Der Rauch ließ die Mädchen husten, und die brennenden Augen füllten sich mit Tränen. Seyneb hielt gebührend Abstand. Ich konnte sie durch die Flammen beobachten. Wie gebannt blickte sie ins Feuer. Durch das Prasseln hindurch stellte sie fest: »Was hier verbrennt, sind nicht Kleidungsstücke, Bücher und Lumpen, was hier verbrennt, ist die falsche Welt, in der ihr aufgewachsen seid.«

Die Mädchen wichen immer weiter zurück. Im Gegensatz zu ihnen hustete ich nicht, auch tränten meine Augen nicht. Ich beobachtete genau, wie meine Bücher und Kleider den Flammen zum Opfer fielen. Kummer machte sich in mir breit. Ich war in eine sehr fremde Welt geraten. Mit meinen und Perwanas Sachen verbrannten Wärme und Vertrautheit, die mich mit dem Leben verbunden hatten. Ich bemerkte plötzlich, dass ich die Einzige war, die so nah beim Feuer stand. Die Einzige, die dem Feuer tief in die Augen blickte, die Einzige, deren Gram größer war als die Angst. Ich hob meinen Kopf und sah eine der Frauen auf mich zukommen. Sie fragte mich: »Tut es dir um deine Sachen leid?« Ich sah sie an und schwieg. »Dein Lächeln wirkt nicht wie ein reines Lächeln«, stellte die Frau fest, während sie mich musterte. Inzwischen wendeten einige Frauen die Bücher und Kleider mit langen Stöcken, damit das Feuer überallhin kam. »Tritt zurück, tritt sofort zurück!«, forderte mich eine auf. Fatana zerrte an mir und flüsterte: »Khandan, es ist nicht gut, wenn du widerspenstig bist; wenn sie gleich zu Beginn einen schlechten Eindruck von dir bekommen.« Gemeinsam mit Fatana schloss ich mich den Mädchen an, die in sicherer Entfernung vom Feuer standen und sich die Zipfel ihrer Kopftücher vor Nase und Augen hielten. Je mehr die Funken sprühten, desto höher stiegen die Flammen in der Seele jener Frau, die während des Stocherns in unseren Habseligkeiten begeistert schrie: »Feuer wäscht von Sünden rein, reinigt von Missetaten und Verfehlungen. Damit ihr rein werdet, müsst ihr die Tage verfluchen, in denen ihr halb nackt herumgelaufen seid. Der Sinn des neuen Lebens beginnt mit einem einfachen Schritt. Wer Buße tun und rein werden will, fängt bei den Kleidern an. Es muss euch bewusst werden, dass euer Leben in diesen Kleidern kein Gott wohlgefälliges Leben war.«

Der Wind spielte mit der Asche und trieb sie in alle Himmelsrichtungen. Seyneb Kwestani richtete ihren scharfen Blick auf uns und begann wieder zu sprechen: »Unsere Religion ist nicht wie die Religionen, die den Gläubigen sagen: ›Tut, was euch Vergnügen bereitet‹, oder den Menschen gestatten anzuziehen, was sie wollen, und zu essen und zu trinken, was ihnen schmeckt. Nein, unsere Religion hilft den Menschen, ein tugendhaftes Leben zu führen. Unsere Religion bereitet die Menschen auf die Anbetung Gottes vor. Und die Vorbereitung beginnt bei der Kleidung. Der Körper einer Frau ist ein Sinnbild der Lust, darum besteht wahrer Glaube zur Hälfte aus züchtiger Kleidung. Die Kleidung spiegelt nicht nur eine hohe oder niedere sittliche Haltung wider, sondern verrät auch etwas über die Absichten einer Frau und für welche Welt sie sich entschieden hat. Die Kleidung spricht von Körper, Seele, Lust, Begierden und Verstand einer Frau. Wenn du deinen Körper zeigst, entfernst du eine wichtige Barriere zwischen dir und dem Teufel, dem du es dadurch leicht machst, in dich einzudringen und deine Wollust zu erregen. Die Art der Bekleidung hat unmittelbar mit dem Satan zu tun. Er ist der Schneidermeister. Ihr müsst wissen, dass der Teufel zu Beginn auch im Anzug einer Frau wohnen kann. Erst später verführt er sie zu einem glänzenden, kurzen Kleid, einer aufreizend engen Hose oder zu einem offenherzigen Büstenhalter. Und schon sind wir ihm anheimgefallen. Unsere Religion sagt uns bereits in der Kindheit: ›Bedeckt eure Körper!‹ Und der Teufel sagt uns, wenn wir noch Kinder sind: ›Enthüllt eure Körper, zeigt euren Schambereich! Habt vor Nacktheit keine Angst!‹ Deshalb, müsst ihr wissen, beginnt die Veränderung der Welt mit der Veränderung der Bekleidung. Um die Welt zu verbessern, müssen wir die Menschen verbessern, und um die Menschen zu verbessern, müssen wir die Menschen dazu bringen, anständige Kleidung zu tragen. Seht her, meine Töchter, diese Kleider, die hier verbrennen, sind nicht Kleider, sondern ein Werk des Teufels, sie sind das Zeugnis der schwarzen Tage eurer Vergangenheit. Was hier zu Asche zerfällt, ist nicht Kleidung, sondern der Teufel. Es ist ein Teufel, den ihr lebenslang in euch getragen habt, den ihr angezogen habt, der eure Haut gekitzelt, der euren Körper erregt hat. Trauert diesem Teufel nicht nach! Heute und hier werdet ihr neue, reine Kleider erhalten. Ihr werdet Kleider bekommen, die euch vor Untugend und Beschmutzung schützen: Kleider des Glaubens an Gott.«

Seyneb verband die Klugheit einer Frau vom Land mit der Souveränität einer belesenen Stadtfrau. Es war offensichtlich, dass sie viel Erfahrung in der Tekke gesammelt und Umgang mit gebildeten Frauen aus der Stadt gepflegt hatte. Vor der Entstehung der »Union Muslimischer Frauen« war sie bereits Mitglied anderer Frauenverbände gewesen, in denen sie sich darum bemüht hatte, die heiligen und hohen Werte der Religion zu vermitteln, wie sie selbst einmal erzählte. Aufgrund ihrer Kenntnisse, ihrer Frömmigkeit und ihrer Überzeugung, dass der Religion eine glorreiche Zukunft bevorstehe, wurde sie von einer einfachen Aufseherin zur Leiterin befördert. Die neue Aufgabe zu bewältigen, war zwar nicht leicht, aber es war für sie, eine Frau von gerade einmal vierzig Jahren, eine große Ehre, dass der Verband Islamischer Gelehrter sie dazu bestimmt hatte, diese Schule für Rehabilitation zu leiten.

Dass alle Mädchen verstehen konnten, was Seyneb sagte, bezweifelte ich. Viele hatten nur ein paar Jahre Grundschule hinter sich, und manche hatten gar keine Schule besucht. Eine der Aufgaben dieser Schule war es, den Mädchen Lesen und Schreiben beizubringen. Sie sollten den Koran lesen und mit seiner Hilfe Sünde von Reinheit unterscheiden lernen.

Seyneb Kwestani sprach an dem Morgen sehr lang. Am Ende ihrer Rede blieb von unserer Vergangenheit außer den verkohlten Überresten und dem Geruch nach geschmolzenem Nylon nichts mehr übrig. Als das Feuer verlosch, mussten wir uns aufstellen und zur Tür eines Nebengebäudes marschieren. Dort wurden uns zwei blaue Mäntel, ein paar Kopftücher, jeweils eine Decke, ein Kissen und frische Überzüge ausgehändigt. Dann führten sie uns durch einen Gang und über Stiegen in das zweite Stockwerk des Hauptgebäudes. Fatana klebte die ganze Zeit hinter mir. Sie meinte, wir müssten zusammenbleiben, denn wir bräuchten einander. Ihr, mir und zwei anderen Mädchen wurde ein Zimmer zugeteilt.

Die Schule hatte außer den Schlafräumen große Unterrichtsräume, eigene Lager für Vorräte und Brennstoff, eine große Küche, lange, geschlossene Hamams und spezielle Becken für die Waschungen vor dem Gebet. Die Schlafräume glichen den Zimmern in Studentenunterkünften: Es gab zwei Stockbetten, einen Tisch und zwei Kleiderschränke. Obwohl unser Zimmer mehrere Fenster hatte, wirkte es düster.

Fatana berichtete: »Mein Bruder hat gesagt, das Land wird mit solchen Schulen für religiöse Erziehung überschwemmt werden, denn je größer die Sorge um Moral und Anständigkeit wird, umso wichtiger werden derartige Schulen. Er sagte, je weiter entfernt von Dörfern und Städten, desto besser, denn je größer die Abgeschiedenheit, desto tiefer die Beziehung zwischen Mensch und Gott.«

Die anderen beiden Mädchen waren Schwestern. Sie stammten aus einem der ärmsten Viertel der Stadt. Als sie ins Zimmer kamen, brachen sie in Tränen aus, einfach nur so. Fatana führte es auf die bedrückende Stimmung und die Finsternis in den Fluren und Zimmern zurück. Aber die Schwestern sagten, ihre Mutter sei mit einem Goldschmied durchgebrannt und ihr Vater verschwunden, niemand wisse, wo er sei. Sie weinten, weil sie sich verlassen fühlten.

»Kommt, wascht eure Gesichter! Alles wird gut. Vielleicht

werden wir eines Tages Religionslehrerinnen«, versuchte Fatana, die Schwestern aufzuheitern. Um die zwei zu trösten, unternahmen wir zu viert einen Erkundungsspaziergang. Wir sahen, wie die anderen Mädchen versuchten, sich einzurichten. Vorhänge wurden aufgehängt, Matratzen mit Leintüchern bezogen und Kleiderschränke befüllt. Wir warfen einen Blick in jedes Zimmer. Manche Mädchen schenkten uns ein Lächeln, andere sahen uns ausdruckslos an. Als wir den Innenhof erreichten, wurde uns beklommen zumute. Wahrscheinlich war dieser Hof, dessen Mauern uns von der Außenwelt abschnitten, der einzige und letzte Ort, an dem wir Himmel und Sonne richtig zu sehen bekommen würden. Dennoch schlich sich langsam ein Lächeln auf das Gesicht der zwei Schwestern. Hin und wieder tauchte eine Lehrerin auf und warf einen Blick in den verwahrlosten Hof, wo wir vier im Schatten der Mauern saßen und uns unterhielten. Die jüngere Schwester hieß Mihtab. Immer wieder kratzte sie sich am Kinn, als sie ihre Mutter verteidigte: »Meine Mutter war keine Sünderin. Sie war nicht so, wie die anderen behaupten.« Ihre Schwester Layla erwiderte wütend: »Unsere Mutter war sehr wohl eine Sünderin. Auch wir sind Sünderinnen. Nichts kann uns reinwaschen.« Schon dort im Schatten spürte ich Laylas Rastlosigkeit. Es war auffallend, wie gereizt sie beim Reden gestikulierte. Sie hatte kleine Augen, war größer als wir, und ihre Brüste waren auch größer. Ständig griff sie ihre kleine Schwester an. Nichts von dem, was diese sagte, ließ sie gelten. Fatana und ich hörten schweigend zu.

»Unser Zuhause war immer voller Teufel, in allen Farben. Meine Mutter ließ sich von ihnen vom rechten Weg abbringen. Die Teufel haben meine Mutter verführt«, sagte Layla. »Unser Haus war leer. Es gab kein Bettzeug, kein Essen, keine Teppiche, keine Kleidung, keine Engel und keine Teufel, deshalb ist sie davongelaufen. Meine Mutter ist keine Sünderin.

Jede andere hätte genauso gehandelt«, erwiderte Mihtab, die später den Beinamen »Tränenkrug« erhielt. Im Gegensatz zu ihrer Schwester war sie klein und rundlich und glich einer traurigen Eule. Bei allem Streit klebten die beiden jedoch aneinander. Am Abend zeigte mir Mihtab zwei wunderschöne Ohrringe. Das war alles, was sie aus ihrem Bündel hatte retten können. Sie seien die einzige Erinnerung an ihre Mutter. Niemals würde sie sich von ihnen trennen.

Früh am Nachmittag wurde es dunkel, und Stille kehrte ein. Fatana und ich liefen über den Hof und durch die Räume. Ein großes Fenster gab den Blick auf einen Lastwagen frei, der Teppiche, Bänke, Stühle und andere Ausstattungsgegenstände anlieferte. »Klein Khandan, noch hat es nicht begonnen. Die schlimme Zeit beginnt morgen«, vermutete Fatana.

Über den Waschbecken, wo normalerweise Spiegel hängen, stand in großen Buchstaben geschrieben: »Nur die Seele ist dein Spiegel.«

»Wir sollen unser Spiegelbild nicht mehr sehen, solange wir hier sind«, stellte Fatana fest. Sie zog eine Spiegelscherbe aus ihrer Tasche und sagte: »Sieh mal, Klein Khandan, wir müssen sie hüten, nur in ihr können wir uns betrachten.« Ich war neidisch auf Fatana und Mihtab, weil sie ein Geheimnis zu hüten hatten. Sie steckte den Spiegel wieder ein: »Ich schwöre bei deinem Augenlicht, ich würde sterben, hätte ich nicht ein Geheimnis.« Ich merkte bald, dass nicht Fatana allein, sondern dass die meisten Mädchen den Drang hatten, ein Geheimnis zu hüten und in ihren Fantasien ein anderes Leben zu führen. Dieser Drang kollidierte mit den religiösen Regeln und der Scharia des Buße-Tuns.

Früh am Abend mussten wir zu Bett gehen. Alle Fenster waren verschlossen. Ich schob den Vorhang beiseite und sah unzählige Sterne. Wir lagen regungslos, als Fatana unerwartet mit der Stimme einer Geschichtenerzählerin begann:

»Die Traurige Midiya hatte den Mond sehr gern. Ihre Liebe zu ihm war so groß, dass sie ohne ihn nicht leben konnte. In den Nächten, wenn der Mond sich hinter den Wolken versteckte, war sie sehr betrübt. Einmal, als sie noch klein war, konnte sie den Mond nicht sehen. Sie verließ das Haus, um ihn zu suchen. Bei ihrer Rückkehr trug sie zwar nicht den Mond, aber ein Buch in Händen, das sie vor einem alten Schloss gefunden hatte. Das Buch erzählte vom mysteriösen Tod eines Dichters. Noch bevor Midiya das Buch ausgelesen hatte, befiel sie eine tödliche Krankheit …«

Noch ehe Fatana ihre Geschichte beendet hatte, fielen mir die Augen zu. Von da an, Nacht für Nacht und Jahr um Jahr, schlief ich, auch in den finstersten und kältesten Nächten, zum Klang von Fatanas Stimme ein. In ihren Geschichten vermischten sich Wahrheit und Fantasie, sodass ich vollkommen die Orientierung verlor.

15

Nein, nicht alles war von Anfang an trüb. Der große Kummer kam später. Zu Beginn war das Land der Verliebten voller Hoffnung.« Wenn Süßduftender Nasradin sich beruhigte und einsah, dass er mir die Geschichte so erzählen musste, wie sie geschehen war, besänftigte sich sein Ton, dann klang er überzeugend.

Auch ich bin sicher, dass die Hoffnung Perwana zum Weggehen bewegte. Sie war nicht einfach der Liebe gefolgt, sondern auf der Suche nach einer anderen Welt, von der sie ebenso wenig wie alle anderen Lebenden und Toten unserer Stadt wusste, wo sie lag oder wie sie aussah. Andere hatten nur einen Zufluchtsort gesucht, Perwana hingegen fand ihr Glück darin, immer weiter zu gehen und zu suchen. Sie hatte kein bestimmtes Ziel vor Augen, und wenn ein Mensch kein Ziel hat, dann hat er auch keine Heimat.

Wenn die Liebenden über die Strickleiter hinunterstiegen, spürten sie als Erstes Geborgenheit. Das Tal nahm ihnen die Angst vor den Dolchen der Brüder, Väter und Verwandten. Das Gefühl, sich unbefangen in der Natur bewegen zu können und mit ihr eins zu werden, berauschte sie. Sie wollten alles tun, um diese Welt zu bewahren und sich hier eine neue Existenz aufzubauen.

Gowand war der Fahnenträger dieser Hoffnung. Für jedes Paar, das neu ankam, veranstaltete er eine Empfangsfeier. Alle versammelten sich um ein großes Willkommensfeuer, sangen und tanzten im Reigen um die Flammen. Sie mühten sich nach Kräften, die Neuankömmlinge die Vergangenheit und die Liebsten, die sie verlassen hatten, vergessen zu lassen.

Wie ein großer Bruder legte ihnen Gowand den Arm um die Schultern und versuchte, sie zu ermutigen: »Die Liebe hat uns hergeführt, und mit ihrer Kraft kommen wir voran.«

Wenn Perwana diese Worte hörte, lächelte sie bitter. Gowand erschien ihr wie der Mullah des Waldes. Fareydun hingegen sah Gowand als einen optimistischen Narren, der noch nicht begriffen hatte, dass im Herzen der Hölle kein Paradies gegründet werden kann.

Aber wer war Gowand wirklich? Alle hielten ihn für einen romantischen Helden und sahen in ihm einen treuen Liebenden. Seit er beschlossen hatte, mit Dilaram zu fliehen, sah er sich als einen Mann mit Moral und eisernen Prinzipien. Er verheimlichte nicht, dass er den Wunsch hegte, große, bleibende Werke zu erschaffen. Als er damals die Skulpturen in seiner Werkstatt zerstörte, tat er es, weil sie nicht die Vollkommenheit aufwiesen, die er sich abverlangte. Auf mich hatte er immer eingebildet und hochnäsig gewirkt. Einer von diesen Künstlern, die meinen, die Welt schulde ihnen etwas. Ganz wie meine Schwester Perwana war ich skeptisch, was diesen trunkenen, wankelmütigen Bildhauer anging.

Jedes Mal, wenn im Gespräch mit Nasradin oder Maasuma sein Name fiel, unterbrach ich ihre Geschichten: »Halt, halt! Ich muss diesen Mann besser verstehen.« Ich weiß nicht, ob es mir gelingen wird, von diesem Mann, der mit seiner gesamten Existenz für das Land der Liebe einstand, genauer zu erzählen.

Bei seiner Ankunft staunte er. Der Wald war prächtiger als erwartet. Nichts roch nach dem vergangenen Leben, nach den Hallen und Korridoren des Sportklubs, nach Ton und Gips der Skulpturen, nach den schattenlosen Bäumen, unter denen er bis zur Besinnungslosigkeit getrunken hatte, nach den Kneipen, seinem Zuhause, gepanschtem Raki, dem brackigen Lachen in den Straßen der Stadt. Alles in der neuen

Welt war unangetastet und jungfräulich. Sein Leben lang war er auf der Suche nach einem Flecken Erde gewesen, den er selbst gestalten konnte. Es genügte ihm nicht, in der Werkstatt nie gesehene Kreaturen zu schnitzen, er wollte eine ganze Stadt schaffen. Er begriff sofort: Auf diesem Boden, der sich da vor ihm ausbreitete, hatte bisher keine Armee, kein Gesetz, keine Staatsgewalt regiert. Hier waren die Blumen nicht durch die Arbeit eines Gärtners groß geworden. Hier hatte noch kein Mensch Hand angelegt, um ein Bachbett zu graben. Hier hatte keiner je eine Fliege oder Mücke erschlagen oder irgendein Tier erschreckt. Dieses Tal schien darauf zu warten, dass ein Bildhauer mit Hammer und Meißel käme und etwas aus ihm machte. Wir alle waren behauene Geschöpfe und hatten eine bestimmte Gestalt verpasst bekommen, aber dieser Wald war unversehrt.

Als er in der ersten Nacht mit Dilaram schlief, hatte er die Vorstellung, sie müsse schreien vor Lust und ihrem Körper gestatten, in dieser Waldluft und unter diesem sternenübersäten Himmel dahinzuschmelzen. Aber die unerfahrene Frau, die noch voller Angst und Scham steckte, reagierte nicht, wie es seinen Vorstellungen entsprach.

»Dilaram, in dieser neuen Welt brauchen wir einen neuen Körper.« Am liebsten hätte er alle Erinnerungen aus seinem und ihrem Körper gelöscht, um Leidenschaft und Lust uneingeschränkt erfahren zu können. Er suchte nach einer Steigerung des Lustgefühls, aber Dilaram konnte nicht mitspielen.

Die meisten waren ja nicht gekommen, um die Welt zu verändern, sondern um hier ohne Furcht zu leben. Für sie war diese unberührte Wildnis ein Paradies, weil es hier keinen Mullah, keinen Scheich, keine Buße und keine von den Mächtigen diktierten Gesetze gab. Auch ich, die die Schule der Reumütigen Schwestern durchlebt habe, könnte mir sehr wohl vorstellen, in diesem unberührten Tal glücklich zu leben, ohne viele Gedanken, was man daraus alles noch machen konnte.

Gowand hingegen empfand es als roh und ungestaltet. Die Aufgabe eines Bildhauers ist es, aus Rohstoff, aus Steinen und Felsen etwas entstehen zu lassen. So dachte er und wusste genau, dass die kleinen Skulpturen der Neuen unbefriedigend ausfallen würden, aber er war zuversichtlich. Im Morgengrauen begann er zu arbeiten, ohne bestimmtes Ziel, denn unaufhörliches Bemühen würde etwas hervorbringen, das am Ende das Fundament einer neuen Stadt bildete. Er ermutigte die angehenden Bildhauer, brachte ihnen Holz für die Skulpturen, bemalte für seine eigenen Projekte Steine, überlegte sich neue Plätze für die Zugewanderten, plante in seinem Kopf Häuser, organisierte kleine Feste mit Tanz und Gesang für die langen Nächte im Wald, kümmerte sich um die Kranken und verarztete sie mit den Medikamenten, die Nasradin mitbrachte. Nicht einen Augenblick zweifelte er an der Hoffnung, die ihm die Bäume, die Schmetterlinge und die Luft im Land der Liebe schenkten.

Dilaram staunte über Gowand, sie bewegte sich in seinem Schatten und glaubte ihm jedes Wort. Der Mann, dem sie sich nachts hingab, war nicht mehr die traurige Gestalt, die gegen den Lehrer Ismail im Schach verloren hatte, nicht mehr der hoffnungslose Trinker. Für sie war er jetzt der König des Waldes, der ihre rückhaltlose Liebe verdiente. Sie legte ihren Kopf auf seine Brust und flüsterte: »Du bist der König der Liebenden.«

Gowand streichelte sie und erwiderte: »Verliebte brauchen keinen König. Sie brauchen jemanden, der ihnen beibringt, hier zu leben.« Wahrscheinlich waren Dilaram und Gowand die Einzigen, denen Perwanas Hoffnungslosigkeit völlig fremd blieb.

Perwana und ihre Freundinnen waren die, die die dunklen Seiten des Waldlebens sahen. Einmal, als Perwana ihre Idee vom Wegziehen weiterspann und Midiya auf der Suche nach dem Mond und seinem Glanz war, gesellte sich Maasuma zu ihnen, und bald verband die drei eine enge Freundschaft. Sie war nicht immer reibungslos, denn die Ansichten der beiden jungen Frauen über Liebe, Leben und die Vergangenheit waren Maasuma anfänglich völlig fremd. Doch sie spürte die Zuneigung der beiden. In der herzlichen Aufmerksamkeit, die sie von den zwei Frauen erhielt, fand sie Geborgenheit und Glück. Maasuma wirkte immer wie auf der Flucht vor Siyamand dem Vogel. Er zwang sie, in die Kronen der höchsten Bäume zu klettern, und Perwana hörte ihr Schreien und Klagen.

»Wenn du einen Vogel liebst, musst du bereit sein, wie ein Vogel zu leben«, sagte er herrisch. Manchmal schaffte Maasuma es zu fliehen. Bei Sonnenaufgang kletterte Siyamand von seinen Bäumen herunter und ging mit den anderen Männern arbeiten, während sie aus der Hütte trat, sich den Frauen anschloss, um unter den Trauerweiden Körbe zu flechten. Allerdings waren Siyamands Stimmungen schwankend. In manchen Nächten war er ruhig und gelassen, stieg herab auf den Boden, ging zurück in die Laube und schaute Maasuma liebevoll an. Ja, ihr war dann, als sähe sie Tränen in seinen Augen. An seiner Einsamkeit jedoch änderte sich nichts. Sogar Nasradin stellte bei seinen Besuchen fest, dass sich Siyamand immer weiter aus dem Kreis der Liebenden entfernte. Nasradin hätte nicht gedacht, dass Siyamand ein weiteres Mal verloren gehen würde. Er hatte sich sehr viel Mühe mit ihm gegeben und angenommen, er hätte einen gesellschaftsfähigen Menschen aus ihm gemacht. Enttäuscht und zornig kletterte er zu Siyamand auf einen Baum, hockte sich ihm gegenüber auf einen Ast und machte ihm Vorwürfe: »Ich war mir absolut sicher, dass du nicht mehr auf die Bäume zurückkehren würdest. Ich dachte, die Liebe würde dich verwandeln.« Die beiden stritten bis in die Nacht hinein. Schließlich kletterte Nasradin herunter. Er wusste, dass er Siyamand aus seiner Welt nicht mehr würde herauslocken können.

»Die wilde, einsame Vogelseele, die seit der Kindheit in ihm wohnte, war stärker«, sagt Nasradin heute.

Als er ihn kennenlernte, war Siyamand ein ungezähmtes Geschöpf der Berge gewesen, das den Vögeln und Wäldern näher war als den Menschen. Von Anfang an folgte sein Leben einem Pfad, der nicht weiterführte, von dem er aber auch nicht abgehen konnte. Ein Holzfäller hatte ihn in einem aufgehängten Bastkorb gefunden. Bis zum zweiten Lebensjahr zog er ihn gemeinsam mit den eigenen Kindern auf. Nach dessen Tod nahm ihn die kinderlose Zweitfrau eines Gutsherrn an Kindes statt zu sich. Durch seine klauenähnlichen Hände und seine Furcht einflößend weiten Pupillen, die an einen Raubvogel erinnerten, wurde er, in einer streng religiösen Umgebung aufwachsend, zur Zielscheibe von Spott und Angriffen. Je älter er wurde, desto empfindlicher spürte er, wie die Frauen und Kinder des Dorfes sich vor seinen Blicken schützten. Er wurde zum verfluchten Fremdling, den die Horde wie einen Aussätzigen behandelte. Er zog sich in die Berge zurück, wo er sich von Vogelfleisch, wilden Früchten und Fischen ernährte. Dennoch drängte es ihn immer wieder in die Nähe der Menschen. Unverhofft tauchte er vor dem Tor der Dorfmoschee oder in den engen Straßen auf, unterwegs zum Hof des Gutsherrn, bei dem er Demütigung und Einschüchterung erlebt hatte. Doch dort erntete er wieder böse Blicke von seinen Geschwistern, die ihn als Schandfleck der Familie betrachteten. Je länger er in den Bergen blieb, desto schauriger wurden die Geschichten, die man im Dorf über ihn erfand.

In einem Sommer lief er jeden Tag ins Dorf, weil er sich in ein Mädchen verliebt hatte. Niemand weiß, wie er auf Maasuma aufmerksam wurde. Sie war die Einzige im Dorf, die zur

Schule in die Stadt gehen durfte. Nur in den Ferien kehrte sie ins Dorf zurück. Auf ihren Spaziergängen über die Äcker und durch die Obstgärten, auf der Suche nach wilden Pflanzen und seltenen Blumen, erblickte sie eines Tages dieses Wesen, von dem sie längst gehört hatte. Diesen jungen Mann mit den klauenähnlichen Händen, der Adlernase, den wirr vom Kopf abstehenden Haaren und dem Blick eines hungrigen Falken. Fluchtartig verließ sie das Dorf und fuhr zurück in die Stadt aus Angst vor dieser Liebe und diesem Blick. Doch nichts konnte Siyamands Liebe erschüttern. Bald wurde sie zu einer zerstörerischen Macht, die ihn dazu brachte, Gärten und Felder in Brand zu stecken und die Weinberge zu zerstören. Dann floh er zurück in die Wildnis.

Nachdem er seiner Zerstörungswut wieder einmal freien Lauf gelassen hatte, fand Nasradin ihn besinnungslos, wie tot in einer Höhle liegend. Nasradin suchte damals nach einem sicheren Versteck für sich und seine Peschmerga. Auch er kannte die Geschichte der zerstörerischen Liebe dieses Mannes, der auf seine Weise die Legende Majnus, des besessenen Verehrers von Layla, lebte.

»Er glich einem Liebenden aus den Anfängen der Zeit. Ein brutaler Verehrer, der außerhalb der Regeln und Gesetze handelte. Ich musste ihm helfen. Ich musste ihn zurück in menschliche Gesellschaft bringen«, erklärte mir Nasradin. Monatelang versorgte er Siyamands Wunden und folgte ihm in die Wälder und zu den Teichen. »Wie lange noch willst du wie ein Vogel auf den Bäumen leben? Wenn du nicht normal wirst, kann sich keine Frau in dich verlieben.« Nasradin nahm ihn mit in Dörfer und Städte, zeigte ihm asphaltierte Straßen, sprach mit ihm über den Sinn des Lebens, gab ihm Anweisungen in Dingen der Liebe und hielt ihn von Brandstiftung und Zerstörung ab. Er schickte ihn zu Gowand und Fareydun und empfahl ihm, einen alten Dichter aufzusuchen, der als ein Meister im Heilen von Liebesbesessenheit galt.

Schließlich holte er Siyamand in die Reihen seiner Peschmerga und machte ihn zu seinem Boten.

Als er danach ins Dorf zurückkehrte, in neuer Kleidung, mit gekämmtem Haar und mit Gewehr, konnten die Leute kaum glauben, dass dieser respektable junge Mann der verrückte Junge war, der Gärten und Felder in Brand gesteckt hatte.

Zur selben Zeit wurde die kranke Maasuma auf einem alten Pick-up aus der Stadt ins Dorf gebracht. »Die bitteren Erfahrungen mit den Jungen in der Stadt trieben mich beinahe in den Tod. Als man mich zurückbrachte, war ich in einem desolaten Zustand. Die Liebe hatte mich an den Abgrund getrieben«, beichtete sie mir später.

Sie entschloss sich, nicht mehr in die heruntergekommene Landwirtschaftsschule zu den jungen Männern und den arroganten Mädchen zurückzukehren. Die beiden trafen sich außerhalb des Dorfs. »Finde einen Ort, wo uns niemand findet! Weit weg von den erbarmungslosen Dörflern und den schmierigen Städtern. Ich komme mit dir«, sagte Maasuma.

Als Siyamand der Vogel Nasradin dies berichtete, war der erstaunt. »Wie eigenartig! Dieses Mädchen denkt wie ich. Genau wie ich.« Von da an wurde die Suche nach einem abgelegenen Tal zur wichtigsten Aufgabe im Leben von Siyamand und Nasradin.

Als dann aber Maasuma mit Siyamand zum ersten Mal über die Leiter in die Schlucht hinabstieg, reagierte sie ängstlich. Sie kannte ihren Begleiter noch kaum, und auch er wusste wenig von ihr.

Für ihn, der die meiste Zeit seines Lebens in der Natur verbracht und deren Gefahren schon als Kind kennengelernt hatte, hatte der Wald nichts Befremdliches. Für ihn kam es nur darauf an, dass Maasuma ungezähmt, wild und fern von anderen Menschen zu leben lernte. Später erzählte sie, aus Angst vor diesem Adler, der sie mit scharfem Blick beobachtete, als wäre er jederzeit bereit anzugreifen, habe sie die Schönheit des Waldes nicht genießen können. Die Natur war für Siyamand weder schön noch hässlich, weder angenehm noch schwierig. Er fühlte sich wie ein Baum unter Bäumen, ein Vogel unter Vögeln. Anfangs dachte Maasuma, dieser Wald würde ihr Zuhause, aber als andere Liebespaare zu ihnen stießen, fuhr sie ihn zornig an: »Ich habe dir aufgetragen, einen einsamen Ort zu suchen. Du hast die Hauptbedingung unserer Liebe nicht erfüllt.«

Von Anfang an misstraute Siyamand den Männern und Frauen, die an den Teichen und unter den Bäumen immer zahlreicher wurden. »Du und ich, wir werden weit weg von diesen Leuten wie zwei Vögel leben«, erwiderte er. Seine Wildheit kehrte zurück.

»Siyamand, du musst arbeiten wie alle anderen. Du musst dich in der Werkstatt als Gehilfe betätigen«, forderte Nasradin. Da Siyamand Respekt und fast so etwas wie Liebe für Nasradin empfand, gehorchte er, aber nie wurde er Teil dieser Gemeinschaft, niemals war er bei Gowands langen Ansprachen über Wahrheit, Schönheit und Liebe und dem Vortrag seiner endlosen Liebesgedichte dabei. Niemals unterhielt er sich mit den anderen. Nur mit Maasuma war er zusammen und ließ nicht locker: Er wollte einen Vogel aus ihr machen.

Manchmal schaffte sie es zu fliehen, und im Weglaufen rief sie: »Ich gehöre dir nicht. Wir sind kein Liebespaar. Du hast die Bedingung nicht erfüllt. Nichts bindet mich an dich.« In manchen Nächten suchte sie Zuflucht bei den beiden Mädchen. Jedes Mal, wenn der Vogel sie in deren Begleitung sah, zog er sich auf die Bäume zurück.

Maasuma legte ihren Kopf an Perwanas Brust und klagte: »Ich habe Siyamand niemals geliebt, nie.« Perwana strich über ihr Haar und wischte ihr die Tränen ab. Sie legte die Hand unter ihr Kinn und sagte tröstend: »Maasuma, auch ich bin auf der Suche …« Nacht für Nacht saßen die drei jungen Frauen beisammen und erzählten einander bis ins Morgengrauen ihre Lebensgeschichten. Midiya schriftlich auf weißem Papier und die anderen beiden mündlich.

»Kilpa hat mich nie geliebt, wie ich bin, er hat mich nie als die stumme Midiya geliebt«, schrieb Midiya in einer jener Nächte in ihr Heft. Als Perwana dies las, fragte sie besorgt: »Was willst du damit sagen? Stehen alle Liebenden dieser Welt am Ende mit leeren Händen da? Ist die Liebe nichts als eine Halluzination, die nur Sekunden anhält?« Sie lief davon und schrie: »Also machen wir uns alle etwas vor. Wir täuschen uns gegenseitig. Niemand hier liebt wirklich einen anderen.«

»Seit Kilpa weiß, dass ich stumm bin und nur schreiben kann, hasst er mich. Er pfeift auch nicht mehr meine Lieblingslieder für mich«, erzählte sie. Ja, Midiya und Kilpa lebten wie zwei fremde Seelen nebeneinanderher. Nachts schlief Kilpa auf einer hölzernen Liege, und Midiya machte sich auf die Suche nach dem Mond. Abends saß Kilpa manchmal auf einem Felsen und summte vor sich hin. Manchmal schloss er sich dem Kreis um Gowand an, lehnte sich an einen Baum und beobachtete seine Mitbewohner mit schläfrigen Augen. Midiya und Kilpa waren vor den Massakern geflohen. Ein Strenggläubiger hatte ein paar von Midiyas Briefen in Mauerlöchern und in Zündholzschachteln bei ihrem Haus gefunden und sie einem der Wächter übergeben. Als die Zeit des Gemetzels begann, ahnten Midiya und Kilpa nicht, dass ihre Namen auf der Todesliste standen. Sie waren einander nie nahegekommen. Das ganze Viertel wusste zwar, dass Kilpa diese zauberhaften Melodien für Midiya pfiff, aber sie wussten auch, dass Midiya das Haus schon lange nicht mehr verlassen hatte. Seit sie auf der Suche nach dem Mond ein Buch gefunden hatte, das sie krank machte, war sie nicht mehr vor die Tür getreten und erwartete den Mond auf dem Dach des Hauses.

Als zwei Mädchen des Viertels geköpft wurden, argwöhnte niemand, dass Midiya die Dritte hätte sein sollen. Kurz bevor die Schlächter mit ihren Messern und Säuren Midiyas Haus umstellten, gelang es einem alten Freund von Kilpa, die beiden zu warnen. In jener Nacht entführte Kilpa Midiya, und da erst merkte er, dass sie nicht sprechen konnte. Ihre langen Briefe, in denen sie so außergewöhnlich über die Musik, den Mond und die Poesie schrieb, hatten ihn verzaubert. Doch als er merkte, dass sie stumm war, überfiel ihn die Reue. Er schlug seinen Kopf gegen die Wand, wälzte sich am Boden und klagte: »Eines stummen Mädchens wegen bin ich in diesen Wirbelsturm geraten. Bis zu deinem Tod wirst du nur über Briefe mit mir sprechen können. Bis ich sterbe, werde ich nur deine Stille hören. Ich habe von deiner Stimme geträumt, davon, wie die Worte in den Briefen wohl aus deinem Munde klingen. Ich war verrückt nach ihrer Melodie, die ich in meiner Vorstellung hörte. Was soll ich jetzt tun? Ich war besessen vom Zauber einer Stimme, die es nicht gibt.« Nun gab es für beide kein Zurück mehr.

Ich schließe die Augen und tauche ein in Midiyas Stille und sehe sie dort. Niemand fand einen Weg zu ihrer Seele. Sie glaubte, sie sei in dem Wald die Einzige, die zweifelte. Gott hatte ihr die Stimme verweigert, um ihr dafür scharfe Augen zu schenken. Da sie stumm war, wurde sie wenig beachtet, und manche glaubten, sie könne auch nicht hören. Obwohl sie ein Stadtmädchen war, hörte sie in der Natur mehr und wusste mehr von ihren Geheimnissen als alle anderen. Vieles hielt sie in ihren Heften fest und befürchtete, die Hefte könnten ihr eines Tages entwendet werden. Ihr Schicksal war das einer stummen Zeugin. Wichtiger als die Liebe war ihr einzig das Schreiben, weil es ihren Schmerz linderte.

»Wer nicht schreiben kann, wird niemals ganz frei sein«, schrieb sie an Perwana. Zu Beginn hielt sie das Glück der Verliebten fest, die kleinen Feiern, die gemeinsamen Gesänge, die überall auftauchenden Skulpturen, die Momente überschwänglichen Glücks, wenn Nasradin zu Besuch kam oder wenn der blauäugige Bote an Seilen neue Vorräte in die Schlucht hinunterließ. Aber je tiefer sie in ihrer Einsamkeit versank und je häufiger sie Zeugin von Perwanas Verzagtheit wurde, desto mehr füllten sich ihre Hefte mit bitteren Worten. Ich kann erkennen, dass Perwana großen Einfluss auf sie hatte. So wie Perwana damals auf mich eindrang, ich dürfe sie nicht vergessen, wenn sie gestorben sei, setzte sie auch Midiya zu, Nacht für Nacht.

»Midiya war die Einzige, der in diesem Wald nichts entging, die jede Bewegung spürte«, sagt Nasradin. Sie dachte nicht über die Vergangenheit nach, verfolgte auch nicht wie Perwana den Traum, weiterzureisen, sie lebte für den Augenblick. Ihre Sinne waren jederzeit darauf ausgerichtet, Stimmen und Zeichen wahrzunehmen und niederzuschreiben.

Ihr ganzes Leben lang hatte sie sich darin geübt, all die vernachlässigten und vergessenen Dinge festzuhalten, die sie zu Hause umgaben. So konnte sie der Untätigkeit ihrer langen, stillen Tage entfliehen. Sie schrieb damals von den Bäumen im Vorhof und den alten Stühlen. Vom Plattenspieler ihres Vaters, der ihr Volksmusik aus Bagdad vorspielte und die Lieder von Rashid Qonderdschi, Gubandschi und Filfil Gurtschi. Sie erzählte die Geschichte der Kette aus Goldmünzen und des weißen Kopftuchs aus dem Besitz ihrer Mutter, die seit dem 18. Jahrhundert von einer Frau des Clans an die nächste vererbt wurden. Vom Brünner Gewehr ihres Großvaters, das in Dutzenden Gefechten zum Einsatz gekommen war, ohne jemals einen Menschen zu töten, als hätte das Gewehr selbst entschieden, niemandem das Leben zu nehmen … Sobald sie etwas sah, hörte oder las, griff sie zum Stift. Da sie nicht sprechen konnte, zeigte sich ihre Kraft im Schreiben. Wenn ich heute in den Heften von Midiya lese, sehe ich, dass die Geschichten, die Fatana in der Schule der Reumütigen Schwestern erzählte, nicht erfunden waren.

»Jedes Land, jede Stadt, jedes Viertel, jeder Mensch hat seinen eigenen Mond. Suchen wir nicht alle ein fernes Licht? Jede Stadt, jeder Mensch sucht es auf unterschiedliche Weise.« Erstaunt lese ich diese Worte in Midiyas Heften, und mich beschleicht das Gefühl, dass auch Perwana auf der Suche nach einem solchen Licht war – genau wie ich.

Midiya schreibt über die Bäume und Vögel des Waldes, sie hält die täglichen Ereignisse fest. Nichts ließ sie aus in diesem Strudel der Ereignisse, im Wechsel der heiteren und der düsteren Tage. Unwandelbar blieb nur das Licht des Mondes. Sie sah, was die anderen zu Beginn noch nicht ahnten: Dass das Land der Liebe nicht für immer bestehen würde, dass es sich von anderen Orten nicht unterschied und vom Tod nicht verschont bleiben würde.

»Die Stille des Todes und Midiyas Stille gingen nebeneinanderher«, sagt Nasradin. Und in Midiyas Heft lese ich: »Mein Stummsein verbindet mich stärker mit den Toten als mit den Verliebten.«

Ich sehe sie vor mir, auf einem Felsen sitzend, schreibt sie nieder, was sie beobachtet: Frauen, die sich am Fluss waschen. Männer, die Bäume fällen, Steine schleppen, grillen. Sie nimmt die Regungen der leblosen Dinge um sie herum wahr. »Die Steine wählen sich selbst ihren Platz am Ufer und werden traurig, wenn wir mit ihnen einen Pfad auslegen.« Ich blättere weiter und bleibe immer wieder an einzelnen Sätzen hängen: »Ich habe keinen Zweifel, dass der Wildnis unsere Ankunft missfällt. Seit wir hier wohnen, haben die Vögel gelernt, Angst zu haben.« … »Die gebrauchten Kleider, die Nasradin bringt und unter uns aufteilt, riechen nach den Wunden der Vorbesitzer. Der Geruch einer Stadt voller Angst haftet daran.« … »Während die Stille mir, weil sie mich vom ersten bis zum letzten Tag begleitet, zutiefst vertraut ist, erfüllt sie Kilpa mit Schrecken.« … »Wenn Verliebte nach ihrer Vereinigung eng umschlungen daliegen, meinen sie, ruhig sterben zu können. Als hätte die Macht der Lust den Tod besiegt.«

Wenn ich solche Sätze lese, unterstreiche ich sie und wünsche mir, ich hätte Midiya einmal aus der Nähe gesehen, hätte ihre Hände beim Schreiben beobachtet und ihrer Stummheit gelauscht. Ich weine, und noch eine ganze Weile hängt Midiyas Stille wie ein Schatten über mir.

Die Nächte bescherten Perwana schreckliche Albträume von verfolgten, getöteten Paaren und abgestorbenen Liebesgeschichten. Wenn sie aus diesen Träumen aufschreckte und Fareydun neben sich sah, war sie wie betäubt. Sie kam sich selbst wie abgestorben vor, als wären Hände, Herz und Adern ohne Gefühl. Vor Fareydun hatte sie Dutzende anderer Männer gekannt und längst vergessen. Warum hatte sie sich gerade in diesen Mann verliebt, der jetzt still neben ihr lag und in seinen Gedanken versunken war? Sie wusste es: weil er sie mitnehmen sollte in eine andere Welt, eine Welt der Gärten, der Zivilisation, der Freiheit, weit weg von den Schmerzen. Und sie wusste auch, warum Fareydun sich in sie verliebt hatte: Sie hatte etwas von einem Schmetterling.

Fareyduns Blick fragte: Perwana, wo bist du? Du bist so fern! Ich sehe dich nicht! Perwana wusste, dass sie einander nicht mehr nah kommen würden. Sie wusste, dass dieses Licht, dem sie hinterherlief, sie in die Irre führte. Es war nichts anderes als ihr innerster, verstörender Wunsch nach Veränderung, nach einer Durchbrechung des Immergleichen, nach der Entdeckung einer anderen Welt hinter dem Schleier des Überdrusses.

Fareydun merkte, wie Perwana sich Tag um Tag weiter von ihm entfernte. Er sah sie nur noch wie im Nebel. Als ob sie sich in einer Staubwolke auflöste, die sich in die Luft erhob. Je ferner sie ihm schien, desto bewusster wurde ihm das Absurde seiner Liebe, die ihn einst aus der Sinnlosigkeit seines Lebens erlöst hatte. Sein Versagen in allen früheren Beziehungen war es, das ihn dazu trieb, sich eine Fantasiegestalt zu erschaffen. Nach dem Absturz von Reza dem Glücklichen hatte er sich zum ersten Mal gefragt: Wenn der Mensch wirklich fliegen könnte, wohin würde er fliegen? Nach all den langen Nächten mit seinen Saufkumpanen, nach diesem Leben der Trunkenheit und des Gesangs entdeckte er im Wald schließlich, dass der Mensch bei kleinen Dingen großes Glück empfinden kann, dass das Glück ein einfaches Lied sein kann. Hier war das Leben nicht ständig überschattet vom drohenden Tod. Dieses Glück hatte er gesucht. Nach all den großen Träumen und grenzenlosen Fantasien war er hier umgeben von Dingen, die ihm Ruhe schenkten.

Natürlich hatte er auch vom Zusammenleben mit Perwana geträumt. Warum bloß schien sie ihm jetzt so fern? Warum ließ sie sich in so vielen Nächten von einem Irrlicht in die Tiefen des Waldes entführen, wo sie mit anderen Frauen über die großen Fragen des Lebens und der Liebe philosophierte? Wenn sie dann morgens wiederauftauchte, schien sie aus einer anderen Welt zu kommen.

»Perwana, wo bist du?«

Sie umarmte ihn sanft und erwiderte: »Glaubst du, dass wir bis zu unserem Ende hierbleiben?«

Fareydun griff nach ihrer Hand, sie fühlte sich kalt an. »Perwana, wir sind eingesperrt. An allen Grenzen wird gekämpft. Wir können nicht weg«, antwortete er und strich ihr über das Haar. Nacht für Nacht spürte er ihre Entfremdung. Er fühlte sich abgewiesen und auf sich selbst zurückgeworfen.

Ein neuer Fareydun entstand. Ein verletzter, einsamer Mann, den es drängte, sich in die Abgeschiedenheit zurückzuziehen.

Nasradin, dem Fareydun später davon berichtete, hätte nie gedacht, dass es mit seinem Freund so weit kommen würde.

In den langen Nächten bei den Reumütigen Schwestern erzählte mir Maasuma: »Es begannen seltsame Tage. Der Boden unter unseren Füßen riss auf, wir wurden zu Inseln, die sich voneinander entfernten. Je tiefer die Männer in ihrer und wir in unserer Welt versanken, desto mehr wurden unsere Tage und Nächte zu einem Albtraum.«

Die Männer saßen um ein großes Lagerfeuer, plauderten, spaßten und spielten endlos lang auf kleinen Brettern Schach und Dame. Es ging nur um Gewinnen und Verlieren und darum, wer der Beste war. Derweil verbrachten die Frauen ihre Tage und Nächte unter ihren Lauben am Ufer der Teiche. Midiya notierte das alles in ihre Hefte. »Die Jahreszeiten vergehen wie ein Augenblick, der Sommer endet bald, ich höre ein unheimliches Schweigen. Mir scheint, eine Jahreszeit kommt auf uns zu, die wir nicht kennen.«

Tatsächlich brach eine Zeit an, die Midiya vorausgesehen, die aber niemand erwartet hatte, die »Zeit der Zurückgezogenheit«. Sie begann, als eines Tages der blauäugige Bote herunterkletterte und den Geflohenen eine wichtige, traurige Nachricht überbrachte. Als Nasradin diese Stelle der Geschichte erreichte, sah er mich betrübt an und seufzte.

»Halt, halt, ich will wissen, wer dieser Mann war«, sagte ich. Nasradin erwiderte: »Einfach ein gutmütiger Mann, keine Ahnung.« Maasuma reagierte damals ähnlich und behauptete, niemand habe diesen Mann genauer gekannt.

Niemand wusste viel über den blauäugigen Boten. Er gehörte zu den Helfern, die hin und wieder auftauchten, um eine wichtige Aufgabe zu erfüllen, und schnell wieder verschwanden. Dass ich mir von ihm kein klares Bild machen kann, ärgert mich. Für diese Geschichte ist er wichtig. Wenn Nasradin sich für den Erfinder des Schiffs hält, das sich das Land der Liebenden nannte, dann war der Blauäugige einer der Matrosen. Ich bin mir sicher, ohne ihn hätte Nasradin es nicht geschafft. Als fahrender Händler, der mit Stoffen, Spiegeln, Puder, Ohrringen und Haarspangen handelte, sah der Blauäugige viel Verborgenes. Als er Nasradin kennenlernte, trug er bereits den Schmerz Dutzender unerfüllter Liebesgeschichten mit sich herum, und hatte durch seine Botendienste die Verzweiflung mancher Verliebter lindern können. Er hatte beschlossen, sich in den Dienst der Liebenden zu stellen. Ich bin mir sicher, er kannte die Gefahren und scheute kein Risiko, denn ich war nicht die Einzige, die durch ihn Nachrichten aus dem Tal erhielt. Viele der Geflohenen sandten über ihn Briefe an Geschwister und enge Freunde. Ich sehe ihn noch vor mir, wie er sich scheu, aber mit einem Lächeln auf den Lippen den Haustüren derer näherte, für die er Nachrichten dabeihatte. Nie hinterließ er Spuren. Niemand wusste, wann er auftauchen, wann wieder verschwinden würde. Er verkaufte die Statuen aus dem Tal an ein Netz von Ladenbesitzern und besorgte, was im Wald benötigt wurde. Er war nicht optimistisch wie Nasradin, setzte sich aber bis zum letzten Augenblick für die Liebenden ein und versorgte sie mit dem Notwendigsten, das er auf Maultieren über steile Bergwege heranschaffte. Oft sah ich in meinen Träumen, wie er sich mit seiner Ware durch Wind und Regen kämpfte, aber niemals konnte ich sein Gesicht erkennen. Jedes Mal, wenn er eine Figur verkaufen konnte, strahlte er. Oft wurde er gefragt, wie denn der Meister heiße, der fähig sei, solche Skulpturen zu schnitzen. Ich stellte mir vor, wie er lächelnd log: »Sie stammen von einer Künstlerwerkstadt in Ilam und aus Kasachstan. Wir bekommen sie von Großhändlern aus Mahabad.«

Ich berühre die hölzerne Figur, aber nicht, um Spuren von Perwana oder Nasradin zu finden, sondern die des Blauäugigen. War er selbst ein Liebender mit gebrochenem Herzen, der die Liebe aufgegeben hatte, dafür aber andere glücklich machte? Oder beneidete er die Verliebten, da in seinem Herzen kein Platz für Zuneigung war? Oder wollte er die Hartherzigen dieser Welt herausfordern und die Schönheit retten? Oder war er ein Atheist, der in den Verliebten Rebellen gegen Gott, Religion und Propheten sah? Vielleicht war er auch ganz einfach ein hilfsbereites Wesen. Jedenfalls wusste er, was er auf sich nahm und dass das Leben dieser Menschen von ihm abhing. Ständig musterte er den Himmel mit seinen blauen Augen. Er wusste genau, dass er nicht die Macht hatte, den Lauf der Dinge zu ändern. Und doch war er stets bemüht, Hoffnung zu verbreiten, um den Liebenden Kraft und Glück zu schenken.

An einem Herbstabend also kam der blauäugige Junge aus den fernen Städten zurück. Ich stelle mir vor, wie er die Leiter hinunterstieg und wie der Wind mit seinen Haaren spielte. Er versammelte die Männer des Waldes und verkündete eine schlechte Nachricht: »Es hat keinen Sinn mehr, weiter Statuen zu schnitzen. Krieg ist ausgebrochen, das ganze Land steht in Flammen. Ich bin mit meinem Bündel von Stadt zu Stadt gezogen, aber die Leute schauen nicht mal mehr hin. Niemand will in solchen Zeiten Skulpturen von Liebespaaren kaufen.« Nach einem kurzen Schweigen legte er sein Bündel ab und sprach weiter: »In fünfzehn Tagen komme ich wieder. In der Zwischenzeit müsst ihr euch etwas Neues überlegen.«

Gowand sah, dass diese Nachricht die Anwesenden in Angst und Schrecken versetzte, denn für den Winter brauchten sie Vorräte und warme Kleidung. Er blickte zum Himmel auf und beschwor sie mit enthusiastisch erhobenen Händen: »Wir dürfen die Hoffnung nicht aufgeben! Wir müssen weitermachen! Dieser Ort der Zuflucht muss bewahrt werden.«

Sie hörten seine Stimme beben, spürten die Wärme seines Atems, sahen den kalten Schweiß auf seiner Stirn, seinen verwirrten Blick, die rot unterlaufenen Augen. Doch sie schwiegen. Rasch löste die Versammlung sich auf.

Seit Fareydun in der Schlucht Zuflucht gefunden hatte, betrachtete er Gowands Optimismus mit Skepsis. Er, der Träumer, der Gowand für seinen Mentor gehalten und sich als Schatten dieses Mannes betrachtet hatte, staunte nun, wie blind Gowand für seine Umgebung war. Er sprach ihn an: »Lieber Freund, du hegst falsche Hoffnungen. Dein Werk wird in sich zusammenfallen, und du willst es nicht sehen. Du kannst deinen Traum anderen Menschen nicht aufzwingen. Ein Traum ist das Produkt eines einzelnen Menschen und hat nur für ihn Gültigkeit. Wir alle haben eine Phase der Hoffnung und des Träumens durchgemacht, genau wie du. Inbrünstiger als jeder andere habe ich von einer Reise mit der Geliebten geträumt, die mich um den Erdball führen sollte. Ich wollte die Grenzen der Völker, der Religionen, der Politik und unterschiedlicher Zivilisationen überwinden. Mit Reza dem Glücklichen lebte ich eine Zeit lang in dieser Vorstellung. Als ich begriff, dass Blutvergießen, Hass und Krieg stärker sind als diese Fantasien, dachte ich nur noch an meine und Perwanas Rettung.«

Fareydun hatte begriffen, dass Gowand nur von sich sprach, wenn er seine Reden hielt. Es ging schlicht um die Hoffnungen und Träume, die er brauchte. Gowand wollte alle dazu bringen, nach seiner Melodie zu tanzen. Er wollte sie zu Bewohnern des Reichs machen, von dem er träumte. Fareydun sagte: »Unser Fehler ist, dass wir zu viel von der Liebe erwarten. Sie soll zu einer Brücke zwischen uns und Gott werden, zwischen uns und der Heimat. Uns vom Elend des Stadtlebens erlösen, uns retten vor der Kälte der Religion, vor der Mühsal auf den Äckern und in den Fabriken, vor Entfremdung und Demütigung. Wir verlangen von der Liebe, dass sie uns beflügelt, uns Inspiration schenkt. Aber die Liebe in einer Stadt wie der unseren ist eine verletzte Gefangene, eine tiefe Wunde, die nur an der Oberfläche verheilt. Menschen und Völker sind zerrissen, und die Liebe hat nicht die Kraft, sie wieder zu vereinen. Manche glauben, sie seien verliebt, obwohl sie noch nie Liebe gespürt haben, und genau das macht das Leben zur Hölle. Sie knüpfen so große Hoffnungen an die Liebe, dass sie damit die Liebe und sich selbst zerstören. Gowand, mein Lehrer, die Liebe in diesem Tal stirbt. Sie ist nur noch eine leere Erinnerung.«

Bedrückt erwiderte Gowand: »Wenn wir dieses Tal aufgeben, bleiben die Liebenden auf unabsehbare Zeit der brutalen Welt ausgeliefert.«

Fareydun, der nach einer Antwort suchte, sagte: »Aber warum haben wir alle Kraft verloren? Warum ist es hier so still geworden? Sieh dir die Größe des Landes an, die Größe des Erdballs, die Größe des Universums. Sieh, was wir hier, ganz am Rande von allem, in dieser völligen Abgeschiedenheit tun! Wir sind noch immer einsam. Sieh dir Perwana an: Sie läuft jede Nacht weg. Jeder von uns lebt allein für sich, nur für die eigene Angst, für seine Zweifel, seine Wünsche und Albträume. Auch ich will nur noch mich selbst retten. Ich habe alles versucht, aber am Ende bin ich ein gebrochener, einsamer Mann in einem Tal, aus dem das Land der Liebenden hätte werden sollen.«

So hatte Gowand seinen Freund noch nie erlebt. Sein Haar war wirr, die Augen glasig, die Gesten schreckhaft und fahrig. Eines Nachts lief er an den Hütten und Lauben vorbei und schrie: »Bereitet euch vor auf Einsamkeit und Tod! Die Liebe ist gestorben. Verschließt die Türen, betrügt die Liebe nicht!« Die Schlafenden schreckten hoch und lauschten dem Geschrei Fareyduns, der sich wie ein Irrer auf Kopf und Brust schlug. Wie konnte er so plötzlich die Beherrschung verlieren? Perwana ging zu ihm hin, strich ihm über das Haar, versuchte, ihn zu beruhigen, aber er schüttelte sie ab und schrie: »Auch du warst eine Illusion, ein Fehler. Geh weg, setz deine Reise fort! Süße Illusion! Geh und folge deinen Träumen!« So schrie er bis zum Morgengrauen und schlief erst ein, als die Sonne schon am Himmel stand. Perwana, der sein Ausbruch wehtat, legte sich leise neben ihn. Sie wusste, dass dieser Mann sie liebte, und doch war er ihr fremd geworden.

Als Gowand sah, dass Fareydun sich wieder beruhigt hatte, stieß er einen Seufzer der Erleichterung aus. Am Abend berief er alle Männer zu sich, um mit ihnen eine Lösung zu finden. Nein, es hatte keinen Sinn, weiterhin Statuen anzufertigen. Sie mussten sich auf etwas Neues einigen, auf Kunst, die sich verkaufen ließ.

»Dies war der Abend des Auseinandergehens und des Zerbrechens«, schrieb Midiya. Von Anfang an war klar, dass die Männer zu keinem gemeinsamen Ergebnis kommen würden. Bereits die ersten Wortmeldungen offenbarten die Wut der Waldbewohner, die sich Gowands Märchen nicht länger anhören wollten. Dass die Statuen sich nicht mehr verkaufen ließen, war ein böses Zeichen. Aber der Zusammenhalt zwischen ihnen war nicht mehr stark genug, um sich auf etwas anderes zu einigen. Jeder machte einen Vorschlag. Einer sprach von Puppen für Kinder, ein anderer wollte Schachfiguren anfertigen, und ein Dörfler schlug vor, Getreidesiebe, Pinkelschalen für Säuglinge in der Wiege und Ayranschöpfer herzustellen.

Gowand wollte von seinem großen Thema nicht lassen: »Die Liebenden in unserem Land haben ihre Liebe schon immer mit Bäumen, Vögeln und Blumen ausgedrückt. Darum schlage ich vor, Bäume, Vögel und Blumen zu schnitzen. Ich weiß, das ist für euch eine Herausforderung, aber ich werde euch helfen, sie zu meistern.«

Noch bevor er seine Rede beendet hatte, erhoben sich wütende Stimmen, alle sprachen wild durcheinander. Aus dem Getümmel erhob sich Fareydun und blickte um sich: »Ich für meinen Teil werde Schmetterlinge anfertigen. Ich habe lange darüber nachgedacht. Etwas anderes kommt für mich nicht infrage.«

Midiya schrieb dazu in ihr Heft: »Damit begann die ›Zeit der Isolation‹.«

Die Zusammenkunft löste sich auf, ohne dass sie etwas erreicht hatten. Jeder ging nun seinen eigenen Weg. Nur wenige arbeiteten gemeinsam, immer kleiner wurde die Zahl derjenigen, die Gowands Predigten lauschten.

Eines Nachts hielt Gowand Fareydun an und sagte: »Wann hörst du mit diesem Schmetterlingswahn endlich auf?«

Mit erhobener Stimme fragte Fareydun: »Welche zwei Dinge sind einander so ähnlich wie der Schmetterling und die Liebe? Sieh des Schmetterlings Zartheit, sein kurzes Leben und sein Vergehen! Wie sehr er der Liebe gleicht! Schmetterlinge vergehen, ohne eine Spur zu hinterlassen. Die klassische Poesie ist voll von ihnen.«

»Aber genau das ist das Übel. Du betrachtest die Liebe nur als Zärtlichkeit, wie einen Schmetterling, der um eine Kerze kreist und verbrennt, aber die Liebe ist ein Kampf. Die Liebe hat wie jede Schlacht Höhen und Tiefen, Gewinner und Verlierer. Die Liebe ist ein Krieg gegen die ganze Welt.«

»Nein, Gowand, die Liebe kann kein Kampf sein. Die Liebe ist wie eine kurze Unterbrechung. Sie kommt und löst sich auf. Die Liebe stirbt, sobald man sie einfängt. Lebst du mit ihr, so vergiftest du sie. Mein Problem ist, dass ich sie fangen will. Ich will sie zwischen meinen Fingern halten und mit ihr spielen.«

Gowand dachte ganz anders von der Liebe, er schlug mit seinem Stock gegen einen Balken der Laube und erwiderte: »Die Liebe muss das Ziel der Welt werden, zum Ziel aller

Menschen und Nationen. Sie darf nicht sterben.« Fareydun, der von Gowands Gerede genug hatte, antwortete: »Vermische die Liebe nicht mit menschlichen Märchen! Lass sie so, wie sie ist, auf die Welt kommen und sterben. Euer Problem ist, dass ihr die Liebe kontrollieren wollt. Ihr vermischt sie mit Religion, Revolution, Herrschaft und anderen Träumen. Wenn man die Liebe überwacht, stirbt sie. Wenn die Liebe zu etwas anderem werden soll, stirbt sie. Die Liebe ist so eng mit dem Inneren des Menschen verbunden, dass sie stirbt, sobald sie ans Licht vorkommt.«

»Ich habe geahnt, dass dich die Lektüre dieser sinnlosen Bücher aus der lächerlichen Buchhandlung in die Irre führen würde. Es ist eine Katastrophe, wenn Menschen Bücher lesen und sie falsch verstehen.«

»Wovon sprichst du? Ich habe nichts gelesen, aber ich weiß, dass die Liebe diesen Wald nicht überlebt. Sieh dich um, wie blass, verzweifelt und hoffnungslos die Kinder und Frauen aussehen. Zwar können wir uns in der Schlucht verbergen, aber hier stirbt die Liebe. Warum siehst du das nicht?«, sagte Fareydun.

Die beiden gingen auseinander, Gowand zurück zu seiner Werkstatt und Fareydun in den Wald. In dieser Nacht begann er, Schmetterlinge zu schnitzen. Von dem Augenblick an, in dem Fareydun seinen Kopf über den ersten Schmetterling beugte, blickte er nicht mehr auf. Auch nachts blieb er im Licht der kleinen Laternen bei seinen hölzernen Schmetterlingen in der Werkstatt. Perwana beobachtete ihn beunruhigt durch die offene Tür. Fareydun nahm sie nicht wahr, er konzentrierte sich ganz auf die Fabelwesen, die unter seinen Händen entstanden. Perwana flehte ihn an, mit ihr in die Laube zurückzukehren, aber vergebens. »Ich beende die Arbeit und komme dann«, sagte Fareydun, seine Stimme klang tonlos und abwesend. Aber wenn er mit einem Schmetterling fertig war, begann er sofort mit dem nächsten. Jedem einzelnen gab er einen Namen. Aus Angst und Entfremdung formte er seine Schmetterlinge der Freiheit, der Fremde, der Hölle und des Paradieses.

Nach Midiyas Beschreibungen versank er so tief ins Reich der Schmetterlinge, dass er keine Stimmen mehr wahrnahm. Manchmal schüttelte ihn Perwana: »Ich bin es, Perwana«, aber er reagierte nicht. Dann begann sie, ihre Botschaften an die Wände zu schreiben. Aber die Türen zu Fareyduns Welt hatten sich geschlossen.

Immer wieder brach Perwana in herzzerreißendes Schluchzen aus. Die Frauen versammelten sich dann um sie, als sei es ihr eigener Schmerz. Sie weinte auf den Felsen, am Ufer der Teiche, unter den Bäumen, immer begleitet von den Frauen, die einen Kreis um sie bildeten und mitklagten. Aus der Ferne hörte Gowand diesen Chor. Kummer verdunkelte dieses Tal, das er zum Paradies hatte machen wollen.

Mit ihrer Klage wurde die Einsamkeit größer, und die Männer wurden aggressiver. Aziz der Schütze ging auf die Tiere los, Mahdi die Rose trampelte über Blumen, Äcker und Wiesen. Zwei Liebespaare steckten ihre Lauben in Brand. Am schlimmsten war das Benehmen von Siyamand dem Vogel. Er quälte Maasuma, bis sie schrie. Sie versteckte sich, aber Siyamand spürte sie auf. Er band sie an Bäume, warf sie ins Wasser und fischte sie wieder heraus. Die Waldbewohner, auch Perwana und Midiya, beobachteten die beiden, aber niemand unternahm etwas. Manchmal näherte sich Shahla die Gottesfürchtige mit ihrem Koran in der Hand: »Töte sie! Töte diese Hure! Töte diese Ungläubige«, rief sie hasserfüllt.

Perwanas Kummer ließ die Blätter an den Bäumen welken, Teiche wurden trüb und Steine bleich. Die Vögel flogen davon, heruntergefallene Blätter verwandelten sich zu Asche, die Früchte wurden bitter. Midiya ging Schritt um Schritt hinter Perwana her. Häufig standen sie beide an der Mauer der Werkstatt, die Fareyduns stille Welt umgab. Fareydun war taub für Perwanas Schreie, selbst wenn sie seine Schmetterlinge zerschlug, reagierte er nicht.

Midiya rüttelte an Perwanas Arm, sie sollte einen Blick in ihr Heft werfen: »Dein Kummer dringt in die Eier der Turteltauben, in die Seele der Sämlinge. Du musst dich davon befreien.« Aber Perwana konnte nicht entrinnen.

An einem dieser traurigen, kalten Tage stieg Maasuma, überwältigt von ihrer Angst vor der Liebe und den Vögeln, im Morgengrauen, als Siyamand die Augen schloss, die tausend Sprossen der Leiter hinauf und machte sich auf den Weg. Sie begab sich auf eine Reise, von der sie später sagen würde: »Es war keine Reise, sondern der Beginn meiner Zerstörung und der Zerstörung des Tals der Liebe.«

16

Um Buße tun zu können, müssen wir den Sinn der Buße verstehen. Dazu müssen wir bei der eigenen Seele und dem eigenen Leib beginnen. Zuallererst muss der Körper besiegt werden. Wer den Körper nicht bändigt, wird nie in der Lage sein, wahrhaft Buße zu tun. Der Körper ist wie ein schwarzes Pferd, das wir in einem finsteren Stall einsperren können, der schwärzer ist als das Tier selbst, sodass es unsichtbar wird. Oder wir können den Körper freilassen wie den Wind. Aber diese Freiheit gefährdet nicht nur die Beziehung zwischen Mensch und Gott, sondern auch die zwischen Körper und Seele. Der Weg, um dieses gefährliche Körpergefühl auszulöschen, ist lang. Als Erstes müssen wir uns von den Verlockungen der Schönheit abwenden. Wenn der Mensch über die eigene Schönheit nachdenkt, vergisst er die Schönheit Gottes. Der Weg der Schönheit führt zur Wollust. Wer Wollust für wichtiger hält als Reinheit, sündigt. Wollust und Reinheit können nie und nimmer in Einklang gebracht werden. Wenn der Mensch über Schönheit nachdenkt, wird er entweder sich selbst oder andere begehren. Wenn jemand Wollust fühlt, dann denkt er nur über seine schmutzigen Bedürfnisse nach. Nichts ist wichtiger für eine gläubige Frau, als die Augen auf Gott zu richten, statt sich selbst zu betrachten. Darum muss die Frau auf einen Spiegel verzichten. Eine Büßerin darf nur Gottes Antlitz anblicken, nicht das eigene.« So predigte Seyneb Kwestani.

In ihrer Stimme wütete eine Kälte, die schmerzte. Niemand von uns wagte, sich zu bewegen. Wir trugen nun alle neue Kleider und asphaltschwarze Kopftücher. Sie schritt unsere Reihen ab, ihre eisigen Worte brachten uns zum Erstarren.

»Um unseren Körper in den Griff zu bekommen, müssen wir an unseren Blicken arbeiten. Als Frau gilt es, ohne Aufreizung und Verführung in die Welt zu sehen. Ohne mit den Augen zu sündigen. Eine Frau drückt die meisten Dinge über ihre Augen aus. Mit ihren Blicken ruft sie Liebe hervor, vermittelt körperliche Bedürfnisse. Sündige Männer sehen zuerst in die Augen einer Frau. Die erste und gefährlichste Botschaft entspringt den Augen. In dieser Schule werden wir euren Blick von Wollust und Verführung reinigen.«

Sie hielt kurz inne und kam dann zum nächsten Punkt ihrer Predigt: »Nach dem Blick geht es um euren Geruch. Der Satan hat unserem Körper einen Geruch geschenkt, der zur Sünde ermutigt. Von euren Körpern darf kein Duft aufsteigen, der Lust erregt. Nichts an euch darf an den verführerischen Duft der Blumen, Bäume und anderer begehrenswerter Geschöpfe der Natur erinnern. Euer Geruch muss frei sein von allem, was uns vom Schöpfer entfernt. Vernichtet euren Körpergeruch, sperrt ihn unter euren Kleidern ein! Aber noch gefährlicher als Blick und Geruch ist die Zunge. Nichts ist gefährlicher als sie. Durch ein Wort unterscheiden sich Gläubige von Ungläubigen. Worte können abscheulicher als der Satan, finsterer als die Dunkelheit und röter als Blut sein. Die Worte sind es, die schwache Köpfe verleiten. Die Worte sind es aber auch, die heilig, erhaben und herrlich sein können. Durch Worte kann das Licht des Glaubens in Herz und Seele eindringen. Durch Worte erreicht uns Gottes Botschaft. Meine lieben, unglücklichen Mädchen, ihr müsst sehr vorsichtig sein. Worte lassen Welten entstehen, die nicht entstehen dürfen. Worte zeichnen Bilder, die nicht gezeichnet werden dürfen. Sie erschaffen Sünde und Sinneslust aus dem Nichts. Ihr müsst wachsam sein und zwischen Gottes und Satans Wörterbuch unterscheiden. Weh mir, möge niemals der Tag kommen, an dem ihr die Bedeutungen, die Worte und Stimmen verwechselt!«

Seyneb seufzte. »Abgesehen von Blick, Geruch und Zunge müsst ihr auch auf euer Lächeln achten. Meine Töchter, ihr müsst euer Lächeln säubern. Ein Lächeln kann eine Brise aus dem Paradies sein, aber genauso eine Botschaft der Wollust. Ein Lächeln kann die Reinheit der Seele beweisen, es kann aber auch testen, ob der andere bereit ist, sich verführen zu lassen. Wir müssen zwischen einem Lächeln, hinter dem die Begierde lauert, und dem, aus dem das Licht des Glaubens strahlt, unterscheiden. Wir müssen wissen, ob aus Wollust oder aus Gottesfurcht gelächelt wird. Ich sehe ein Lächeln auf manchen Gesichtern, das auf Verwirrung hindeutet. Vergesst nicht, meine Töchter, vergesst nicht, Gott nimmt das Lächeln einer Frau genauso ernst wie ihre Worte und Taten. Denn ein Lächeln kann einen Thron ins Wanken bringen, aber auch ein wütendes Meer beruhigen. Ah, meine reumütigen Töchter! Ihr, die ihr heute eure Arme dem Glauben geöffnet habt, müsst wissen, dass eure Körper die Ursache einer Versündigung sein können, eure Körper, eure Bewegung und der Klang eurer Stimme. Bedenkt, dass Ahriman, der Teufel, nirgendwo sonst so raffiniert gearbeitet hat wie am Körper der Frau. Deshalb müssen wir lernen, die Bewegungen unseres Körpers so zu beherrschen, dass nichts Unsittliches auszumachen ist. Ein Beben der Brüste kann alle Gesetze und Weisheiten ins Wanken bringen. Die Rundungen einer Frau können verheerender sein als ein Wirbelsturm. Ihr müsst vergessen, dass ihr einen Körper habt. Es darf euch nicht bewusst sein, dass euch Brüste geschenkt wurden. Buße tun bedeutet, die Wurzeln der Lust auszumerzen. Genüsse pflastern den Weg, der zur Hölle führt. Ihr könnt niemals aufrichtig bereuen, wenn ihr die sinnlichen Genüsse in euch nicht getötet habt, und ihr werdet niemals rein sein, wenn ihr nicht

Buße tut. Wehe denen, die noch genießen. Wehe denen, die vom Irdischen kosten und darüber die Ewigkeit vergessen. Wehe jenen, die nur die Essmatten des Diesseits ausbreiten und die des Jenseits einrollen.«

Von Zeit zu Zeit betrat eine von Seynebs Kolleginnen den Saal, warf uns einen kurzen Blick zu und verschwand wieder. Offenbar hatte sie ihren Mitstreiterinnen befohlen, sie während der Rede nicht zu stören.

Nach einer kurzen Pause begann sie mit dem letzten Teil ihrer Ansprache. »Heute beginnen wir, uns besser kennenzulernen. Ich bin nicht hier, um jemanden zu bestrafen. Diese Schule ist nicht dazu da, euch zu bestrafen, sondern sie soll euer Gewissen wecken. Die Seele muss leiden, aber körperlich möchte ich euch nicht züchtigen, denn ich fürchte, dass ihr das Auspeitschen genießen könntet. Stattdessen werde ich ab heute immer in eurer Nähe bleiben. Jede Einzelne von euch muss ich kennenlernen. Ich will wissen, wie weit das Leben in Sünde euch bereits entstellt hat. Aber seid gewiss, auch wenn ihr dem Satan erlegen seid, ich werde euch wieder geradebiegen. Religion soll die Fehler der Menschen beseitigen. Buße soll Missetaten ungeschehen machen. Aber um wieder aufgerichtet zu werden, müsst ihr bereit dazu sein. Ihr selbst müsst die Hand ausstrecken, um Beistand und Vergebung zu erlangen.«

Nun musste jede von uns vor sie hintreten und die eigene Geschichte erzählen sowie von Mutter oder Schwester, die mit einem Mann durchgebrannt war.

»Und was ist mit Männern? Hast du es schon mal mit einem Mann probiert? Hast du diesen satanischen Geschmack schon auf der Zunge gehabt?«, fragte Seyneb Kwestani. Als ich an der Reihe war, erzählte ich ihr, was in jener Nacht im Haus meiner Tante geschehen war. Ich ahnte nicht, dass ich als Einzige eine Sünde gestand und es besser nicht getan hätte.

»War dieser Mann wirklich oder nur Fantasie? Waren Erregung und Lust echt, oder war da nur die Finsternis im Spiel?«, fragte sie.

»Ich weiß es nicht«, sagte ich. »Es war alles zusammen: Erregung, Lust, Fantasie, Finsternis und ein wirklicher Körper zum Anfassen.« Offenbar schwang in meinem Geständnis etwas Widerspenstiges mit. Und dann dieses Lächeln, das seit dem Brand der Buchhandlung mein Gesicht befallen hatte!

»Ah, Klein Khandan, die Welt hat dich entstellt. Deine Augen blicken leidenschaftslos. Aber noch nie habe ich gleichmütig blickende Augen gesehen, die nicht in Wirklichkeit Sünde und Missetat verbargen. Die Ruhe ist eine Kraft, die mit größter Geschicklichkeit ihr Ziel anstrebt. Sie arbeitet kühl und sorgfältig. Ah, Khandan, dein Lächeln ist genauso verdächtig wie die Ruhe in deinen Augen. In deinem Lächeln sehe ich Spott: eine Verspottung der Welt, der Geschöpfe und des Schöpfers selbst. Khandan, wir müssen mit deinem Lächeln beginnen und es auslöschen, damit du nicht den Geruch der Männer in die Welt dieser reumütigen Mädchen einschleppst.«

Sie teilte uns nach der Art unserer Sünden ein, die sie in der Namensliste vermerkte. Die Mädchen, die ihre Blicke zurücknehmen mussten, waren noch sehr jung. Die den Geruch kontrollieren mussten, waren älter. Aber die Einzige mit einem vergifteten Lächeln war ich. Alle anderen konnten das Verführerische hinter einem schüchternen Lächeln verbergen. Allerdings war ich die Einzige, die sich nicht bemühen musste, dem Körper das Verführerische zu nehmen, da ich klein und schmächtig war.

Wir erhielten den Unterrichtsplan. In der ersten Stunde unterrichtete uns eine stattliche Frau mit einem langen Gesicht in der Lebensgeschichte von Moses. In den folgenden Jahren führte sie uns in das Leben der Propheten, der Prophetengefährten und der Kalifen ein. Weitere

Unterrichtsstunden galten den verschiedenen Glaubensrichtungen und der Geschichte der Islamischen Expansion. Es gab auch Lektionen zu den Erscheinungsformen des Satans, über Märtyrerinnen, zu Theologie. Man sprach zu uns über die Welt im Grab und beschrieb uns die Hölle. Eine Lehrerin unterrichtete Koranexegese und die Gesetze der Erbschaft. Und eine alte Jungfer mit blassem Gesicht erklärte die Almosensteuer. Sie brachte uns auch Tischmanieren bei: wie man sich reinigt und wie man Dinge im Namen Gottes segnet. Alle Lehrerinnen waren ruhig und sprachen mit viel Geduld. Sie wurden nie wütend. Sie blieben kühl. Niemals hörte ich den Klang von Mitgefühl und Güte in ihren Worten. Was sie unterrichteten, gehörte für sie zu etwas Unveränderlichem und Ewigem, das jeder Mensch zu kennen und dem er sich zu beugen hat. Mit Stille, Kontemplation und gemessenem Reden vermittelten sie uns Einstellungen, die wir möglichst schnell übernehmen sollten.

Die ständige Wiederholung des Wortes »Reinheit« setzte uns derart zu, dass wir uns schmutzig fühlten. Wir kamen uns so befleckt vor, dass wir dachten, wir müssten uns mithilfe bizarrer Rituale reinigen. Shno war die Erste, die der Reue erlag. Sie war in einem Zimmer weit entfernt von unserem untergebracht. Ihre Schwester war eine der bekanntesten Prostituierten der Stadt, weswegen sie sich wie eine räudige Hündin fühlte und davon überzeugt war, nichts auf der Welt könne ihre Reinheit wiederherstellen. In der nächtlichen Dunkelheit sammelten sich die Mädchen um sie und lauschten ihrem Wimmern: »Nichts außer dem Feuer kann mich reinigen. Ich brauche neue Gedanken und eine neue Seele, während ihr nur einen neuen Körper braucht.« Immer mehr Mädchen versammelten sich. Beruhigend, wie unsere Lehrerinnen, sprachen sie auf Shno ein.

Von nun an setzte sie sich abends draußen auf der Veranda auf eine zusammengefaltete Decke und rezitierte den Koran.

Oft, wenn ich in der Früh aufwachte, sah ich sie noch am selben Platz in den Koran vertieft. Die anderen Mädchen tuschelten, Shno könne nachts nicht mehr schlafen. Aber Fatana zischte: »Sie lügt. Ich weiß, was für eine Schlampe sie ist. Sie will nur schnell entlassen werden.« Mich wunderte, dass sich auch Layla dem Kreis der Mädchen um Shno anschloss. Bei einem unserer Spaziergänge hörten Fatana und ich im Vorbeigehen, wie Layla sich bei den anderen beklagte: »Der Geruch ist schrecklich. Wegen dieses Geruchs wurde ich ständig von Männern verfolgt. Ich ertrage diesen Geruch nicht mehr.« Fatana nahm mich gleich bei der Hand und warnte mich: »Das hört sich nicht gut an. Lass uns gehen, wir müssen uns von ihnen fernhalten.«

Die Angst war allgegenwärtig. Sie beunruhigte die Mädchen so sehr, dass sie es nicht in ihren Zimmern aushielten. Überall war ein Getuschel über Feuer, Hölle, Reue und Wollust zu hören.

»Wir dürfen uns nicht einschüchtern lassen. Seit Tausenden von Jahren leben Menschen auf dieser Erde, ohne Buße getan zu haben. Wir haben Pech und sitzen in der Falle. Aber es wird weniger schwierig für uns, wenn wir wie alle anderen Reue vortäuschen. Wir sollten vorgeben, auch reumütig zu sein«, flüsterte mir Fatana ins Ohr. Ich wusste nicht, ob ich so gut würde heucheln können wie Fatana.

Während die anderen damit beschäftigt waren, sich reinzuwaschen, kehrte der Schatten jenes Mannes zu mir zurück. Großer Gott! Wenn Dunkelheit und Stille sich über alles legten und Shno aufhörte zu wimmern, schreckte ich hoch und meinte, der Mann sei bei mir. Als würde er in der Dunkelheit der Schule auf mich warten. Ich wachte auf, und mein Körper schien noch in seinen Fantasien gefangen, ganz ihnen ausgeliefert. Dann ahnte ich einen Schatten. Ich schob den Kopf unter meiner Decke hervor. Er war von Kopf bis Fuß schwarz. Trotzdem konnte ich seine Umrisse erkennen.

Er war es. Derselbe Mann. Er schritt bedächtig, betrat jedes einzelne Zimmer, betrachtete jedes schlafende Mädchen, befühlte unsere Kleider, griff zu unseren Büchern und verschwand so leise, dass kein Laut zu hören war. In den Zimmern und Gängen hinterließ er den paradiesischen Duft von Basilikum. In manchen Nächten verfolgte ich seinen Duft, um herauszufinden, wo er hereingekommen war. Aber er verschwand so spurlos, als hätte er sich in Luft aufgelöst. Ich war mir sicher, ihn gesehen zu haben. Ich stieg aus dem Bett und verfolgte ihn zitternd und verschlafen. Mir brach der kalte Schweiß aus. Manchmal verharrte ich auf den Zehenspitzen, schöpfte neuen Mut und setzte die Suche fort. Ich sah, wie er die Treppen hinunterging in die Waschräume, in die Hammams und in die leeren Klassenzimmer. Aber ich fand nichts Greifbares, nur den Duft des Basilikums und seinen Atem.

Irgendwann erzählte ich Seyneb Kwestani alles: »Nachts kommt ein Mann in die Schule, ein leibhaftiger Mann. Ich kann ihn sehen. Er kommt und sieht sich die Mädchen an, trinkt von unserem Wasser, stellt sich vor die Zimmertüren und streicht mit der Hand über die Bücher.«

Seyneb sah mir in die Augen, fühlte meine kalten Hände, taxierte die Armseligkeit meines kleinen Körpers und sagte: »Khandan, Klein Khandan, die Reue muss von Herzen kommen. Noch immer spielt dein Sündenwahn mit dir. Du wirst noch immer von deiner Wollust getrieben.« Niemand schenkte mir Glauben. Niemand roch das Basilikum.

»Dieser Mann ist wirklich. Ich spüre ihn. Er kommt und weckt mich auf«, erzählte ich Fatana.

»Wenn ich mich hinlege, denke ich über nichts nach, und auch du solltest vor dem Einschlafen nicht so viel an Männer denken«, fertigte sie mich ab.

Seyneb hoffte, ein längerer Aufenthalt und ständiges Lesen und Beten würden das Hirngespinst vertreiben. Aber ich berichtete ihr jeden Morgen: »Ich habe ihn schon wieder gesehen. Er war hier.«

Je häufiger ich davon erzählte, desto länger ließ sie mich beten. »Der Kampf gegen diesen Satan in deiner Seele ist kein einfacher Kampf. Aber wenn du bereit bist und wenn deine Seele rein ist, werden wir alle Satane besiegen«, sagte sie. Ich bemerkte, wie sie mich von den anderen Mädchen fernzuhalten versuchte. Als sie entdeckte, dass ich eine schöne Handschrift habe, rief sie mich zu sich: »Khandan, ab heute schreibst du abends Koranverse auf große Kartons und bringst sie in den Gängen, Zimmern und Klassenräumen an.«

Manchmal stand sie bis in die Nacht hinein über mich gebeugt. Sie ließ mich nicht ruhen. Sie suchte die Verse aus und gab mir ständig Anweisungen, wie ich sie zu schreiben hätte. »Versuch, nicht nur mit den Händen zu schreiben, sondern auch mit der Seele. Lass die Worte in dein Herz fließen. Nimm den Klang der Worte auf. Der Weg zu Gott ist hell. Wenn wir mit Ruhe und Geduld in unser Inneres blicken, finden wir den Weg.« Sie musterte mich und fuhr dann fort: »Khandan, dein Lächeln macht mich ratlos. Anscheinend haben sie dich wegen dieses Lächelns ›Khandan‹, also ›Lächeln‹ genannt. Wer weiß, vielleicht bist du schon mit diesem Lächeln auf die Welt gekommen. Aber die Dinge werden sich ändern, wenn dein Glaube an Gott stärker geworden ist. Dein Lächeln wird himmlisch werden.«

Nachts musste ich mich hinsetzen, und sie befahl: »Schreib, schreib weiter!« Rastlos schrieb ich in Schönschrift religiöse Sprüche auf große Kartons, nahm einen Hocker, stieg darauf und hängte sie an die Wände. Jedes Mal, wenn wir fertig waren, war ich dermaßen erschöpft, dass mich meine Beine nicht mehr trugen. Wenn ich dann einschlief, weckte mich der Schatten wieder auf. Ich erhob mich wie immer, verfolgte ihn, sah ihn an den Wänden und auf den Betten und konnte die Gestalt nicht erhaschen. Am Morgen erzählte ich

Seyneb Kwestani, dass der Schatten wieder aufgetaucht sei. Sie glaubte, ich wollte sie zermürben oder hätte mir einen Trick ausgedacht, um sie in die Irre zu führen. »Khandan, hab keine Angst. Ich finde genug Aufgaben für dich. Nur keine Angst«, beruhigte sie mich lächelnd.

Eines Tages wurde eine große Lieferung von Büchern vor dem Tor der Schule abgeladen. Seyneb öffnete die Tür zu einem Saal im Keller, von dessen Existenz wir nichts wussten. Darin befanden sich leere Bücherregale, Schreibtische, Sessel und leere Schränke und Vitrinen. Sie befahl uns, die Bücher stapelweise in den Saal hinunterzutragen. Als wir fertig waren, teilte sie Fatana, zwei weitere Mädchen und mich dazu ein, die Bücher noch in derselben Nacht zu sortieren und in die Regale zu räumen. Am nächsten Tag übertrug sie Fatana und mir die Aufgabe, jede Nacht in den Keller zu gehen und ein Verzeichnis aller Bücher zu erstellen. Nächtelang las mir Fatana Buchtitel vor, und ich schrieb sie auf. Niemand in der Schule beherrschte Arabisch so gut wie Fatana und ich. Fatana war noch besser, weil sie ihr Leben lang ägyptische Seifenopern im Fernsehen angeschaut hatte. Das Wunderbare an dieser Arbeit war die Beziehung, die zu den Büchern entstand. Bis dahin war ich kaum mit Büchern in Berührung gekommen – eigentlich nur in den Nächten, in denen Perwana, statt zu weinen, ein Buch aus ihrer Tasche genommen und gelesen hatte.

Sie gefielen mir gleich, als ich sie in die Hand nahm. Dieses Gefühl musste ich für mich behalten. Die prächtige arabische Schrift und die zauberhaften Titel eröffneten mir, da hier Glück und Fantasie nicht erlaubt waren, den Zugang zu einer anderen Welt.

»Ich habe gehört, dass die Freundschaft zu Büchern einsame Menschen in den Wahnsinn treibt«, sagte Fatana.

Seyneb erläuterte: »Es gibt Bücher, die direkt aus dem Paradies kommen. Es gibt aber andere, wo zwischen den Zeilen der Satan schläft. Manchmal schleichen sich teuflische Dinge in die Bücher ein. Sie können als satanisch aufgefasst werden. Das heißt: Ein Buch kann paradiesisch geschrieben sein, aber teuflisch gelesen werden.«

Eines Nachts, erschöpft von der Arbeit mit den Büchern, ging ich mit Fatana in die Waschräume und betrachtete mich in ihrer kleinen Spiegelscherbe. Ein Glück, ich glich noch der Khandan von früher. Ja, ich war noch Klein Khandan, obwohl mich die Schule verwandelte.

17

Noch nachdem Maasuma das Tal hinter sich gelassen hatte, fühlte sie sich von Siyamand verfolgt. Ebenso wie vor Hirten oder Reisenden versteckte sie sich vor den Vögeln. Diese Angst begleitete sie bis ins Grab. »Nichts hat mich so sehr verstört wie die Vögel«, gestand sie mir einen Tag vor ihrem Tod.

Auf der Flucht verirrte sie sich. Sie wollte den Weg Richtung Stadt einschlagen, verlor aber völlig die Orientierung. Immer wieder musste sie den Kontrollposten des Militärs ausweichen, aber zugleich darauf achten, den Peschmerga-Trupps nicht in die Quere zu kommen, die singend von einem Dorf zum anderen marschierten.

»Ich habe nicht damit gerechnet, dass meine Reise auf einem Zuckermelonenacker enden würde.«

Nachdem sie sich den Bauch mit unreifen Melonen vollgeschlagen hatte, schlief sie mitten auf dem Acker erschöpft ein.

»Spät am Morgen wachte ich auf. Als ich meine Augen öffnete, war es bereits zu spät.« Dutzende junger und älterer Bäuerinnen hatten sich um sie versammelt und sahen auf sie hinunter. Mühsam rappelte sich Maasuma auf. Männer von anderen Äckern liefen herbei. Alle betrachteten Maasuma misstrauisch.

»Sie scheint vor ihrem Mann geflohen zu sein.«

»Vielleicht ist sie mit einem Mann durchgebrannt, und ihr Liebhaber hat sie hier zurückgelassen.«

»Es soll jetzt viele Wanderhuren geben, und die hier muss eine von ihnen sein.«

»Hört auf, sie zu verurteilen! Vielleicht ist sie nur eine hilflose Frau, der ein Gottloser unrecht getan hat.«

Maasuma wurde ins Dorf gebracht. Sie war verwirrt und verängstigt. »Wir haben eine schlechte Frau gefangen genommen«, riefen manche, und die Kinder wiederholten im Chor: »Wir haben eine schlechte Frau gefangen genommen.« Als Maasuma mit Pantoffeln und Gummistiefeln beworfen wurde, trat eine kleine Frau vor und warnte die Menge: »Dass niemand ihr auch nur ein Haar krümmt! Seid ihr Menschen? Oder seid ihr räudige Hunde? Behandeln Menschen eine Fremde in Not auf solche Weise?«

»Mutter Talat, du hast keine Ahnung! Sie ist eine Hure«, tönte es aus der Menge.

Talat verscheuchte die Kinder und Jugendlichen. »Selbst wenn sie eine schlechte Frau wäre, schlechter als eure Mütter, Schwestern und Tanten kann sie nicht sein. Selbst wenn sie die größte Hure wäre, eine größere als eure Mütter kann sie nicht sein«, zischte sie. Sie nahm Maasuma bei der Hand und brachte sie in das schön eingerichtete Haus eines Mullahs, eines überlegten, ruhigen Mannes. Bevor er die Dörfler nach Hause schickte, sagte er: »Ob es sich nun um einen Engel oder einen Teufel, um eine Taube oder einen Schakal, einen Schmetterling oder einen Skorpion handelt – stets müssen wir bedenken, dass auch sie eine Familie hat und einen Gott, der über sie urteilt. Wir müssen überlegen. Dann erst dürfen wir eine Entscheidung treffen.« Er bat Talat: »Kümmere dich um sie, lass sie ausruhen. Gib ihr etwas zu essen, gib ihr saubere Kleidung. Danach kannst du sie nach ihrer Geschichte fragen.«

Bis zum Abend hatte Maasuma der kleinen Frau ihre Geschichte erzählt. Talat hatte gelauscht, während sie molk, kochte, Sauerrahm herstellte, und hatte immer wieder den Kopf geschüttelt. »Meine Liebe, wieso tust du denn so etwas? Mein Gott, wieso hast du dir das alles gefallen lassen?«

Als der Mullah Maasumas Geschichte und von den Verliebten in der Wildnis hörte, konnte er, besorgt und hilflos, bis in die frühen Morgenstunden kein Auge zutun. Er wusste, wenn die Dorfbewohner davon erfuhren, würden sie Maasuma bei lebendigem Leib verbrennen. Er wusste aber auch, was für ein Sakrileg er beginge, würde er über ihre Sünde hinwegschauen. Um sich vor den Konsequenzen zu schützen, berief er die Männer des Dorfs zu sich und sagte: »Ihr wisst, dass sich seit gestern eine fremde, verwirrte Frau in unserem Dorf befindet. Es besteht kein Zweifel mehr daran, dass sie eine Sünderin ist. Aber hört zu. Es wäre unrecht, ihr etwas anzutun. Ich halte es nicht für richtig, sie hier wohnen zu lassen, aber ich halte es auch nicht für vernünftig, sie ziehen zu lassen, weil ihre Sünden damit uns aufgeladen würden. Deshalb will ich, dass wir gemeinsam über eine Lösung nachdenken.«

Nach stundenlangen Diskussionen einigte man sich auf das, was ein kleiner, starr blickender, gläubiger Mann vorschlug. Er gehörte zu einer Gruppe von Männern, die ebenfalls klein, bärtig und gläubig waren. An diesem Abend kam seine Stunde. Seit Langem hatte er auf eine solche Gelegenheit gewartet. Nachdem er eine lange Rede über Glaube, Ehre, Moral, Großzügigkeit und Toleranz gehalten hatte, kam er zur Sache: »Wir können diesen Übeltäterinnen nicht mehr freie Hand lassen. Es darf ihnen nicht mehr erlaubt sein, nach Lust und Laune von einem Dorf zum nächsten und von einer Stadt zur nächsten zu ziehen. Wenn wir sie gehen lassen, wird sie wieder den Weg der Sünde einschlagen. Dann überträgt sich ihre Sünde auf uns. In diesen Zeiten öffnet eine große Schar gottesfürchtiger Männer und gläubiger Frauen denjenigen Sünderinnen, die auf den rechten Weg zurückkehren und Buße tun wollen, ihre Arme. Bei ihnen kann ich Unterkunft und Schutz für dieses schwache Geschöpf erbitten. Nur müsst ihr mir zwei Begleiterinnen mitgeben, denn ich will nicht allein mit einer wollüstigen Frau unterwegs sein, der Teufel darf keine Gelegenheit erhalten.«

An ihrem ersten Tag in der Stadt wurde sie bei einem Mullah untergebracht, der ungehalten reagierte: »Was soll ich mit dieser Frau anfangen? Ich halte es für besser, wenn wir sie der Verwaltung übergeben.« Der junge, bärtige Mann war enttäuscht und brachte Maasuma zum Haus eines anderen Mullahs, der besonnen und beherrscht war und dem jungen Mann versicherte: »Sei unbesorgt, mein Sohn. Du hast wohlgetan. Ich werde mit Mullah Kausar persönlich darüber sprechen. Er kennt sich in Bußangelegenheiten besser aus als jeder andere Mullah in dieser Stadt.«

»Klein Khandan! Es hat nicht lange gedauert, bis ich mich im Reich der Frauen mit den großen Trommeln befand. Ja, ich durfte dort für kurze Zeit zu Gast sein. Nicht, weil sie eine unwissende Sünderin wie mich für Dhikr, Rezitation des Korans und Gebet benötigt hätten, sondern, weil ich ihnen etwas zu erzählen hatte, das ihnen für ihre Propaganda und Hetze gerade recht kam«, erzählte mir Maasuma nachts in der Schule.

Um Beistand gegen ihre Zitteranfälle und Schreckensbilder zu finden, verriet Maasuma sofort alles, was ihr passiert war. Mullah Kausar, der sich Maasumas Geschichte anhörte, war schockiert. Wie konnte es geschehen, dass Frauen und Männer ohne Scharia und ohne religiösen Segen gemeinsam lebten, und niemand wusste davon. Immer wieder ließ er sich von Maasuma die Geschichte der Waldkolonie erzählen, bis Maasuma erschöpft bereute, dem Mullah alles offenbart zu haben.

Mullah Kausar befriedigte es sehr, wenn große Menschenansammlungen unisono den Namen Gottes lobten und den Allmächtigen um Beistand und Gnade anflehten. Jede Nacht träumte er von einem Meer von Menschen, die mit ihren grünen Fahnen, mit Schwertern und Trommeln die ganze Erde reinwuschen. Als Maasuma ihm ihre Geschichte zum zehnten Mal erzählen musste, sah er sich auf der Kanzel einer Moschee stehen und die Versammelten mit dieser Geschichte in Wallung bringen.

Mullah Kausar pflegte eine enge Beziehung zu der Gruppe junger Männer, die die Moral mit ihren Schwertern wiederherstellen wollten. Die Geschichte von der Unzucht im Wald beunruhigte auch ihn aufs Höchste. Er nahm gegenüber Maasuma Platz und verhörte sie: »Meine Tochter, weißt du, wie sündig du bist?«

»Ja, ich weiß«, antwortete sie.

»Weißt du, wie schwierig der Weg der Reinigung ist?«

»Ja, ich weiß.«

»Ist dir bewusst, dass du viele Jahre brauchen wirst, um wieder zu einem gottesfürchtigen Menschen zu werden? Möglicherweise wirst du Tausende Nächte benötigen, bis du reingewaschen bist.«

»Ja, ich weiß.«

»Weißt du, dass du große Opfer bringen musst, um Reinheit zu erlangen?«

»Ja, ich weiß.«

»Du musst auch wissen, dass deine Geschichte kein Geheimnis bleiben darf. Die ganze Welt muss davon erfahren, verstehst du?«

»Ja, ich verstehe.«

»Weißt du, dass du dich mit mir auf eine lange Reise durch das ganze Land begeben und den Menschen die Wahrheit über diesen Wald verraten musst?«

»Ja, ich weiß.«

»Hast du sonst vor etwas Angst?«

»Nein, Vater Kausar, ich fürchte mich vor nichts.«

»Du wirst Buße tun und meine Ratschläge befolgen.«

»Ja, Vater Kausar, ich werde dir immer gehorchen.«

»Wenn es so ist, kannst du jetzt schlafen gehen. Bete zu Gott, dass er deiner Seele Frieden schenket. Bereite dich auf die kommenden Tage vor!«

Maasuma konnte nicht schlafen. Sie verstand selbst nicht, warum sie keinen Widerstand geleistet hatte. Für den nächsten Abend organisierte Mullah Kausar die erste Versammlung, zu der er eine große Anzahl von Mullahs einlud. Er brachte Maasuma mit, deren Kopf mit einem Schal verdeckt war, stellte sich mitten unter die Würdenträger, wechselte die Brille und eröffnete seine Rede mit lauter Stimme:

»Hört euch diese Geschichte an! Ihr müsst erfahren, in welch beschämenden Zeiten wir leben. Während wir hier friedlich sitzen, hat sich neben uns ein Reich der Barbarei aufgetan. Wenn ihr gottesfürchtig seid, werden euch Angst und Scham beim Anhören der Geschichte überkommen. Während wir aus dieser Stadt einen blühenden Garten des Glaubens und eine Oase der Reinheit zu machen versuchen, haben Ungläubige unter uns, aus unserer Region, einen Ort in der Nähe zu einem Versteck für Unzüchtige gemacht. Wehe uns, unsere Augen sind blind und unsere Seelen so schwach, dass wir Missetaten nicht erkennen. Nun hört dieses kleine, sündige Geschöpf über seine Sünden und über die große Schuld sprechen.«

Maasuma senkte ihren Kopf und begann. Als sie von der Flucht der Frauen und Männer in die Schlucht, von unehelichen Kindern, von Einsamkeit und Kummer, die dort herrschten, sprach, schauerte es die gläubigen Männer. Noch bevor sie ihre Geschichte beendet hatte, waren Tränen und zusammengekniffene Lippen zu sehen. Ein kalter Hauch ließ die Männer erzittern.

»O du Allmächtiger, wir reichen Dir die Hand und flehen um Hilfe! Steh uns bei, Du Schöpfer der Schönheit und der Hässlichkeit, Herr und Erschaffer der guten und der bösen Taten«, riefen die Mullahs. »Was für ein rebellischer und lächerlicher Sklave ist der Mensch! Was für eine hässliche Kreatur ist er!«

Mullah Kausar unterbrach seine Kollegen und fuhr fort: »Ihr wisst, wie schwierig es ist, den Satan zu jagen. Seit einer Ewigkeit jagen wir ihm hinterher, verfolgen seine Spuren in Körper, Seele und Gewissen unserer Gemeindemitglieder. Wir haben die Welt mit Fallen und Tellereisen gespickt, um den Satan zu fassen. Aber er ist eine schwierige Beute. Er versteckt sich tief in Seele und Geist der Menschen. Nun seht ihr, wie weit wir gekommen sind: Während wir glaubten, wir hätten den Satan in Ketten gelegt, hat er die Menschen dazu verführt, in den Wäldern die hässlichsten und schmutzigsten Siedlungen zu errichten. Alle Eltern dieses Landes müssen davon erfahren. Alle Familien, deren Töchter oder weibliche Familienmitglieder mit Männern durchgebrannt sind und deren Ruf dadurch in den Dreck gezogen wurde, müssen die Geschichte zu hören bekommen. Ein Aufgebot von Gläubigen muss über Land ziehen, Mitstreiter sammeln und sich auf den Weg zu diesem Wald machen. Um den Satan zu jagen, brauchen wir jede einzelne Seele. Wir müssen zu einem großen Dschihad aufrufen, um ihn zu vertreiben.«

»Als ich den Wald verließ, hätte ich niemals gedacht, dass ich in einen blutigen Krieg verwickelt werden würde. Ich hätte nie geglaubt, zur Anführerin eines Umzugs zu werden, der durch das ganze Land ziehen und dem sich Hunderte wütender Menschen anschließen würden«, berichtete Maasuma.

Nach Mullah Kausars Ankündigung holten die Tamburinschwestern Maasuma ab, hüllten sie von Kopf bis Fuß in Weiß und sagten: »Heute Nacht beginnt der Prozess deiner Reinigung.«

Für Maasuma gab es, bis der Wirbel vorbei war, kein Zuhause. Die Tamburin-Schwestern schleppten sie zu jedem religiösen Anlass und jedem großen Freitagsgebet. Sie präsentierten Maasuma immer auf einem Stuhl vor der Kanzel sitzend, weiß gekleidet, den Kopf mit einem weißen Tuch bedeckt. Sie hatte eine sündige Frau zu verkörpern, die nach Reinheit strebt. Mit einer Stimme, in der die Sünde mitschwang, hatte sie von der Schlucht zu erzählen, in der die Menschen frei und hemmungslos miteinander lebten und schliefen. Wo rebellische Menschen und verliebte Paare Zuflucht gefunden hatten. Von einem Ort, der sich zu einer Stadt entwickeln könnte, aus deren Regeln dann vielleicht die Gesetze des ganzen Landes werden würden.

Mit jeder Versammlung wuchs der Schrecken der Eltern. Alle, die Töchter, Söhne und Angehörige vermissten, stellten sich in einer Reihe an und fragten Maasuma, ob sie sie gesehen hätte. Andere, die sich der Prozession des Glaubens anschließen und den Satan jagen wollten, reihten sich ebenfalls in die Schlange der Wartenden ein, um sich in ein großes Heft eintragen zu lassen.

Reglos saß Maasuma unter ihrem Schleier da, erstarrt wie eine Statue. Heimlich, durch ihren Schleier hindurch, beobachtete sie die Vögel, vor denen sie mehr Angst hatte als vor den Menschen. Jeden Tag wurde sie in einer anderen Moschee vorgeführt, und immer begleitete Mullah Kausar sie persönlich. Er selbst eröffnete die Versammlungen, hielt die Freitagsansprachen und kündigte den Marsch an: »An diesem Marsch dürfen nur wahre Gläubige teilnehmen. Eine bedeutende Jagd steht uns bevor, mit der wir den Satan aus dieser Gegend endgültig vertreiben und unsere Region reinigen werden.« Der Ausdruck »Jagd auf den Satan« übte eine magische Wirkung auf die Gläubigen aus. In Scharen ließen sie sich für den Dschihad einschreiben.

»Bedenkt, wo wir landen, wenn wir dem nicht Einhalt gebieten. Sollen unsere Berge zum Zentrum des Bösen werden? Sollen eure Töchter sich in dem Wissen davonmachen, dass es ein Versteck für sie gibt? Denkt an den Tag, an dem die

Wollust im Körper eurer Töchter, Mütter, Söhne und Väter sich aufbäumt und kein Hindernis sie mehr aufhalten kann. Bedenkt, was auf uns zukommt, wenn alle Sündigen wissen, sie können sündigen und Unzucht treiben und an einem sicheren Ort ein friedliches Leben führen! Dann droht der Zusammenbruch der göttlichen Ordnung. Nein, das lassen wir nicht zu. Verliebte, Gotteslästerer, Ungläubige, Fantasten und solche, die die Scharia nicht anerkennen, dürfen auf dieser Erde keinen Platz finden. Ein Riss in der Mauer des Glaubens bedeutet einen Riss im Glauben jedes Einzelnen unter uns. Jede befleckte Ehre ist unser aller befleckte Ehre. Jeder Ehebruch, den eine Frau begeht, verwundet uns alle. Nichts springt so rasch über wie der Funke der Sünde. Keiner spielt so trickreich wie der Sheitan. Wollust und Satan sind die zwei hinterlistigen Spieler, die wir in Ketten legen und aus unseren Herzen, Seelen und aus der Welt vertreiben müssen. Auf zur Jagd, zieht los, geht und jagt den Teufel!« So feuerte Mullah Kausar die Zuhörer an.

Jeden Auftritt der »sündigen Maasuma« kündigten die Tamburin-Frauen bei Trauerfeiern und auf den Friedhöfen, die Männer bei ihren Gebeten und die jungen Gläubigen in den Schulen und Universitäten an. Alle Moscheelautsprecher teilten Ort und Zeit mit. Die ganze Stadt war informiert, in welcher Moschee Maasuma sprechen würde. Tausende standen und lauschten mit gesenkten Köpfen der feurigen Einleitung von Mullah Kausar, der in die Rolle eines geistlichen Führers hineinwuchs. Nach seiner Rede durchfuhren Wut und Reue wie ein elektrisches Zucken die Körper der Anwesenden. Hunderte ließen sich für die Prozession zum Tal der Ungläubigen einschreiben, und nach jedem gemeinsamen Gebet und jeder Predigt zogen die Tamburin-Frauen durch die Straßen und brachten die Stadt zum Beben.

Eines Tages war es dann so weit. Vorneweg fuhr im Schritttempo ein nagelneuer Wagen, in dem Mullah Kausar und

Maasuma saßen, gefolgt von Mädchen, jungen und alten Männern und Frauen. Begeistert folgten sie alle dem Aufruf zur »Jagd auf den Satan«. Des Nachts wurde neben der Straße ein Lager Zelte aufgeschlagen, man saß unter den Sternen und in der kalten Brise der Herbstnächte, betete und skandierte Verse.

Aus Angst vor den Vögeln tat Maasuma kein Auge zu.

»Was du Vogel nennst, ist der Satan selbst, der in einer anderen Gestalt erscheint. Die Angst, die du spürst, geleitet dich in den Prozess des Reinwerdens«, erklärte Mullah Kausar.

»Als wir in die Dörfer kamen und die Männer sahen, die sich ihre Gewehre über die Schulter hängten und uns folgten, und als ich die Frauen reden hörte, die meinten, dieser Wald müsse in Brand gesteckt werden, wusste ich längst, dass ich diejenige war, die die Menge angestiftet hatte. Ich hatte diesen Krieg entfacht«, klagte Maasuma.

Jahrelang versuchten Fatana und ich, Maasuma davon zu überzeugen, dass es das Schicksal war, das ihr, ob sie es wollte oder nicht, eine Rolle in diesem Spiel zugeteilt hatte. Aber sie konnte sich von ihrem schlechten Gewissen nicht befreien. Sie glaubte, für Perwanas Tod verantwortlich zu sein. Und genau das hinderte Seyneb Kwestani daran, sie als echte Büßerin einzustufen.

Heute, nach dem Tod von Maasuma und Mullah Kausar, will ich festhalten, dass Maasuma von Geburt an unschuldig und rein war.

18

Nachdem Siyamand und Maasuma gegangen waren, erlebte der Wald stille Tage. Angst befiel die Herzen der Liebenden. Der Gedanke, sie könnten entdeckt werden, wurde zu einem Albtraum. Wer bei den nächtlichen Zusammenkünften gesungen und getanzt hatte, zog sich nun in seine Hütte zurück. Die Freude am Feiern war allen vergangen. Die Künstler verloren die Lust und tauchten nur noch selten in der Werkstatt auf. Die Verliebten änderten ihr Verhalten. Die Melancholie, die Midiya und Perwana zur Schau trugen, ergriff alle Bewohner des Waldes. Auch Fareyduns Einsamkeit und Zurückgezogenheit machten Schule.

Eines Nachts schlug Midiya Perwana vor, genau wie Maasuma den Wald zu verlassen, zurückzukehren und von zu Hause aus in die Hauptstadt oder eine andere große Stadt zu ziehen.

»Ich will keinen Schritt zurück tun«, entgegnete Perwana. »Ich will nicht zurück in die Städte, die bleiben werden, wie sie schon immer waren. Selbst wenn ein gigantisches Erdbeben sie zerstört, wird man sie nach den alten Plänen wiederaufbauen. Die Hausbesitzer werden ihre Häuser dort errichten, wo sie vorher standen. Die Ladenbesitzer werden ihre Geschäfte in der gleichen Bazarzeile eröffnen. Die Polizeistationen entstehen am gleichen Ort. Auch die Friedhöfe liegen dort, wo die Toten schon immer ihre Ruhe fanden. Midiya, das Übel ist, dass die Welt ihre Form bereits gefunden hat. Ich kann nicht in einer Welt leben, die ihre Form längst und bis in alle Ewigkeit gefunden hat.«

Auch ohne die Angst vor dem Tod, vor der Rache des

Vaters und der Brüder wäre Perwana niemals zurückgekehrt. Doch auch im Wald fühlte sie sich verloren und wusste nicht, wie lange sie noch so leben sollte.

Alle änderten ihr Verhalten. Mahdi Rose suchte vergebens nach Blumen. Kilpa ging an Midiya vorbei, tat, als würde er sie nicht kennen, und pfiff in seiner Laube die Melodien, die Midiya einst verrückt nach ihm gemacht hatten. Mehr und mehr tauchte Midiya ins Schreiben ein. Tahir Papagei saß jeden Abend auf einem großen Felsen neben dem Teich, konnte aber nicht mehr wie früher die Stimmen der Vögel imitieren. Geknickt betrachtete er das gelbe Herbstlaub und wie die Abenddämmerung aus dem Wald trat. Wenn er versuchte zu gurren wie eine Türkentaube, versagte ihm die Stimme, und er tauchte erneut ins Meer der Stille ein. Aziz der Schütze kam von seinen Jagdausflügen oft mit leeren Händen zurück, weil er seine Beute verfehlte. Nach dem Verschwinden von Maasuma und Siyamand starben scharenweise Vögel an einer seltsamen Krankheit – als hätte Siyamand sie bei seinem Weggehen verflucht. Die Bewohner mussten die verendeten Tiere von den Pfaden sammeln und sie begraben. Midiya hielt das Sterben in ihren Heften fest. Sie betrachtete es als Anzeichen einer unbekannten Krankheit, die den gesamten Wald befallen hatte. Nicht nur die Vögel, sondern alle. Angefangen bei den Schmetterlingen und den Bäumen, bis hin zu den Menschen.

Gowand tat bis zum Schluss alles, um den Verliebten Kraft und Mut zu spenden. Ohne sich von der Mutlosigkeit einschüchtern zu lassen, hielt er seine allabendlichen Predigten, auch wenn er oft nur einen Zuhörer hatte. Zornig sprach er über die Hoffnungslosigkeit. Seiner Meinung nach waren Menschen in den Wald gekommen, die nicht wahrhaftig verliebt waren und sich selbst etwas vormachten. Aber die meisten verhöhnten ihn wegen seines haltlosen Optimismus.

»Glaubst du, dass es Zweifel waren, die den Verliebten ihr

Leben unerträglich machten? Vielleicht war einfach die Liebe in ihren Herzen erloschen, und sie wussten nicht mehr, warum sie sich für glücklich halten sollten«, sagte ich zu Nasradin.

»Ich weiß, dass im Grunde ihres Herzens alle von Anfang an verzagt waren«, antwortete er. »Sie hatten ihr ganzes Leben in Furcht und Angst gelebt. Manche mussten sich jahrelang versteckt halten. Als der Blauäugige und ich sie in den Wald führten, konnten wir ihre Besorgnis und Mutlosigkeit fühlen. Manche zitterten auf dem Weg am ganzen Leib. Andere sehnten sich nach einer Begnadigung durch ihren Clan, weil sie in ihre Familien, zu ihren Freunden und Verwandten zurückkehren wollten. Klein Khandan, die Menschen hierzulande, ob verliebt oder nicht, sind so verzagt, dass sie unfähig sind, große Werke zu vollbringen. Das Land der Liebe war eher der Traum von Menschen wie Gowand und mir als ein Traum der Verliebten.«

»Nasradin, wenn die Gründung des Landes der Liebenden dieses eine Mal nicht gelungen ist, könnte es doch aber sein, dass es zu einer anderen Zeit und an einem anderen Ort klappt?«

Nasradin ließ seinen Blick über die Fotos der hübschen Mädchen und der Fußballmannschaften an den Wänden schweifen. »Natürlich ist das möglich. Aber ohne mich! Ein weiteres Mal ertrage ich diesen Schmerz nicht.«

»Sollte so etwas neu entstehen, dann würde ich mich aufmachen, um den Verliebten dort beizustehen«, entgegnete ich. Aber bitter konstatiere ich heute, dass so ein Ort nicht existiert. Seit Tagen versuche ich vergeblich, über Perwana und Fareydun zu schreiben. Auch Geschichten über Maasuma fließen mir nicht aus der Feder, weil die Vorstellung von den letzten Tagen im Wald alles überdeckt.

Ich fauchte Nasradin an: »Was für ein Fotograf bist du, wenn du kein einziges Foto von diesem Wald hast?«

Wortlos sah er mich an, und ich bin mir sicher, dass er noch andere Geheimnisse vor mir verbarg. Er hat sicher Fotos, aber er hält sie versteckt. Jedes Mal, wenn ich ihn darauf ansprach, gab er mir die gleiche Antwort: »Alles, was ich hatte, wurde durch iranischen Beschuss in der Nähe von Dezful zerstört.« Diese immer gleiche Ausrede machte mich wütend. Mir blieb nichts anderes, als die Augen zu schließen und mir selbst ein Bild von den Tagen im Wald zu machen.

Lange Zeit gab es in diesem Wald keinen Menschen. Ich bin mir aber sicher, dass auch er sich, wie jede Stelle dieses Universums, nach diesem außerordentlichen Geschöpf sehnte. Der erste Schwung der Verliebten soll berichtet haben, dass Bäume, Blätter und Blumen aus Freude über die Neuankömmlinge strahlten. Der Boden soll unter den Füßen der Verliebten getanzt haben, und die Schmetterlinge waren so glücklich, dass sie in Schwärmen um die Neuankömmlinge herumflatterten. Der Wald freute sich darüber, dass die Menschen gekommen waren, um ihn als Versteck zu benützen. Ich, Klein Khandan, habe zwar nicht sehr lange in der Natur gelebt, möchte aber behaupten, dass die Natur den Menschen erst loszuwerden versucht, wenn er ihr einen Grund dafür liefert. Auch Nasradin meint, beim ersten Betreten des Waldes habe er die Freude der Blumen, Bäume und Vögel gespürt.

Die Natur gab ihnen alles. Was immer die Verliebten säten, keimte schnell, und auch die Waldkräuter versteckten sich nicht vor ihnen. Wenn sie abends sangen und tanzten, trug der Wald ihre Lieder und Melodien weiter, als würde er mit ihnen schwingen, sodass die Blumen sich besänftigten und das Wasser friedlicher südwärts floss. Gelassen nahm der Wald hin, dass die Menschen Vögel jagten, Bäume fällten, die Ufer der Teiche zertrampelten und Vogeleier aus den Nestern stahlen. Wütend wurde er erst, als die Menschen alles mit ihrem Kummer ansteckten. Bestimmt beobachtete der Wald, wie meine schwermütige Schwester schlaflos umherwanderte und zu Staub zerfiel. Der Wald lauschte, wenn die Freundinnen einander ihre Geschichten unerfüllter Liebe erzählten, und muss zu dem Schluss gekommen sein, dass er die Menschen nicht glücklich machen konnte.

Die Natur kann die Schmerzen nicht mildern, die ein Mensch dem anderen zufügt.

Zu Beginn hatte der Wald die Menschen als einen Teil von sich selbst betrachtet, wie Insekten, Vögel und die anderen Tiere. Als er merkte, wie die Menschen sich im Gegensatz zu den anderen Waldlebewesen veränderten, vollzog sich auch in ihm ein Wandel.

»Ich weiß nicht mehr, wann genau es war, aber eines Tages, als ich in die Schlucht hinunterstieg, bemerkte ich, dass die Bäume Angst vor mir hatten. Auch die Vögel flogen scheu davon«, erzählte mir Nasradin. Perwanas Worte, Midiyas traurige Augen, Maasumas Schreie und Shahlas Drohungen müssen den Wald erschreckt haben.

»Kurz bevor ich aus dem Wald floh, spürte ich, wie Frösche, Mäuse, Schmetterlinge und andere Lebewesen sich aufmachten in Richtung Süden«, erzählte mir Maasuma.

Ich glaube, ein einziger trauriger Mensch kann Hunderte von Blumen um sich herum betrüben. Ein unglücklicher Mensch bringt alles in Gefahr. Je größer Einsamkeit, Zweifel und Ängste wurden, desto deutlicher sah der Wald, dass die Menschen kein Land der Liebe würden gründen können.

»Der Sturm wütet seit Tagen so stark, dass ich das Gefühl habe, er will uns vom Boden losreißen«, schrieb Midiya in ihren Heften über die wütenden Böen.

»Es mag sein, dass die Natur wütete, dass Wind, Wolken und Flüsse zürnen, aber die größte Gefahr für uns waren die Menschen außerhalb, die darauf brannten, das Land der Liebe zu zerstören. In den Jahren als Peschmerga lernte ich, dass die Natur nicht immer ein guter Freund ist, aber niemals ein Feind«, ergänzte Nasradin.

Obwohl Nasradin sich weigert, mir den Weg zu zeigen, erwache ich zuweilen vom Duft der Bäume und dem Dunst, der sie umgibt. Seitdem Maasuma mir die Geschichte des Waldes erzählt hat, fühle ich mich als Teil von ihm. Oft schrecke ich nächtens auf und meine, auf den feuchten Blättern des Waldes zu liegen. Wenn ich ins Haus zurückkehre, schlägt mir kühle, feuchte Luft entgegen wie aus dem Wald. Wenn der Herbstwind die gelben Blätter in den Vorhof und auf den Balkon trägt, scheinen sie direkt aus dem Wald zu kommen. Und der Regen lässt mich in die Geräusche des Waldes eintauchen.

Als ich Nasradin davon berichtete, wurde er so ungehalten, dass er mich am Arm packte, um mich aus dem Studio zu werfen. Aber rasch beruhigte er sich. Er legte seinen Kopf auf den Schreibtisch und begann zu weinen: »Ich träume jede Nacht von diesem Wald, jede Nacht.« Mitfühlend sah ich ihn an und wollte ihn nicht mit der Frage bedrängen, wovon genau er träume, denn ich wusste, dass Wind und Regen dieses Waldes in unseren Träumen umgehen werden bis zu dem Tag, an dem wir sterben.

In einer der letzten Nächte ging Perwana zu Fareydun. Sie nahm Naan-Brot aus den kleinen Lehmöfen, band es zusammen und brachte es zur Werkstatt. Nachdem sie geweint und sich wieder beruhigt hatte, trocknete sie ihr Gesicht, setzte sich und sprach zu ihm. Er hob nicht einmal den Kopf und arbeitete weiter.

Trotz ihrer Wut und Enttäuschung war Perwana von der Schönheit der Schmetterlinge beeindruckt. »Fareydun, sie sind prächtig. Wie geschickt deine Finger sie schnitzen und bemalen. Gern würde ich dem blauäugigen jungen Mann einen Schmetterling für Khandan mitgeben und ihr schreiben, dass er von dir ist. Ach, Fareydun, ich verstehe dich! Ich weiß, dass es von Anfang an falsch lief. Ich bin hier nicht glücklich geworden und habe auch dich nicht glücklich machen können. Vielleicht gehöre ich zu den freudlosen Menschen. Als ich dich kennenlernte, war mein Leben bereits eine Ruine. Zerstört durch die Welt meines Vaters und meiner Brüder, in der mir alles verboten war, und andererseits durch die hungrigen Männer, die mich mit Haut und Haar auffressen wollten. Als du in mein Leben tratst, war es schon zu spät. Wenn doch der Wald mich alles hätte vergessen lassen! Doch gleich in der ersten Nacht stellte ich mir die Frage, warum wir in dieser Wildnis leben sollten. Warum mussten wir hierherkommen, um frei zu sein, warum sollte es keinen anderen Ort für die Liebe geben? Würden wir hier glücklich sein und sagen können: Danke, Gott, dass wir verliebt und hier sind? Fareydun, kannst du dich erinnern, wie glücklich du in den ersten Tagen warst und sagtest, das Glück sei ein einfacher Traum? Hätte ich wie du gefühlt, wäre ich nun vielleicht glücklich. Du hast gewusst, dass ich Anteil nehme. Du weißt, wie sehr ich mich um die Opfer gesorgt habe, als die Gemetzel begannen; wie nah mir der Schmerz ging, den die Liebenden ertragen mussten. Nächtelang weinte ich mich in den Schlaf. Ah, Fareydun, die Tränen waren schon immer meine Begleiter. Auch hier, wenn ich die Frauen sah, deren Haut in dieser sinnlosen Umgebung verbrannte, konnte ich nicht glücklich sein. Nachts verschwand ich in den Wald und sah die große Leere. Ich fragte mich: Was würde passieren, wenn alle Menschen, wirklich alle, an so einen Ort kämen? Was würde passieren, wenn dies nun das Leben aller würde? Starren in die Finsternis der Nacht, Korbflechten, Baden in der Sonne am Kieselufer des Teichs? Ich hatte von Anfang an das Gefühl, dass wir weiterziehen sollten. Aber ich wusste nicht, wohin. Ich wünschte, ich könnte immer weitergehen, aber man lässt mich nicht. Niemals wird zugelassen werden, dass ein Mensch keinen festen Ort hat.«

Fareydun zeigte keine Regung, und Perwana ging hinaus in den kalten Wind, der drohend in das Tal hineinwehte. Sie hörte nur das Gekreische der gottesfürchtigen Shahla. Nach Maasumas Weggang hatte sich Shahlas Angst noch vergrößert. Sie wusste nicht, wo sie sich verstecken sollte. Im Nieselregen blätterte sie im Koran und las, ohne einer Ordnung zu folgen. Wegen ihres Zustands vernachlässigte sie ihre Kinder. Aziz der Schütze fand sie manchmal tief im Wald, packte sie und brachte sie nach Hause.

Das Sterben der Vögel hatte Aziz erschüttert. Er konnte nur selten noch jagen und floh vor Shahlas Schreien und Flüchen. Dennoch quälte ihn der Gedanke, dass sie nie wieder in die Heimat würde zurückkehren können, da sie Mutter zweier unehelicher Kinder war. Er fühlte sich verantwortlich für sie, aber die Jagdleidenschaft konnte er nicht aus seinem Kopf verbannen, und sein Lächeln behielt er trotz Shahlas Zustand. Wenn sie wie eine Verrückte Gott um Verzeihung anflehte und betend ins Wasser watete, zog sie die Kinder hinter sich her. Schlafmangel, Hunger, die vielen Stunden im Wasser machten sie krank. Da Aziz sah, dass die Kinder in Gefahr gerieten, blieb ihm nichts anderes übrig, als sie Shahla wegzunehmen und zu Dilaram zu bringen. Die Schreie ihrer Mutter hatten die Kleinen eingeschüchtert. Ständig zitterten sie und weinten. Aber sie waren nicht die einzigen Kinder, die dem Schatten des Waldes, der Kälte der Nacht und dem Pfeifen des Windes ausgesetzt waren. Die meisten dort befanden sich in einem bedenklichen Zustand.

»Als Erstes waren es die Kinder, die mich befürchten ließen, das Land der Liebe könne scheitern. Weil sie die Leere nicht würden ertragen können.« Nasradin schloss die Augen und sagte: »Es wurde kein Kind in diesem Wald geboren, kein einziges, aber …« Er brach ab und schwieg.

Ich fragte: »Aber was?« Er schwieg. Ich wusste, was er hatte sagen wollen, denn ich hatte die Geschichte in Midiyas Heften gelesen. Zu Hause nahm ich die Hefte hervor und suchte nach der Geschichte. Als ich sie zu Ende gelesen hatte, lief mir ein Schauer über den Rücken.

Niemand wusste genau, wie viele Kinder dort lebten. Kinder, die von der Welt draußen, von Politikern und Gläubigen nicht akzeptiert wurden. Uneheliche Kinder, deren Leben, wie das ihrer Eltern, in Gefahr war. Die meisten waren noch nicht im Schulalter und wussten nicht, warum sie im Wald waren. Er war für sie ein großer Spielplatz. Vormittags, wenn die Frauen mit dem Flechten von Körben beschäftigt waren und die Männer schnitzten, wurden die Kinder von den Frauen abwechselnd betreut. Meist aber waren sie ohne Aufsicht und tobten am Ufer des Teichs, im Schatten der Bäume und auf den Lichtungen herum.

»Wenigstens die Kinder waren glücklich. Weit mehr, als wir es waren«, merkte Maasuma an. Laut Midiyas Niederschriften erlaubte Gowand den Kindern jedes Mal, wenn er eine Figur fertiggestellt hatte, damit zu spielen. Er kitzelte sie und machte Späße mit ihnen.

Nasradin sagte: »Die Kinder liebten Gowand, ja, wirklich. Er gab ihnen auch Pinsel, um die Steine zu bemalen.«

Perwana war eine der wenigen, die in der Anwesenheit der Kinder ein unheilvolles Zeichen sah. Eines Tages schrieb sie auf einen Felsen: »Um die Kinder mache ich mir Sorgen.« Sie fürchtete, die Kinder würden ohne Zukunft aufwachsen, ohne Möglichkeit, in die Schule zu gehen und etwas für das Leben zu lernen, und würden in diesem Tal ihre Tage vergeuden.

Als Aziz der Schütze die beiden Kinder zu Dilaram brachte, war der Jüngere von dem langen Aufenthalt in der Kälte krank und fiebrig. Die Medikamente, die Gowand verabreichte, halfen nicht. Das Fieber stieg derartig an, dass Gowand Aziz aufsuchte. Der wickelte seinen Sohn warm ein und stieg noch in der Nacht, das Kind auf den Rücken gebunden, die Leiter hinauf. Gowand begleitete ihn bis zur Leiter und schärfte ihm ein, dass er einen Tag brauchen würde, um das erste Dorf mit einem Arzt zu erreichen.

Der Schütze verbarg sein Gesicht hinter einem Tuch und suchte nach Schleichwegen. Zeit verging, und der Zustand des Kindes verschlechterte sich. Je schneller Aziz ging, desto stärker wurde der Regen, und umso höher stieg das Fieber. Im Morgengrauen band er sich den Sohn vom Rücken und hielt die Hand vor dessen Mund, um den Atem zu erspüren. Da merkte er, dass sein Kind gestorben war. Der Mann, der in seinem Leben Hunderte von großen und kleinen Tieren zur Strecke gebracht und niemals Tränen vergossen hatte, schrie in die Berge hinein und zum Himmel hinauf und begann zu weinen. Niemand war da, ihn zu trösten, kein Lebewesen in der Nähe, um seinen Schmerz zu lindern. Er band sich das tote Kind auf den Rücken und schlug weinend den steinigen Weg zurück zum Wald ein. Die Nachricht vom Tod des kleinen Jungen erschütterte alle Liebenden. So schnell konnte der Tod in der Abgeschiedenheit eintreten.

Sie versammelten sich um das kleine Grab, das Gowand geschaufelt hatte. Nur Shahla, die im Tod ihres Kindes eine gerechte Strafe Gottes sah, störte mit ihren Schreien: »Gott wird diesen Ort vernichten. Er wird eine Sintflut schicken.«

Wenn ich in Midiyas Tagebüchern an die Stelle komme, wo sie vom Tod des Kindes berichtet, schlage ich das Heft zu und stelle mir das Grab des Jungen vor, der nun allein in dieser Schlucht schläft. Eingefasst von zwei Grabsteinen, die Gowand bemalte. Ich denke an den Regen, der auf sein Grab niedergeht, das Gras, das im Frühling darauf sprießt, an das gelbe Herbstlaub, das es bedeckt, bevor der Wind es davonträgt, und an die Tauben, die sich auf den Grabsteinen niederlassen. Nachts erwache ich und bilde mir ein, die Gestalt des Kindes in meinem Zimmer auf und ab gehen zu sehen. Manchmal sehe ich den Jungen auf dem Balkon, wie er mich durch die Fensterscheibe mit einem leichten Lächeln auf den Lippen ansieht. Ich weiß, es ist das Kind, das im Land der Liebe ruht und mich ansieht wie Perwana und sagt: »Vergiss mich nicht!«

Zwei Tage nach der Beisetzung des Kindes kam der Blauäugige die tausendsprossige Leiter herunter. Der herbstliche Anblick des Orts erschreckte ihn. Er streifte durch das Meer der welken Blätter und wunderte sich über so viel totes Laub. Seit Tagen erlebe ich den Herbst, aber nirgendwo wirkte er so trüb, so wütend und voller Groll, dachte er bei sich. Er bemerkte, dass die Hüttenböden mit gelben Blättern bedeckt waren und dass Regen und Wind die Lauben beschädigt hatten.

Als er auf Gowand stieß, fragte er: »Mein Freund, warum dieser frühzeitige Herbst? Woher die plötzliche Verwüstung?«

»Es ist nichts, es ist nichts. Oft sind Menschen das eigene Leben leid, aber sie besinnen sich. Oft wissen sie nicht, was sie wollen. Aber sie wachen auf und verstehen, wofür sie sich einsetzen sollten. Oft gerät ihr Glaube an Schönheit und Liebe ins Wanken, aber ihr Glaube an die eigenen Möglichkeiten kehrt zurück.«

Gowands Worte überzeugten den Blauäugigen nicht. Er schüttelte den Kopf und erwiderte: »Kälte und Totenstille, die den Wald befallen haben, sind viel zu bedrückend, als dass sie mit solchen Worten erklärt werden könnten. Es geht um mehr.«

Am Abend, als auch er wie eine verlorene Seele durch den verwüsteten Wald streifte, stieß er auf Perwana, die ihn beschwor: »Bleib nicht zu lange hier! Warte nicht, bis dich die Traurigkeit ergreift! Lass nicht zu, dass dich das Unglück überwältigt. Geh und hole Nasradin aus seiner Zurückgezogenheit. Schick ihn her! Du ahnst nicht, wie sehr wir ihn brauchen. Wir brauchen ihn, wir müssen ihn sehen, bevor uns Kälte und Einsamkeit umbringen.«

Gegen Abend, als er über den schmalen Steg ging, sah er weißen Nebel aufsteigen. Aus seinem Inneren, das erfüllt war von klassischer Poesie, brach es hervor: »Doch dieser Welt wird der Befehl erteilt zu enden …« Er stockte und besann sich auf die Fortsetzung. »Halt ein, du alte Hure, vernichte mir die Menschen nicht!«

Er stieg die Leiter hinauf und sah den Staub, der das Ende der Welt, das Nasradin einst »Paradies der Liebe« genannt hatte, ankündigte. Er sah den Rauch eines Feuers, das langsam verlosch. Je höher der Rauch stieg, desto tiefer schienen die Herbstwolken zu sinken. Je weiter er aufwärtskletterte, desto näher kamen der dunkle Himmel und der kalte Wind. Oben angekommen, wusste er, dass aus dem Wald etwas geworden war, das er nicht in Erinnerung behalten, sondern besser vergessen sollte.

19

Jeden Morgen mussten wir Seyneb Kwestani erzählen, was wir in der Nacht geträumt hatten. Ich berichtete ihr immer vom Schatten des Mannes, der nachts durch die Gänge und Zimmer der Schule wanderte. Auch die langen Tage, die ich mit dem Einordnen der Bücher verbrachte, konnten mich davon nicht befreien. Die Wände hatten wir mit so vielen kalligrafisch gestalteten Versen bedeckt, dass kein Platz war, noch mehr aufzuhängen. Immer wieder betrachtete ich mich in Fatanas kleiner Spiegelscherbe. Fatana und ich hatten beschlossen, unsere Gesichter regelmäßig im Spiegel zu kontrollieren. Fatana versicherte mir immer wieder, dass ich noch dieselbe sei, immer noch Klein Khandan.

Seyneb Kwestanis Misstrauen beunruhigte mich. Ihr schien an mir etwas aufzufallen, dessen ich mir nicht bewusst war. Sie blickte mir jeden Morgen in die Augen und versuchte, mich mit den stets gleichen Worten zu verwirren: »Klein Khandan, deine Obsessionen verfolgen dich noch immer. Meine Tochter, dieser Mann ist nichts anderes als dein eigener satanischer Schatten.« Wenn sie sprach, spielte sie mit den Perlen der Gebetskette, die sie um den Hals trug. »Lass mich deinen Blick prüfen!« Genau musterte sie mein Gesicht: »Es ist nicht mehr so schlimm wie am Anfang, aber deinem Lächeln ist nicht zu trauen. Ich weiß nicht, ob du damit auf die Welt gekommen bist oder ob du es dir später angeeignet hast.« Ich solle mich zurückziehen und für mich allein folgende Worte ständig wiederholen: »Ich bin eine Sünderin, Gott steh mir bei! Ich habe niemanden außer Dir, lieber Gott. Ich bin demütig, ich bin hilflos, hilf mir, Du

Allmächtiger. Ich bin schmutzig. Ich flehe dich an, Gott, mache mich rein!«

Nachts musste ich im Gebetsraum eine Kerze anzünden und Hunderte Male diese Worte wiederholen. In manchen Nächten trat sie unbemerkt hinter mich und wisperte: »Sprich die Worte klarer und lauter aus. Sag: Ich bin schmutzig, mach mich rein, Du Allmächtiger!«

Noch wenn ich die Kerze auspustete und erschöpft die Treppen hinaufstieg, murmelte ich vor mich hin: »Ich bin schmutzig, Du Allmächtiger. Ich bin schmutzig, mach mich rein, Du Allmächtiger!«

Wenn mich Fatana dann sah, rüttelte sie an mir: »Hör auf, Khandan! Genug! Niemand hört dich mehr. Es ist niemand mehr da.«

Ich war nicht die Einzige, die in diesem benommenen Zustand lebte. Wenn Fatana und ich abends durch die Gänge liefen, begegneten uns Dutzende blasse Mädchen, die wie in Trance den gleichen Satz wiederholten. Das Gefühl, dass wir ein Haufen schmutziger Lebewesen seien, beherrschte uns.

Nur Fatana schaffte es, mitzumachen und sich doch rauszuhalten. Wiederholt erzählte sie mir in der Bibliothek die Märchen Sindbads oder von Fernsehserien, die ich nie gesehen hatte, von ägyptischen Schauspielern, persischen Sängern und vom Leben der Familien in ihrem Viertel. Danach zwang sie mich immer, in den Spiegel zu blicken.

»Fatana, o Fatana, ich habe mich verändert. Ich sehe geschwächt aus. Ich habe ein blasses Gesicht. Vor lauter Schlaflosigkeit habe ich schwarze Ringe unter den Augen.«

»Nein, das stimmt nicht. Du bist noch immer die alte Khandan, die Khandan von früher«, beruhigte sie mich.

Ich dachte viel an Perwana. Wäre sie in meiner Nähe gewesen, hätte ich dieses Gefängnis besser verstanden. Manchmal versuchte Seyneb Kwestani herauszufinden, ob ich an meine Schwester dachte. Ich bedeckte mein Gesicht mit den

Händen und verriet ihr die Wahrheit: »Meine Lehrerin, ich kann unmöglich nicht an sie denken, ich schaffe es nicht.«

»Schlag sie dir aus dem Kopf. Solange du an deine sündige Schwester denkst, wirst du nicht rein«, drohte Seyneb. Manchmal hörte sie mir ruhig zu und lenkte ein: »Wenn du sie nicht vergessen kannst, flehe Gott an, dich zu retten. Bete zu Gott, dich zu reinigen und zu leiten.« Ganz unvermutet begegnete mir eine Seyneb, die uns nicht quälen wollte. Außer ihrer eiskalten Seite hatte sie eine andere, eine sanftmütige, warmherzige, die sie mit Gewalt zu verstecken suchte. Ich konnte spüren, dass sie uns liebte, jede von uns, aus unterschiedlichen Gründen und auf verschiedene Weise. Und das war es auch, was mich in dieser Schule festhielt.

Von uns vieren schloss gewöhnlich Layla sich den Mädchen an, die einen Kreis um Shno bildeten. Ich blieb manchmal in ihrer Nähe stehen und hörte, wie Shno über Beerdigung, Qualen im Grab und über die zwei Engel sprach, die den Brief der Belohnung und der Bestrafung verlesen. Layla warf sich dann auf ihr Bett und schluchzte: »Nur das ewige Feuer kann meinen sündigen Körper reinigen.« Manchmal stand sie auf und ging im Zimmer auf und ab. »Nichts außer dem Fegefeuer kann mich reinigen, nichts.«

Die Befürchtung, nie wieder rein werden zu können, wurde bei allen immer größer. Jede Nacht lief ein anderes Mädchen klagend und schreiend durch die Flure. Wir glaubten alle, der Satan würde über uns kommen. Und ausgerechnet Shno, die mehr Angst als alle anderen hatte, erteilte uns Ratschläge: »Denkt nicht nach! Wenn ihr nachdenkt, werden eure Erinnerungen wach.« Aber keiner gelang es, nicht nachzudenken. Niemand schaffte es, nicht zu träumen. Es ging so weit, dass sich die Mädchen vor allem fürchteten, auch vor einem Windhauch in der nächtlichen Schule. Manche waren fest davon überzeugt, dass ihre Betten schmutzig seien oder ihre Matratzen nach Hölle röchen. »Auf diesen Betten lagen böse und sündige Menschen«, klagten sie. Wenn sie aus dem Schlaf aufschreckten, getrauten sie sich nicht, wieder einzuschlafen. Sie legten sich auf den nackten Boden, rollten sich zusammen und schliefen dort weiter. Ihr Schluchzen und Wimmern hielt uns wach.

»Weint ruhig, je mehr ihr weint, desto besser. Das ist ein Zeichen dafür, dass ihr eure Sünden spürt. Je stärker ihr weint, umso genauer seht ihr eure eigene Unreinheit«, ermutigte Seyneb die Mädchen, bevor der Unterricht begann.

Ihr endloses Reden über Missetaten, Satans Metamorphosen und ihre Erfahrung im Umgang mit Unreinheit setzte uns zu. Ihren Anordnungen folgten wir bedingungslos: Im Namen Gottes reinigten wir unsere Körper und rezitierten die Suren, welche die Satane vertreiben sollen. Der Wahn des Reinwerdens verbreitete sich wie eine Seuche. Ständig wuschen wir uns, fieberhaft reinigten wir unsere Wäsche, einer Gebetswaschung folgte die nächste; wir verweilten so lange wie möglich auf dem Gebetsteppich, und andauernd waren wir darauf bedacht, nicht mit anderen, schmutzigen Lebewesen in Berührung zu kommen: »Denn der Satan nutzt jede Gelegenheit, unsere Reinheit zu beschmutzen«, hieß es. Das war unser Alltag.

Layla sprach immer weniger mit uns dreien, während Mihtab ein ganz anderes Leben führte. Mihtab nahm regelmäßig am Unterricht teil, aber sie schien nichts von dem Spiel zu verstehen. Schon in den ersten Wochen fiel mir der ständige Appetit dieses Mädchens auf. Essen zog sie an. Sie sammelte sogar die Reste unserer Mahlzeiten ein. Die meiste Zeit blieb sie unter ihrer Decke. »Lass mich, ich habe nicht geträumt«, erklärte sie Seyneb in der Früh. Wenn Seyneb das sorglose Gesicht mit dem abwesenden Blick sah, sagte sie nichts und wies Mihtab mit einer sanften Geste aus dem Zimmer. In diesem Zustand blieb Mihtab, bis Layla das Verderben ereilte. Daraufhin erkrankte sie und wurde weggebracht. Bei ihrer

Rückkehr war sie noch immer das einsame, gereizte Mädchen, das nur redete, wenn jemand sie auf das Schicksal ihrer Mutter ansprach.

Eines Abends bestellte mich Seyneb Kwestani zu sich und übertrug mir die Verwaltung der Bibliothek. Ich begriff nicht, warum Seyneb gerade mich auswählte. Ob sie mich dadurch enger ans Haus der Buße binden und mich schneller auf den Weg des Buße-Tuns bringen wollte? Kurz bevor ich die Schule verließ, fragte ich sie: »Verehrte Seyneb, warum hast du mir die Verantwortung für die Bibliothek übertragen? Hätte ich die Bibliothek nicht betreten, wäre ich jetzt vielleicht glücklicher.«

»Hör, Khandan, ich wusste, dass du nur auf dem Weg der Vernunft und Erkenntnis zu Gott finden konntest. Meine Erfahrung mit Büßerinnen hat mich gelehrt, dass jeder Mensch auf seinem eigenen Weg zu Gott findet. Und in dir steckten die Leserin und die aufmerksame Zuhörerin. Ich wusste, dass deine Seele rebellierte; dennoch handeltest du besonnen. Vernünftiges Nachdenken sollte deine rebellischen Gedanken besänftigen. Schließlich gelang es aber nur den Büchern, dich zu zähmen«, antwortete sie.

Als ich die ersten Male für Ausgabe und Rücknahme der Bücher an dem kleinen Schreibtisch saß, durchlebte die Schule gerade Tage intensiver Reinigungsrituale. Nach dem Nachmittagsgebet musste ich die Tür öffnen und mich an den kleinen schwarzen Tisch setzen. Schnell erkannte ich, dass die Bibliothek ein Ort des Rückzugs für mich sein würde. Von Anfang an gefielen mir die verwinkelten, langen Gänge zwischen den Regalen. Ich wusste, dass dies nun meine eigene Welt war, getrennt von der Welt der anderen Mädchen, die der Bußparcours zu einer Herde verletzter Lebewesen gemacht hatte und die über nichts anderes sprachen als über das Fegefeuer, ihr Grab und das Jenseits.

Der schlauen Fatana erteilte Seyneb Kwestani nach zwei

misslungenen Anläufen dann doch die Erlaubnis, abends mit mir in der Bibliothek zu arbeiten. Ihre Gesellschaft führte dazu, dass ich in diesen Stunden niemanden sonst brauchte. Die Bibliothek war meistens leer. Anfangs wollten Fatana und ich lesen, aber wir wussten nicht, mit welchem Buch wir anfangen sollten. Offenbar gehört es zu den schwierigsten Dingen überhaupt, ein Buch auszuwählen. Oft griffen wir unschlüssig zu einem Buch, überlegten es uns aber anders. Wir blätterten, schlugen es wieder zu und begannen zu plaudern.

»Am meisten Spaß macht das Reden und nicht das Lesen«, stellte Fatana fest. »Midiya kannte den Genuss des Sprechens nicht.« Fatana erzählte also auch hier ihre vielen Geschichten, bis eines Tages etwas Außergewöhnliches geschah.

Ich lauschte gerade gespannt, da hielt sie plötzlich inne, starrte in eine dunkle Ecke und rief: »Sieh mal, ein Schmetterling ist in der Bibliothek!«

Ich hatte seit Langem keinen Schmetterling mehr gesehen und erwiderte: »Fatana, lass den Unsinn! Ein Schmetterling im Herbst? Wie kommt ein Schmetterling hierher? Du lügst.«

Aber Fatana, die überall genau hinblickte, hatte tatsächlich in einem kleinen Riss in der Decke einen prächtigen Schmetterling entdeckt. Als ich ihn sah, schrie ich vor Freude: »Sieh nur, was für ein zarter Schmetterling!«

Mit Mühe konnten wir ihn zum Fliegen veranlassen. Er flatterte zwischen den Regalen, landete auf Lampen, gaukelte weiter zu den Schreibtischen, und wir folgten ihm wie hypnotisiert. Überall hinterließ er ein wenig von seinem feinen Staub. Schließlich fingen wir ihn, als er sich auf einem Buch niedergelassen hatte. Fatana presste den Schmetterling erbarmungslos in ein Buch über Koranexegese. »Öffne morgen das Buch, und du wirst sehen, wie schön er ist.«

Es zeigte sich, dass dieser Schmetterling nicht der einzige war. Die Löcher und Risse des großen Gebäudes steckten voller Schmetterlinge. Woher sie gekommen waren und wie sie den kalten Herbst überstanden, konnten wir uns nicht erklären. Wir fingen sie alle. Die Jagd auf Schmetterlinge, die außer Fatana und mir niemand sah, machte uns in den Tagen vor »Perwanas Abend« große Freude. Seyneb Kwestani verrieten wir dieses Geheimnis nicht. Die Bücher, in denen wir die Schmetterlinge aufbewahrten, versteckten wir, damit sie niemandem in die Hände fielen.

Als die Abende kälter wurden, drehten wir die Petroleumheizung auf, setzten uns zum Ofen und sahen uns die Schmetterlinge an. Selten kam jemand in die Bibliothek. Hin und wieder schauten die Lehrerinnen vorbei, liehen sich ein Buch aus und brachten es bald wieder zurück. Seyneb Kwestani lieh gleich am ersten Abend ein Buch, das sie geöffnet neben den Koran auf ihre Fensterbank legte. Es waren die glücklichsten Abende unseres Lebens in der Schule; dennoch vergaßen wir keine Sekunde, wo wir uns befanden. Wir wussten, dass wir in den Zeiten des Gebets und während der Unterweisung unser Geheimnis vergessen mussten.

»Sieh mal, Khandan, alle werden immer blasser«, bemerkte Fatana. Vor den Waschbecken versammelten sich morgens die Schatten von Mädchen, die das lange Einüben guter Manieren – wie gehen, wie lächeln, wie blicken – in einen Haufen Gespenster verwandelt hatte. Sie gingen, als würden sie einander nicht wahrnehmen. In den Nächten schrie immer irgendein Mädchen. Im Licht der Laternen konnte ich sehen, wie die Mädchen sich gegenseitig die Hände auf die Schulter legten, einen Kreis um das verängstigte Mädchen bildeten und laut die Formel der Satansaustreibung rezitierten: »Im Namen Gottes, lass von ihr ab! Im Namen Gottes, im Namen Gottes.« Das hallende Echo ihrer Worte ließ mich nicht einschlafen. Und wieder tauchte der Mann auf, der mich suchte. Hin und wieder spürte ich eine große Sehnsucht, hinauszugehen und mich dem kalten Wind auszusetzen. Mir war bewusst, wie gefährlich diese Sehnsucht war und dass sie gegen die Gesetze des Hauses verstieß, aber ich konnte sie kaum unterdrücken. Ich schlief wenig. Ich lauschte dem Rhythmus der Nacht und den Worten, welche die Mädchen im Schlaf murmelten, und beobachtete die Schatten der Schlafwandelnden.

Und ich sah Laylas Aufschrecken aus dem Schlaf und ihre Zitteranfälle. Wenn sie hochfuhr, setzte sie sich auf den Rand ihres Bettes und begann, leise zu weinen.

»Layla, warum weinst du«, flüsterte ich zu ihr hinüber.

»Weil ich für immer eine Sünderin bleiben werde.«

»Du bist weiter fortgeschritten als alle anderen Reumütigen Schwestern«, ermutigte ich sie.

»Alles ist eine Lüge. Ich habe jede Nacht schreckliche Träume. Ich sehe die Dinge aus der Vergangenheit. Ich kann nicht Buße tun.«

An manchen Tagen konnte sie das Bett nicht verlassen, nicht am Unterricht teilnehmen und auch kein Essen zu sich nehmen.

Eines Tages kamen Seyneb Kwestani und die anderen Lehrerinnen zu Layla. Ich stand dabei und wagte, einen Vorschlag zu machen: »Sie muss ins Krankenhaus gebracht werden.«

»Glaube und Sünde befinden sich in einem schrecklichen Kampf. Wir lassen sie selbst die Wahrheit finden«, erwiderte Seyneb Kwestani.

Manchmal erhob sich Mihtab in der Nacht und legte die Hand auf Laylas Stirn, wischte ihr stumm den Schweiß ab, gab ihr Wasser zu trinken und deckte sie zu. Aber kein einziges Mal erlebte ich, dass die beiden Schwestern friedlich miteinander sprachen. Harmonie und Liebe gab es nur im Schweigen. Sobald sie sprachen, brach Streit zwischen ihnen aus.

Wenn Layla und ich allein waren und sie sich vergewissert

hatte, dass alle schliefen, erzählte sie mir ihre Träume, einen nach dem anderen. Sie träumte von einer Stadt, deren Bäume, Häuser und Menschen in weiße Farbe getaucht waren. Die tödliche Kälte ihrer Träume übertraf alles: Die Blumen erfroren, die Vögel erstarrten, und die wilden Tiere starben. Die Kälte hatte Laylas Körper in Beschlag genommen. In manchen Nächten deckten wir sie mit unseren Decken zu; sie zitterte dennoch weiter. Wenn ich sie zum Waschraum begleitete, war ihre Hand so kalt, dass meine Finger beinah erfroren.

»Nur im Feuer der Hölle kann ich ruhen. Nur im Feuer kann ich leben«, sagte sie.

»Ich habe eine unheimliche Sehnsucht nach dem Feuer. Nur Feuer kann mich heilen«, klagte sie gegenüber Seyneb Kwestani. Ich wusste nicht, wie Seyneb sich Laylas Zustand erklärte, aber ich wusste, dass Layla verzweifelt war.

»Uns bleibt nur, weiter Schmetterlinge zu fangen. Je mehr wir sammeln, desto stärker wird das Gefühl, etwas Eigenes zu besitzen«, sagte Fatana, um uns abzulenken.

Die Schmetterlinge waren überall: auf den Korridoren, an den Decken, in den Kellern, auf den Teppichen, auf den Fensterbänken und an den Vorhängen. Oft hatte ich Angst, dass uns jemand erwischen und uns verraten könnte, denn wir wussten nicht, ob das Fangen von Schmetterlingen gegen die Bußregeln verstieß oder nicht.

»Ich glaube schon, dass es eher verboten ist«, bemerkte Fatana.

»Wichtig ist, dass wir einen sicheren Platz haben, an dem wir sie verstecken können.«

Eines Abends machte Fatana flüsternd einen Vorschlag: »Der Anblick der Falter könnte Layla helfen.«

Also erzählten wir Layla von den Schmetterlingen, aber sie begriff nicht, wovon wir sprachen. Wir nahmen sie mit in die Bibliothek und zeigten ihr unsere Schatzkammer. »Sieh mal, Layla. Sieh dir die Schmetterlinge an. Vielleicht lassen sie dich Angst und Kälte vergessen. Uns haben sie geholfen.«

Ein kaum wahrnehmbares Lächeln überlief Laylas Gesicht, aber nach wenigen Sekunden kehrte die Hoffnungslosigkeit zurück.

»Nicht jede muss die Schmetterlinge verstehen«, meinte Fatana.

»Die Körper derjenigen, die richtig Buße tun wollen wie Layla, werden immer kälter, und darum tun sie weh. Die Kälte, die von Seyneb ausgeht, ist nicht erfunden. Es ist die Kälte eines Körpers, der Buße getan hat«, belehrte ich Fatana.

Eines Nachts stand Layla plötzlich auf und verließ das Zimmer. Ich war gerade auf dem Gang und beobachtete den Schatten des Mannes. Als ich Layla sah, folgte ich ihr. Sie ging die Stufen hinunter. Ich wunderte mich, als ich sah, dass sie das kleine Brennstofflager der Schule betrat. Es lag direkt neben der Küche. Sie öffnete die Tür, trat ein, blickte suchend um sich und kauerte dann zwischen den Petroleumkanistern nieder. Stumm kehrte ich in mein Bett zurück, deckte mich zu und konnte glücklicherweise bis zum Morgengebet schlafen.

In den Nächten, wenn Layla nicht in unserem Zimmer war und Fatana mir die Mondgeschichten ihrer Schwester Midiya erzählt hatte, konnte ich gut schlafen. Wenn ich wach lag, versuchte ich, einen Zusammenhang zwischen dem Unterricht und meinen Erfahrungen herzustellen. Und ich wollte Laylas Zustand begreifen. Keine Sekunde hätte ich geglaubt, dass ein so schreckliches Schicksal auf sie wartete.

Im Unterricht war ständig von Satans warmen und kalten Eigenschaften die Rede. Dann kam diese Nacht – ich schlief und wurde durch Schreie und einen grellen Schein geweckt. Fatana war bereits aus dem Zimmer gelaufen. Als wir hinuntereilten, sahen wir eine lodernde Flammengestalt mitten auf dem Gang, wenige Meter von Seynebs Zimmer entfernt. Stumm, fast reglos starrte sie uns durch die Flammen hindurch an.

»Layla, Layla«, schrie ich.

Seyneb Kwestani und die anderen Lehrerinnen waren bereits – ohne Kopftuch, mit aufgelösten Haaren – herbeigeeilt und beobachteten die wandelnde Feuersäule. Keine von uns wagte sich zu nähern. Laylas Gesicht zeigte den gleichen Ausdruck wie am ersten Tag, als ich sie in der Sonne im Hinterhof der Schule sitzen sah. Sie versuchte, ihre Hand aus den Flammen herauszustrecken, um die Tür zu einem der Zimmer zu öffnen, aber die Hitze setzte ihr zu; also zog sie ihre Hand wieder zurück.

Fatana dachte als Einzige daran, schnell eine nasse Decke zu holen, um sie über die Brennende zu werfen. Sie war die Einzige, die der Anblick des Feuers nicht versteinert hatte. »Löscht sie, tut doch etwas, löscht sie«, schrie Fatana uns an.

Aber es war zu spät. Fatana rannte und brachte eine Decke nach der anderen aus den Zimmern, aber jede Decke, die sie über Layla warf, fing sogleich Feuer. Layla, die in den Flammen zunächst wie weißes Eis ausgesehen hatte, begann, unsichtbar zu werden. Am meisten wunderte ich mich über Seyneb Kwestani und die Lehrerinnen. Bis Layla gänzlich verbrannt und zu feiner Asche zerfallen war, traten sie keinen Schritt näher. Die ganze Zeit hielt jemand meine Hüften mit beiden Händen fest umklammert. In meinem Schock dachte ich nicht daran, mich umzudrehen und zu schauen, wer hinter mir stand. Als ich es dann doch tat, war es Mihtab, die stumm zitternd zusah. Sie hatte sich mit den Zähnen so fest auf die Lippen gebissen, dass mein und ihr Kleid blutig waren. Bevor ich sie beruhigen konnte, fiel sie in Ohnmacht.

Laylas Feuertod, den Seyneb später der Epidemie zuschrieb, die Frauen und Mädchen im ganzen Land dazu brachte, sich in Brand zu stecken, brachte die Überheblichkeit unserer Leiterin nicht ins Wanken.

Am nächsten Morgen kamen ein paar Polizisten, seltsamerweise alle klein und dick, und befragten uns. Sie fuhren Mihtab in die Klinik. Erst nach ein paar Monaten kehrte sie zurück.

Als wir Laylas Asche entfernt hatten, brach ich in Tränen aus. Fatana machte uns heftige Vorwürfe. »Warum hat mir niemand geholfen? Wir hätten verhindern können, dass sie verbrennt. Ich hätte sie retten können«, wiederholte sie immer wieder.

Um die Zeit des Nachmittagsgebets rief uns Seyneb Kwestani zusammen und hielt eine Rede. »Es gibt eine hauchdünne, fast unsichtbare Grenze zwischen Buße-Tun und Selbstvernichtung. Sie ist so schmal, dass sie nur von wahren Gläubigen erkannt wird. Wer diese Grenze überschreitet, frevelt. Der Zweck des Buße-Tuns ist, sich zu zügeln und die eigene Seele zu beugen, und nicht, sich zu zerstören. Nur der Allmächtige ist befugt, die Seelen, die er erschaffen hat, zu sich zurückzuholen. Sich selbst verbrennen zu wollen, ist eine satanische Begierde. Wollust ist immer heiß, und manchmal gibt sie ihre Hitze an andere Dinge weiter. Die Wollust kann sich sogar ins Buße-Tun einschleichen und es zur Sünde machen. Der Mensch kann sich nicht von Sünden befreien, indem er sich in Brand steckt, sondern nur durch die Selbstzügelung, durch Demut und Versenkung ins Gebet.«

Ich konnte Seynebs Rede nicht ertragen. Der Kummer erstickte mich.

»Khandan, sei bitte nicht traurig. Trauer treibt uns entweder in den Tod oder ins Büßertum«, sagte Fatana. Ich wollte nicht auf sie hören. Mit ihrem kleinen Spiegel rannte ich in den Waschraum und betrachtete mich. Mein Lächeln war verschwunden. Nach Laylas Selbstverbrennung war es weg, das Lächeln, das mir dann und wann ermöglicht hatte, das Leben als ein Spiel zu betrachten. Erst Jahre später konnte ich – Dank sei Fatanas fröhlicher Seele – wieder lächeln.

20

Nasradin erreichte die Nachricht vom Marsch des Glaubens in einem kleinen Dorf in den Bergen des Nordens. Derweil zog der Konvoi der Gläubigen von Dorf zu Dorf. Mit jedem Halt wurde die Armee größer. Mullah Kausar setzte seine ganze Überzeugungskraft ein, um einen neuen Geist in die Herzen der Dorfbewohner zu pflanzen. Obwohl das harte Leben in der Natur, geringe Bildung und die grausame Politik den Dorfbewohnern alle Illusionen genommen hatten, gelang es Mullah Kausar, sie für seine Karawane zu entflammen.

Der Peschmerga, der Nasradin die Nachricht überbrachte, erzählte von einer weiß gekleideten Frau, die in den Moscheen zusammengesunken auf einem Stuhl sitze und die Geschichte eines Waldes erzähle, in dem rebellische Verliebte Unterschlupf fänden. Da der Peschmerga ihren Namen vergessen hatte, wusste Nasradin nicht, welche der Frauen geflohen und zur Anführerin der Prozession geworden sein könnte. In der Nacht, in der er davon erfuhr, fiel dichter Schnee. Ohne sich dadurch abschrecken zu lassen, zog er dicke Gamaschen über und brach sogleich auf. Bis zum Mittag des nächsten Tages traf er niemanden außer ein paar Dörflern, die eine kranke Frau in die nächstgelegene Stadt brachten. Aber als er weiter nach Süden kam, erfuhr er von Landstreichern, wo der Marsch haltgemacht hatte. Gegen Abend erreichte er das Dorf. Seit Tagen bereits hatten sich Menschen von überall her aufgemacht, um in der Moschee Mullah Kausars Predigt zu hören. Im Dorf erfuhr er mehr über die Geschichte des Mädchens, das aus dem »Wald der Wollust«, dem »Tal der Unzucht« geflohen war.

Der Hof der Moschee hatte sich mit Hunderten Frauen und Männern gefüllt. Nasradin, der sich unauffällig umtat, fiel nicht auf. Bald erkannte er unter den Tamburin-Frauen Maasuma in ihrem weißen Umhang.

»Ihr Anblick hat mir fast das Herz gebrochen. Welch eine Enttäuschung«, sagte mir Nasradin später.

Das Tal war nun verraten, die Verliebten dort in höchster Gefahr.

Vor seinen Augen schmähte Mullah Kausar dieses »Land der Teufel«, dessen »unzüchtige« Menschen und deren uneheliche Kinder. Er wetterte über die Partnerschaften, die gegen die Gebote der Scharia verstießen, über die verbotenen Beziehungen zwischen Männern und Frauen. »Kommt und lasst uns den Wald der Finsternis in Brand stecken. Lasst uns die verhüllte Sonne der Ehre befreien. Lasst uns das Blumenfeld der Ehre gießen und wiederherstellen«, dröhnte Mullah Kausars Stimme über den Platz.

Die Masse geriet in Wallung. Hunderte von bewaffneten Männern aus verschiedenen Clans und Stämmen waren zusammengeströmt, Frauen von weit her herbeigeeilt. Sie alle wollten sich dem Umzug anschließen. Als Nasradin das sah, machte er sich sofort auf den Weg.

»Ich musste die Liebenden warnen. Ich musste sie retten.«

Die Prozession würde nur langsam vorankommen. Vielleicht blieb den Liebenden genug Zeit, um das Tal zu verlassen. Aber wohin sie flüchten sollten, wusste Nasradin auch nicht.

Am nächsten Tag gegen Mittag stieg er erschöpft die tausendsprossige Leiter hinunter. Als er das gelb verwelkte Tal sah, das sich stellenweise aschgrau verfärbt hatte, stockte ihm der Atem. Noch nie hatte er diesen Boden so dürr gesehen. Auch die Luft war nicht mehr wie früher. Es wehte ein unbarmherziger Wind, der mancherorts Wirbel bildete. Je weiter er hinunterstieg, desto angestrengter lauschte er, aber außer dem Rauschen des Wassers war nichts zu hören, weder das Singen von Vögeln noch Laute anderer Lebewesen. Einen Augenblick lang, noch bevor er den Boden berührte, dachte Nasradin, dass die Liebenden den Wald schon verlassen hätten.

Doch dann versammelten sich Männer, Frauen und Kinder um ihn und berichteten ihm durcheinander und in Bruchstücken von den vergangenen Monaten, von den unverkäuflichen Statuen, Perwanas Klagen, Fareyduns Schweigen, den sterbenden Vögeln, Maasumas Flucht und Siyamands Fortgehen.

Perwana war nur noch ein Schatten ihrer selbst. Beinahe hätte er sie nicht mehr erkannt.

»Sie tauchte zwischen den Bäumen auf wie ein Lebewesen aus Nebel, wie eine optische Täuschung«, erzählte er mir später.

Sie erzählte ihm ihren Kummer mit Fareydun. Danach machten sie sich auf zur Werkstatt. Der Weg war schlammig von geschmolzenem Schnee. Als Nasradin Fareydun zwischen den kleinen Schmetterlingen sah, kam er sich vor wie in einem Märchen. Eine ganze Weile konnte er seinen Blick nicht von den Figuren lösen. Manche waren mit so viel Liebe geschnitzt und bemalt, dass nur ein Anhauch fehlte, um sie zum Leben zu erwecken. Aber Fareyduns apathischer Zustand erschreckte ihn. Er packte und schüttelte Fareydun, weinte, den Kopf an seine Schulter gelegt, und überschüttete ihn mit Erinnerungen aus der Vergangenheit: Weißt du noch … die Nachmittage am Schwimmbecken, die Abende vor der Buchhandlung, die Besäufnisse unter Bäumen, die gemeinsamen Ausflüge im Frühling, die Messerkämpfe, ihre Abenteuer beim Fallenstellen, das Spiel bei Festlichkeiten, ihre flüchtigen Liebeleien, die Fußballmannschaften – aber nichts konnte Fareydun wachrütteln. Er blickte nicht einmal auf, um zu sehen, wer da sprach.

Gegen Abend ging Nasradin, völlig erschüttert, zu Midiya und Perwana. Die beiden hatten bereits auf ihn gewartet.

»Es nützt alles nichts. Mir ist ein Satz von Fareydun eingefallen, den er einmal bei einem Treffen im Studio fallen ließ. Weder Gowand noch ich nahmen ihn damals ernst. Aber heute weiß ich, was er meinte: ›Es wird ein Tag kommen, an dem ich all die kleinen Freuden im Leben hinter mir lasse und mich hinter einer Mauer, die so stark ist, dass kein Mensch sie durchdringen kann, nur dem widme, was in meinem Inneren steckt.‹ Offensichtlich ist dieser Tag gekommen. Nun kann ihn nichts und niemand mehr hinter dieser Mauer hervorziehen. Wir können nur noch um ihn weinen«, sagte Nasradin zu den Frauen. Der Wald musste geräumt werden, er wusste aber, dass Fareydun ausharren würde.

Da Fareydun der Welt den Rücken gekehrt hatte, gab es für Perwana keinen Grund mehr auszuharren. »Das Leben ist wie Wasser«, flüsterte sie. »Wenn ein Tropfen abfließt, fließt ein anderer nach. Aber in diesem Wald vergehen die Minuten, und nichts folgt nach. Die Jahreszeiten vergehen und hinterlassen nur Leere. Unsere Seelen verlieren eine Hülle nach der anderen, und es bleibt nichts.«

Sie gingen an verlassenen, halb zerfallenen Lauben und Lehmhütten vorüber.

»Hier lastet der Himmel schwerer«, fuhr sie fort. »Hier zerteilen die Blitze leichter den Himmel, die Erde und das Wasser. Hier werden die Frauen zu Schattenwesen, nichts auf diesem Boden hat Bestand. Die Worte werden vom Wind verweht. Die Beziehungen reißt er mit sich und auch die Träume – wohin, weiß niemand.«

Als Nasradin die Leute zusammenrief, suchte er zunächst nach Worten. Alle spürten, wie aufgewühlt er war. Leise begann er mit den Ereignissen um Maasumas Flucht und Gefangenschaft. Je länger er sprach, umso verzweifelter klang seine Stimme. »Eine Prozession ist auf dem Weg zu uns, um unser Versteck zu zerstören. In wenigen Tagen werden bewaffnete Männer, Derwische mit Schwertern und Frauen mit Trommeln über unsere Leiter und andere Leitern herabsteigen. Dann werdet ihr mit euren Kindern nicht mehr fliehen können. Sie werden jeden Winkel durchsuchen. Die sie erwischen, werden sie durch die Dörfer schleifen und in die großen Städte bringen, wo euch Erniedrigung und Tod erwarten. Ihr habt keine Zeit mehr zu überlegen. Es gibt in diesem Land keine Handbreit Boden, wo wir noch einmal einen solchen Zufluchtsort aufbauen könnten. Es bleibt nur, dass wir uns wie eine Handvoll Sand in alle Himmelsrichtungen zerstreuen, auflösen wie die Wolken. Wir müssen verschwinden. Packt eure Sachen. Werft in den Fluss, was ihr nicht tragen könnt, damit es davongetragen wird. Lasst eure Hütten und Lauben so, wie sie sind. Rettet euch, steigt hinauf und kehrt in die alte Welt zurück. Jeder muss eine andere Richtung einschlagen, jeder für sich einen Weg finden. Wenn Fremde euch fragen, wohin eure Reise geht, sagt: ›Wir gehen zu der Prozession, die unterwegs ist zum Tal der Unzüchtigen.‹ Denn überall sind Menschen auf den Beinen, um sich dem Marsch anzuschließen.«

Nasradins Worte lösten einen Tumult aus. Als Erster ging Gowand auf Nasradin zu. Aufgebracht fuhr er ihn an: »Ich verlasse diesen Ort nicht! Lieber sterbe ich. Geh und sag ihnen, hier dürfen sie nicht herein.«

Nasradin hatte seinen Freund immer beherrscht erlebt. Sogar dessen Wutanfälle, sein Weinen und seine Verzweiflung hatten etwas Würdevolles an sich gehabt. An diesem Tag war davon nichts mehr zu spüren.

Nasradin legte ihm beruhigend die Hand auf die Schulter. »Gowand, es ist nicht das erste Mal, dass Menschen in diesem Land gezwungen werden, ihre Träume aufzugeben. Wir leben in gefährlichen Zeiten und müssen lernen, uns zu retten. Wenn die Träume erdrosselt werden, hat nur noch das

Leben Bedeutung. Es geht um das Recht des Menschen zu leben. Ja, die Liebe ist ein großes Ziel, aber auch das Glück, am Leben zu sein, hat seinen Wert.«

Gowand schwang erbost seinen Stock durch die Luft und widersprach: »Das Leben ist nicht wichtiger als die Schönheit dieser Figuren, das Überleben nicht kostbarer als die Liebe, wie ich sie vor Augen habe. Gib zu, Nasradin, das Leben ist oft weniger wert, als wir meinen. Geh und sag es ihnen: Wir hängen nicht am Leben.«

Dilaram schaltete sich ein: »Gowand, ich liebe dich. Ich begleite dich in den Tod, in die Hölle, wohin auch immer. Bis ans Ende der Welt bleibe ich bei dir.«

Die beiden nahmen sich bei der Hand, drehten sich um und gingen. Gowand fuchtelte immer noch wie von Sinnen mit seinem Stock. »Wir sind größer als das Leben.« Schließlich verschwanden sie zwischen den Bäumen, aber man hörte ihn noch immer deklamieren: »Eine feige Liebe, die nicht träumt! Eine tot geborene Liebe, die den Tod scheut! Und dieser Nasradin, der diesen Ort gefunden und uns diesen Traum eingeimpft hat, redet von Rettung!«

Nasradin rief in den Wald: »Gowand! Sie kommen mit Schwertern, um euch zu töten. Ich will nicht, dass ihr sterbt. Ich will an niemandes Tod schuld sein. Ich bereue alles, lasst uns gemeinsam fortgehen!« Außer dem Rauschen des Winds und des Wassers kam keine Antwort. Er schrie: »Die Herrlichkeit des Lebens ist viel wert, Gowand! Zeig dich, komm her!« Aber der Wind trug seine Worte davon. Gowand antwortete nicht.

Bis heute kann Nasradin sich nicht erklären, was in dieser Nacht geschah. »Vielleicht ist der Grund darin zu suchen, dass ich selbst nie verliebt war«, versucht er, sich zu rechtfertigen. Jedes Mal erzählt er mir Gowands Geschichte auf eine andere Art. »Heute meine ich, dass er so handeln musste. Bevor er ins Tal kam, war sein Leben hoffnungslos. Hier, dachte er, wäre für ihn die Erlösung. Lieber sterben, als noch einmal dieser Leere in die Augen zu blicken.« Bis heute treibt ihn die Geschichte um. Er springt auf und tigert durchs überhitzte Studio. »Ich hab doch getan, was ich konnte! Im Tal zu bleiben, war der sichere Tod. Natürlich war auch die Flucht über die eisigen Bergwege lebensgefährlich. Aber Khandan, ich bin nicht schuld.«

In jener Nacht ging alles drunter und drüber. Die Mütter machten aus Stofffetzen Tragen für ihre Säuglinge und banden sie sich auf den Rücken. Überall hallten die Rufe der Männer, die sich auf den Marsch durch den Schnee vorbereiteten. Die Nacht war hell, strahlend und kalt. Nasradin umarmte ein letztes Mal jeden, der sich auf den Weg machte. Manche weinten, an seine Schulter gelehnt, andere stiegen entschlossen die Strickleiter hinauf, ohne einen Blick zurück.

Perwana ging als Letzte. Bis zuletzt war sie bei Fareydun, sie umarmte ihn, was aber nichts änderte. Schließlich gab sie ihm einen letzten Kuss. Sie packte Midiya am Arm, die wie besessen in den Mond starrte und gleichzeitig schrieb. Sie hörte nicht auf zu schreiben, bis Perwana sie zur Felswand zog.

In dem Durcheinander entdeckte Midiya Kilpa. Sie wusste, dass sie einander zum letzten Mal sahen. Er schien nicht einen Augenblick an sie gedacht zu haben. Still wartete er an der Leiter, bis die Reihe an ihn kam. Midiya sah plötzlich das Wilde in Kilpas Augen, der seinen Blick dem Himmel, den Sternen und dem Rand der Felswand zugewandt hatte. Dann kletterte er die Sprossen hinauf, ohne sich umzudrehen, ohne Midiya auch nur einen letzten Blick zuzuwerfen. Die Dunkelheit des Himmels zog ihn empor und hinterließ in Midiya Leere.

Die gottesfürchtige Shahla stand an diesem Tag des Jüngsten Gerichts mit ihrem Koran in der Hand da und rief in die

Runde: »Dies ist die Nacht Gottes. Die Nacht seiner tödlichen Gewalt. Heute ist die Nacht des Buße-Tuns. Ihr habt keine Wahl. Heute Nacht wird uns Gottes Blitz treffen; die Stunde der Rache ist gekommen.« Erst als sie schließlich auf der obersten Sprosse der Leiter stand, verlor sich ihre Stimme in der Nacht.

Wer den Rand der Felswand erreicht hatte, lief davon, ohne zu warten, sodass niemand mehr da war, als Perwana, Midiya und Nasradin als Letzte das Plateau betraten. Sie blickten in alle Richtungen. Es war, als hätten die plötzlich aufziehenden Nebelschwaden die Sippe verschluckt und jegliche Spur verwischt. Tödliche Stille hatte sich über die Berge und die Schlucht gebreitet. Nasradin stand hilflos neben den beiden Frauen, von denen die eine zum Mond starrte und die andere so entgeistert blickte, als wäre sie bereits tot.

»Wir müssen die ganze Nacht durchmarschieren«, unterbrach Nasradin die Stille.

Ein letztes Mal stand Perwana stumm am Rand des Abgrunds und sah hinab in die Finsternis, in der Fareydun seine Reise fortsetzte. Die Tiefe zog sie wie ein Strudel nach unten. Aber der Ruf des Wegs, der Klang der fernen Berge und ihr Drang nach anderen Orten und Zeiten hielten sie zurück.

Nasradin fragte sich, ob die beiden der Kälte standhalten würden. Unterwegs erzählte er ihnen von der Hütte eines alten Mannes und sagte, wenn sie schnell gingen, so könnten sie im Morgengrauen seine Tür erreicht haben. »Beten wir, dass wir es vor Sonnenaufgang schaffen. Seine Leidenschaft ist es, geflohene Menschen bei sich zu verstecken. Es spielte für ihn nie eine Rolle, aus welchem Grund sie geflohen waren, ob wegen der Liebe, der Politik oder irgendeiner Sünde.« Die beiden Mädchen schienen Nasradin nicht zuzuhören. Midiya hatte ihre Hefte in einen durchscheinenden weißen Schal gewickelt und blickte scheu zu dem Mann, der sie durch die Nacht führte.

Von den Wegen stieg der Geruch des Unbekannten auf. Wenn die drei Fremdlinge an schlafendem Gebüsch vorbeigingen, legte sich plötzlich ein Hauch des Todes über die verwelkten Blätter. Nasradin bemerkte, wie Perwana manchmal weinte. Sie gingen durch weite, offene Täler, in denen sie sich verloren fühlten. Sie erstiegen steile Hänge, von denen noch immer das Stöhnen anderer Wanderer widerhallte. Auf den Höhen spürten sie die Last des Himmels auf ihren Schultern. Die Frauen fürchteten sich vor den engen Pfaden, obwohl sie beide in Nacht und Dunkelheit zu Hause waren. Aber die Bergwelt war ihnen fremd. Sie fühlten sich überwältigt vom modrigen Geruch der toten Blätter in den Felsspalten, den jäh sie verschluckenden Schatten der Felsen, der bodenlosen Schwärze der herbstlichen Bergseen. Nichts hier war vertraut, sodass Kälte und Wind unerträglich wurden.

Stumm schritten sie voran. In Nasradins Herz erlosch ein großes Feuer. Er sah einen goldenen Strahl von Perwana ausgehen, der den frisch gefallenen Schnee aufblitzen ließ. In seinem Inneren hörte er eine Stimme: »Du hast deine Seele an Dinge gehängt, die du niemals verstehen wirst und nie verstanden hast.« Er blickte hinter sich auf die beiden Frauen und musste sich eingestehen, dass sie Opfer eines verrückten Spiels geworden waren, in dem er Regie geführt hatte. Niemals hätte er gedacht, dass seine Bemühungen sich derart bedrohlich auf das Schicksal anderer Menschen auswirken würden. »Du hättest die Welt verstehen und erst dann mit dem Träumen beginnen sollen«, flüsterte ihm die Stimme zu.

Kurz vor dem Morgengrauen legte sich Raureif über alles. Manchmal rutschten Midiya die Hefte aus der Hand. Nasradin spürte etwas, das den Anbruch des Tages zurückhielt. Die Gegend, durch die sie kamen, schien in ewiger Nacht stillzustehen.

Doch plötzlich – als würde man eine Laterne entzünden – wurde die Welt hell. Mit den ersten Strahlen der Sonne erreichten die drei Fremden die kleine Siedlung. Der Anblick eines bewaffneten, aber sanft lächelnden Manns in Begleitung von zwei erschöpften Frauen zog die Aufmerksamkeit der Männer auf sich, die vom Morgengebet kamen, manche mit noch klammen Gliedern von der Gebetswaschung.

Ohne jemanden anzusehen oder anzusprechen, steuerte Nasradin auf die Hütte des alten Mussa Khasannas zu, den man im Ort den »Herbergsvater Satans« nannte. Es war bekannt, dass er für wenig Geld Geflohene und Verfolgte in einem kleinen Hinterzimmer versteckte. Aber schon vor Jahren hatte er das aufgegeben. Seit die Auseinandersetzungen der politischen Gruppierungen in gegenseitiger Ausrottung endeten, seit die Armee sich in eine barbarische Meute verwandelt hatte, seit die Gläubigen und die Religionsgelehrten die Regeln der Scharia mit Feuer und Schwert durchsetzten, nahm Mussa Khasannas niemanden mehr auf. Aber Nasradin glaubte an die Großherzigkeit des strahlenden alten Mannes. Vor langer Zeit hatte der alte Mussa in einem traditionellen, eleganten, langen Mantel Nasradins Studio betreten, um sich ablichten zu lassen. Es entstand ein prachtvolles Foto, das Nasradin später in die Auslage stellte, wo es alle Blicke auf sich zog. Es brachte die Aura des alten Mannes beeindruckend zur Geltung. So war der alte Mussa zu einer bekannten Persönlichkeit geworden. Er hatte das Gefühl, bei dem Fotografen in tiefer Schuld zu stehen. Als Nasradin die Stadt verließ und in die Berge zog, auf seiner langen Suche nach Verliebten und deren Geschichten, steuerte er ein paarmal sein Haus an.

»Nasradin, ich stehe so tief in deiner Schuld, dass ich dir keinen Wunsch abschlagen kann. Und irgendwo müssen die zwei schwachen Geschöpfe ja ausruhen. Du musst aber wissen, dass es in meinem Dorf keine reinen, großherzigen Männer mehr gibt. Die meisten betrachten mich als einen Herbergsvater für Diebe, Kommunisten und den Satan.

Deshalb rate ich dir, ihnen einen besseren Ort zu suchen, bevor es zu spät ist. Ich habe nur ein kleines Zimmer. Tretet ein und ruht euch aus.«

Erleichtert verließ Nasradin bald darauf Mussas Hütte. Nach dieser gefährlichen Nacht war er glücklich, vorerst ein Versteck für die zwei Frauen gefunden zu haben. Er hatte beschlossen, weiterzuziehen und das Schicksal der anderen Verliebten zu verfolgen, wenn möglich, noch einmal in die Schlucht zu Gowand und Fareydun hinunterzusteigen, um auch sie zur Flucht zu bewegen. Er wusste, dass ein langer Weg vor ihm lag. Irgendwann würde er Perwana und Midiya in ein anderes Land führen und von dort auf einen anderen Kontinent, in eine andere Welt schicken …

Perwana und Midiya standen einander wie zwei Schatten gegenüber, Kleidung und Körper dünsteten den Geruch der vergangenen Nacht aus. Midiya legte das Bündel mit den Heften auf ein Regalbrett, und Perwana, müde von der warmen Morgensonne, streckte sich auf einem langen Teppich aus. Still die Blicke an die wuchtigen Dachbalken geheftet, schliefen sie ein. Sie glitten hinüber in die Welt der Träume, fast so gelassen wie jemand, der ruhig und ohne Hoffnung den Tod erwartet.

Und der schritt tatsächlich, gelassen wie ein durch den Hain wandelnder Poet, auf das kleine Zimmer zu. Man sah ihn kommen, man spürte es, man hörte sein Wispern. Aber niemand unterbrach deswegen, was er gerade tat. Niemand sagte: »Oh, Tod! Komm nicht auf diesem Weg, nimm einen anderen!«

21

Dein Lächeln ist nicht deshalb verschwunden, weil sich dein Glaube vertieft hat und du gottesfürchtiger geworden bist oder mehr Respekt zeigst vor allem Heiligen«, stellte Seyneb Kwestani fest, als sie mich am Abend zu sich rief, um mit mir über mein Lächeln zu sprechen.

Ich wusste selber, dass Kummer und Wut mein Lächeln ausgelöscht hatten. Zum ersten Mal in meinem Leben spürte ich diese Wut in mir, aber trotz Seynebs misstrauischen Bemerkungen blieb ich beherrscht: »Dass Layla sich verbrannte, hat uns alle aus der Bahn geworfen. Seit dieser Nacht, scheint mir, haben wir uns verändert.«

Seyneb war gereizter und strenger mit uns geworden. Manchmal zitterten ihre Hände, wenn sie sprach. Und sie war nicht mehr die Herrin ihrer Worte. Schon frühmorgens weckte sie uns mit ihren Schimpftiraden: »Was seid ihr bloß für Geschöpfe! Welcher Dämon lebt in euren Köpfen? Welcher Satan hat Wurzeln in eurer Seele geschlagen?« Aber das prallte an mir ab. Auch Fatana ließ sich nicht einschüchtern. Ihr fiel immer etwas ein, um Seynebs Befehlen auszuweichen. Mit der Zahl der Angstattacken und Wutanfälle im Hause hatte sich auch die der Schmetterlinge vermehrt. Wenn wir keine echten fanden, erfand Fatana Fantasieschmetterlinge, die nur sie und ich sehen konnten. Dies war der einzige Hoffnungsfunke in unserem Leben.

Die Lektionen wurden länger und die Aufgaben schwerer. Täglich mussten wir uns im Rezitieren weiterer Koranverse, dem Auswendiglernen der Hadithe üben und die Biografien der Weggefährten des Propheten studieren. Der Drang, sich ständig zu reinigen, die endlose Gebetswaschung zu vollziehen und auf Züchtigkeit zu achten, wurde zu einer Besessenheit. Um das alles ein wenig zu vergessen, bat ich Fatana immer wieder, mir die Geschichte ihrer traurigen Schwester Midiya und von Midiyas Liebe zum Mond zu erzählen.

»Seit die Traurige Midiya denken kann, begehrte sie den Mond. Wenn er sich nachts zeigte, musste sie ihn ansehen. Sie fixierte den Mond derart, dass die Ärzte meinem Vater einmal sagten: ›Weil sie weiß, dass sie niemals mit dem Mond wird sprechen können, ist sie stumm geworden. Deshalb hat sie sich für das Schweigen entschieden. So lebt sie ihre Liebe zum Mond.‹«

Bei dieser Geschichte schlief ich immer ein, noch bevor sie zu Ende war. Auch Fatanas Stimme wurde immer leiser, bis sie selbst in Schlaf fiel. Ein paar Stunden später schreckten mich oft die Schritte des unsichtbaren Mannes auf, der mich in die Korridore lockte. Seit Layla sich in Brand gesteckt hatte, erfüllte mich sein Auftauchen mit einem großen Glücksgefühl. Aber es löste auch Qualen aus. Zuweilen betete ich, bald wieder in seinen berauschenden Basilikumgarten zu gelangen. Und gleichzeitig sah ich in ihm den Grund meines Unglücks. »Du Gestalt des Bösen, verschwinde und kehre nie mehr zurück. Du hast hier nichts verloren«, beschwor ich ihn dann.

In solchen Nächten war meine Seele gespalten. Eine Stimme wisperte mir zu, ich müsse jenes Spiel spielen, das die anderen Mädchen längst beherrschten. Es könne die Reste des Geschöpfs, das Khandan genannt wurde, aus dem Meer der Ängste und Albträume erretten.

Aber Seyneb schien jede meiner Regungen zu durchschauen. Sie bemerkte, dass mich nun statt des abgewürgten Lächelns eine heftige Wut beherrschte. Ihre misstrauischen Blicke beunruhigten mich. Ich strengte mich an, mein neues Gesicht, das für Seyneb ebenfalls etwas Satanisches hatte, vor ihr zu verstecken. Ich versuchte, mir einen anderen Blick zuzulegen, der nicht gleich alles verriet. Je mehr ich mich verbergen wollte, desto größer wurde meine Angst. Und je mehr Angst ich hatte, umso wütender wurde ich.

Fatana flüsterte mir ständig ein, ich solle meine Wut nicht zeigen und mein wahres Gesicht hinter einem weißen Nebel einfrieren. Sie schärfte mir ein, mit gesenktem Kopf zu gehen. Sie lehrte mich, so zu gehen, dass aus meinen Schritten die Gottesfurcht sprach. Nach mühsamem und intensivem Training lernte ich tatsächlich, mit meinen zwei Gesichtern so umzugehen, dass ich in der Schule herumlaufen konnte, ohne aufzufallen. Vor Fatanas Spiegelscherbe übte ich lange, bis es mir gelang, meinen Gesichtsausdruck von meiner Seele zu trennen. Trotzdem musste ich wachsam bleiben, um Seynebs Misstrauen nicht zu begegnen. Nachts mobilisierte ich meine ganze Vorstellungskraft, um unverdächtige Träume zu erfinden. Zuerst entfernte ich die Männer aus meinen Träumen. Ich berichtete ihr, dass ich nicht mehr von Männern träumte, und ersetzte sie durch Fabelwesen. Ich erzählte Träume mit mehrköpfigen Katzen, rot brennenden Katern, doppelköpfigen Drachen, geflügelten Fröschen und von großen Spatzen, die auf Menschenköpfe Eier legten.

Aber Seyneb blieb misstrauisch. »Oft ändern die Lüste ihre Gestalt. Sie können auch die Gestalt solcher Kreaturen annehmen. Dass deine Wollust keine bestimmte Form hat, ist von Übel. Ich bin mir sicher, dass diese Fabelwesen nichts anderes sind als deine Lüste.«

Also begann ich, meine Träume mit Blumen, Gärten, Bäumen und Wasserfällen zu schmücken, aber auch das war vergebens. Seyneb fragte zynisch: »Was haben solche Dinge in deinen Träumen verloren? Seit wann legst du auf Schönheit einen besonderen Wert?«

Sie brachte mich völlig durcheinander. Ich musste meine Träume komplizierter und verworrener aufbauen, damit sie meine Fantasiegebilde nicht so leicht durchschauen konnte.

Fatana schlug mir etwas vor, das dann zum Auslöser der späteren Geschehnisse wurde. »Wir sollten Träume erfinden, die sie nicht deuten kann, weil sie in ihren Büchern der Traumdeutung nicht vorkommen.«

Also durchsuchten wir die Bibliothek nach Büchern, die von Traumdeutung handelten. Ich wusste, dass Seyneb ein paar davon in ihrem Zimmer aufbewahrte und immer wieder darin las. Damals verstand ich solche Bücher kaum, aber Fatana zwirbelte nur am Zipfel ihres schwarzen Kopftuchs und sagte: »Ich verstehe sie. Ich verstehe alles.«

Eines Morgens erzählte sie Seyneb einen Traum, der diese aufhorchen ließ. »Ich habe von einem Galgenstrick geträumt, auf dem viele bunte Schmetterlinge schaukelten«, gestand Fatana mit einem mystischen Unterton in der Stimme.

Seyneb ließ Fatana den Traum mehrere Male erzählen. Fatana aber gehört zu denen, die sich nicht leicht beirren lassen, und so konnte sie jede Szene ihres erfundenen Traumes haargenau gleich wiederholen. Ich schilderte ein paar Tage später einen Traum, der Seyneb noch mehr beunruhigte. Ich gab an, ich hätte von einer verlassenen Verkehrsinsel geträumt, wo es zuerst schneite und dann die Sonne schien. Dann schneite es wieder, danach war alles wieder in Sonnenschein getaucht. »Plötzlich füllte sich die Verkehrsinsel mit Vögeln und Passanten, und dann lag sie wieder verlassen da.«

Solche Träume schienen Seyneb ratlos zu machen, denn sie hatte sich angewöhnt, alle Träume in zwei Kategorien zu unterteilen: Satan und Unzucht gehörten der einen an, Engel und Reinheit der anderen.

»Hatte die Verkehrsinsel einen Springbrunnen?«, fragte Seyneb.

»Nein. Sie war schlicht und eben«, antwortete ich.

Zum ersten Mal war sie wirklich verwirrt. Aber das konnte sie nicht einfach hinnehmen. Da ihr solche Träume neu waren, und sie sich auch nicht vorstellen konnte, dass irgendein Mensch so etwas träumte, wurde sie noch misstrauischer.

Am selben Tag sagte ich zu Fatana, wir sollten es nicht auf die Spitze treiben, aber Fatana schien das Spiel zu beflügeln, und sie bestand darauf, damit fortzufahren. »Ich habe dir doch gesagt, dass sie solche Träume nicht interpretieren kann. Wenn wir vorsichtig vorgehen, können wir sie im Meer des eigenen Zweifels ertränken«, flüsterte sie aufgeregt.

»Gestern Nacht habe ich von einem Wolf geträumt, über dem der Mond stand. Der Wolf lief durch Äcker, Obstgärten und Steppe, und der Mond begleitete ihn. Er durchquerte Teiche, und der Mond hing tief über seinem Kopf«, erzählte Fatana am nächsten Tag.

»Viele Wäscheleinen waren nebeneinander über einen Hof gespannt. Daran hing viel Wäsche, und es saßen auch Vögel auf den Leinen«, berichtete ich.

»Da war ein ganz starker Wind, der nichts mit sich trug. Dieser Wind fuhr über die Einöden der ganzen Welt«, erzählte ich Seyneb an einem anderen Tag.

»Ich sah Granatapfelkerne, die waren rot wie Blut. Sie lagen überall verstreut zwischen den Grabsteinen und auf den Grabgewölben eines weißen Friedhofs.«

Je mehr dieser Träume wir erzählten, desto ratloser schien Seyneb zu werden.

Obwohl Fatana und ich uns wie echte Reumütige Schwestern zeigten – wir banden unsere Kopftücher enger und knüpften sie fester unter dem Kinn, ließen unsere Gesichter eingefallen und blass aussehen und schritten andächtig dahin –, beobachteten uns Seyneb und die Lehrerinnen ganz genau. Wenn wir abends, nach Ende der letzten Unterrichtseinheit, in die Bibliothek gingen, mussten wir äußerst vorsichtig sein. Niemand durfte unser Spiel mit den Schmetterlingen entdecken. Aber aus Übermut vernachlässigte Fatana unsere Vorsichtsmaßnahmen, obwohl sie wusste, dass Seynebs Unvermögen, unsere Träume zu deuten, sie von Tag zu Tag ärgerlicher machte. Sie wusste auch, dass Seyneb unsere Träume niederschrieb, um sie mit den Lehrerinnen zu besprechen und gemeinsam eine Deutung zu finden.

»Für Seyneb ist es jetzt nicht mehr wichtig, ob unsere Träume satanisch oder himmlisch sind. Es geht ihr nur noch darum, herauszufinden, ob sie wahr oder erfunden sind«, feixte Fatana.

Seyneb hatte Angst, wir könnten einen Weg zwischen Frevel und Glaube gefunden haben, der ihr unzugänglich blieb. Auch beunruhigte sie, dass ihre didaktische Methode, von der sie überzeugt war, womöglich zu einem anderen als dem angestrebten Ergebnis führte.

In jenen Tagen fing Fatana ein paar außergewöhnliche Schmetterlinge, die sie freudestrahlend in die Bibliothek brachte. Manchmal vergaß sie vor lauter Freude, in welchem Buch sie die Schmetterlinge versteckte.

»Eines Tages werden wir in Schwierigkeiten geraten«, warnte ich sie.

Obwohl sie sich der Risiken bewusst war, wollte sie auf ihre kleinen Glücksmomente nicht verzichten. Zu Beginn war sie diejenige gewesen, die mich ständig angewiesen hatte, mich möglichst unauffällig zu benehmen. Nun aber war sie, trotz ihrer Schlauheit, so übermütig geworden, dass ich Angst bekam, wir könnten von Seyneb erwischt werden. Eines Tages bewahrheiteten sich meine Befürchtungen tatsächlich, und unsere Welt geriet aus den Fugen.

Ich frage mich immer noch, warum es genau eine Nacht vor »Perwanas Abend« passierte. Musste es so sein, damit unsere Schicksalswege auf immer verknüpft blieben? Bis heute kann ich mich von diesem Gedanken nicht befreien.

Fatana und ich stellten uns nach Unterrichtsende an ein Fenster des Korridors und beobachteten die Schneeflocken, die der Wind sanft über den Hinterhof der Schule streute. Danach begaben wir uns in die Bibliothek. Auf den Gängen war es still. Die Türen der Lehrerzimmer waren verschlossen.

Vielleicht brauchen wir alle nach einem anstrengenden Tag eine ordentliche Pause, dachte ich bei mir.

An solchen Tagen genoss Fatana die Wärme in der Bibliothek. Für eine Weile sahen wir uns dort in der Schatzkammer unserer Schmetterlinge um. Als spräche Fatana im Schlaf vor sich hin, erschuf sie mir einen imaginären Schmetterling nach dem anderen. Sie suchte in ihrer Vorstellung die Farben der Flügel aus, malte sich die kleinen Punkte und die seidenen Schuppen aus.

»Die hier stehen für die glücklichen Tage und diese hier für die Abende des Todes«, murmelte Fatana vor sich hin.

»Fatana, die kalten Abende sind fürs Geschichtenerzählen wie geschaffen. Wieso lässt du mich nicht eine deiner Geschichten hören«, bat ich Fatana.

Anders als sonst, wenn sie Geschichten erzählte, hielt sie ein Buch über Traumdeutung in der Hand, wanderte an den gut bestückten Bücherregalen entlang und erzählte von einer Prinzessin, die einen jungen Mann in Frauenkleidern unter ihren Dienstmädchen versteckt hatte, damit sie sich nachts mit ihm vergnügen konnte.

Diese Geschichte erregte Fatana so, dass sie alle Vorsicht vergaß. In diesen Augenblicken war in ihr die Macht des Erzählens größer als die Macht des Todes.

»Fatana, sei leise«, herrschte ich sie an.

»Ich möchte einmal eine Geschichte laut erzählen«, erwiderte sie.

Unbekümmert ging sie zwischen den Regalen hindurch und sprach von jener Prinzessin, die in der Lage war, Könige und Prinzen um den kleinen Finger zu wickeln, und sich weigerte, den Sohn eines Ministers zu heiraten. Stattdessen ging sie ihren nächtlichen Vergnügungen nach. »Die Tochter des Königs gab ihre dunklen Nächte auch für die glänzendsten Throne der Welt nicht her. Den Zauber des heimlichen Genusses tauschte sie nicht gegen die offiziellen Vergnügungen, denn sie wusste, dass ein heimlicher Genuss größer ist. Ein offiziell erlaubter Genuss ist kein wirklicher Genuss.«

Plötzlich, als ginge ein Riss durch die Welt, und durch diesen Riss wäre jemand eingetreten, stand Seyneb Kwestani vor mir. Mein unterdrückter Schrei genügte, um Fatana zu warnen. Als sie Seyneb sah, sagte sie lächelnd, ohne sich aus der Ruhe bringen zu lassen: »Ah, meine verehrte Lehrerin, ich erzähle gerade die Geschichte einer treulosen, unzüchtigen Prinzessin.«

Seyneb schien die ganze Geschichte mitgehört zu haben, sie wirkte aufgeregt und gleichzeitig verstört.

Gellend rief sie nach den Lehrerinnen, die im nächsten Augenblick hereinstürmten. Seyneb erzählte ihnen, was sie aus Fatanas Mund vernommen hatte. Während sie sprach, hielt sie Fatana fest, als befürchtete sie, das Mädchen könnte versuchen zu fliehen. Die Katastrophe begann aber erst richtig, als Seyneb das Buch der Traumdeutung in Fatanas Hand bemerkte, es ihr entriss und es durchzublättern begann.

Fatana schien von ihrer Prinzessin, die nichts von Königen und Prinzen hielt, so berauscht zu sein, dass sie kein bisschen eingeschüchtert wirkte. Und genau dies machte Seyneb Angst.

Als sie das Buch durchblätterte, die unterstrichenen Sätze und markierten Absätze sah, schöpfte sie Verdacht. Jetzt begriff sie, dass wir in der Bibliothek nach Traumregeln geforscht hatten, um sie aus dem Konzept zu bringen. Eiskalt sagte sie: »Ich hätte nicht gedacht, dass sich in Mädchen, die sich als Büßerinnen tarnen, so viel böser Wille verbergen kann.«

Die Lehrerinnen suchten die anderen Bücher über Traumdeutung zusammen und begannen, sie zu untersuchen. Natürlich fanden sie die von Fatana markierten Stellen.

Die Lehrerin, die den ersten Schmetterling entdeckte, war die mit dem langen Gesicht, die uns in der Lebensgeschichte des Propheten unterrichtete. Ich selbst kann mich nicht erinnern, Schmetterlinge in die Traumbücher gelegt zu haben. Auch Fatana meinte später, sie hätte niemals Schmetterlinge in diesen Büchern versteckt. Darüber stritten wir miteinander. Ich bin nach wie vor davon überzeugt, dass Fatana in einem Moment der Unaufmerksamkeit den Schmetterling in das Traumbuch gelegt haben muss. Sie aber besteht darauf, dass ich es in einem Wutanfall getan hätte, um Kühnheit zu beweisen.

Der eine Schmetterling genügte, um die Lehrerinnen dazu zu bringen, wie verrückt ein Buch nach dem anderen, auch die dicken mit Ledereinband, Bücher der Weisheit und des Glaubens, durchzublättern, bis sie alle Schmetterlinge gefunden hatten.

Seyneb schickte Fatana und mich in eine Ecke und ließ die Lehrerinnen unsere Taschen durchsuchen. Sie entdeckten den kleinen Spiegel. Seyneb begann zu schreien. Ihre Stimme weckte die ganze Schule auf.

Mein Eindruck war, dass es mehr um sie ging als um uns. Sie hatte unsere Masken nicht durchschaut. Das war es, wovor sie sich ihr ganzes Leben gefürchtet hatte.

Während sie ihren Zorn und Groll an uns ausließ, standen die anderen Mädchen schweigend da und beobachteten, wie Fatana und ich gedemütigt wurden. Sie sahen, wie die Schmetterlinge zu Boden fielen und wie alle Lehrerinnen darauf herumtrampelten.

»Seht euch die Werkzeuge der Hexerei an! Seht euch das Teufelszeug in der ersten Bußschule des Landes an«, rief Seyneb. Sie hielt den kleinen Spiegel in der Hand und warf ihn gegen die Wand, sodass er zersplitterte. Mitten in ihrer wütenden Predigt befahl sie uns, unser Bettzeug abzuziehen, denn alles sei derart vom Satan verseucht, dass es zum Schlafen nicht mehr tauge. Sie gab Anweisung, uns die Kleider vom Leib zu reißen, denn diese Kleider seien nichts anderes als eine teuflische Verhüllung, die mit Reue und Buße nichts zu tun habe.

»Ich bitte den Allmächtigen um Vergebung dieser übergroßen Sünden«, flehten die Lehrerinnen. Sie schleppten Fatana und mich halb nackt durch die Flure. Ich wollte schreien, lachen oder weinen, aber ich war derart erstarrt, dass ich nichts tun konnte. Ich spürte, dass auch Fatana ihre Selbstsicherheit verlor.

Ich hörte, wie getuschelt wurde: Satan hat die Schule befallen … Hexerei und Hexenwerk …

Seyneb rief: »Am schlimmsten sind die Masken. Ich will keine reumütig Maskierten um mich haben, die Gott und Satan nicht auseinanderhalten können.«

Im Hof mussten wir uns barfuß in den Schnee stellen. Vor Kälte verlor ich die Kraft, Seyneb zuzuhören. Ich wusste, dass jetzt das Feuer kam, wie am Tag unseres Eintreffens in der Schule musste alles verbrannt werden. Eigenhändig überschüttete Seyneb unser Bettzeug und unsere Kleider mit Petroleum. Ich bedeckte mein Gesicht mit den Händen. Fatana musterte ein Mädchen nach dem anderen. Seyneb sprach verschiedene Gebete. Sie nahm einen kleinen Koran aus ihrer Brusttasche und las die Verse über Reue, Buße und Gnade vor.

»Nimm sie und alle anderen Mädchen in deine Gnade auf! Schenke mir Kraft, diesen Satan zu besiegen«, flehte sie Gott an, während das Feuer unsere Sachen verzehrte.

Fast freute ich mich über die Wärme des Feuers. Ich wusste, dass man uns von nun an als zwei räudige Kreaturen behandeln würde.

Nachdem die Mädchen in ihre Zimmer geschickt worden waren, brachten sie Fatana und mich in ein Zimmer neben der Bibliothek. »Wir müssen sie absondern von denen, die bereits eine Phase der Reue durchlaufen haben. Wir müssen mit ihnen ganz von vorn beginnen«, sagte Seyneb.

Fatana prophezeite mir flüsternd: »Morgen werden sie uns trennen.« Die ganze Nacht wälzte ich mich schlaflos hin und her.

Auf Fatanas Gesicht lag eine kalte Gelassenheit. Beherrscht wanderte sie im Zimmer auf und ab. »Was ist denn los mit dir? Ist dir kalt, fühlst du dich krank?«

Ihr Fragen war gemein. »Nein, ich bin nicht krank, mir fehlt nichts«, schrie ich sie an. Ich sehnte mich nach einem Wind, der den Druck, der auf uns lastete, wegfegen würde. Es war, als böte das Zimmer nicht genug Platz für all die Schreie. Ich sah die Schmetterlinge. Ich sah Perwana in unserem kleinen Zimmer zu Hause. Ich sah Perwana auf der Straße gehen. Ich sah Perwana, wie sie sich an jenem Morgen von mir verabschiedete. Ich sah Layla in Flammen. Ich war so wütend, dass ich am liebsten alles in Stücke gerissen hätte.

»Warum müssen wir hier leben? Warum müssen wir Buße tun?« Ich sah, wie Fatana auf mich zukam. Sie sprach, aber ich hörte nicht, was sie sagte. Sie hielt mich und schien mich beruhigen zu wollen. Plötzlich bemerkte ich in mir eine Kraft. Die Dinge begannen zu wackeln. Ich sah, wie die Fenster sich öffneten, wie ein Windstoß die Tür aufriss. Ich betrat den Korridor und merkte, wie der Wind hinter mir wirbelte, aber vor mir war es ruhig. Ich ging weiter, und der Wind ging mit mir. Er wehte in die Bibliothek, in Gänge und Zimmer.

»Seyneb, warum hast du uns die Schmetterlinge weggenommen? Seyneb, komm heraus! Zeig dich! Wo sind meine Schmetterlinge?«, schrie ich.

Je lauter ich schrie, desto wilder schlug der Wind die Fenster und Türen auf und zu. Er fegte die Bücher aus den

Regalen und riss die Vorhänge herunter. Ich schrie: »Seyneb, gib mir meine Schmetterlinge zurück!« Nun war der Wind überall. Er hob Decken und Matratzen in die Höhe, schleuderte Bücher gegen die Wände, warf Gläser und Teller zu Boden und ließ die Wäsche fliegen. Ich erreichte den ersten Stock, wo ich Seyneb im Licht der schwachen gelben Glühbirnen panisch zu den Türen laufen sah, um sie zu schließen. Fetzen von Korankalligrafien klebten auf ihrem Gesicht, sie stolperte über die Bücher. Sie begann zu flehen: »Im Namen Gottes, des Gnädigen, des Barmherzigen!« Doch dann wickelte sich ihre Decke um sie und erstickte ihre Schreie.

Die Lehrerinnen sprangen aus ihren Zimmern. Der Wind hatte ihre Kleiderschränke und Bündel aufgerissen, und der Inhalt wirbelte durch die Schule. Der Wind entführte die Kopftücher der Reumütigen Schwestern, er zerbrach alle Fensterscheiben. Die Glühbirnen platzten, die Teppiche rollten sich auf, und die Mädchen flogen in den Zimmern und Gängen wie Puppen hin und her. Seyneb lag in ihre Decke gewickelt auf dem Boden. Je mehr Glühbirnen zersprangen und je mehr Kerzen erloschen, desto dunkler wurde es, und je finsterer die Umgebung wurde, desto stärker spürte ich meine Erschöpfung. Als ich den Kopf hob, sah ich, dass alle weinten und schrien, genau wie ich. Aber ich hörte nichts als eine einzige erstickte Stimme, die aus einer verletzten Kehle drang. Je schwächer ich wurde, desto schwächer wurde der Wind. Ich erhob mich und spürte eine tödliche Kraftlosigkeit. Ich fiel auf die Knie und hatte das Gefühl, der Wind fiele mit mir. Ich stürzte und hörte die Reumütigen Schwestern schreiend die Treppen herunterlaufen. Sie liefen über mich und über meine erschöpfte Seele hinweg. Ich fiel in eine Schwärze, aus der es keinen Ausgang, wo es weder Sehen noch Hören noch Schmetterlinge noch den Satan gab.

Ich weiß nicht, wie lange es dauerte, bis ich wieder zu mir kam, aber es war ein kalter Morgen, und vor meinem

Zimmer hörte ich, wie meine Tante, mein Vater und Seyneb Kwestani sich unterhielten.

»Khandan ist ein kleines Mädchen. Ermutigt zu ihrem rebellischen Gehabe wurde sie von ihrer Schwester Perwana. Aber Perwana wird sterben. Heute noch«, sagte meine Tante zu Seyneb.

Perwana wird sterben? Was sollte das bedeuten? Ich hob meinen Kopf und schaute durchs Fenster. Im Hinterhof der Schule lag Schnee. Nachdem ich in Ohnmacht gefallen war, musste viel Schnee gefallen sein. Als ich Richtung Schultor blickte, sah ich Fatana in Reisekleidung bei fremden Menschen stehen.

Was macht sie an diesem kalten Morgen vor dem Tor, fragte ich mich. In diesem Moment öffnete jemand die Tür zu meinem Zimmer und forderte mich auf: »Khandan, steh auf. Ich weiß, dass du wach bist. Wir gehen jetzt.«

22

Auf unserer Fahrt passierten wir unwirtliche Steinwüsten, und wir durchquerten fruchtbare Landstriche, die aber genauso menschenleer waren, weil die Bewohner sie vor langer Zeit verlassen hatten. Wir fuhren vorbei an verwüsteten Ruinenstädten und an verwaisten Geisterdörfern.

Fatana und ich saßen auf der Rückbank des Wagens. Fatanas kleinwüchsiger Cousin fuhr den Jeep, neben ihm saßen meine Tante und mein Vater, die wortlos hinausblickten. Als wir den Rand eines niedergebrannten Waldes erreichten, deutete der kleine Chauffeur auf die Hügel der Umgebung: »Vergangene Woche fand hier ein Gefecht statt.«

Ich bemerkte, dass unser Wagen durch Blut fuhr. Leichen von Gefallenen lagen auf den Hängen. Auch der Schnee, der auf die Leichen gefallen war, konnte die Blutbäche nicht zudecken, die von den Anhöhen auf die Straße flossen. Blut und Schnee, wohin ich auch sah. Sogar die durstigen Spatzen am Rande der Lachen waren blutverschmiert. Der Frühlingsabend schoss mir durch den Kopf, als Perwana und ich zwischen den Blutlachen des Opferfests hindurchgingen und an Fareydun Malaks Haustür klopften. Als Perwana den Blutlachen auswich, um unbesudelt nach Hause zu kommen.

Der kleine Fahrer fuhr so wild durch die Lachen, dass Blut bis an die Fensterscheiben spritzte. Seltsamerweise hatte er die Namen einiger Gefallener im Kopf, die er nun mit großem Genuss aufzählte. Es waren kurdische, persische und arabische Namen, kunterbunt durcheinander. Alle paar Dutzend Meter zeigte er auf einen Fleck und berichtete, was dort passiert war: »Hier wurde Oberst Saaed getötet. Und dort drüben die Einheit von Major Mahmood vernichtet. Unter diesem Felsbrocken wurde Kommandeur Schekho gefoltert. Und da, unter diesem Baum, hat sich Oberstleutnant Ali Abadi das Leben genommen.« Es war, als wolle der kleine Mann jedes Detail dieses Gemetzels wieder aufleben lassen. Immer wieder musste meine Tante ihn ermahnen, weiterzufahren und uns ans Ziel zu bringen.

Gegen Mittag erreichten wir eine glasklare Quelle, neben ihr eine verfallene Moschee, von der nur der glatte Boden des Gebetsraums unversehrt geblieben war. Dort beteten wir alle und dankten Gott für seine grenzenlose Gnade und seine Gaben. Nachdem wir geräuschvoll ein paar Äpfel gegessen und ein paar Tassen Tee geschlürft hatten, machten wir uns wieder auf den Weg.

Unterwegs hielten wir einige Male an, um kleine Gräber, in denen Gotteslästerer aus alten Zeiten ruhten, mit Steinen zu bewerfen. Meine Tante kannte offenbar jedes einzelne: »Dieses hier gehört Vater Nori, dem Aasfresser. Er aß nur Fleisch von verendeten Lebewesen. Das hier ist die Ruhestätte von Nori Bzala, der als Strafe für seine Sünden nach jedem Abendgebet in ein Schwein verwandelt wurde. Und hier liegt Wais der Dschinn, der die Pest und andere Seuchen verbreitete.«

Seit meine Tante Fatana und mich vor dem Tor des Hauses der Reue zu dem Wagen gerufen hatte, herrschte Schweigen. Uns Mädchen hatte der Kummer überwältigt, denn wir waren ja unterwegs zur Todesfeier unserer Schwestern. Die Tante, der Vater und der Chauffeur machten dagegen einen äußerst zufriedenen Eindruck.

Es kam mir vor, als zöge der Weg sich unendlich in die Länge. Als wir durch eine Gegend fuhren, in der Tausende Knochen aufgeschichtet lagen, informierte uns der Fahrer: »Hier sind die Herden verendet, weil Giftgas eingesetzt wurde.« Menschliche und tierische Gebeine lagen in heillosem Durcheinander. Ich schloss meine Augen und fragte den Allmächtigen: Wann enden diese Bilder des Todes? Wann kommen wir aus diesem Meer der Knochen und Leichen heraus?

Als wir am späten Nachmittag das Dorf erreichten, wirkte es nicht so, als wären wir ihm entronnen. Eine Stimme flüsterte mir zu: »Du betrittst das Reich des Todes.«

Seit Tagen hielt die fieberhafte Jagd auf die Liebespaare, die aus dem Land der Liebe geflohen waren, die Region gefangen. Spione der Prozession des Glaubens hatten von zwei Mädchen berichtet, die im Haus von Mussa Khasannas Unterschlupf gefunden hätten. Sofort machten sich zwei Männer auf den Weg und nahmen Perwana und Midiya fest. Ein Bote wurde zu meiner Tante und zu Fatanas Vater geschickt, um sie davon zu unterrichten.

Als ich aus dem Wagen stieg und die Menschenmenge sah, schlug mir ein unheilvoller Dunst entgegen. Ich sah einen schwarzen Vogel, der auf einem Felsbrocken saß. »Schau, Fatana, der Todesvogel«, sagte ich.

»Hör auf, Khandan, erzähl jetzt keine Geschichten.«

»Fatana, ich halte diese Realität nicht aus. Aber dass ich jetzt den Tod sehe, ist Realität. Das dort ist der Todesvogel.« Der Tod stand neben uns. Ich konnte ihn riechen. Er streifte meinen Körper, wenn ich mich bewegte.

Ich war wie betäubt. Als meine Tante mich packte und durch das Getümmel zerrte, wusste ich nicht, wohin wir liefen. Ich schaffte es gerade noch, Fatanas Hand zu ergreifen und sie hinter mir herzuziehen Es ging einen Hang hinauf. Zu beiden Seiten des Wegs standen die Menschen Spalier.

»Lass mich los, ich kann selber gehen«, schnauzte mich Fatana an.

»Wenn ich loslasse, werden wir voneinander getrennt«, flüsterte ich ihr zu.

»Schweigt! Senkt eure Köpfe! Seht niemanden an und

dreht euch nicht um«, befahl meine Tante. Ihr Umhang blähte sich wie ein schwarzes Segel, in das der Wind fuhr, um sie den Berg hochzuschieben.

»Wenn ihr so schnell lauft, falle ich hin. Ich kann nicht so schnell.«

Meine Tante ignorierte Fatanas Beschwerde.

Als ich verstohlen unsere Umgebung musterte, bemerkte ich einen Bewaffneten, der mit so viel Munition behängt war, dass er in einem goldenen Panzer zu stecken schien.

»Schau, Fatana, das ist der Tod. Wenn der Vogel vorhin nicht der Tod war, dann ist er es.«

Vor einer kleinen Lehmhütte sah ich meine Brüder. Sie standen in einer langen Reihe, die Gesichter und Gestalten wie durch einen Spiegel vervielfältigt und wiederholt. Ich sah genauer hin: Es war eine lange Reihe von gleichförmigen Männern, die alle meinen Brüdern ähnelten. Sie trugen die gleiche Kleidung und hatten den gleichen Blick. Wir liefen weiter, und auch die Gassen sahen gleich aus. Was war hier los? Was bahnte sich an? In allen Augen, die uns ansahen, lag der gleiche Vorwurf.

»Meine Brüder, Fatana, sie riechen nach Tod.«

»Warum sind hier alle Fenster so klein und die Türen und Dächer so niedrig?«, flüsterte Fatana, als hätte sie mich nicht gehört. »Häuser wie Gräber. Gärten wie Friedhöfe.«

Als meine Tante merkte, dass wir miteinander flüsterten, zog sie uns schneller durch die Reihe all dieser Männer mit ihren Dolchen.

»Fatana, schau, diese Wolkenmänner, die sind aus schwarzem Staub. Die sind gar nicht sie selbst, und trotzdem sind sie da.«

»Gott steh mir bei! Dieses Kind bringt mich noch um mit seinen Fantasien«, entgegnete Fatana.

»Seid still! Könnt ihr nicht gehen, ohne zu reden?«, fauchte uns die Tante an.

Fatana hatte mich verletzt. Aber wie immer, wenn sie merkte, dass sie jemanden beleidigt haben könnte, lenkte sie ein und versuchte zu besänftigen: »Klein Khandan, du schuldest mir noch eine Erklärung. Wieso hast du mir verheimlicht, dass du Stürme entfesseln kannst? Wieso hast du mir das verschwiegen? Du lieber Gott, was für eine wundervolle Nacht war das gestern! Wie du alles durcheinandergewirbelt hast! Vielleicht hat das hier ebenfalls mit dem Sturm in deinem Kopf zu tun – dass du alles so durcheinander siehst.«

»Ich habe damit nichts zu tun, Fatana«, erwiderte ich.

»Ich bin ja nicht dumm. Alle wissen, dass du es warst«, antwortete Fatana.

»Ruhe jetzt!«, herrschte uns meine Tante an.

Ich schwieg. In ihrer Welt gab es keinen Platz für Mitleid und Barmherzigkeit, das wusste ich. Sie war der Überzeugung, die Menschen müssten die Gesetze bedingungslos akzeptieren. Alles Urteil liege bei Gott. Perwana musste bestraft und ich reingewaschen werden. Ihre Seele fände keinen Frieden im Paradies, würde Perwana nicht ihre gerechte Strafe erhalten. In den Augen meiner Tante leuchtete eine tiefe Sehnsucht nach dem Paradies. Sie brannte darauf, ihr Versprechen, das sie Gott gegeben hatte, zu erfüllen.

Ich hob den Saum meines nassen Umhanges, um besser gehen zu können, aber ein eisiger Windstoß ließ mich frösteln. Wie um mir zu zeigen, dass die Sehnsucht nach dem Paradies einen Menschen dazu bringen kann, mit allen menschlichen und göttlichen Herzensregeln zu brechen.

Schließlich erreichten wir das Haus von Mussa Khasannas. Davor sah ich wieder meine Brüder stehen, aber dieses Mal verschwanden sie im Gewimmel unter den anderen Bewaffneten und den Religionsgelehrten.

Fatana zeigte mit dem Finger auf eine Tür und flüsterte mir ins Ohr: »In diesem Zimmer sind Midiya und Perwana eingesperrt.«

Durchs Stimmengewirr drangen die Bittgebete der Mullahs um Segnung, manchmal übertönt vom Rasseln der Waffen. Im Getümmel drehten und wirbelten die Gesichter und verschwammen, sodass ich sie nicht unterscheiden konnte. Fatanas Fragen zum Sturm klangen mir noch in den Ohren, und ich überlegte: Weht dieser Sturm jetzt auch in meinem Kopf? Geht so etwas überhaupt?

Keines der Gesichter war mir vertraut. Sogar die meiner Brüder kamen mir vor, als hätte ich sie weder gekannt noch jemals gesehen. Bei jeder Hand, die ich sah, dachte ich: Das ist die Hand des Todes. Bei jedem Geruch, den ich wahrnahm, dachte ich: Das ist der Geruch des Todes. Bei jeder Stimme, die ich hörte, dachte ich: Das ist die Stimme des Todes. Wenn sich die Männer bewegten, schienen sie zu schwanken, als würde ihnen der Boden unter den Füßen weggezogen. Im Hof nebenan, unter den schwachen Strahlen der Nachmittagssonne, brodelte es in riesigen Töpfen. Ich hatte so etwas noch nie gesehen.

»Diese Töpfe sind gefüllt mit Blut«, sagte ich zu Fatana.

»Schwachsinn, das kann nicht sein. In den Töpfen ist Fleischeintopf. Sie sehen genauso aus wie die bei den Geburtstagsfesten des Propheten. Vermutlich hat ein betuchter Gläubiger die Kosten für die Verpflegung übernommen«, erwiderte Fatana.

»Essen die Gäste zuerst und töten dann?«, fragte ich.

Es war eine blödsinnige Frage, aber Fatana ließ sich nichts anmerken. »Ich glaube, sie werden sie zuerst töten und dann essen.«

Ich nahm meinen ganzen Mut zusammen, um meiner Tante eine Frage zu stellen: »Wo ist Perwana?«

Zum ersten Mal gab sie mir eine klare Antwort: »Hinter dieser grünen Tür. Du kannst zu ihr gehen.«

»Ich kann sie sehen?«

»Du kannst sie sehen, aber du darfst nicht mit ihr

sprechen«, antwortete sie. Sie ging durch die Tür. Da war als Erstes ein Zimmer voller Frauen, die selig schliefen. Eine kleine Frau kam auf uns zu und erklärte: »Sie waren die ganze Nacht unterwegs und müssen jetzt schlafen, bis es so weit ist. Sie haben mich gebeten, sie bis zum Abendessen nicht zu wecken.« Wir gingen in ein anderes Zimmer, in dem sich elegante, stilvoll gekleidete Frauen aufhielten, die vor mehreren Spiegeln ihre Haare kämmten. Auch dort kam eine kleine Frau auf uns zu: »Diese Damen bereiten sich auf die Bestrafung vor.« In einem weiteren Zimmer sahen wir zwei Gruppen weißhaariger Frauen, die über zwei große weiße Tücher gebeugt waren. »Diese Frauen fertigen die Leichentücher an.« In einem dunklen Zimmer saßen mehrere Frauen mit ihren Gebetsketten, rezitierten leise Gebete und bliesen die Worte in alle Himmelsrichtungen. »Diese Frauen vertreiben den Satan«, hieß es.

Schließlich standen wir in einem leeren Zimmer, das nur durch ein kleines Fenster mit dem nächsten Raum verbunden war. Eine Frau mittleren Alters trat ein. Sie war in schimmernde kurdische Tracht gekleidet, die bei jedem Schritt leise klimperte. Ihre Wimpern waren geschwärzt, an ihrem eleganten, bestickten Kopftuch hing eine Goldkette. »Die zwei Mädchen sind in diesem Zimmer. Ihr könnt sie nur durch dieses Fenster sehen«, sagte sie. Offensichtlich waren alle Häuser des Dorfes miteinander verbunden. In jedem Haus öffnete sich eine Tür ins Nachbarhaus – oder doch wenigstens ein Fenster.

Nach all den langen Monaten sahen Fatana und ich unsere Schwestern wieder. Perwana saß auf einer kleinen Bank und starrte ins Leere. Ihre Stirn wirkte durchsichtig, sodass ich das Gefühl hatte, ich könnte ihre Träume sehen. Zuerst nahm sie mich gar nicht wahr. Als sie dann hersah, stand sie erstaunt auf und trat ans Fenster. Ihre Gestalt und ihre schönen Augen waren ganz wie früher. Sie stutzte, als würde ich sie an jemanden erinnern, den sie seit einer Ewigkeit nicht gesehen, nach dem sie aber starke Sehnsucht gehabt hatte. Dann legte sie ihre Hand auf die Fensterscheibe und fragte erstaunt: »Khandan, du bist auch hier? Wie geht es dir? Wie geht es meiner kleinen Schwester?«

Unsere Augen füllten sich mit Tränen. »Es geht mir gut. Es geht mir nicht so schlecht. Ich lebe in einer Schule der Reue.« Ich versuchte, mein Schluchzen zu unterdrücken. Ich war mir nicht sicher, ob sie meine Antwort hörte, aber wir blickten uns lange in die Augen, bis die Frau in der schimmernden Tracht ihre Hand sacht auf meine Schulter legte: »Das reicht, meine Tochter. Deine Tante will sie auch sehen.«

Meine Augen ließen nicht von Perwana ab. Auf die Traurige Midiya jedoch warf ich keinen einzigen Blick. Ich dachte ganz einfach nicht daran. Fatana warf mir das dann immer wieder vor: »Ich habe Perwana mit der gleichen Liebe angesehen wie meine Schwester. Wer sie an den beiden Tagen sah, hat sie bestimmt voller Hass angesehen. Alle außer dir und mir! Du und ich, wir sind die Schwestern von beiden. Wir hätten beiden unsere Liebe zeigen müssen. Aber du hast meiner Schwester diesen Blick nicht geschenkt.«

Ja, ich hätte in jener Stunde auch der Traurigen Midiya einen Blick schenken müssen. Bestimmt hatte sie in ihrer tiefen, stillen Welt, an der Schwelle zum Tod, auf einen liebevollen Blick gewartet. Bis heute quält mich diese Reue: dass ich Midiya nicht ansah, dass ich Perwana nicht mitteilen konnte, was mir auf dem Herzen lag, dass ich sie nicht umarmen konnte, um ihr zu sagen: »Ich will mit dir sterben.«

Meine Tante warf durchs Fenster einen kurzen Blick auf Perwana und wandte sich ab. Ich sah sie strahlen, zufrieden und voller Genugtuung. Dass diese Frau, die ich nur mürrisch und gehässig erlebt hatte, strahlen konnte, hätte ich nicht gedacht. Die Begegnung hatte ihre Lebensgeister geweckt!

Als wir das Zimmer verließen, war Fatana blass. Sie klammerte sich an mich und flüsterte: »Sie haben solche Angst. Beide fürchten sich vor dem Tod.«

Durch eine niedrige Tür betraten wir einen Hinterhof, in dem die Metzger arbeiteten. Geköpfte Ziegen lagen auf dem Boden. Dutzende Ziegen waren an den Bäumen zum Häuten aufgehängt. Der ganze Hof war mit Blut bespritzt. In einer großen Wanne waren Ziegenköpfe übereinandergestapelt. Kinder mit blutigen Händen saßen um die Wannen und schauten neugierig in die totenstarr glotzenden Augen der Tiere.

Eine stattliche Frau trat auf uns zu und sagte zu meiner Tante: »Wir bringen die beiden auf die Terrasse da drüben, damit sie sich ein wenig ausruhen und sich von dort aus die Zeremonie ansehen können. Ich halte es für keine gute Idee, wenn sie sich dem Umzug anschließen. Mir tun diese Mädchen leid, besonders in ihrem Alter.«

Das Dorf war wie ein Irrgarten aus Stein und Schnee, in dem es jetzt von Menschen wimmelte. Je höher wir stiegen, umso deutlicher zeigte sich, wie ausgedehnt es war. Aber die Wände, die Häuser, die Gassen waren schmucklos und kahl. Schließlich erreichten wir ein kleines Haus am Dorfrand, das freundlicher wirkte. Dahinter gab es nur noch Weiden, Äcker und die Steppe. Wir kletterten über eine mit altem Schnitzwerk verzierte Leiter auf eine Terrasse, wie moderne Stadthäuser sie haben. Von dort konnten wir den Weg sehen, den wir gekommen waren. Der weite Horizont flimmerte vom Weiß des Schnees, aber in mir war nur noch ein schwarzes Loch. Mich fröstelte.

Meine Tante ließ uns auf der Terrasse zurück. Sie wollte in den glücklichen Stunden ihres Triumphs unter ihren Leuten sein, die zu ihr als Respektsperson aufschauten.

Fatana wirkte schwach und niedergeschlagen. Zum ersten Mal erlebten wir die gnadenlose Fremdheit der Welt, ihre Leere, Kahlheit, Kälte. Zum ersten Mal entdeckten wir die

Verwandtschaft von Eis und Blut. Noch Jahre danach erinnerte mich die Farbe des Schnees an die Farbe des Bluts. Dieses schreckliche Weiß, das die Farben des Lebens erstickt. Dieses alles zudeckende Weiß erinnerte mich an das Rot verletzter, zerfetzter Menschen. Diese alles erstickende Schneedecke trieb Perwana in den Tod. Wegen dieses unendlichen, einförmigen Weiß waren wir hier. Seither hasse ich alles Weiße. Es ist tödlich.

Das Grollen der Trommeln riss mich aus meinen Gedanken. Aus der Ferne tauchte der Umzug auf. Vorneweg marschierten die Frauen mit weißen Kopftüchern und ihren großen Trommeln. Fatana lief als Erste zum Rand der Terrasse, um besser zu sehen. Rascher als ich entdeckte sie Perwana und Midiya. Beide waren mit weißen, durchscheinenden Tüchern bedeckt und schritten ruhig hinter den Tamburin-Frauen und den Bewaffneten her, gefolgt von den Schaulustigen.

Von den Bergen kam das Echo der Stimmen, die leidenschaftlich und laut rezitierten: »Gott wird dafür sorgen, dass die Frevler keine Nachkommen zeugen. Alles Lob gilt Gott, dem Herrn der Welten.«

Perwana hielt Midiya an der Hand und ging, ohne jemanden anzublicken. Hinter den Tamburin-Frauen marschierten die beiden Väter und die Brüder von Fatana und die von mir. Fatana rückte näher, drückte meine Hand und raunte: »Das sind meine Brüder.« Zornige Männer waren es, bis an die Zähne bewaffnet.

Eine Aura seidiger Staubteilchen umgab Perwana. Als sie näher kamen, drückte Fatana meine Hand fester: »Schau, die Schmetterlinge, die um sie herumfliegen! Schau, dort!«

Ja, in der klaren Abendluft kreisten Schmetterlinge um sie. Doch dann lösten sich einige von der Prozession und flogen auf uns zu. In unserer schwarzen Verhüllung und mit schwarzen Kopftüchern auf dieser Terrasse stehend, zogen wir niemandes Aufmerksamkeit auf uns – außer der der Schmetterlinge.

Perwana und Midiya gingen an uns vorbei, ohne uns wahrzunehmen. Perwana wirkte wie durchsichtig, sie verschmolz mit dem Schnee und dem Fels der Umgebung. Ich roch ihre zarte Haut, die zu Hause auf den Pflanzen einen zauberhaften Staub hinterlassen hatte. Ich konnte ihre Gefühle lesen. Ich konnte spüren, dass sie nicht hasserfüllt oder wütend war. Ihre Schritte sprachen zu mir: Gehen wir! Es war, als hätte sie die Menschen zu ihrem eigenen Tod eingeladen. Sie schien mir ein wenig in Eile zu sein, dennoch konnte man ihr weder Unruhe noch Verwirrung ansehen. Sie strahlte eine solche Schönheit aus, dass sie mit ihrem Glanz meine Armseligkeit und Schwäche sowie die Sinnlosigkeit und Härte dieses Abends unsichtbar machte.

Tötet sie nicht, wollte ich schreien. Aber Fatana, als hätte sie meine Gedanken lesen können, drückte meine Hand und hielt mich zurück: »Sei still! Wir können jetzt nichts mehr für sie tun. Lass sie in Frieden sterben!«

Noch Jahre später sprachen wir über den Frieden ihres Todes. »Abgesehen von den Schmetterlingen, war alles friedlich: der schlafende Schnee auf den Äckern, meine Tante inmitten der Tamburin-Frauen, mein Vater, der mit gesenktem Kopf voranschritt, die Betenden, die blutrünstigen jungen Männer. Alle waren friedlich und zufrieden. Alle«, sagte ich zu Fatana.

Nachdem der Todeszug den Dorfrand passiert hatte, hielt er vor dem Friedhof an. »Sie werden unsere Schwestern nicht auf dem Friedhof töten. Sie werden sie auch nicht dort begraben, sie wollen die Toten nicht beschmutzen«, flüsterte Fatana. Nach einer Weile schwenkte der Zug auf einen großen, kahlen Baum zu, der nicht weit von uns entfernt stand. Vor diesem Baum stoppte der Zug erneut.

»Fatana, das ist Perwanas Baum des Todes.«

Es war offensichtlich entschieden worden, Perwana und Midiya unter diesem Baum hinzurichten. Fatana sah eine Weile wortlos zu, dann brach sie ihr Schweigen: »Ja, das ist der Baum ihres Todes. Das ist der Baum, unter dem unsere Schwestern sterben.«

Meine Tante und zwei andere Frauen, die offenbar ebenfalls eine zentrale Rolle spielten, packten Midiya und Perwana und brachten sie zum Baum. Er ragte so hoch auf, dass die nackten Äste direkt vom Himmel herunterzuhängen schienen. Als ich den mächtigen Stamm und die weit ausgreifenden Wurzeln sah, ergriff mich Bewunderung für dieses Kunstwerk der Erde. Ich sah in dem Baum eine zauberische Verbindung von Erde und Himmel und spürte, wie die Unterwelt Ahrimans mit der dunklen Erdenwelt zusammenhängt. Das Bild dieses Baums ließ mich nie wieder los. In meinen nächtlichen Albträumen sah ich mich unter ihm sterben. Ich sah, wie sich seine Äste um meinen Hals schlangen und mich erwürgten. An jenem Abend brannte sich sein Bild in mich ein.

Als Perwana und Midiya vor ihm standen, wirkten sie unendlich schwach und klein. Aber die Schmetterlinge schienen gegen den Baum zu kämpfen. Immer wilder umflatterten sie ihn. Für alle außer uns waren sie unsichtbar. Einen Augenblick meinte ich, auch Perwana und Midiya würden zu Schmetterlingen. Sie hoben auf seltsame Weise ihre Köpfe, aber niemand bemerkte ihren plötzlich nach oben gerichteten Blick. Niemand nahm wahr, wie diese zwei und wir zwei über die kleinen Wesen hinweg einander in die Augen schauten.

Das Erschießungskommando forderte die Menschen auf, zurückzutreten. Es bestand aus Fatanas und meinen Brüdern und weiteren männlichen Verwandten. Ein paar Unbekannte wollten sich anschließen. Sie waren offenbar eigens angereist, um sich an der Zeremonie zu beteiligen. Aber einer der Religionsgelehrten trat vor und machte alle Anwesenden im Befehlston darauf aufmerksam, dass nur Brüder und Verwandte an der Exekution der zwei sündigen Mädchen beteiligt sein dürften. Als sich die allgemeine Erregung wieder gelegt hatte, begann derselbe Gelehrte, einen langen Vers zu rezitieren. Danach ging er an seinen Platz zurück.

Das Exekutionskommando hob die Gewehre und lud durch.

In diesem Moment legte sich eine tödliche Stille über die Welt. Ich hatte das Gefühl, das Universum hielte inne, und verfiel in eine Art Trance. Die Bäume, die Berge und der Schnee schienen schweigend zuzuschauen. Als die Schüsse fielen, füllte sich die Welt innerhalb eines Wimpernschlags mit seidig glänzendem Staub.

Die Waffen schwiegen, aber Perwana stand noch aufrecht. Midiya fiel zu Boden. Perwana stand, aber sie löste sich auf. Ich wusste, jetzt verwandelte sich Perwana in diesen seidig glänzenden Staub. Er legte sich sanft auf Gesichter und Körper der Menschen und auf die Äste des Baums. Immer mehr Schmetterlinge erschienen. Manche drehten flatternd eine Runde und starben. Andere harrten aus, überlebten und nahmen wie magische Zeugen das Geheimnis des Abends in sich auf.

Perwana sank auf die Knie und kippte langsam vornüber, bis ihr Kopf den Boden berührte. Als sie zur Seite fiel, stob ein Schwarm von Schmetterlingen in die Höhe.

Ein paar alte Frauen näherten sich den beiden, legten sie auf eine grüne Decke und wickelten sie in die weißen Leichentücher, die sie, verpackt in zwei schwarze Bündel, mitgebracht hatten. Einige Minuten lang wussten wir nicht genau, was dort passierte, und starrten nur auf den Baum hinüber.

Erst nach einer Weile drang die Tatsache in unser Bewusstsein, dass dies der Abend des Todes unserer Schwestern war.

Fatana und ich sahen einander an, und wir begriffen, dass Perwana und Midiya nun tot waren. Wir blickten um uns. Der Himmel, der Schnee, die Wege – alles hatte sich verwandelt. Überall sahen wir nur noch den Tod. Die Welt glühte wie die Hölle. Ich sah, wie die Wärme der getöteten Körper den Schnee zum Schmelzen brachte, sodass der harte Boden, Zweige und Äste sich zeigten.

Einer der Gelehrten ging zu den in die Leichentücher gewickelten Körper, sah kurz hin und gab ein paar jungen Männern die Anweisung, zwei Gräber auszuheben. Ich hatte das Gefühl, ich müsse jetzt hingehen und Perwanas zerschundenen Körper aus der Nähe sehen. Eine tiefe Hoffnungslosigkeit erstickte meine Wut und meine Auflehnung. Ich wusste, dass ich mit Perwana den Leitstern meines Lebens verloren hatte.

»Wären sie doch nachts getötet worden! Dann hätte Midiya nochmals den Mond sehen können«, stieß Fatana unter Tränen hervor. Ich umarmte sie fest, und wir weinten. Nun waren wir Schwestern geworden, auf immer verbunden.

Wir zitterten, heulten und verzweifelten gemeinsam an diesem eisigen Abend. Wir weinten so sehr, dass uns Zeit und Raum abhandenkamen. Weil wir schließlich, eine in den Armen der anderen, auf der Dachterrasse in diesem fremden Dorf in Ohnmacht fielen, blieb uns erspart, dabei zusehen zu müssen, wie sie Perwana und Midiya wie zwei Teufelinnen in ein Loch warfen, das sie mit Erde zuschütteten.

Wir hielten einander so fest umklammert, dass wir nicht getrennt werden konnten. Als wir zu uns kamen, bemerkten wir, dass meine Tante und ein paar andere Frauen versuchten, uns voneinander zu lösen. Erst nach mehreren Versuchen gelang es ihnen, aber unsere Hände ließen wir nicht los. Wie die zwei Toten einander im Grab, so waren auch wir uns in die Arme gefallen. Als die Frauen uns in den Wagen steckten und die Tür hinter uns zuschlugen, sahen wir noch, wie sich das Aufgebot der Mörder erleichtert zu den langen Essmatten begab, die, mit appetitlichen Speisen bestückt, in Dutzenden Gastzimmern ausgebreitet lagen.

Fatana und ich weinten wie zwei Kinder. Nur von uns beiden war Wehklagen zu hören. Außer uns weinte niemand. Das ganze Dorf roch nach der Zufriedenheit von Seelen, die ihre Gottespflicht erfüllt hatten und nun mit ruhigem Gewissen zu den Essmatten drängten. Unser Wehklagen hätte dabei gestört.

Durch das Wagenfenster beobachteten wir Abertausende flatternder Schmetterlinge, die auf den Schneeteppich herunterrieselten. Sie waren gekommen, um mit Perwana zu sterben. Ich habe mich gefragt, ob sie aufgetaucht waren, um Perwanas Seele aus dieser Welt in eine andere zu tragen?

»Khandan, vielleicht sind diese Schmetterlinge Perwanas Seele? Hat der Tod ihre Seele in einen großen Schmetterlingsgarten verwandelt? Ah, Khandan, niemand kann diese Frage beantworten, niemand«, murmelte Fatana.

Bis die Nacht ihre tiefste Schwärze zeigte, konnte ich sehen, wie die Schmetterlinge taumelten, herabfielen und starben. Lange Jahre dachte ich, dass diese Schmetterlinge nur eine Wunschvorstellung von uns beiden waren. Ein Bild für all die unterdrückten Fantasien, die in uns rumorten. Später, als ich Schritt für Schritt die Erinnerungen an diese Zeit zum Leben erweckte, erfuhr ich, dass wir nicht die Einzigen waren, die diese Schmetterlinge sahen. Wir waren nicht die Einzigen, die diese Staubwolke bemerkten. Mit uns sahen das Tausende junger Frauen und Männer, von denen die meisten in unserem Alter waren. Auch sie fühlten die Angst und die Qual jenes Abends und sahen die Armee der Schmetterlinge. An jenem Abend regnete es Schmetterlinge auf das ganze Land, auf Häuser, Höfe, Wege und Straßen. Der Staub der Schmetterlinge lag noch bis zum Mittag des nächsten Tags: auf den Schulhöfen, in den Gefängniszellen, auf den mit Tabakblättern bedeckten Gängen der Tabakfabriken, auf den Busbahnhöfen, auf den Verkehrsinseln der Städte, in den Schluchten und Tälern, auf den Schlachtfeldern. Der Staub der Schmetterlinge überdeckte alles.

Nur Fatana und ich nannten diesen Abend »Perwanas Abend«. Nur wir verwendeten diese Bezeichnung als einen Code für Tod und Verzweiflung. Immer, wenn wir über eine Welt sprechen wollten, deren Türen sich geschlossen hatten, war »Perwanas Abend« das Stichwort. Wir erzählten uns von den Schmetterlingen, die sich an einem Winterabend verflogen hatten, ohne Aussicht, den Weg in eine andere Welt zu finden.

Wenn Fatana und ich unsere religiösen Pflichten im Haus der Reue erfüllt hatten, begannen die Stunden, in denen wir Geschichten erfanden. So kamen wir einander noch näher. Pausenlos erfanden wir Geschichten über verbotene Schlösser, über Städte, in denen die Zeit stillstand, über Mädchen und Frauen, die versuchten, durch die Fenster ihres Gefängnisses in die Freiheit zu fliegen, und über Frauen, die bei ihrem Versuch, das Meer zu überqueren, scheiterten. Und alle Geschichten kehrten zurück zu »Perwanas Abend«. Unsere Heldinnen waren oft halb Mensch und halb Tier. Fatana erschuf Lebewesen, die zur Hälfte Blume oder Fisch oder Türkentaube waren. Sie nannte ihren »Abend des Todes« dann immer »Abend der Blume«, »Abend des Fisches« oder »Abend der Türkentaube«. Und am Ende jeder Geschichte brachen wir in Tränen aus.

»Perwanas Abend« war unser Schlüsselwort, um die Ordnung der Welt wiederherzustellen. Natürlich suchten wir, zwei wenig weise Köpfe, die Wurzel von allem und grübelten darüber nach. Wir stießen auf die Doppelnatur dieser Welt, seit der Entstehung der Menschheit. Immer spielten unsere Geschichten zwischen zwei Welten: Die eine steht in ewiger

Wiederholung still, und die zweite ist im Fluss und in ständiger Bewegung. Wer aus der einen in die andere zu flüchten glaubt, steht dennoch an einem Abend an einer tödlichen Wand aus Stahl und Eisen.

»Welcher Welt gehören wir an? Zu der, wo die gleichen Gesetze für immer und ewig gültig bleiben? Oder zu jener, wo die Menschen erfüllt sind von dem verrückten Wunsch zu fliegen?«, fragte ich.

»Wir stehen dazwischen, beobachten und erzählen Geschichten. Geschichtenerzähler gehören keiner Welt an«, lautete Fatanas Antwort.

Eine Zeit lang gelang es uns, ohne Angst und Einsamkeit unsere Geschichten auszuspinnen. Lange Nächte, die auf ihre Art eine Verlängerung von »Perwanas Abend« waren, brachten uns dazu, uns selbst zu entdecken. Wir tauchten in die Bibliothek ein, lasen viel und sammelten Wissen und Erkenntnis.

Gut möglich, dass Perwanas Geschichte nicht mehr ist als das Schicksal von ein paar wenigen. Vielleicht ist sie bald überholt, und es kommen Zeiten, in denen das Leben ganz anders verläuft. Vielleicht kommen Jahre, in denen »Perwanas Abend« nicht mehr als Tag der Erinnerung in den Kalender eingetragen werden muss, dachte ich oft.

Fatana war Meisterin darin, Geschichten auf immer andere Weise zu erzählen. Sie genoss es, derselben Geschichte unterschiedliche Farben und Formen zu verpassen. »Den Genuss des mündlichen Geschichtenerzählens bieten dir die Bücher nicht. Wenn du ein Ereignis spontan erzählst, kannst du es nach deinem Geschmack gestalten, ohne Spuren zu hinterlassen. Das Geschriebene kann jederzeit als Beweis benutzt werden. Aber einem Geschichtenerzähler kann niemand nachweisen, dass er versucht hat, die Welt zu verändern«, erklärte sie.

»Ich habe beschlossen, unsere Geschichte und die wahre

Geschichte von ›Perwanas Abend‹ – ohne Lügen und ohne Fantasie – aufzuschreiben«, kündigte ich ihr an.

»Ein Buch schreiben bedeutet, eine geschlossene Welt zu erschaffen. Eine Welt, in der niemand etwas verändern kann. Damit bringst du Perwana in eine Welt zurück, in der sie nicht leben will. Ich bin mir sicher, dass kein richtiger Mensch in einem Buch leben möchte«, erwiderte Fatana.

Aber ich hielt dagegen: »Ein Buch schafft etwas für die Ewigkeit. Es bedeutet, Perwana zu befreien. Ich muss sie dem Vergessen entreißen. Ich will die Schwester wiederfinden, die mir in den Jahren des Kummers abhandengekommen ist. Dieser Aufgabe widme ich von nun an mein Leben.«

Selbst Fatana wusste nicht, wie ich seither meine Tage verbrachte. Wie ich wegen der Schmetterlinge weinte, welchen Kummer Perwanas Tod nach wie vor in mir auslöste. Mein Leben, meine Fantasien und Ängste waren eine einzige Fortsetzung jenes Abends. Jedes Mal, wenn mich ein Schamgefühl überfiel, dachte ich, es sei eine Folge von »Perwanas Abend«. Wenn mich ein Erinnerungsblitz in Verzweiflung stürzte, dachte ich, schuld daran sei jener Abend. Wenn mein Verlangen durch die Büßerin in mir, die voller Scham und Zweifel steckt, blockiert wurde, dachte ich: Alles eure Schuld, ihr Schmetterlinge!

Aber ich musste doch wieder neu aufbauen, was in meinem Innern in Trümmern lag. Ich musste meinen Vorstellungen eine neue Form geben, nachdem ich die Welt zeitlebens nur als ein trübes Labyrinth erlebt hatte. Perwana hatte mich einst in allem an der Hand genommen und durch alle Verwüstungen geführt. Nun lag es an mir, sie aus dem Friedhof der Zeit herauszuführen und sie zu vergegenwärtigen. Ich wollte zu einer Realität vordringen, in der Gott und die Schmetterlinge sich versöhnlich und friedfertig begegnen. In der sie sich verstehen und achten.

23

Eine Woche nach »Perwanas Abend« kam die vogelscheue Maasuma mit schwarzem Kopftuch und dunklem Mantel in die Schule. Tagelang sprach sie mit niemandem und lebte in vollkommener Zurückgezogenheit. Später kamen Fatana und ich ihr allmählich näher. Die Tatsache, dass Midiya und Perwana unsere Schwestern gewesen waren, schreckte sie ab. Von Anfang an begegnete sie uns mit Misstrauen und Vorsicht. Wir brauchten lange, um ihr Vertrauen zu gewinnen. Die Flügel eines dunklen Wahns hatten sich über sie gelegt. Sie war überzeugt, dass wir uns an ihr rächen wollten. Nachts begann sie zu schreien und zu kreischen und schreckte die gesamte Schule aus dem Schlaf. Fatana und ich konnten sie nicht leiden, aber als wir anfingen, uns mit ihr zu unterhalten und uns ihre Geschichten über die Tage und Nächte im »Land der Verliebten« anzuhören, als wir aus ihrem Mund die Erzählungen über die letzten Wochen von Perwana und Midiya hörten, als wir ihre Tränen, ihren Kummer und die Reue sahen und wie sie sich aus Verzweiflung auf die Lippen biss, gaben wir unsere Vorbehalte auf.

Bis zum Tag ihres Todes mussten wir immer und immer wieder auf sie einreden: »Du hast niemanden umgebracht. Dich trifft keine Schuld.« Vergebens. Keine Macht der Welt konnte ihre Verzweiflung und Traurigkeit auslöschen.

Als wir nach »Perwanas Abend« durch den Staub der toten Schmetterlinge in die Schule zurückkehrten, ließ Seyneb Kwestani sich nichts anmerken. Sie sah unsere roten, verweinten Augen und schloss wortlos die Tür hinter uns.

Fatana und ich kehrten in unser Zimmer zurück und nahmen für ein paar Tage nicht am Unterricht teil. Seyneb ließ uns um unsere Schwestern trauern und erlaubte einigen Schülerinnen, uns ihr Beileid auszudrücken. Im Lauf der Monate kehrte Normalität in unser Leben zurück.

Mein Leben in diesen langen Jahren im »Haus der Reue« ist eine andere Geschichte, die ich vielleicht eines Tages woanders erzählen werde. Jedoch will ich mir, bevor ich diese Welt verlasse, die seltsamen Veränderungen in Erinnerung rufen, die in diesen Jahren mit mir passierten.

Die vielen Jahre im Haus der Reue hatten meinen Leib getötet, meine Leidenschaft in Kummer, Angst und Zweifel erstickt. Der nächtliche Besucher erschien nun nur noch selten. Gern hätte ich ihn gerufen und gefragt: Warum erscheinst du nicht mehr? Aber das viele Nachdenken hatte mich geschwächt und meine Lust erstickt. Was neu entstand, war eine Begierde zu sehen, zu entdecken, anders zu denken.

In den ersten Monaten nach »Perwanas Abend« war ich noch erfüllt von Angst. Aus Angst ließ ich mich auf Fatanas Wunsch ein, Geschichten zu erfinden. Diese Geschichten verzauberten uns. Aber wenn wir mit dem Erzählen fertig waren, lag ich stundenlang wach und dachte über Gott und die Welt nach. Die vielen Jahre voller Gottesdienst und Gebet hatten mir nicht helfen können. An meinen Zweifeln und Fragen hatte sich nichts geändert. Mein wahrer Gottesdienst waren die Stunden, in denen ich über die Schöpfung und die Geheimnisse der Menschheit nachdachte. Zwei Dinge lösten große Verwirrung in mir aus: die Tatsache, dass es einen Gott gab, der das Universum so überreich ausstaffiert hatte, und die Tatsache, dass dieser Gott blutige Strafen für schlichte menschliche Sehnsüchte ersonnen hatte.

Es gab niemanden, mit dem ich darüber hätte sprechen

können. Fatana hatte sich ganz in ihren bunten Geschichten verloren. Sie wollte mit ihnen die giftige Realität der Welt bannen. Ich konnte ihr auf diesem Weg nicht folgen. Allein und ohne Gesprächspartner lebte ich in meinen Fragen und Zweifeln. Mit der Zeit wurde der Druck immer größer. Wie eine Irre war ich auf der Suche nach etwas, das ich allein nicht ergründen konnte. Zuletzt blieb mir keine andere Wahl, ich musste zu Seyneb Kwestani gehen und ihr meine Fragen stellen.

Von Anfang an hörte sie mir ruhig zu. Nun lernte ich diese Frau besser kennen. Wenn jemand seine Geheimnisse mit ihr teilte, reagierte sie gefasst, aber wenn sie selber auf etwas Verheimlichtes stieß, betrachtete sie ihr Gegenüber als vom Satan beherrscht.

Meine Fragen nach Gott, Schöpfung, Scharia und den Naturgesetzen waren aus dem Unterrichtsstoff abgeleitet. Aber meine Auslegungen gingen ihren eigenen Weg.

»Die Leere, die Perwanas Tod in dir hinterlassen hat, kann nur durch einen starken Glauben an Gott und an den Propheten ausgefüllt werden«, sagte sie, weil sie wusste, dass diese großen Fragen ein kleines Wesen aus der Bahn geworfen hatten.

Versunken wie ein Derwisch in Trance, lief ich durch die Schule. Mit den Jahren begann ich, Gott als Teil der menschlichen und der natürlichen Realität zu erkennen. Ich suchte im Gegensatz zu den anderen Reumütigen nicht nur im Gottesdienst, im Gebet, in der Vertiefung in die Heiligen Schriften und im Auswendiglernen der Verse nach Gott, sondern wollte ihn an einem anderen Ort finden. Ich wollte ihn anders sehen. Ich war der Meinung, er spiegle sich im Universum, in der Vielfalt der Welt wider.

»Verehrte Lehrerin, Gottes Gesetz kann doch nicht all das bekämpfen, was er selbst unserem Körper, unseren Sehnsüchten, Überlegungen und Instinkten eingepflanzt hat. Gottes

Wirken zeigt sich doch auch in dem, was seine Geschöpfe an diesem Leben lieben. Alles, was uns das Leben lieben lässt, ist Gott«, erklärte ich Seyneb.

Ich merkte, wie mich das ständige Grübeln und Nachdenken veränderte. Seyneb reagierte nicht mehr als eiserne Lehrerin, sondern oft dachte sie mit Respekt und echtem Zweifel mit mir zusammen nach. In manchen Nächten, wenn mich das Nachdenken erschöpft hatte, legte ich mich zu Fatana und bat sie, die Geschichte von »Perwanas Abend« zu erzählen. Immer begann sie mit der Geschichte von der Liebe der Traurigen Midiya zum Mond. Manchmal schweifte sie ab und stellte Fragen, zum Beispiel über Adam, der aus dem Paradies vertrieben wurde. Aber darüber sprach sie nur oberflächlich. Ich hingegen nahm ihre Worte auf und folgte ihnen in die Tiefe.

»Adam und Eva haben im Paradies etwas gelernt. Sie haben eine Mauer zum Einsturz gebracht, ein Geheimnis entdeckt. Adams und Evas Vertreibung war keine Verdammung, Gott hat den Menschen niemals als Satan betrachtet. Sieh mal, Fatana, sieh dir den riesigen Erdball an. Dieser Planet war für Adam der Ort, wo er neue Erfahrungen und Entdeckungen machen sollte. Die Erde ist ein Labor, in dem Gott die Fähigkeiten des Menschen testet. Im Paradies war die Existenz ein für alle Mal festgelegt. Die Erde aber ist der Ort des Dürstens. Dort treibt das Verlangen den Menschen an. Ich sehe in Perwana und Midiya Menschen, die einen anderen Weg ausprobieren wollten, einen Weg, der sie an kein Ziel geführt hat. Aber ich bin mir sicher, dass sie für Gott nur dem ursprünglichen Verlangen folgten, das Adam aus dem Paradies mitbrachte. Ich glaube, dass Gott dem Menschen die Suche nach anderen Wegen, anderen Lebensweisen eingepflanzt hat. Für mich ist das Verlangen zu fliegen und frei zu sein, Gottes Wille.«

»Das bedeutet, dass es Abertausenden von Gläubigen

nicht gelungen, ist, die Essenz Gottes zu verstehen«, äußerte Fatana besorgt.

»Ohne Zweifel. Die Essenz Gottes zu begreifen, übersteigt die Fähigkeit eng denkender Menschen.«

Als ich dies auch Seyneb gegenüber äußerte, wirkte sie verwirrt, aber sie ließ es sich nicht anmerken und erwiderte nichts. Sie verbot mir, diese Ideen mit anderen Mädchen zu teilen. »Der Weg, der die eine zu Gott führt, könnte die andere in Satans Arme treiben«, belehrte sie mich.

Eines Nachts kam sie in unser Zimmer und rief: »Klein Khandan, du musst wieder in die Bibliothek. Geh wieder zurück!« Noch nie hatte ich Seyneb so lebendig gesehen. Ich wollte wissen, warum sie mich zurückschickte.

»Geh einfach und sei still«, befahl sie nur. Wieder versank ich in den Büchern, aber dieses Mal mit der Seele einer Leserin voller Fragen. Zu der Zeit war eine schüchterne Lehrerin namens Schaugar an die Schule gekommen, die sich wie ich viele Stunden in der Bibliothek aufhielt. Sie brachte mir Bücher, die in der Sammlung der Schule fehlten. Jedes Mal, wenn sie aus den Ferien zurückkehrte, brachte sie heimlich einen Bücherstapel mit, den nur sie und ich lasen. Als sie erfuhr, dass Fatana und ich im Meer der Geschichten versunken waren, besorgte sie Märchenbücher für uns. Es war das erste Mal, dass ich solche Bücher in die Hände bekam. Nachts unternahm ich lange Spaziergänge mit Schaugar.

»Verehrte Lehrerin, was hat es für einen Sinn, dass Gott das Universum so bunt erschaffen hat, aber Vielfalt nicht akzeptiert? Aus welchem Grund frönt Gott seinem Verlangen, etwas zu erschaffen, und bringt Abermillionen Sterne hervor und tausend Dinge, die allesamt die Weisheiten des Universums in sich tragen – und dann erlaubt er dem Menschen nicht, zu erschaffen und zu entdecken? Wozu hat Gott ein Universum erschaffen, das sich bewegt und erneuert, ist aber dagegen, dass der Mensch seine Fähigkeiten einsetzt, um zu fliegen, sich zu entwickeln und zu verändern? Wozu lässt Gott alles leben, einen Platz einnehmen und wachsen, wozu hat er den Blumen und Bäumen erlaubt, ihre Schönheit zu zeigen, den Tieren zugestanden, sich frei zu bewegen – aber dem Menschen, seiner großartigsten und prachtvollsten Schöpfung, gestattet er nicht, nachzudenken, neue Dinge zu erkennen, Kritik zu üben und Fehler zu machen? Wie kann es sein, dass Er, der alle, Freunde wie Feinde, gemeinsam auf diese Erde setzte und niemals behauptete, ein Löwe sei heiliger als ein Kanarienvogel oder ein Kanarienvogel großartiger als eine Biene, nicht erlaubt, dass die verschiedenen Religionen zusammenleben und dass den unterschiedlichen Auslegungen der Welt ihr Recht zugestanden wird? Je mehr ich grüble, umso klarer wird mir, dass der größte Verehrer der Vielfalt in diesem gigantischen Universum Gott selbst sein muss. Um die Größe Gottes zu verstehen, reicht es nicht, an ein paar Zeilen eines Buchs hängen zu bleiben. Für mich gibt es nur eine Art von Gotteslästerung, und die ist, Gott auf eine Bedeutung, einen Ausdruck, eine Äußerung zu reduzieren. Ein Gottesanbeter ist nicht, wer über Bücher gebeugt sitzt, sondern wer Gott in seiner universalen Vielfalt und in den kleinen Wundern wahrnimmt, wer nicht nur zwischen den Zeilen nach Gott sucht, sondern überall. Gott hat den Menschen in Millionen unterschiedlichen Formen gestaltet und hat ihm Millionen Gesichter geschenkt. Würde er es uns verzeihen, wenn wir ihm nur ein Gesicht gäben? Würde er uns vergeben, wenn wir ihn als einen engstirnigen Herrscher sähen, der ein Buch vor sich hat, das er konsultiert, um sein Urteil über uns zu fällen? Meine Lehrerin, ich finde, das ist die größte Demütigung und Erniedrigung, die wir seiner Macht und Schöpfungskraft zufügen können.«

Ich hatte keine Sünde begangen, für die eine so lange Buße gerechtfertigt gewesen wäre. Und auch keines der anderen Mädchen. Deshalb hätte ich Seyneb Kwestani am liebsten vorgehalten: Meine Lehrerin, die Einzigen, die Buße tun sollten, sind die, die Gott benutzen, um andere Menschen zu quälen. Die nicht leben können, ohne andere Menschen als Gotteslästerer zu verdammen. Ihrer Auslegung zufolge ist Gott ein Feind der Menschen. Dabei sind die einzigen Ungläubigen jene, die sich Reinheit anmaßen und den anderen Unreinheit vorwerfen. Die nicht in der Lage sind, Gott hinter dieser von ihnen herbeifantasierten Reinheit und Unreinheit zu entdecken.

Fatana und Maasuma hörten sich meine Ausführungen an und waren bewegt. »Ich wusste schon immer, dass ich ohne Sünde bin. Keine Sekunde habe ich an meiner Unschuld gezweifelt«, rief Fatana.

»Aber wer anderen Menschen Schaden zugefügt hat, ist vor Gott schuldig«, schluchzte Maasuma.

»Gott hat seinen eigenen Maßstab und urteilt jeweils individuell«, erklärte ich. Doch Maasumas Ängste wohnten auch in mir noch. Ich wusste, dass mein angstvoller Blick auf Gott sich nicht so schnell verlieren würde. Dabei war mir inzwischen klar, dass diese Gottesfurcht von Menschen erschaffen ist und nichts mit Gottes Wesen zu tun hat. Maasuma war so erfüllt vom Gedanken an Strafe und Fegefeuer, dass sie Gott nicht als reine Liebe sehen konnte. Bis zu dem Tag, an dem sie sich auf ihr Bett legte und starb, begleitete sie die Angst vor Gott und vor den Vögeln.

Seyneb Kwestani riskierte es, ihre Methoden zu ändern. Jedes neu eintretende Mädchen musste sich an die vorgezeichneten Schritte halten. Aber sie wurde weniger streng, auch mir gegenüber, obwohl sie Angst hatte, die Dinge könnten außer Kontrolle geraten. Sie fürchtete, die Männer, die regelmäßig vom Ministerium für fromme Stiftungen und religiöse Angelegenheiten kamen, um unsere Gläubigkeit zu prüfen, könnten mit ihrer Arbeit nicht zufrieden sein. Sie hatte Angst davor, das Thema Reue anders anzugehen, als die Unterlagen der für die Überwachung des menschlichen Geistes zuständigen Ministerien es verlangten. Bis zum Ende gab es keine großen Veränderungen in unserer engen Welt.

In einer der Nächte, in denen wir gemeinsame Spaziergänge unternahmen und die Distanz zwischen Lehrerin und Schülerin suspendiert war, sagte sie: »Khandan, ich merke, dass du Gott siehst, in all seinen Erscheinungsformen, und das macht mir Freude. Aber ein großer Teil der Religion muss die Beziehung der Menschen untereinander regeln. Wenn die Vielfalt, die Gott erschaffen hat, das menschliche Leben beherrscht, dann zerfällt die Ordnung. Der Daseinszweck dieser Schule ist es, für Disziplin zu sorgen. Ihr seid hier, damit die Ordnung erhalten bleibt. Unsere Aufgabe ist es, Menschen mithilfe der Scharia zu beherrschen. Wenn wir deine Sichtweise übernehmen, müssen wir die Schule auflösen und das Tor des Lebens für alles Neue öffnen. Das übersteigt meine Möglichkeiten.«

Seyneb und ich verbrachten mehr und mehr Zeit miteinander. Aber die meisten anderen im Haus der Reue hielten mich für krank. Außer Fatana und Maasuma hörte mir niemand zu, und unter den Lehrerinnen erlaubte mir außer Schaugar niemand eine Annäherung. In Seynebs Zuneigung sah aber niemand etwas Außergewöhnliches, da sie auch anderen Mädchen ihre Zeit schenkte.

Als meine Tante, meine Mutter und mein Vater starben, fanden die Trauerfeiern im Haus meiner Tante statt. Meine Brüder verließen die Heimat und gingen in den Westen. Ich habe nie einen Brief von ihnen bekommen. Sie hinterließen mir Geld und übereigneten mir unser Elternhaus. Ich hatte längst beschlossen, das Haus der Reue zu verlassen, im Elternhaus von dem Geld zu leben und mich dem Niederschreiben dieser Geschichte zu widmen. Damals erschütterte eine schwere Krise den Staat. Die verschiedensten Milizen formierten sich über Nacht. In der Schule wollte ich mir die

Erzählungen über die plötzlichen Veränderungen nicht anhören. Mich bekümmerten einzig die häufigen Stromausfälle.

Eines Tages stattete uns eine Gruppe von Religionsgelehrten einen Besuch ab. Sie ordneten an, dass alle Mädchen, die den Weg der Reue erfolgreich beschritten hätten, die Schule verlassen und ihre Botschaft in die Städte und Dörfer tragen sollten.

An einem Frühlingstag packten Fatana, Maasuma und ich unsere Sachen und kehrten in einem kleinen Jeep in die Stadt zurück, die sich in den Jahren unserer Abwesenheit völlig verändert hatte. Maasuma legte auch in der Stadt die Uniform der Reumütigen Schwestern nicht ab, aber Fatana und ich gewöhnten uns bald an andere Kleider und Farben.

In der ersten Nacht öffnete ich alle Fenster. Hinter einer einsamen Vase holte ich die staubige Statuette der Liebe hervor, die mir Perwana aus der Werkstatt hatte zukommen lassen.

Ohne Matratze und ohne Decke schlief ich auf dem harten Boden ein, erfüllt von meinen und den Kindheitserinnerungen meiner Schwester. Um Mitternacht spürte ich, dass die Schmetterlinge kamen, ich spürte ihr Flattern und den Staub. Ich hörte sie flüstern: »Wir sind hier und werden immer hier sein.«

Seither sind sie immer um mich, flattern um meinen Stuhl und den Schreibtisch, an dem ich diese Geschichte schreibe, und umschwirren mein Tintenfass. Das Erlebte hat meinen Körper verstummen lassen. Ich glaube, bis ich Perwanas Geschichte fertig erzählt habe, werde ich mich wie tot fühlen.

Als ich nach der Wahrheit über den Beginn der Geschichte suchte, wunderte ich mich, wie schnell all die Schauplätze verwüstet worden und spurlos verschwunden waren. Das Haus der Reue musste bald nach unserem Auszug wegen mangelnder Unterstützung schließen. Mädchen und Lehrerinnen verstreuten sich in alle Himmelsrichtungen. Danach übernahm eine der neuen Parteien das Gebäude und machte daraus eine Rundfunkstation. Eine andere Gruppe steckte nach einem blutigen Gefecht das Gebäude in Brand, alle Mitarbeiter wurden massakriert. Geblieben ist eine Ruine, in der die Getöteten umgehen. Sie weinen und flehen um Seelenfrieden.

Einmal reisten Maasuma und ich ins »Tal der Liebenden«, die Bühne der außergewöhnlichen Ereignisse dieser Geschichte. Wir durchkämmten die Gegend, ohne zu finden, was wir suchten. Was wir sahen, war eine kahle, von Asche bedeckte Schlucht, in die niemand hinabsteigen konnte. Sie war offensichtlich von Bränden, von Kämpfen und Überschwemmungen heimgesucht worden. Nasradin hatte schon vor uns versucht, hinunterzusteigen, auch er ohne Erfolg. In der Gegend wurde immer noch von einer unheimlichen »Schlucht der Unzüchtigen« gemunkelt.

Ich versuchte, etwas über Fareyduns, Gowands und Dilarams Schicksal herauszufinden, vergebens. Manche behaupteten: »Als die Prozession der Gläubigen die Schlucht erreichte, brachten sie die drei Verliebten um und warfen sie in den Fluss.« Die meisten Männer, die dabei gewesen waren, sagten jedoch, sie hätten den Wald menschenleer vorgefunden.

Ich habe es aufgegeben, auf eine Nachricht von ihnen zu hoffen. Vielleicht erscheint eines Abends ein Mann und stellt sich als Fareydun Malak oder als Gowand der Bildhauer vor. Bis dahin warte ich auf nichts mehr.

Als ich begann, diese Geschichte niederzuschreiben, war Nasradin mein einziger Wegweiser. Ich hatte seinen Namen das erste Mal aus Maasumas Mund gehört. Ich ließ sie schwören, Fatana nichts über ihn und seinen Aufenthaltsort zu verraten. Ich wollte mein Schreiben vor Fatana geheim halten, denn mit ihren Erfindungen hätte sie die Geschichte bis zur Unkenntlichkeit verändert. In der Schule wusste

Maasuma noch nicht, ob Nasradin tot oder am Leben war. Von den Tamburin-Frauen hatte sie nur erfahren, dass Nasradin zwei Mädchen aus dem Wald geholt und zum Haus des alten Mussa Khasannas gebracht hatte. Als wir dann das Haus der Reue verlassen hatten, konnte Maasuma mithilfe eines Bekannten, den sie in einer Textilfabrik kennengelernt hatte, das Geheimnis um Midiyas Hefte aufdecken. Einer der Söhne des alten Khasannas soll sie aufbewahrt und in dem bewussten weißen Tuch Nasradin übergeben haben. Der hatte inzwischen das Militär verlassen und in der Stadt sein altes Studio wieder eröffnet.

So kam es, dass ich Nasradin auf der Hochzeitsfeier traf und mich mit den Worten vorstellte: »Ich bin Klein Khandan, das Mädchen, von dem man behauptet, es könne Stürme entfesseln.« Zuvor war ich mehrmals vor dem Studio auf und ab gegangen, hatte aber nicht den Mut gehabt einzutreten. Nasradin erzählte zuerst nur seine eigene Geschichte: wie er den Bewaffneten entflohen war, die ihn über Berg und Tal verfolgt hatten, wie er gehofft hatte, er könne zu Perwana und Midiya zurückkehren. Unterwegs habe er die Nachricht von beider Tod erhalten.

Auf der Flucht, hungernd, stieß er auf einen Trupp des Regimes und ließ sich anwerben. In den folgenden Jahren, bei unzähligen Gefechten im Süden des Landes, suchte er den Tod. Als der ihn störrisch verschonte, begriff er, dass das Leben mit ihm noch etwas vorhatte. Unerwartet tauchte er, ein Fremder in Militärstiefeln, vor dem Laden von Reza dem Glücklichen auf. Das Sterben hatte er aufgegeben, nun schmiedete er Pläne für ein neues Leben. Er wollte glücklich sein, lachen, Feiern besuchen, hübsche Mädchen kennenlernen und Frauen, die zu reden verstanden, ansprechen.

Als ich auftauchte, gab es für mich, ein kleines, hässliches, seltsames Mädchen, eigentlich keinen Platz in seiner Welt. Aber Nasradin zeigte mir gegenüber Geduld und Größe.

Oft, wenn er müde wurde, schwor er, dass er nicht weiter an meinem Spiel teilnehmen werde. Er bemühte sich, mich in Sackgassen zu lotsen. Dann aber begann er doch wieder, mir Bilder jener Welt zu schildern, die er nun als Fantasiegebilde betrachtete. Er war es, der mir Midiyas Hefte gab und mich schwören ließ, sie vor allen Gefahren zu bewahren. Er war es auch, der mich über die dunklen Verstrickungen im Leben Fareyduns aufklärte und mir den Niedergang der Vision der allumfassenden Liebe erklärte, die mit »Perwanas Abend« erloschen war.

Als Nasradin und Maasuma einander nach so vielen Jahren wieder gegenüberstanden, spürte ich, dass beide große Schuld empfanden. Nasradin sah in Maasuma eine Überlebende seiner Pläne von damals, und Maasuma sah in ihm den lebenden Zeugen ihrer Verfehlung. Und dennoch – auf Nasradins Gesicht breitete sich sein altes Lächeln, das Lächeln eines schüchternen Mädchens, aus.

»Klein Khandan, wer sagt, dass diese Geschichten nicht nur erfunden sind?«

»Wer behauptet denn, dass es so ist, wer? Vielleicht ist alles nur eine Halluzination«, stimmte ich ihm zu, mit einem Lächeln, das anders war als mein früheres Lächeln.

»Schreib, Klein Khandan, schreib alles auf! Schreiben ist besser, als Stürme zu entfesseln«, ermunterte er mich und wiegte seinen Kopf hin und her.

Ich aber meine: Es ist genug. Ich werde meinen Stift niederlegen und sagen: »Ja, es reicht.« Ich weiß, dass dieser kleine Text für mich eine Bedeutung hat, die andere nicht verstehen werden.

Ich stelle mir Nasradin vor, wie er mir den Stift aus der Hand nimmt und sagt: »Das ist das Ende von ›Perwanas Abend‹. Liebe Khandan, nimm dein Kopftuch ab und lebe dein Leben. Sei frei!«

Und ich werde erwidern: »Nein, Nasradin, wer sagt, dass ›Perwanas Abend‹ zu Ende ist? Wer sagt, dass ich das alles nicht noch einmal schreiben muss?«

Und er, schüchtern lächelnd mit erhobener Hand, wird beteuern: »Du kannst ganz sicher sein, ich werde den Text heute Nacht lesen. Ich werde heute Nacht deine Geschichte von der ersten bis zur letzten Seite lesen.«

Eines Tages wird auch Fatana die Geschichte lesen. Sicher mit Zorn und großem Neid. Aber danach wird sie kommen, mich umarmen und sagen: »Alles ist gut, mach dir keine Sorgen um mich. Es ist, wie es ist.«

Ich lege meinen Stift beiseite und sage mir: »Es reicht.« Ich blicke auf die Schmetterlinge im Haus, auf die Sonnenstrahlen dieses kühlen Spätsommernachmittags, stelle mich auf den Balkon und sehe, dass es den Viehmarkt nicht mehr gibt. Stattdessen ein Getümmel Tausender Gemüseverkäufer und ihrer Karren und mittendrin eine Bushaltestelle, die wie eine kleine Insel wirkt. Ich stehe da und sage mir: »Jetzt ist es genug.« Mir ist, als würde meine Seele einen Wind, der sich in ihr aufgestaut hat, freilassen. Ich nehme einen Duft wahr und rufe: »Gott, großer Gott, mein Gott, das ist genau der Duft, der mir vor Jahren verloren gegangen ist.«

Ich folge dem Duft durch Zimmer und Flure. Überall merke ich: »O Gott, das ist der Duft.«

Ich kehre auf den Balkon zurück, hebe meine Hände, atme diese Luft ein und rufe: »Das ist der Duft des Basilikums.«

Bachtyar Ali im Unionsverlag

Der letzte Granatapfel

An Bord eines Bootes, das ihn zusammen mit anderen Flüchtlingen in den Westen bringen soll, erzählt Muzafari Subhdam seine Geschichte. Nach einundzwanzig Jahren Gefangenschaft in der Wüste begibt er sich auf die Suche nach seinem Sohn, in einem Land, das er nicht mehr kennt.

Die Stadt der weißen Musiker

Als man dem kleinen Dschaladat die Flöte zum ersten Mal in die Hand drückt, entlockt er ihr Klänge, die alle verzaubern. Im Krieg muss er in einer namenlosen Stadt der Bordelle all seine Kunst wieder verlernen. Ein rätselhaftes Mädchen beschützt ihn und führt ihn auf einen Weg in die Tiefen seines Landes, der unsere Vorstellungskraft übersteigt.

»Sofort versteht man, warum der Autor in seiner Heimat Kultstatus genießt. Wie konnte ein solcher Autor sich vor unserem Buchmarkt so lange verbergen? Wir werden noch viel von ihm hören und lesen.« *Stefan Weidner, Süddeutsche Zeitung*

»Bachtyar Alis Sprache ist bildgewaltig, fantastisch und sehr lyrisch.« *Uli Kreikebaum, Kölner Stadt-Anzeiger*

»Über Bachtyar Alis zeitloser Erzählung schwebt die Realität, die sich dem Leser nicht aufdrängt.« *Duygu Özkan, Die Presse*

Mehr über Autor und Werk auf *www.unionsverlag.com*

Im Schatten der verlorenen Liebe

Memduh Selim, einer der geistigen Wegbereiter der kurdischen Erneuerungsbewegung, zieht im Exil rastlos von Metropole zu Metropole: Paris, Istanbul, Alexandria, Beirut, Damaskus. Als der Aufstand in der Ararat-Region beginnt, stürzt er sich in die Rebellion. In den Höhlen und Bergen, im Alltag des Widerstands, werden seine Ideale auf eine harte Probe gestellt. Seine Liebe zu Feriha, einem tscherkessischen Mädchen, macht ihn verwundbar.

In diesem modernen kurdischen Roman untermalen die Klänge der Barden eine Tragödie, erzählen vom Leid, aber auch von den großen Liebesepen des kurdischen Volkes.

»Bilder von schlichter Schönheit verzaubern den Leser so sehr, dass er sich dem Bann kaum entziehen kann.« *Yaşar Kemal*

»Mehmed Uzun geht in die Geschichte der Kurden ein, nicht nur mit seinem literarischen Schaffen und seiner zutiefst humanistischen Lebenseinstellung, sondern auch als Schöpfer einer neuen, modernen kurdischen Schriftsprache.« *taz*

Sherko Bekas im Unionsverlag

Geheimnisse der Nacht pflücken

Sherko Bekas blickt in die Geheimnisse tiefer Seen, betrauert mit den Vögeln den Tod der Blumen, tobt mit den Wellen gegen die Netze der Fischer und legt sein Ohr an das Herz der Erde. Er wird Zeuge des Kampfes zwischen Feld und Pflanze und reist durch den Tunnel der Fremde. Das Brausen des Euphrats und die Melodie von Tod und Verbannung klingen in seinen Gedichten. Die Erinnerungen seines Volkes sind seine Quelle.

Sherko Bekas wird verehrt als der große Erneuerer der kurdischen Sprache.

»Dieses schmale Bändchen von Sherko Bekas bezaubert durch ganz eigenen Reiz. Zarte, verhaltene Nachdenklichkeit schwebt über dieser leisen Welt aus Liebe und Heimweh, Trauer und Hoffnung. Behutsam reiht sich Bild an Bild zu einem unendlichen, sprechenden Universum.« *Sächsische Zeitung*

»Sherko Bekas besang alle Formen der Freiheit: Die Freiheit der Nationen, der Meinungen, des Körpers bis hin zur Liebe und Religion.« *Bachtyar Ali*

Mahmud Doulatabadi im Unionsverlag

»Doulatabadi öffnet den Blick hinter die Mauern einer fremden Welt. Er gilt zu Recht als bedeutendster Vertreter der zeitgenössischen iranischen Erzählkunst.« *Die Zeit*

Nilufar

Von der Macht einer Liebe, die an noch größeren Mächten scheitert.

Der Colonel

Ein Roman über die Umwälzungen im Iran – vom größten Schriftsteller des Landes.

Kelidar

Ein Buch über die Liebe: zwischen Mann und Frau, zwischen Mensch und Tier, zur Erde und zur Natur.

Der leere Platz von Ssolutsch

Seit Tagen schon haben Mergan und Ssolutsch nicht mehr miteinander geredet. Eines Morgens ist der Platz neben ihr leer: Mergan muss nun alleine für ihre Kinder sorgen.

Die alte Erde

Auf dem Dorfplatz bei der Teestube, vor der versammelten Dorfgemeinschaft, vollzieht sich die Tragödie um den umstrittenen Acker.

Die Reise

Chatun wartet auf ein Zeichen, auf das versprochene Geld. Da taucht, an Krücken, ihr Mann auf.

Mehr über Autor und Werk auf *www.unionsverlag.com*

Der schmale Pfad

Die Journalistin Nevra Tuna steckt in einer privaten und beruflichen Krise. Ihre ganze Hoffnung setzt sie auf ein Interview mit der inhaftierten kurdischen Politikerin Zelha Bora, das ihre Karriere retten soll. Doch zwischen den beiden Frauen, deren Lebensverhältnisse unterschiedlicher nicht sein könnten, stehen nur Vorurteile und Vorwürfe. Kurz bevor das Gespräch zu scheitern droht, entdecken sie: In ihrer Kindheit waren die beiden engste Freundinnen. Nun versuchen sie, die vergangenen Jahre heraufzubeschwören und ungelöste Rätsel zu lösen. Letzten Endes ist es die wiedergefundene Freundschaft der beiden Frauen, die politische Gräben überbrückt.
Die türkische Bestsellerautorin rührt mit diesem Roman an ein Tabu: den türkisch-kurdischen Konflikt.

»Dieser, die realen politischen Verhältnisse genau reflektierende Roman einer ehrlich um Verständigung bemühten und deshalb in der Türkei gefeierten aber auch sehr umstrittenen Autorin, ist aufwühlend und fesselnd geschrieben. Für europäische Leser vermittelt er überdies außerordentlich differenzierte Einblicke in innertürkische Konfliktlagen.« *Buchprofile*

»Informative Brisanz und erzählerische Dichte.«
Neues Deutschland

Yaşar Kemal im Unionsverlag

Die Memed-Romane

Wie aus Memed, dem schmächtigen, ängstlichen Knaben, ein Räuber, Rebell und Rächer des Volkes wird.

Memed mein Falke
Die Disteln brennen
Das Reich der Vierzig Augen
Der letzte Flug des Falken

Die Insel-Romane

Der Romanzyklus einer paradiesischen Insel in der Ägäis, die zum Spielball der Weltpolitik wurde.

Die Ameiseninsel
Der Sturm der Gazellen
Die Hähne des Morgenrots

Weitere Werke

Der Baum des Narren
Auch die Vögel sind fort
Salman
Die Ararat-Legende
Der Granatapfelbaum
Salih der Träumer
Zorn des Meeres
Töte die Schlange
Das Lied der Tausend Stiere
Der Wind aus der Ebene
Das Unsterblichkeitskraut
Eisenerde, Kupferhimmel

Die Kairo-Trilogie

Das Hauptwerk des ägyptischen Nobel-Preisträgers – »Der Baedeker zu Ägyptens Seele.« *Newsweek*

Zwischen den Palästen

Abd al-Gawwad, der übermächtige Herrscher der Familie, ist gefürchtet und geliebt zugleich. Strotzend vor Vitalität und Lebenslust, ist er zuhause doch der gnadenlose Patriarch, der Ehefrau, Töchter und Söhne an seinen Fäden führt. Die Familienmitglieder verstricken sich immer tiefer im Geflecht ihrer verunsicherten Beziehungen.

Palast der Sehnsucht

Entmutigt durch die schroffe Ablehnung, mit der der Vater Kamals Begeisterung für die Wissenschaft und die nationale Unabhängigkeitsbewegung begegnet, beginnt Kamal, sich in Weinbuden zu betrinken und durch die Bordellgassen zu streifen. Sein Bruder und der Vater buhlen derweil, ohne es voneinander zu wissen, um die Liebe derselben Frau.

Zuckergässchen

Gealtert und durch Krankheit gezähmt, verfolgt Abd al-Gawwad, der einst so stolze Herrscher der Familie, auf dem Balkon seines Palastes das Straßentreiben. Da erreicht der Zweite Weltkrieg Ägypten. Luftangriffe auf Kairo! Der Riss, der durchs Land geht, bricht auch in Abd al-Gawwads Familie auf.

Nagib Machfus im Unionsverlag

»Meine Liebe gilt den Bewohnern der Gassen. Nicht nur der alten Gassen von Kairo, sondern der Gassen der ganzen Welt.«
Nagib Machfus

Das Lied der Bettler
Der Dieb und die Hunde
Echo meines Lebens
Cheops
Radubis
Das Buch der Träume
Die Nacht der Tausend Nächte
Die himmlische Begegnung
Karnak-Café
Der Rausch
Echnaton
Miramar
Das junge Kairo
Anfang und Ende
Der letzte Tag des Präsidenten
Ehrenwerter Herr
Die Midaq-Gasse
Die Reise des Ibn Fattuma
Spiegelbilder

»Der Pharao der Literatur.« *Die Zeit*